AF272614

Bachs Mörder

Für Soli, Chor und Ermittler

von

Markus Francke

Bibliografische Information der Deutschen Nationalbibliothek: Die Deutsche Nationalbibliothek verzeichnet diese Publikation in der Deutschen Nationalbibliografie; detaillierte bibliografische Daten sind im Internet über dnb.dnb.de abrufbar.

Belle Musique Verlag

© Michael Weiger 2020 – Belle Musique-Verlag,
Nersingen/Germany

www.bellemusique-verlag.com

Artikel-Nr. BMV 701

Print: BoD

Umschlaggestaltung: Sarah Maria Adamus

ISBN: 978-3-949125-00-3

Markus Francke, geboren in Freiburg/Brsg, studierte Musikwissenschaft, Gesang und Dirigieren in Köln und arbeitet als Ensemble-, Konzert- und Opernsänger. Neben seiner musikalischen Tätigkeit, die ihn national wie international an bedeutende Opernhäuser und Konzertstätten geführt hat, gilt eine weitere große Leidenschaft dem Schreiben. Mit 'Bachs Mörder' legt er seinen ersten Krimi vor. Mehr Informationen unter www.markus-francke.de

Für Dagmar, Volker, Werner, Lothar und alle, die schon vorgegangen sind.

Prolog

Johann Sebastian Bach, Kantor an St. Thomas in Leipzig, saß auf der Orgelbank, nur wenige Armlängen von dem kleinen Johann Adam entfernt. Der magere Neunjährige zitterte und blickte mit fiebrig glänzenden Augen von der Empore hinab in das Kirchenschiff. Gerade hatte das Orchester begonnen zu spielen. Johann Adam hörte Musik, aber es waren viel zu viele Noten, viel zu viele verschiedene Stimmen, als dass er hätte folgen können. Das Einzige, was er deutlich erkannte, war ein gleichmäßiger, ruhiger Puls, gespielt von den tiefen Instrumenten. Etwas Beruhigendes ging von diesem Puls aus, aber auch eine Energie, die den Knaben schwanken ließ. Die Treppe zur Empore hatte ihn sehr viel Kraft gekostet.

Obwohl Johann Adam immer noch sehr krank war, hatte er heute unbedingt dabei sein wollen. Diese neue Passionsmusik, die der Kantor über das Matthäus-Evangelium komponiert hatte, war wohl sehr besonders, zumindest hatten die älteren Mitschüler das gesagt. Johann Adams Neugier war geweckt worden – ein neues, seltsames Gefühl, das er so noch nicht erlebt hatte.

Der Aufstieg zur Empore hatte Johann Adam aber auch deshalb so viel Kraft gekostet, weil für ihn jede Treppe eine Herausforderung darstellte. Als er fünf Jahre alt gewesen war, hatte Johann Adam ein Ei fallengelassen, und sein Vater hatte ihm daraufhin in einem seiner schrecklichen Wutanfälle das linke Knie zertreten. Das Knie war nicht mehr richtig zusammengewachsen, und wegen dieser Behinderung war Johann Adam langsamer als andere Kinder in seinem Alter. Obwohl er sich mit aller Kraft bemüht hatte, taugte er auch nur noch bedingt als Helfer auf dem Feld. Das wiederum hatte bei seinem Vater regelmäßig weitere Wutanfälle ausgelöst, und wahrscheinlich hätte er Johann Adam irgendwann totgeschlagen, wenn nicht der Kantor der kleinen Kirche seines Heimatdorfes vor etwa einem Jahr der Mutter erklärt hätte, dass Johann Adam über eine sehr besondere Stimme verfüge. Die Mutter wusste, dass ihr Ehemann niemals einwilligen würde, den Kleinen in eine Schule zu schicken und damit auf zwei gesunde Hände zu verzichten, die man für die nie enden wollende Feldarbeit brauchte. Also hatte sie sich mit Johann Adam und einem Empfehlungsschreiben des Kantors, das sie selbst gar nicht lesen konnte, frühmorgens heimlich aus der feuchten Hütte geschlichen, in der die Familie hauste, und war mit ihm ins etwa vier Wegstunden entfernte Leipzig gelaufen. Wegen Johann Adams Gehbehinderung waren sie aber mehr als fünf Stunden unterwegs gewesen, und bis sie sich zur Thomasschule durchgefragt hatten, war es Mittag geworden.

Das Empfehlungsschreiben hatte aber genauso wenig Eindruck gemacht wie das Bitten und Weinen der abgezehrten, zahnlosen, etwa 25-jährigen Frau, die da ängstlich und vor Dreck starrend zusammen mit einem winzigen, gehetzt dreinblickenden Knaben an der Schulpforte stand.

Beinahe wären sie unverrichteter Dinge wieder abgezogen, wenn nicht in diesem Moment ein Mann an der Tür erschienen wäre, vor dem der Schuldiener und alle umstehenden Schüler großen Respekt zu haben schienen. Der Mann hatte die Mutter und den kleinen Johann Adam gemustert und dann den Knaben aufgefordert, etwas zu singen.

Johann Adam hatte nicht verstanden, was der große Fremde von ihm wollte und versucht, sich hinter dem Rock seiner Mutter zu verstecken. Da hatte er gehört, dass der Mann sang. Nur eine kleine Melodie. Er hatte den Blick schüchtern nach oben gerichtet und in die auffordernden, freundlichen Augen des Thomaskantors geblickt. Und er hatte begriffen, dass er wiederholen sollte, was er gerade gehört hatte. Also hatte er gesungen.

Nachdem er die Melodie klar, rein und fehlerlos wiederholt hatte, war es für einen kleinen Moment sehr still geworden. Dann hatte sich Johann Sebastian Bach das Empfehlungsschreiben reichen lassen und den Text überflogen. Nach einem letzten kurzen Blick auf den Knaben und dessen Mutter hatte er ein paar Anweisungen gegeben und dem kleinen Johann Adam durch das Haar gestrichen, bevor er wieder im Schulhaus verschwunden war.

Der verängstigte Knabe hatte sich von seiner Mutter verabschieden müssen und war ins Haus geholt worden. Dort hatte er etwas zu essen bekommen und war dann von drei streng und skeptisch blickenden Männern nach seinen Eltern befragt worden, nach seinen Großeltern und nach dem Namen des Dorfes, aus dem er kam. Bei keiner der Fragen war er sich sicher gewesen. Er wusste nicht, wie das Dorf hieß, in dessen Nähe sich der kleine, erbärmliche Hof befand, auf dem er aufgewachsen war. Die Namen seiner Großeltern? Wusste er nicht. Die seiner Eltern? Er war sich nicht sicher. Doch da fiel ihm ein, was ihm sein Vater in einem seiner wenigen ruhigen Momente erzählt hatte: dass sein Vater, also Johann Adams Großvater, aus dem Norden gekommen war, aus einem fernen Dorf, und dass er sich und seine Familie nach diesem Dorf benannt hatte.

„Liepen", lautete Johann Adams schüchterne Antwort. Dann hatte er wieder singen müssen und man hatte seine Auffassungsgabe geprüft.

Johann Adam hatte nicht verstanden, dass seine Aufnahme in der Thomasschule etwas sehr Besonderes war. Er hatte auch nicht verstanden, warum er seiner Mutter hatte Lebewohl sagen müssen. Sie hatte geweint, ihn immer und immer wieder geküsst und ihn aufgefordert, brav und folgsam zu sein. Dann war sie gegangen. Und er hatte sie nie mehr wiedergesehen.

Als Johann Adams Mutter wieder bei ihrer kleinen, schäbigen Kate angekommen war, hatte ihr der Vater wortlos mit aller Kraft seine Faust ins Gesicht gerammt und ihr dabei die Nase gebrochen. Dann hatte er brüllend gefragt, wo sie herkäme. Während ihr Blut über das Gesicht und in die Kehle strömte, hatte sie schluchzend und röchelnd erklärt, wo sie gewesen und was geschehen war. Da hatte ihr Mann sie weiter geschlagen, brutaler als je zuvor. Er hatte nicht auf ihr Bitten geachtet, nicht auf das Weinen und Schreien von Johann Adams drei Ge-schwistern. Diesmal hatte er nicht einmal aufgehört, als sie nur noch ein verkrümmtes, zuckendes Bündel war. Erst als das blutige Gurgeln nicht mehr zu hören war, als das verbliebene Auge blicklos ins Leere starrte, hatte er von ihr abgelassen, war erschöpft auf sein Lager gefallen und eingeschlafen. Da war Johann Adams Mutter schon tot.

Der Vater hatte später behauptet, sie wäre gestürzt. Da er aber für seine Brutalität und Grausamkeit berüchtigt und gefürchtet gewesen war, hatte ihm niemand Glauben ge-schenkt. Auch der Zustand der Leiche hatte keinen Zweifel daran gelassen, was die wirkliche Ursache für den qual-vollen Tod der armen Frau war. Nicht einmal ihre Schwester hatte das Gesicht der Toten wiedererkannt.

Johann Adams Vater war festgesetzt und auf einem Karren nach Leipzig verbracht worden. Man hatte ihn wegen Mordes verurteilt und wenige Tage später auf dem Richtplatz, südöstlich der Leipziger Innenstadt, nur wenige Gehminuten von der Nikolaikirche entfernt, gehenkt. Johann Adams Geschwister hatte man als Arbeitskräfte zu verschiedenen Verwandten gegeben.

Aber all das wusste der kleine Johann Adam nicht. Er fügte sich erstaunlich gut in die Schülerschar ein. Es dauerte nicht lange, da konnte er erste Worte lesen. Seine Auffassungsgabe war gut und auf stoische Weise war er fleißig und außergewöhnlich musikalisch – allerdings scheinbar völlig ohne innere Anteilnahme. Seinen Mitschülern war er unheimlich. Es gab keinen Glanz in seinen Augen, nie sah man ihn lachen. Man sah ihn auch nicht weinen; überhaupt hätte man den Eindruck gewinnen können, dass er nicht über die Fähigkeit verfügte, Gefühle zu empfinden. Und doch schien er ständig bereit, sich wegzuducken, oder so schnell wegzulaufen, wie es sein kaputtes Bein zuließ, als hätte er Angst und fürchte um sein Leben. Wenn er jedoch nicht mehr weglaufen konnte, ließ er selbst die schlimmsten Züchtigungen der Lehrer mit zusammengebissenen Zähnen und leerem, ausdruckslosen Blick über sich ergehen, ohne eine Träne zu vergießen oder einen Laut von sich zu geben. Doch der Eindruck täuschte. Johann Adam war durchaus empfindsam. Später würde er erkennen, dass er Gefühle sehr intensiv empfand, stärker vielleicht als viele andere. Kennengelernt hatte er bis dahin allerdings nur die Angst, und die hatte sein ganzes bisheriges Leben geprägt. Er hatte lernen müssen, mit ihr zu leben, sie auszuhalten und vor allem, sie nie zu zeigen.

Johann Adam konnte nicht sagen, ob ihm die Schule gefiel. Dass er vor dem Lateinlehrer Angst hatte, der ihn oft und sichtlich genussvoll schlug, wusste er. Johann Adam konnte auch nicht sagen, ob er gerne sang. Die Frage, ob er die Mutter vermisse, hätte ihn verwirrt. Aber dass er Angst vor der großen Stadt mit ihren Geräuschen, ihren vielen Menschen, ihren seltsamen Gerüchen hatte, wusste er.

Dann rückte Ostern näher. Und Johann Adam wurde krank, sehr krank. Zu Beginn der Karwoche wälzte er sich nachts schwitzend und röchelnd auf seinem kärglichen Lager hin und her, immer wieder große, blutige Schleimklumpen hustend. Die Frau des Schuldieners versorgte ihn so gut sie konnte, aber als Johann Adam sie am Dienstag in einem seiner kurzen, wachen Momente an seinem Bett sitzen sah, blickte sie gerade über ihn hinweg zu jemandem hin, den er nicht sehen konnte, schüttelte mit traurigen Augen den Kopf und sagte leise: „Er wird sterben."

Selbst der kleine Johann Adam wusste, was das bedeutete. Hatte er Angst vor dem Sterben? Nein. Er hatte tote Tiere gesehen. Sie hatten ausgesehen, als ob sie sehr tief schliefen. Er hatte einen Bauern tot im Feld liegen sehen, der von einem Pferd gegen den Kopf getreten worden war. Abgesehen von dem Blut am Hinterkopf hatte auch der Bauer ausgesehen, als schliefe er. Zwar wusste Johann Adam, dass man nicht mehr aufwachte, wenn man tot war, aber warum sollte er deswegen Angst haben? Schlafen war gut; wenn man schlief, hatte man keine Angst; wenn man schlief, wurde man fast nie geschlagen. Warum also hätte er nicht schlafen wollen?

Dann besserte sich wider Erwarten sein Zustand. Am Gründonnerstag konnte er sich im Bett aufsetzen und ein Stück Brot essen. Am Karfreitag schließlich fragte er, ob er bei der geplanten ersten Aufführung der Passionsmusik nach Matthäus dabei sein dürfe. Es war die erste Bitte, die er überhaupt jemals ausgesprochen hatte. Zwar hatte die Frau des Schuldieners Bedenken geäußert, aber ihr Mann hatte nur gemeint: „Wenn er will, soll er."

Und deshalb stand er nun schwankend und zitternd zwischen drei älteren Mitschülern und sah auf den vor ihm sitzenden Geiger. Gerade hatten sie den Eingangschor beendet, da spürte Johann Adam, dass seine Beine ihn nicht mehr tragen konnten, und er sackte in sich zusammen. Ein paar kräftige Arme hoben ihn auf, und er wurde neben der Orgel in eine Nische gesetzt. Ein Mitschüler, den er nur flüchtig kannte, gab ihm einen Mantel und flüsterte ihm zu, dass er wieder zu ihm käme, wenn er Zeit hätte.

Johann Adam war von Schweiß bedeckt und doch war ihm furchtbar kalt. Obwohl ihm schwindelig war, obwohl er fröstelte und brodelnde Geräusche aus seiner Brust drangen, hielt er andächtig still. Einer der älteren Schüler, bei dem der Stimmbruch noch nicht eingesetzt hatte, sang eine Arie, deren Text Johann Adam hörte, aber nicht verstand. Doch der Klang der zwei Flöten, die den Sänger begleiteten, beruhigte ihn. Und Johann Adam sah den Meister an der Orgel sitzen.

Das war an sich nichts Besonderes. Wenn Johann Adam den Meister sah, saß dieser fast immer an einer Orgel oder einem anderen Tasteninstrument. Aber jetzt, da Johann Adam nichts tun konnte, als zuzuhören und zuzusehen, bemerkte er zum ersten Mal, *wie* Johann Sebastian Bach an der Orgel saß. Der Knabe sah den Meister spielen, sah ihn mit Kopfbewegungen Einsätze geben, sah ihn *zuhören*. Johann Adam konnte sehen, wie Johann Sebastian *zuhörte*. Er konnte sehen, dass sich dieser große, respekteinflößende Mann mit ganzem Geist, mit ganzem Herzen und ganzer Seele und in vollkommener Demut der Musik hingab und sich ihr beugte, dass Johann Sebastian Bach dieser Musik, die er selbst geschaffen hatte, *diente*. Johann Adam verstand das nicht rational, jedenfalls noch nicht, und trotzdem schien es ihm vollkommen klar.

Und in diesem Moment geschah etwas, das den kleinen Mann so überwältigte, dass er kurz aufstöhnte und mit großen Augen nach Luft rang: Er war glücklich. Zum ersten Mal in seinem Leben war er glücklich. Natürlich war er nicht im Mindesten in der Lage, dieses Gefühl bewusst zu benennen oder überhaupt zu verstehen, dass es sich um ein Gefühl handelte. Aber die schiere Wucht dieser neuen, reinen Empfindung trieb ihm Tränen in die Augen. Er fing an, zu weinen und konnte nicht mehr aufhören.

Das war der Moment, in dem er anfing zu *hören*. Zum ersten Mal in seinem Leben wirklich zu hören, die Musik in ihrer Vielschichtigkeit wahrzunehmen, die verschiedenen Instrumente, die Solisten und den Chor. Ihm wurde sehr heiß. Es war, als hätte sich eine Pforte geöffnet, durch die hindurch er ein helles, warmes, unendlich einladendes Licht erblickte. Er saß mit weit geöffneten Augen in seiner Orgelnische, außerstande zu verstehen, was da gerade geschah. Der Thomaskantor blickte von der Orgel kurz zu ihm hin, und ein warmes, wissendes Lächeln spielte um seine Lippen. Dann wandte sich der Meister wieder seiner Aufgabe zu, und Johann Adam fiel vor Erschöpfung in Ohnmacht. Als er wieder zu sich kam, beklagten gerade zwei Sänger in einem schwebenden, traurigen Duett Jesu Gefangennahme. Johann Adam wusste es in diesem Moment nicht, natürlich nicht, aber als zum allerersten Mal dieses zarte, fragile Stück Musik erklang, wurde er zum Musiker. Er war angekommen.

Nachdem der erste Teil der Passion zu Ende gegangen war, und einige der älteren Schüler versuchten, den sehr schwach wirkenden Johann Adam in die neben der Kirche befindliche Thomasschule und in sein Bett zu tragen, schüttelte dieser den Kopf – um nichts in der Welt wollte er verpassen, was da noch kommen sollte.

Nach der endlos erscheinenden Predigt des Pastors begann schließlich der zweite Teil der Passion. Johann Adam lag immer noch still in seiner Nische und gab sich ganz dem Zauber der neuen Gefühle und der neuen Bilder hin. Als die Arie „Erbarme dich" erklang und eine Geige anfing, diese unendlich traurige Melodie zu spielen, konnte Johann Adam auf einmal seine Mutter vor sich sehen, nein, er sah sie nicht, er *fühlte* ihre Gegenwart. Es war, als läge ihre tröstende Hand auf seinem Kopf, als könne er ihren aromatischen, leicht säuerlichen Geruch wahrnehmen, ihre warme, tröstende Umarmung spüren, und er weinte wieder. Aber die Musik ging noch immer weiter. Er lauschte und lauschte, kaum noch in der Lage, die Augen offen zu halten.

Nachdem einer der älteren Schüler mit klarer Baritonstimme die Arie „Mache dich mein Herze rein" gesungen hatte, verließen Johann Adam schließlich endgültig die Kräfte. Den mächtigen Schlusschor nahm er wie aus weiter Ferne wahr, seine verbliebene Kraft reichte nicht mehr dazu aus, sich zu sammeln. Ihm schien, als schwebe er, eingehüllt in warmes, strahlendes, lebendiges Licht.

Viele Jahre später würde er in sein Tagebuch schreiben, dass er nie wieder solch allumfassende, absolute Liebe empfunden habe wie in diesen Momenten auf der Empore der Thomaskirche.

Als die Musik verklungen war und der Pastor den Segen erteilt hatte, zerstreute sich die Gemeinde rasch. Keiner der Zuhörer, auch keiner der Ausführenden, einschließlich des Komponisten selbst, war sich in diesem Moment bewusst, dass sie Zeugen der Geburt eines der größten, wirkungsmächtigsten Musikwerke der Geschichte geworden waren. Und natürlich auch nicht, dass das Leben eines scheuen, mageren Knaben ein Ziel und einen Sinn bekommen hatte.

Johann Adam genas rasch – seine Zeit war noch nicht gekommen. Doch er hatte sich verändert. Er war noch immer ein ruhiger Knabe, der zäh und geduldig lernte, aber jetzt war er von Leidenschaft erfüllt, als wäre in seinem Inneren eine Flamme entzündet worden – eine Flamme, die er für den Rest seines Lebens in sich tragen und die er an seine Kinder und Schüler weitergeben würde. Er lebte noch mehr als 60 Jahre und wuchs zu einem der vielseitigsten Musiker heran, die Johann Sebastian Bach jemals ausgebildet hatte.

1. Kapitel

„Mein Freund, warum bist du kommen?"

Montag, 14. Dezember 2015, 22:08 Uhr

Blut. Woher kommt all das Blut? Und warum stehe ich hier mit dieser albernen, blutverschmierten Figur in der Hand?

Wir haben uns gestritten. Und dann?

Was war dann geschehen?

Er hat geschimpft und gedroht – er hat gedroht.

Dabei geht es doch um das Werk – dieses Werk – so groß, so bedeutend, wie nichts sonst.

Er hat es nicht verstanden. Warum hat er das nicht verstanden? Er hätte es doch verstehen können und verstehen müssen. Er hätte es verstehen müssen! Nach all dem, was geschehen ist.

Doch auch ich habe mich schuldig gemacht, indem ich geschwiegen habe. Einfach, indem ich immer geschwiegen habe. Und er hat es nicht verstehen wollen.

Darum, und nur darum liegt er jetzt mit einem Loch im Kopf auf dem Teppich in seinem eigenen Wohnzimmer.

Ein blasiges Stöhnen.

Er ist nicht tot. Er atmet noch.

Warum atmet er noch?

Das Werk – es geht doch einzig um das Werk!

Niemals hätte jemand verletzt werden sollen, oder gar getötet.

Tod.

Aber er atmet noch.

Er soll nicht mehr atmen.

Es geht um das Werk. Nur um das Werk!

Kein Zögern jetzt.

Es geht um das Werk. Nur um das Werk.

Thomas Wunderlich erwachte und blickte in ihr lachendes Gesicht. Es war zum Greifen nah, er streckte sogar die Hand aus, um sie zu berühren, aber sie war schon wieder fort. Noch einen Moment starrte er auf die Stelle neben seinem Kissen – so musste sie im letzten klaren Moment ihres Lebens ausgesehen haben: strahlend, schön und glücklich.

Thomas war im diesem Moment bei ihr gewesen, konnte sich aber nicht mehr an ihn erinnern. Die Ärzte sagten, dass er unter einer Amnesie leide und dass die Erinnerung an diese Ereignisse vielleicht mit der Zeit zurückkehren würde, doch sicher könne man da nicht sein. Bisher wartete er vergebens. Oder war das eben eine Erinnerung gewesen? Oder doch nur ein Traumbild?

Die Ereignisse jenes Abends waren ihm berichtet worden: Ein Autofahrer hatte sie beide übersehen, als sie die Straße überquerten, und frontal und ungebremst angefahren. Beide hatten sie zahllose Knochenbrüche erlitten.

Im Krankenhaus war Thomas aufgewacht und hatte erfahren, dass Dagmar noch lebte, aber im Koma lag, und dass niemand eine seriöse Prognose abgeben könne, ob oder wann sie wieder aufwachen würde. Später erklärte man ihm, dass sie ein so schweres Schädel-Hirn-Trauma erlitten habe, dass sie, selbst wenn sie tatsächlich wieder erwachen sollte, wahrscheinlich schwere bleibende Schäden davontragen würde. Sie war dreieinhalb Jahre später gestorben, ohne das Bewusstsein wiedererlangt zu haben. Thomas hatte sich nie davon erholt. Es war, als wäre ein großer Teil seiner Energie mit ihr gegangen. Seinen Job als Kriminalkommissar hatte er aufgeben müssen, denn man hielt ihn aufgrund seines geistigen und bald auch körperlichen Zustands nicht mehr für arbeitsfähig. So wurde er vorzeitig pensioniert.

Es war auch für ihn knapp gewesen. Er war nur einen Schritt davon entfernt gewesen, endgültig vor die Hunde zu gehen. Manchmal fragte er sich, warum das nicht passiert war, warum er noch lebte und Dagmar hatte sterben müssen. Seine Erinnerung an die Monate danach waren vage. Er hatte Alkohol getrunken. Viel Alkohol. So viel, wie ein menschlicher Körper überhaupt aufnehmen kann, ohne schließlich seinen Dienst einzustellen. Früher oder später wäre es sicherlich auch dazu gekommen, aber Thomas hatte sich selbst in eine Entzugsklinik eingewiesen, hatte überlebt und war seitdem trocken. Es war ihm schleierhaft, woher er die Kraft für den Entzug genommen hatte, doch offenbar wollte er, oder etwas in ihm, weitermachen. Wie, und vor allem, warum, war ihm nicht klar.

Und jetzt? Was war sein Leben jetzt? – Schwer zu sagen.

Thomas bewegte sich viel. Jeden Tag war er viele Stunden zu Fuß unterwegs. Er aß wenig; er hatte einfach kein großes Bedürfnis mehr danach. Soweit war alles ganz in Ordnung. Aber er schlief auch nicht mehr viel. Er hatte Angst. Nicht vor dem Schlafen oder vor den Träumen, nein, vor dem Aufwachen. Jeden Morgen im Halbschlaf, kurz bevor er richtig wach wurde, tastete er nach ihr, und jedesmal erschütterte ihn die Erkenntnis, dass Dagmar nicht mehr da war, dass sie nie wieder da sein würde. Obwohl der Unfall schon Jahre zurücklag, durchfuhr ihn jeden Morgen eine glühende, scharfe, lähmende Welle der Verzweiflung und der Hoffnungslosigkeit, wie in einer perversen Variante von ‚Und täglich grüßt das Murmeltier' – immer und immer wieder, ohne dass der Schmerz weniger entsetzlich, weniger grausam, oder auch nur leichter zu ertragen gewesen wäre.

Thomas glaubte zu wissen, warum das so war: Das war die Strafe. Davon war er überzeugt. Und er hatte diese Strafe verdient. Oft, sehr oft schon hatte er mit dem Gedanken gespielt, allem ein Ende zu machen. Aber er wusste, das wäre keine Lösung. Es wäre erbärmlich. Erbärmlich und feige. Und so leicht durfte er nicht davon kommen.

Zudem gab es auch wieder Dinge in Thomas' Leben, die es wert waren, dass er jeden Morgen aufstand – er genoss es, draußen zu sein, einfach draußen, unter freiem Himmel, umgeben von Bäumen, von Feldern. Und er hatte das Singen für sich entdeckt. Heute Abend war wieder Chorprobe. Er hatte dort neue Freunde gefunden. Und dann gab es natürlich seine beiden wunderbaren, vierbeinigen Gefährten, Basti und Pedro, mit denen er ein Rudel gegründet hatte.

Nein, seine Zeit war noch nicht gekommen.

18:23 Uhr

Volker Liepen erwachte erfrischt und voller Energie. Sein Traum war wieder da gewesen – der Traum, der ihn schon sein ganzes Leben begleitete und ihn immer wieder mit einem unendlichen Glücksgefühl erwachen ließ. In dem Traum lag er auf dem Boden, und obwohl er sich klein und sehr schwach fühlte, durchströmte ihn eine reine, leuchtende Energie, stark und ungeheuer kraftvoll. Es war immer die gleiche, fast surrealistisch anmutende Szene: ein großer, kräftiger Mann mittleren Alters, sitzend und leicht vornübergebeugt, in irgendetwas vertieft; eine Gruppe von dünnen, ärmlich gekleideten Jungen, die von Volker abgewandt alle in die gleiche Richtung blickten; und das Ganze getaucht in ein warmes, flackerndes Licht. Volker hatte nie sehen können, wohin die Jungen blickten oder was sie taten, ob sie überhaupt irgendetwas taten. Aber da war Musik – Musik, an die er sich nach dem Aufwachen nie hatte erinnern können, die jedoch so überirdisch schön war, so vollendet, dass er jedesmal tränenüberströmt auf-

19

wachte.

Der Traum war in den letzten Jahren seltener geworden, hatte ihn aber gerade in den vergangenen Wochen und Monaten wieder regelmäßig besucht. Er war wie ein alter Freund, den man mal häufig, dann wieder seltener sieht, den man aber nie ganz aus den Augen verliert. Volker fragte sich nicht zum ersten Mal, ob er irgendetwas bedeutete oder ob die Häufigkeit seines Auftretens etwas bedeutete, hatte darauf aber bisher keine Antwort gefunden.

Er sprang auf und fing an, sich innerlich auf die bevorstehende Chorprobe einzustellen. Eigentlich hatte er nur einen Moment ausruhen wollen, war aber sofort fest eingeschlafen und jetzt sehr dankbar für diesen kleinen Energieschub. Er drückte an seinem CD-Spieler auf 'Play', und während er einem Mitschnitt seines letzten Konzertes lauschte, packte er seine Noten, eine Mappe mit Stiften und ein Metronom in eine kleine Tasche.

Seit sieben Jahren leitete er den Rheinischen Oratorienverein, und gerade erklang eine Weihnachtsmotette von Heinrich Schütz, die sie am vergangenen Wochenende aufgeführt hatten. Volker hielt in seinen Vorbereitungen inne und lauschte konzentriert. „Zuhören. Singen bedeutet zuhören!", murmelte er verärgert. Natürlich war die Aufnahme für ein Live-Konzert eines Laienchores ganz in Ordnung, aber trotzdem waren einzelne Stimmen viel zu deutlich herauszuhören. Zudem gab es klangliche Schärfen und mehr Probleme mit der Intonation*, als er zu tolerieren bereit war.

Er seufzte. Ihm war schon mehr als einmal übertriebener Perfektionismus vorgeworfen worden. Aber was war so schlimm daran, wenn er das Bestmögliche herausholen wollte? War das nicht genau seine Aufgabe? Er verfügte nun einmal über ein sehr feines Gehör und wusste, dass seine

---

* Siehe: Glossar ab Seite 332

Sänger es besser konnten, und er hasste es, sich mit weniger zufrieden zu geben, als möglich war.

Obwohl – wenn er darüber nachdachte, vielleicht steckte ein Körnchen Wahrheit darin. Er wurde eben einfach das Gefühl nicht los, sich beweisen zu müssen. Die vielen großartigen Musiker und Ensembles, die Oper, die professionellen Chöre und nicht zuletzt die vielen weltberühmten Dirigenten, Solisten und Orchester, die sich hier in Köln die Klinke in die Hand gaben, schüchterten ihn nach wie vor ein. Hinzu kam sicherlich auch, dass Volker – obwohl am Hinterkopf bereits „das Knie durchguckte", wie es ein Kollege neulich so ausgesprochen feinfühlig formuliert hatte – mit seinen schlanken 1,78 Meter und seinen wachen, grau-grünen Augen jünger wirkte, als er war.

Er schaltete die CD aus, schlüpfte in den schwarzen Wollmantel, den er seit zehn Jahren immer im November aus dem Schrank holte und im April wieder darin verstaute, verließ seine kleine Wohnung und trat auf die Straße, um die wenigen hundert Meter zum Gemeindesaal zu laufen.

Draußen war es dunkel und kalt. Zudem fiel ein dünner Regen. Das Wetter war alles andere als dazu angetan, ihn in vorweihnachtliche Stimmung zu versetzen, aber daran war ihm heute auch gar nicht gelegen. Auf dem Programm stand Johann Sebastian Bachs 'Matthäuspassion'. Ihm kam es seltsam vor, sich mitten in der Adventszeit mit dem Leiden und der Kreuzigung Jesu zu beschäftigen. Deshalb war er ganz froh, dass nicht auch noch Schnee lag, wenn schon an jedem zweiten Regenrohr ein Plastikweih-nachtsmann angebracht war und viele Fenster von mehr oder weniger hektisch blinkenden Schlitten oder Weih-nachtsbäumen illuminiert wurden. Er ging unter den alten Kastanienbäumen hindurch, die die Rochusstraße auf beiden Seiten säumten, und überlegte, wieviele Sänger heute fehlen würden. Bei diesem Wetter würden das wahrscheinlich mehr sein, als im Durchschnitt üblich. Das war ärgerlich, aber zu verschmerzen. Er wußte inzwischen, was er an dem Chor hatte und ahnte – oder hoffte – , dass es vielen der Chorsänger umgekehrt genauso ging.

Am Gemeindehaus angekommen, war er bereits vollständig auf die bevorstehende Arbeit konzentriert: Bachs 'Matthäuspassion' zum Klingen zu bringen.

20:21 Uhr

Der alladventliche Kölner Verkehrswahnsinn hatte dafür gesorgt, dass sage und schreibe achtundzwanzig Sängerinnen und Sänger zu spät gekommen waren. Für die Autofahrer bestand diese Gefahr in Köln ohnehin jederzeit, aber heute hatte auch noch ein U-Bahn-Wagen der Linie 4 ausgerechnet im U-Bahnhof Friesenplatz beschlossen, dass er weit genug gefahren sei. Er hatte alle Räder blockiert, sich geweigert, auf irgendeine der zahlreichen eingeleiteten Maßnahmen zur Fortsetzung der Fahrt zu reagieren und damit den Bahnverkehr in Richtung Kölner Nordwesten bis auf Weiteres zum Erliegen gebracht.

Inzwischen waren einundsechzig Sänger versammelt, und Volker hatte mit Begeisterung angefangen, an der Passion zu arbeiten. Für ihn erfüllte sich ein Traum! Er würde die 'Matthäuspassion' dirigieren – ein Werk, das er für eines der größten musikalischen Wunder überhaupt hielt. Zwar fühlte er sich jedes Mal klein und unwürdig, wenn er versuchte, die ganze Größe der Bach'schen Musik zu begreifen, aber er war jetzt 36, fit, hochmotiviert, und es gab nichts, überhaupt nichts, worauf er sich mehr freute, als auf dieses Konzert.

Gerade, als er das eben Geprobte zusammenfassen und einmal am Stück durchsingen lassen wollte, unterbrach ihn der Bassist* Gottfried Mahler. (Volker nannte den pensionierten Lehrer im Stillen 'Gustav'.) Dieser bekleidete seit Anbeginn der Zeit den Posten des ersten Vorsitzenden des Chores. 'Gustav' hielt sich für das Herz, die Seele und das Gehirn des Vereins und hatte sich tatsächlich einmal bei einer feuchtfröhlichen Feier nach einem gelungenen Konzert zu der Bemerkung verstiegen: „Le choeur, c'est moi!" In seinem ihm eigenen, unverschämt bis beleidigend klingenden Tonfall verkündete Mahler, dass es jetzt Zeit für eine Pause wäre. Und wie fast immer führte das zu zustimmendem Gemurmel, aber auch zu leisen, giftigen Erwiderungen.

Da die Probe ohnehin unterbrochen war, gab Volker nach und kündigte die fünfzehnminütige Pause an. Er überlegte kurz, wie er danach fortfahren sollte. In den vergangenen Wochen hatte er nie genug Zeit gehabt, eine komplette Probe für die 'Matthäuspassion' zu nutzen. Immer hatte es noch andere Projekte gegeben, für die es zu arbeiten galt, wie etwa das Adventskonzert am vergangenen Sonntag, welches der Chor gemeinsam mit zwei weiteren Chören aus Köln in der Trinitatiskirche, unweit des Kölner Heumarktes, auf die Beine gestellt hatte. Er beschloss, dass es endlich an der Zeit war, den Schlusschor der Passion, „Wir setzen uns mit Tränen nieder", dieses ergreifende, gewaltige Schlaflied, anzugehen.

Die üblichen Pausengespräche starteten, etliche Sängerinnen und Sänger machten sich in Richtung Toilette auf, Obst wurde ausgepackt, Flaschen und Thermoskannen geöffnet. Gabi, etwa in Volkers Alter, Sozialpädagogin und zweite Vorsitzende des Chores, kam zu ihm ans Klavier.

„Volker, sag mal, hast du was von Manfred gehört? Ich habe sechs Absagen, aber er hat sich nicht abgemeldet, was gar nicht seine Art ist."

„Nein, er hat mir nichts gesagt." Volker überlegte kurz. „Ich hab aber auch schon länger nicht mehr mit ihm direkt gesprochen. Frag doch mal Thomas. Wenn jemand was von Manfred weiß, dann er."

Thomas Wunderlich gehörte zur Bassgruppe und war nicht nur Manfreds Sitznachbar während der Chorproben, sondern zudem mit ihm befreundet. Er war, kurz nachdem Volker vor sieben Jahren die Leitung übernommen hatte, zum Chor gestoßen. Der etwa 1,85 Meter große Mann mit den schwarzen, kurz geschnittenen Haaren war Mitte fünfzig und musste in jüngeren Jahren eine beeindruckende Erscheinung gewesen sein – mit markanten Gesichtszügen, die entfernt an den Schauspieler Götz George erinnerten. Inzwischen allerdings war er schmal, drahtig und schien viel seiner früher zweifellos vorhandenen Kraft und Vitalität eingebüßt zu haben. Was die Ursache dafür gewesen war, ob er unter einer Krankheit litt, oder ob der Tod seiner Frau ihn so aus der Bahn geworfen hatte, wusste niemand. Außer vielleicht Manfred, mit dem sich Thomas regelmäßig in dessen 'Junggesellenwohnung' traf. Manfred war schwul, und ihre Freundschaft sorgte im Chor für einige Gerüchte, obwohl Manfred schon seit vielen Jahren in einer festen Beziehung mit einem Anwalt aus Düsseldorf lebte, Herrmann Wiegandt. Der wollte aber genauso wenig nach Köln ziehen, wie Manfred zu ihm, und so hatten sie sich in einer Fernbeziehung arrangiert.

Wenn Thomas und Manfred sich trafen, hörten sie meist Sinfonien von Mahler, Brahms oder Bruckner auf Manfreds sündhaft teurer Stereoanlage und sprachen über die Vor- und Nachteile der verschiedenen Aufnahmen, die sich in Manfreds umfangreicher Sammlung befanden. Thomas hatte niemandem erzählt, dass sie dazu auch gerne ein wenig Gras rauchten – ein Laster, das Thomas seit seiner Studentenzeit nie wirklich aufgegeben hatte, dem er aber während seines gesamten Berufslebens bei der Polizei aus verständlichen Gründen nur sehr sporadisch hatte nachkommen können.

Volker sah jetzt, wie sich Gabi durch die verschiedenen Grüppchen von erzählenden und lachenden Chorsängern hindurch schlängelte und auf Thomas zusteuerte. Der unterhielt sich gerade mit Gerhard Bode, einem Geschäftsmann und sehr sicheren Sänger, dessen Ruf unter den Sängerinnen allerdings schlechter nicht hätte sein können. Hier herrschte die Meinung vor, Gerhard sei nur im Chor, um mit so vielen Frauen wie möglich gleichzeitig Kontakt haben zu können. Ob Gerhard einfach nur gerne in weiblicher Gesellschaft war, oder noch mehr im Schilde führte, war nicht klar. Allerdings gab es mindestens zwei Sängerinnen, die sich in seiner Gegenwart spürbar unwohl fühlten und versuchten, ihm aus dem Weg zu gehen. Vor einigen Monaten hatte eine Sopranistin* sogar ohne Angabe von Gründen Hals über Kopf den Chor verlassen – einige munkelten, Gerhard habe in dieser Geschichte eine unrühmliche Rolle gespielt. Was Volker dabei nicht wenig verstörte, war der Umstand, dass Gerhard verheiratet war und drei Kinder hatte.

Während er beobachtete, wie Gabi mit mehr als einer Armlänge Abstand vor Gerhard und Thomas stehen blieb und Letzterer kurz darauf den Kopf schüttelte, dachte Volker für einen Moment über Manfreds Fehlen nach. Er machte sich nicht ernsthaft Sorgen, war aber überrascht, da Manfred nie bei einer Probe fehlte und auch niemanden über sein Fehlen informiert hatte. Das sah ihm tatsächlich nicht ähnlich.

Die Probe war beendet und es herrschte Aufbruchstimmung. Volker überlegte kurz, ob er heute mit zum Stammtisch gehen sollte, oder diesmal lieber verzichtete. Normalerweise genoss er diese Treffen sehr, gab es doch sonst kaum Gelegenheit, mit seinen Sängerinnen und Sängern entspannt ein paar Worte zu wechseln. Für viele war das gemeinsame Kölsch genauso wichtig wie die musikalische Arbeit, und für einige schien es sich sogar um *das* gesellschaftliche Ereignis der Woche zu handeln. Dass Volker heute zögerte, lag zum einen schlicht daran, dass er müde war. Zum anderen – und das war ungleich wichtiger – war für den morgigen Vormittag ein wichtiges Treffen mit einem möglichen neuen Sponsor angesetzt, und dafür wollte er ausgeruht sein.

Eine Hand klopfte ihm kräftig auf die Schulter und eine sonore Bassstimme dröhnte: „Wat es Jung, küste met?"

Ein kurzer Blick in das lächelnde Gesicht von Michael Schmitz, seinem tiefsten Bass, und er konnte sich schon gar nicht mehr erinnern, dass er gerade hatte kneifen wollen. Michael war mit seiner erfrischend unkomplizierten Art ein Segen für die Gruppe. Es kam nicht selten vor, dass er eine angespannte Situation mit einem lockeren und gut platzierten Kommentar entschärfte. Volker kannte niemanden, der Michael nicht mochte, obwohl dieser auch gerne mal halb ernsthaft, halb zum Spaß einem Kollegen laut ein „Ävver hück singste ens rischtisch! Schöner wär dat!" entgegenrief, um danach sein tiefes und unwiderstehlich ansteckendes Lachen hören zu lassen.

Im „Kääzmann's" angekommen, setzte sich Volker auf den letzten freien Stuhl am Tisch und landete zwischen den Sopranistinnen Tanja und Annegret. Tanja redete gerade auf Ruth ein, die ihr gegenüber saß und schien nicht einmal bemerkt zu haben, dass Volker gekommen war. Annegret nuschelte ein „Achschöndasdudabist" und verstummte gleich wieder.

Wie immer saß sie aufmerksam da, lauschte den Gesprächen um sich herum und genoss es sichtlich, dabei zu sein. Es kam vor, dass sie volle zwei Stunden inmitten einer schwatzenden und lachenden Runde saß, sich an ihrem Mineralwasser festhielt und kein Wort von sich gab. Volker war sich sicher, wenn man sie gefragt hätte, ob alles in Ordnung sei, sie hätte mit Unverständnis reagiert. Annegret verfügte über eine wunderschöne, kräftige Singstimme und war aus der Soprangruppe nicht wegzudenken, was so gar nicht zu ihrer verhuschten Art zu passen schien. Dass sie als Buchhändlerin arbeitete – also von Berufs wegen viel mit Menschen reden musste – stellte für Volker eines der großen Mysterien unserer Zeit dar.

Tanja, die Immobilienmaklerin, beschwerte sich gerade darüber, wie schwierig es momentan sei, in den Stadtteilen Ossendorf, Bickendorf und Neu-Ehrenfeld Wohnungen und Häuser zu vernünftigen Preisen an den Mann oder die Frau zu bringen. Und wie sehr ihr das auf die Stimmung schlüge. Und wie viele Überstunden sie deswegen leisten müsse. Und wie schwer es sei, dann auch noch einen Mann kennenzulernen, wenn man sowieso keine Zeit hatte. Und dass sie immer viel zu erschöpft wäre und schrecklich aussähe. Und wie sollte sich da überhaupt jemand für sie interessieren, es müsste ja auch jemand mit Niveau sein, irgendeinen wolle sie ja auch nicht.

Volker beteiligte sich nicht an dem eifrigen Meinungsaustausch. Er war nicht richtig bei der Sache. Zu sehr dachte er noch über die gerade beendete Probe nach. Zudem ging ihm Manfreds unentschuldigtes Fehlen einfach nicht aus dem Kopf.

Thomas trank gerade seinen zweiten Becher Kaffee, bereit für den morgendlichen Spaziergang mit Basti und Pedro, als das Telefon klingelte. Erst überlegte er, nicht abzunehmen, aber wer um diese Uhrzeit anrief, musste einen wirklich guten Grund haben, und so entschied er sich, doch zu antworten: „Wunderlich."

„Thomas, hier ist Lucia, Lucia Maier."

„Guten Morgen, Lucy, was ist denn mit dir los? Vor sechs Uhr morgens? Bist du schon oder noch wach?"

„Es geht um Manfred."

Thomas stellte seinen Becher ab. Lucia war Kriminalkommissarin bei der Kölner Mordkommission, und sie kannten sich seit Ewigkeiten. Sie hatte noch als ganz junge Beamtin in Thomas' Team gearbeitet.

„Was ist passiert?", fragte er knapp.

„Thomas!" Lucias Stimme klang gepresst. „Manfred ist tot. Er wurde ermordet."

Thomas' Hals fühlte sich plötzlich sehr trocken an. Lucia gab ihm einen Moment Zeit. „Ich hätte dich gerne hier. Kannst du zu seiner Wohnung kommen?", fragte sie dann sachlich.

„Bin in zwanzig Minuten da."

„Danke."

Es klickte in der Leitung.

Thomas starrte einen Moment auf sein Telefon, nicht sicher, ob er bereit war für das, was ihn erwartete. Dann holte er einmal tief Luft, erklärte seinen sichtlich enttäuschten Fellträgern, dass sie sich noch etwas gedulden müssten, und zog seine alte Allwetterjacke an. Er holte das Fahrrad aus dem Hof und radelte los. Wenn er in Köln unterwegs war, fuhr er eigentlich immer Fahrrad, außer, wenn es regnete. Dann ging er gewöhnlich zu Fuß. Von dem Schnee, der gestern gefallen war, war nichts mehr übrig. Es war noch dunkel, doch der Himmel war klar. Für Kölner Verhältnisse war es an diesem Morgen außergewöhnlich kalt. Das machte Thomas nichts aus, im Gegenteil: Er liebte es, die kalte Luft im Gesicht zu spüren, und gerade jetzt tat sie ihm besonders gut. So behielt er einen kühlen Kopf. Thomas war Lucia dankbar, dass sie ihn angerufen hatte, und wünschte gleichzeitig, sie hätte es nicht getan. Sie war eine treue Konzertbesucherin und hatte oft noch im Anschluss mit ihm und Manfred zusammengesessen.

Er fuhr die Aachener Straße hinunter, am Neumarkt vorbei, über die Nord-Süd-Fahrt und kurz darauf auf die Deutzer Brücke. Der Rhein dampfte, die kalte Winterluft war noch klar und frisch. Schon in einer halben Stunde würde die Stadt erwachen und laut werden, und das Atmen würde durch die Abgase, die der Verkehr die meiste Zeit des Tages in die Luft blies, sehr unangenehm. Thomas schloss sein Fahrrad an einen Laternenmast an, während irgendwo in der Nähe eine Amsel lautstark versuchte, die Sonne zum Aufgehen zu bewegen.

An der Haustür angekommen sprach er kurz mit dem jungen Beamten, der davor postiert war, und ging die zwei Treppen zu Manfreds Wohnung hinauf. Den Geruch, der sich dünn mit dem Treppenhausmief mischte, kannte er nur zu gut, und das Wissen, dass er aus der Wohnung seines Freundes drang, machte seine Beine schwer.

Auch an der Wohnungstür war ein Polizist postiert, dem man ansah, dass er sich um diese Uhrzeit Angenehmeres vorstellen konnte, als hier darauf zu warten, einen Nachbarn abzuwimmeln, für einen Vorgesetzten etwas zu organisieren oder irgendjemanden über irgendetwas zu informieren. Offenbar hatte er Thomas schon erwartet, denn als dieser sich vorstellte, reichte ihm der junge Mann wortlos einen weißen Plastikoverall, den Thomas ebenfalls wortlos überstreifte.

In der Wohnung herrschte die ihm so vertraute, routinierte Geschäftigkeit, und die Spurensicherung war in vollem Gange. Lucia stand müde aussehend in der Küche, wo sie sich mit einer Beamtin besprach, an die sich Thomas vage erinnern konnte. Als Lucia ihn sah, hellte sich ihr Gesicht ein wenig auf, und sie machte einen Schritt auf ihn zu, um ihn wie immer zur Begrüßung zu umarmen. Dann zögerte sie, und Thomas hatte den Eindruck, dass ihr eine derart vertraute Geste unter den gegebenen Umständen unpassend erschien. Stattdessen beschränkte sie sich auf ein sachliches Händeschütteln.

„Thomas, danke, dass du gekommen bist."

Er nickte stumm.

Sie nahm ihn am Arm und schob ihn sanft in die Diele. „Danke, dass du es dir ansiehst. Ich kann deine Einschätzung gut gebrauchen."

Thomas war nicht vorbereitet auf das, was ihn in Manfreds Wohnzimmer erwartete. Alles wirkte seltsam vertraut und doch durch die Szenerie wie ein Horrorfilm, in den Thomas unfreiwillig hineingeraten war.

Manfred saß auf einem Stuhl, den Kopf in den Nacken gelegt. Sein Gesicht war zu einer Grimasse verzerrt, der Mund weit geöffnet. Kopf, Körper und der Fußboden um den Leichnam herum waren über und über mit schwarz geronnenem Blut bedeckt. Seine Hände waren hinter der Stuhllehne mit einem Gürtel gefesselt und seine Hose war offen. Der Gestank war erbärmlich.

Thomas schluckte. „Wer hat ihn gefunden?"

Lucia sah ihn besorgt von der Seite an. „Ein gewisser Herrmann Wiegandt aus Düsseldorf, nach eigener Aussage Manfred Schubles Lebensgefährte."

„Herrmann, ja. Ich bin ihm ein paar Mal begegnet", nickte Thomas traurig.

„Er hat einen schweren Schock erlitten, und wir haben ihn

erstmal ins Krankenhaus geschickt", erklärte Lucia so sachlich wie möglich. „Er hat angegeben, heute Nacht von einer Geschäftsreise aus Prag zurückgekommen zu sein. Da er keine Nachricht von Manfred hatte und ihn nicht erreichen konnte, hat er sich auf den Weg gemacht, die Wohnung aufgeschlossen und ihn so gefunden. Mehr konnte und wollte ich noch nicht aus ihm herausbringen."

Thomas betrachtete das, was von seinem Freund noch übrig war. Ein solches Ende hatte dieser feine, immer äußerst sorgfältig gekleidete Mann nicht verdient – besudelt, entstellt, sichtlich eines qualvollen Todes gestorben.

Für einen kurzen Moment überwältigte Thomas der Schmerz und er musste sich abwenden. Wut, Hilflosigkeit und Trauer trieben ihm Tränen in die Augen.

Lucia legte ihm eine Hand auf die Schulter. „Es tut mir leid, ich hätte dich vorwarnen sollen, entschuldige. Aber ich weiß, dass du dich hier in der Wohnung auskennst, deshalb könnte ich deine Hilfe brauchen. Wir können das aber auch später machen, wenn dir das lieber ist."

„Nein, nein, es geht schon." Thomas räusperte sich. „Ich habe ihn einfach gemocht, weißt du?" – „In Ordnung, wir reden später." Lucia klang energisch und wollte sich abwenden.

„Nein, jetzt bin ich hier. Was willst du wissen?"

„Ok." Lucia konzentrierte sich. „Außer dem Offensichtlichen: Fällt dir irgendetwas Besonderes auf? Irgendeine Veränderung, von dem Chaos abgesehen?"

Thomas warf noch einen Blick auf Manfreds Leichnam und sah sich dann im Zimmer um. Überall waren Bücher verstreut, der Tisch umgestoßen. Festplattenreceiver und Beamer fehlten. Die Stereoanlage und der Fernseher waren allerdings noch da. Die CDs und DVDs waren teilweise aus den Regalen gerissen worden und ebenfalls auf dem Fußboden verteilt. Auch die Kunstdrucke, die an der östlichen Wand gehangen hatten, lagen auf dem Boden in den Scherben ihrer Glasrahmen. Thomas runzelte die Stirn. „Was für eine Schweinerei."

Lucia nickte. „Ja, sieht ganz so aus, als hätten wir es mit einem klassischen Raubmord zu tun. Nur, dass der Täter völlig ausgerastet sein muss."

Thomas sah Lucia an. „Gibt es Einbruchspuren an der Tür oder Balkontür?"

„Bisher haben wir nichts feststellen können. Natürlich müssen wir noch die genaue Prüfung der Spurensicherer abwarten, aber es scheint, Manfred hat seinen Mörder hereingelassen, oder ist mit ihm hereingekommen."

Aus der Diele hinter sich hörten sie eine Stimme: „Nun, Frau Maier, was haben wir hier?"

Beide drehten sich in die Richtung des Sprechers. Vor ihnen stand der 1,70 Meter große und beinahe genauso breite Kriminalhauptkommissar Josef Glatz, Leiter der Kölner Kriminalinspektion 1. Sein weißer Plastikoverall spannte bedenklich um seinen Bauch, sodass er beim Karneval in diesem Aufzug auch als Bonbon hätte durchgehen können.

„Herr Wunderlich, warum sind Sie denn hier?" blaffte Glatz, als er Thomas erblickte.

„Lucia...", begann Thomas und korrigierte sich schnell, „Frau Maier hat mich angerufen. Ich bin –, ich war mit Manfred Schuble befreundet."

„Sie haben hier überhaupt nichts verloren. Ich kann keine psychisch labilen Frührentner an einem Tatort gebrauchen", fauchte Glatz ihn an. „Sehen Sie zu, dass Sie Land gewinnen."

Thomas erstarrte, aber der Hauptkommissar hatte sich schon wieder an Lucia gewandt. „Also?"

Sie klappte ihren Notizblock auf. „Manfred Schuble, alleinstehend, Jahrgang 1965, Architekt. Er ist gefesselt und am Kopf verletzt. Ob diese Verletzungen auch zum Tod geführt haben, wird uns erst der Gerichtsmediziner beantworten können. Das Zimmer wurde durchwühlt. Ob etwas fehlt, können wir noch nicht sagen."

Thomas schluckte einen bissigen Einwurf hinunter und kommentierte trocken: „Auf jeden Fall fehlt ein Festplattenreceiver und ein Beamer. Ansonsten..." – „Sie kennen sich ja hier offenbar sehr gut aus?", unterbrach ihn Glatz.

„Ich hatte oft die Ehre, sein Gast zu sein", erwiderte Thomas.

Glatz sah ihn aus dunklen Augen durchdringend an, und für einen Moment blitzte so etwas wie Wut darin auf. Dann entschied er sich, Thomas zu ignorieren, und wandte sich wieder Lucia zu. „Weiter!"

„Sein Lebensgefährte Herrmann Wiegandt hat ihn gefunden. Wir haben ihn sicherheitshalber erst einmal nach Kalk in die Klinik gefahren. Er hat einen Schock erlitten."

„Sein Lebensgefährte? Ah..." Ihr Chef wirkte auf einmal nachdenklich und grinste schief in Thomas' Richtung. „Herr Wunderlich! Auf ihre alten Tage noch! Chapeau!"

Thomas' Muskeln spannten sich. Dann trat er langsam an Glatz heran, blickte auf ihn hinunter und flüsterte so laut, dass es auch im letzten Winkel der Wohnung zu hören war: „Jupp. Ich hätte dir damals den Arsch aufreißen sollen. Du weißt doch noch warum, nicht wahr?" – „Wollen Sie mir etwa drohen?", brauste Glatz auf.

„Aber nein", Thomas lächelte ihn kalt an. „Nur eine kleine Frotzelei unter alten Kollegen..."

Kurz starrten sich die beiden Männer in die Augen, dann drehte sich Thomas weg und verließ ruhigen Schrittes die Wohnung. An der Tür konnte er noch Glatzs Stimme bellen hören: „Wenn ich ihn hier noch einmal sehe, haben Sie ein Problem, ist das klar? Also, weiter!"

Vor der Haustür blieb Thomas einen Moment stehen und

sog die kalte Morgenluft ein. Dann schloss er sein Fahrrad auf und schob es die Straße hinunter in Richtung Rhein. Es war immer noch dunkel. Wahrscheinlich zeigten sich im Osten über dem Bergischen Land die ersten Anzeichen des beginnenden Tages, aber von dort, wo er sich gerade befand, war davon nichts zu erkennen. Er überquerte die Siegburger Straße, ließ sein Fahrrad an einem Laternenmast stehen und ging die paar Schritte zum Rhein hinunter.

Der Verkehr auf der Deutzer Brücke hatte schon merklich zugenommen und in Richtung Innenstadt bildete sich bereits der unvermeidliche Stau. Thomas überquerte das kleine Brachgelände und lehnte sich an das Geländer am Fluss. Er betrachtete den dunklen Fluss und ließ seinen Gedanken freien Lauf.

Noch vor einer Woche hatten sie im Konzert nebeneinander gestanden und gesungen! Neben Manfred zu singen, war immer wunderbar entspannt gewesen. Thomas hatte im Lauf der Zeit den Eindruck gewonnen, dass sein eigenes Wohlbefinden und damit auch seine Leistung im Chor unter anderem davon abhing, wie wohl er sich in der Gruppe und mit seinen direkten Sing-Nachbarn fühlte. Und bei Manfred hatte er sich wohlgefühlt.

Er musste an ein Gespräch denken, das er mit Manfred über einen Choral* aus der 'Matthäuspassion' geführt hatte, 'Wenn ich einmal soll scheiden', der erklingt, nachdem der Evangelist den Tod Jesu verkündet hat. Sie waren beide keine gläubigen Christen, und doch hatte Manfred es geschafft, ihn davon zu überzeugen, dass Bach in seinem kompletten Werk die christliche Botschaft durch seine Musik transzendiert und grundlegende menschliche Regungen, Nöte, Hoffnungen, Ängste, Zuversicht und Glaube, nein – das Wissen um eine erlösende Macht zum Klingen gebracht hatte. Das hatte Thomas tief beeindruckt und eine völlig neue Dimension des Hörens für ihn eröffnet.

Jetzt schloss er für einen Moment die Augen. „Mach's gut, mein Freund", flüsterte er. Dann drehte er sich um und ging wieder zur Straße hoch, von wo aus er das Haus mit Manfreds Wohnung im Blick hatte. Er konnte sehen, wie Beamte ein- und ausgingen. Einige frühe Passanten versuchten neugierig, einen Blick hineinzuwerfen, und wurden von dem dort positionierten Beamten freundlich, aber bestimmt zum Weitergehen aufgefordert. Nach einiger Zeit kam Glatz heraus und fuhr mit einem Wagen davon.

Kurz darauf trat auch Lucia auf die Straße. Ihre schnellen, dynamischen Bewegungen ließen Thomas vermuten, dass sie wütend war, was ihr in seinen Augen ausgesprochen gut stand. Ihr kurz geschnittenes braunes Haar umrahmte ihr schmales, hübsches Gesicht, und Thomas hätte sie auf höchstens 35 geschätzt, wenn er nicht gewusst hätte, dass sie 41 war. Gerade sah sie so aus, als wäre es besser, ihr nicht in die Quere zu kommen. Trotzdem winkte er ihr zu.

Sie kam herübergelaufen. Ihre braunen Augen funkelten: „Ich fasse es nicht. Und das hier in Köln im 21. Jahrhundert, das darf nicht wahr sein!", brach es aus ihr heraus.

„Was ist denn los?", fragte Thomas knapp.

„Er hat sein Urteil schon gefällt: ‚Mord im Strichermilieu'. Wir sollen unsere Ermittlungen voll darauf konzentrieren. Du weißt schon, die üblichen Verdächtigen", schäumte Lucia.

Thomas überlegte. „Nun ja, der erste Anschein gibt ihm doch recht, oder nicht?" Nachdenklich und langsam fuhr er fort, während er Lucia vorsichtig am Arm nahm und sie hinunter ans Rheinufer führte: „Die Wohnung wurde durchwühlt und was auf die Schnelle weggetragen werden konnte, fehlt. Es kann durchaus sein, dass er Sex hatte, oder vorhatte, welchen zu haben. Oder warum sonst sitzt man mit offener Hose im Wohnzimmer?"

„Glaubst du das wirklich?"

Thomas beobachtete einen Kajak-Fahrer, der lautlos und elegant flussabwärts glitt. „Nein. Nein, dafür war er nicht der Typ." Thomas zögerte kurz. „Denke ich."

Beide sahen eine Weile dem dunklen Wasser des breiten, majestätischen Stroms beim Fließen zu.

Thomas wusste, dass Manfred nichts für schnellen Sex übrig gehabt hatte – jedenfalls nicht mehr, um genau zu sein. Offenbar hatte es wildere Zeiten in seinem Leben gegeben. Mitte der Achtzigerjahre hatte er einen Studienplatz in New York ergattern können, dort sein Coming-out gehabt und war tief in die Szene eingetaucht. Darüber hatte er aber nie viel gesprochen. Einigen knappen Bemerkungen hatte Thomas entnehmen können, dass Manfred sich glücklich geschätzt hatte, nicht der verheerenden Aids-Welle dieser Zeit zum Opfer gefallen zu sein.

„Sagst du mir Bescheid, wenn der Gerichtsmediziner mit ihm fertig ist?", bat Thomas schließlich.

„Natürlich. Sag mal, was hast du eigentlich mit Glatz?"

Thomas hob abwehrend eine Hand und schüttelte den Kopf. „Das ist eine lange Geschichte. Lass uns die Tage mal was trinken gehen. Aber jetzt muss ich heim, Basti und Pedro müssen gelüftet werden."

10:04 Uhr

Zum zweiten Mal an diesem Morgen klingelte bei Thomas das Telefon. Er war gerade erst von einer langen, traurigen Runde mit den zwei Schwarznasen zurückgekommen und verspürte nicht die geringste Lust, abzunehmen. Dennoch gab er sich einen Ruck.

„Wunderlich."

„Hier ist nochmal Lucia. Passt es gerade nicht?"

„Nein, alles gut. Ich muss heute nicht mehr ins Büro." Thomas war angenehm überrascht, dass sie sich jetzt schon meldete, da er sehr neugierig war, was es zu berichten gab. Mit dem Hörer am Ohr ging er zu seiner Kaffeemaschine und schaltete sie ein. „Was gibt's?"

„Also", begann Lucia. „Natürlich hattest du recht. Es sieht ganz eindeutig nach dem klassischen Raubmord eines Sexualpartners oder möglichen Sexualpartners aus."

„Hm." Thomas schwieg.

„Was mich so aufregt, ist diese Borniertheit, diese Vorurteile und diese kaum versteckte Homophobie." Lucia fing an, sich in Rage zu reden.

„Sag mal, bist du noch im Büro?", unterbrach Thomas.

„Ja, bin ich. Aber alles ist gut, ich bin allein. Der Dicke hat mich zur Strafe zum Telefondienst verdonnert", schnaubte sie. „Die anderen sind unterwegs. Ich soll hier die Stellung halten."

„Und da musst du bei mir Dampf ablassen. Stets zu Diensten..."

Thomas deutete mit einem Lächeln eine für Lucia unsichtbare Verbeugung an und setzte sich an seinen kleinen Küchentisch.

„Sorry, ist das in Ordnung?", fragte sie.

„Aber ja", seufzte Thomas mit gespielter Schicksalsergebenheit, „wofür bin ich denn sonst noch gut?"

„Ach, hör doch auf." Lucia versuchte streng zu klingen, aber Thomas konnte hören, dass sie ein Lachen unterdrückte. Dann wurde sie wieder ernst: „Die erste Untersuchung unseres Rechtsmediziners hat ergeben, dass Manfred wahrscheinlich erstickt ist."

„Erstickt?" Thomas war verblüfft.

„Ja. An einem Blatt Papier, das ihm in den Schlund gerammt wurde. Und zwar mit einem sehr scharfen Messer." Lucias Stimme klang jetzt nüchtern und sachlich.

Thomas kannte das aus seiner aktiven Zeit: Man beschränkt sich auf Fakten und versucht, so emotionslos wie möglich zu bleiben, obwohl man sich sehr genau vorstellen kann, was die Opfer hatten erleiden müssen. Ein Schutzmechanismus.

„Vorher oder nachher ist ihm die Zunge entfernt worden", fuhr Lucia fort, „und bisher haben wir sie nicht gefunden. Du kannst dir vorstellen, wie schwer seine Verletzungen in Mund und Rachen sind."

„Ja, kann ich." Thomas schloss die Augen.

„Jetzt müssen wir warten, was die Obduktion noch ergibt. Wir haben außerdem Fingerabdrücke von mindestens fünf verschiedenen Personen, auch da sind wir noch dran. Faserspuren gibt's einen Haufen. Mal sehen, was die bringen. Ansonsten...", sie ließ den Satz in der Luft hängen.

„Ansonsten sucht ihr jetzt nach Strichern", vollendete Thomas lakonisch, stand auf und schenkte sich einen Kaffee ein.

„Genau."

Thomas spürte, dass sie noch etwas auf dem Herzen hatte. „Lucia, raus damit. Ich kenn dich, was ist los?", fragte er während er an seinem Kaffee nippte und geduldig wartete.

„Ich dachte... – naja, vielleicht hat der Dicke ja recht? Natürlich, das sähe Manfred nicht ähnlich, aber wer weiß? Sein Partner ist im Ausland, er fühlt sich allein und... Vielleicht ja kein Stricher, sondern der falsche One-Night-Stand?"

„Ja. Vielleicht." Thomas stellte seine Tasse ab und sah durch das Küchenfenster dem Fahrer eines riesigen SUV zu, der versuchte, in eine Parklücke einzuparken, die für einen Smart eine Herausforderung dargestellt hätte. Hinter ihm hatte sich ein kleiner Stau gebildet und die ersten Fahrer fingen an, wild zu hupen.

„Ja, vielleicht", wiederholte er gedankenverloren, „aber mein Bauchgefühl sagt mir gerade, dass das zu einfach ist. Zu offensichtlich."

„Danke", sagte sie erleichtert. „Ich habe das gleiche Gefühl. Irgendwie habe ich den Eindruck, wir sollen genau das denken. Ich meine, an einem Stück Papier erstickt? Hallo? Wenn man ein scharfes Messer in der Hand hält? Wer macht denn sowas, wenn er angeblich auf ein paar Euro und die Stereoanlage scharf ist?" – „Wirst du Glatz davon erzählen?"

„Von meinem Gefühl? Gott bewahre, ein Anschiss pro Tag reicht mir. Es ärgert mich zwar, dass wir jetzt wahrscheinlich Zeit verlieren, aber er ist der Chef, und ich mach jetzt einfach nur, was er mir sagt. Aber während ich auf die Anrufe der Kollegen warte, darf ich mir ja meine eigenen Gedanken machen, nicht wahr?"

„Vertrau auf deine Intuition", sagte Thomas knapp.

„Oh, da kommt ein Anruf. Ich halt dich auf dem Laufenden." – und schon hatte sie aufgelegt.

Ihn auf dem Laufenden halten? Warum?

Thomas betrachtete unschlüssig das Telefon. Er war seit vielen Jahren raus aus dem Beruf und fühlte sich alt und müde. Er hatte gar kein Interesse daran, hier den Sherlock Holmes zu geben.

Wieder schloss er die Augen und schüttelte den Kopf. Nein, nein – das war endgültig vorbei. Dieser Teil von ihm, der kämpferische, zähe, grimmige Teil, der Falke, wie er ihn manchmal nannte, war tot und unwiederbringlich verloren. Zwar hatte er nach dem Unfall mit Dagmar und seiner eigenen Genesung die Arbeit wieder aufgenommen, aber dann war sie gestorben. Und das hatte unwiderruflich alles verändert. Thomas war damals 49 Jahre alt gewesen, als das Leben, das er bis dahin gekannt hatte, zu Ende gegangen war. An die Zeit danach hatte er nur sehr bruchstückhafte Erinnerungen: eine Menge Alkohol, Aufenthalt in einer psychiatrischen Einrichtung, Ausscheiden aus dem Polizeidienst und letztendlich Frühverrentung.

Den ersten wirklich wachen Moment hatte er etwa ein Jahr später erlebt. Er hatte vor einem Zeitungsautomaten an der Ecke Venloer Straße/Gürtel herumgelungert, als ein schwarzer BMW mit aufheulendem Motor an ihm vorbeigeschossen war, in der Kurve die Kontrolle verloren hatte, mit der Seite in den Mast der Fußgängerampel gekracht, auf die Fahrbahn zurückgeschleudert und unter unfreiwilliger Mithilfe eines parkenden Taxis zum Stehen gekommen war. Da hatte etwas in Thomas' Kopf plötzlich 'Klick' gemacht. Er hatte sich umgedreht und war zu Dagmars Grab gegangen. Dort war er sich bewusst geworden, dass er sie in diesem Leben nicht mehr wiedersehen würde, dass *er* noch lebte und dass *sie* wegen eines alkoholisierten Autofahrers unter einer meterdicken Schicht Erde in einer Holzkiste verrottete. Und zum ersten Mal hatte er geweint. Ihm war klar geworden, dass er 20 Kilo abgenommen hatte, dass seine Haare und sein Bart lang und ungepflegt waren und dass er wie ein Penner stank.

Thomas öffnete seine Augen. Etwas hatte ihn gerade am Bein berührt. Zu seinem Erstaunen stellte er fest, dass er geweint hatte. Seine beiden Jungs saßen auf dem Küchenboden und sahen ihn gespannt und aufmerksam an. Pedros linke Vorderpforte lag auf Thomas' Fuß. Er musste lächeln, bückte sich und streichelte beiden über die Köpfe, was ein wildes Schwanzwedeln auslöste.

Thomas ging wieder zur Kaffeemaschine, schenkte sich Kaffee nach und setzte sich wieder auf den Küchenstuhl.

„Wollt ihr mal was hören?", begann er. „Ich hab euch das noch nie erzählt, also passt gut auf."

Basti legte den Kopf schief und blickte sein Herrchen neugierig an, Pedro legte den Kopf auf die Vorderpfoten, als versuche er, eine bequeme Zuhörposition zu finden.

Thomas lächelte wieder. „Ich finde, ihr sollt wissen, warum wir hier wohnen. Dagmar und ich hatten eine tolle

Wohnung am Manderscheider Platz. Ihr kennt den, der liegt unten an der Berrenrather Straße, fast am Gürtel. Aber als sie dann nicht mehr da war, wollte ich da raus. Lucia hat mir von dieser Wohnung hier erzählt." Er seufzte. „Wisst ihr, unsere Vormieterin war eine alleinstehende Rentnerin. Sie war in ihrem Bett gestorben und ihre Leiche war schon skelettiert, als man sie gefunden hat. Niemand wollte hier einziehen. Aber mir machte sowas nichts aus. Und euch hoffentlich auch nicht?"

Thomas lächelte entschuldigend.

Basti legte den Kopf jetzt auch auf die Vorderpfoten, blickte aber immer noch aufmerksam zu seinem Herrchen hoch. Pedro rollte sich auf den Rücken: die eindeutige Aufforderung zur sofortigen Bauchbekraulung.

Thomas setzte sich zu den beiden auf den Boden und gehorchte bereitwillig. Nach ein paar Minuten beschloss er, seinen Genossen noch etwas Gutes zu tun und nahm die Dose mit den Leckerlies vom Küchenschrank, was bei den sofort hellwachen Vierbeinern wieder für begeistertes Schwanzwedeln sorgte. Thomas lächelte immer noch, obwohl ihm wieder Tränen in die Augen traten.

15:26 Uhr

„Ah, Thomas, du bist es", antwortete Volker, nachdem ihn das Klingeln des Telefons aus seiner Konzentration gerissen hatte. Zwei Stunden hatte er tief in der Partitur* der 'Matthäuspassion' gesteckt.

„Hast du ein wenig Zeit? Könnte ich in einer halben Stunde kurz bei dir vorbeikommen?", wollte Thomas wissen.

„Ähm, ja, klar. Ich muss nachher noch bei einem kleinen Konzert Orgel spielen, aber eine Stunde hätt' ich noch. Was gibt's denn?"

„Ich bin gleich da!"

Um kurz nach vier stand Thomas vor Volkers Tür, der ihn mit einem „Scheißkalt, was?" begrüßte.

Volker schob Thomas in die Diele und schloss rasch die Tür hinter ihm. Er war gerade wieder einmal dabei gewesen, den Eingangschor* zu studieren. Schon die erste Partiturseite versetzte ihn regelmäßig in einen Zustand, als hätte er getrunken oder etwas geraucht.

Ohne abzuwarten, mit welchem Anliegen Thomas gekommen war, plapperte er drauflos, während er in die Küche ging, um Getränke zu holen: „Freu dich auf den Eingangschor! Vielleicht das großartigste Stück Musik, das je geschrieben wurde! Hast du diesen ruhigen Puls, diesen Herzschlagrhythmus des Anfangs im Ohr? Die Kontrabässe spielen in den ersten fünf Takten* nur ein tiefes E, die ganze Zeit. Hast du ihn im Ohr?"

Thomas versuchte ihn zu unterbrechen: „Volker, ich muss dir was…" Doch der schien ihn gar nicht zu hören.

„Darüber entfaltet sich diese reiche, farbige Melodik* und Harmonik. Hast du's im Ohr? Ich weiß nicht warum, aber man hängt praktisch von der ersten Sekunde am Haken, oder? Nur ganz wenige Stücke schaffen das. Und dann, nach fünf langen Takten, kommt die erste Bewegung der Bässe, eine kontinuierlich aufsteigende Linie." Seine Augen glänzten, während er mit zwei Gläsern Wasser auf Thomas zutrat und ihm eines in die Hand drückte. „Das hat eine ungeheure Sogwirkung: 'Ex obscuritate ad lucem' – aus der Dunkelheit zum Licht. Weißt du, genau so stelle ich mir das Sterben vor, ein dunkler Tunnel, das 'finstere Tal' aus dem 23. Psalm, gefolgt von einem erlösenden, unaufhaltsamen Aufstieg, dessen Ziel und Endpunkt das reine Licht, das ewige Antlitz Gottes ist. Und die Bässe spielen diesen ersten Ton genau 41 mal. Neben der 14 die wichtigste Bachzahl*! Bach hat sein Werk damit gleich am Anfang signiert!" Hingerissen eilte Volker an Thomas vorbei, bevor dieser etwas sagen konnte, stellte sein Wasserglas ab und griff nach der Partitur, um ihm die Stelle zu zeigen. „Das ist eines der größten Wunder Bach'scher Musik, die vollendete Form, das souveräne Spiel mit Zahlensymbolik und Proportionen! Und trotzdem ist eine Musik dabei herausgekommen, die an suggestiver Kraft und emotionaler Tiefe nicht zu überbieten ist!"

Er hielt inne, als Thomas ihm die Hand auf den Arm legte. „Warte, ich muss dir was Wichtiges sagen."

Sein Tonfall und sein Blick holten Volker ins Hier und Jetzt zurück.

„Manfred ist tot", sagte Thomas leise.

„Was?" Entgeistert starrte Volker ihn an und konnte die Bedeutung der Worte nicht sofort begreifen. „Wie...? Was?" Langsam wurde ihm klar, was er da gerade gehört hatte. Seine sonst so ebenmäßigen, weichen Gesichtszüge entglitten ihm. Er sah aus, als hätte ihm jemand mit voller Wucht eine Faust in den Magen gerammt.

„Oh Gott!" Mehr brachte er nicht heraus. Sofort tauchten hunderte Bilder vor ihm auf. Er hatte privat nicht allzu viel mit Manfred zu tun gehabt, doch er war bei jeder Probe gewesen und Volker hatte seine freundliche und verbindliche Art sehr geschätzt.

„Er ist umgebracht worden", fuhr Thomas leise fort.

Volker starrte ihn mit weit aufgerissenen Augen an. Dann drohten seine Knie, ihren Dienst zu versagen. „Was sagst du? Warum?", stammelte er, während sein Gesicht jegliche Farbe verlor.

„Hey, Volker!" Thomas ergriff jetzt beide Arme. „Bist du okay? Mann, du hast einen Schock! Willst du einen Schluck Wasser? Hast du Schnaps im Haus?"

Volker war jetzt totenbleich. Er musste sich setzen, und es dauerte einen Moment, bis er sich wieder einigermaßen gefasst hatte. „Entschuldige, aber das hat mich gerade voll erwischt. Ich weiß auch nicht. Wie ist das passiert? Wer war das?"

Thomas antwortete nicht, sondern nahm das Glas Wasser und reichte es Volker, der es in einem Zug hinunterstürzte. Dann schwiegen sie einen Moment, um das Gesagte sacken zu lassen.

„Wo und wie ist es denn passiert? Und warum?", stammelte Volker schließlich, immer noch um Fassung ringend.

„In seiner Wohnung, und es war leider sehr grausam. Es sieht so aus, als ob er einem Raubmord zum Opfer gefallen ist."

Volker stand auf, ging zum Spülbecken in der Küche und nahm noch einen tiefen Schluck direkt aus dem Hahn. Dann drehte er sich zu Thomas um. „Wir müssen so schnell wie möglich den Chor informieren und entscheiden, ob das nächste Konzert stattfinden soll, oder nicht."

„Natürlich wird es stattfinden, es wäre niemandem geholfen, wenn wir es absagen würden."

Volker sah jetzt so aus, als müsse er sich gleich übergeben, doch er hielt sich tapfer. „Ich weiß nicht so recht. Ich habe keine Erfahrung mit unnatürlichen Todesfällen im Chor. Wäre das nicht pietätlos? Wir könnten ihm das Konzert vielleicht widmen. Was denkst du? Auf jeden Fall sollte der Chor gemeinsam entscheiden."

Thomas nickte. „Okay, wenn du meinst. Aber warte noch ein paar Stunden ab, bevor du jemandem Bescheid sagst. Meine ehemaligen Kollegen werden bald anfangen, uns alle anzurufen. Aber bis dahin ist es wichtig, dass so wenig Leute wie möglich davon erfahren, um die Presse nicht aufzuscheuchen."

Volker dachte kurz nach. „Aber mit dem Vorstand kann ich mich doch schon jetzt besprechen, oder?"

„Klar! Aber sag ihnen bitte, sie sollen es noch bis morgen für sich behalten."

„Hallo Volker!", rief Charlotte erfreut, als sie nach dem dritten Klingeln Volkers Anruf angenommen hatte. Sie hatte auf dem Display seinen Namen gelesen und lauschte nun erwartungsvoll in den Hörer. „Ja, wenn es so wichtig ist, kann ich es einrichten. Haben Gottfried und Gabi auch Zeit?" Wieder hörte sie einen Moment zu. „Prima, dann bis gleich. Äh, Volker, sehen wir uns danach noch? – Schön."

Charlotte hatte den ernsten Unterton in seiner Stimme gehört und wusste sofort, dass etwas nicht stimmte, sonst würde er auch den Chorvorstand nicht so außerplanmäßig zusammentrommeln. Dazu kannte sie Volker zu gut.

Vor einem halben Jahr, zu ihrem 47. Geburtstag, war sie mutig gewesen und hatte ihn verführt. Seine Art zu dirigieren und Musik zu machen hatten sie fasziniert. Seitdem trafen sie sich regelmäßig, ohne eigentlich zusammen zu sein. Das machte vieles einfacher, wie sie fand, oder wie sie es sich wenigstens einredete.

Sie war gerade erst nach Hause gekommen. Charlotte arbeitete als freie Mitarbeiterin in einem kleinen Übersetzungsbüro in der Kölner Innenstadt, machte nebenbei eine Ausbildung zur Heilpraktikerin und war leidenschaftliche Hobbysängerin.

Charlottes Eltern waren beide Finnen, aber schon Anfang der sechziger Jahre nach Köln übergesiedelt. Ihre Muttersprachen waren Deutsch und Finnisch, und schon in der Grundschule hatte sie festgestellt, dass sie über ein außergewöhnliches Gefühl für Sprache im Allgemeinen verfügte. So hatte sie sich nach wenigen Monaten einigermaßen fließend mit einem libanesischen Mädchen aus ihrer Klasse auf Arabisch unterhalten können, ohne auch nur eine Stunde Unterricht gehabt zu haben. Nach dem Abitur hatte Charlotte Arabistik und Sinologie studiert und ein Jahr in Damaskus gelebt. Sie war diplomierte

Übersetzerin für Finnisch, Arabisch und Mandarin, und sie hätte recht mühelos noch für weitere Sprachen Prüfungen ablegen können – ihr Englisch und Spanisch waren so gut, dass sie auch hierfür hin und wieder kleinere Übersetzungsaufträge annahm.

Ihr einziges Problem war, dass sie grundsätzlich über so gut wie keinen Ehrgeiz verfügte, und das wusste sie. Die paar Stunden in der Woche, die sie übersetzte, machten ihr Spaß, aber der oft geäußerte Wunsch des Chefs, sie möge doch noch ein paar Stunden mehr arbeiten, hatte sie kalt gelassen, und selbst das Angebot einer Festanstellung hatte sie dankend abgelehnt. Das wäre auch sicher so geblieben, hätte sie nicht vor einigen Jahren eine Übersetzung für einen Arzt angefertigt, der in seiner Praxis traditionelle chinesische Medizin einsetzte. Aus Gründen, die sie sich selber nicht recht erklären konnte, war ihr Interesse geweckt worden. Sie hatte sich über die Ausbildungs- und Einsatzmöglichkeiten dieses speziellen Gebietes der Medizin informiert, und sich dann bei einer Heilpraktikerschule beworben und eingeschrieben. In einigen Monaten würde sie dort die letzte Prüfung ablegen und als zertifizierte Heilpraktikerin arbeiten können. Bis dahin hatte sie zwar nicht viel Geld zur Verfügung, aber sie genoss ihren Freiraum. Solange sie sich den Gesangsunterricht und das Benzin für ihren Mini leisten konnte, war alles gut. Und danach würde sie sich mit einer Bekannten, die schon seit einiger Zeit als Heilpraktikerin arbeitete, Praxisräume in der Subbelrather Straße teilen. Alles in allem ziemlich gute Zukunftsaussichten. Pfeifend kletterte sie in die Dusche, um den Tag abzuspülen.

20:06 Uhr

In Gustav Mahlers kleinen Reihenmittelhaus in Köln-Klettenberg hatten Charlotte und Volker auf dem ausladenden dunkelbraunen Ledersofa Platz genommen. Ihr Gastgeber saß zu ihrer Rechten im passenden Sessel, und gemeinsam warteten sie auf Gabi. Da keiner der Anwesenden ein übertriebenes Interesse an Smalltalk zu haben schien, schwiegen alle etwas verlegen und nippten an dem bereitgestellten Bergsträßer Dornfelder. Charlotte versuchte aus Volkers Verhalten schlau zu werden, doch sie spürte heute nur seine innere Anspannung.

Volker war zum ersten Mal bei Mahler zu Hause und nutzte die Wartezeit dazu, die stilistische Konsequenz der Innenausstattung zu bestaunen. Das Zimmer wurde von einer riesigen, dunkel furnierten Schrankwand dominiert, die bis unter die Decke reichte und die gegenüberliegende Wand - und damit glücklicherweise auch die seltsam gemusterte 70er-Jahre-Tapete - gänzlich verdeckte. Wie um Gottes Willen hatten sie dieses Ungetüm von Schrankwand hier hereinbekommen? Zwischen den Schubladen und den verglasten Türen, hinter welchen man Sammlungen von Wein-, Sekt- und Cognacgläsern, das gute Kaffeeservice, ein kunstvoll geschnitztes Schachspiel und ein gerahmtes Foto von Mahler und dem Kölner Dreigestirn des Jahres 1999 erkennen konnte, befand sich mittig eine geschlossene Schiebetür, hinter der Volker den Fernsehapparat vermutete. Rechts davon war eine Klapptür. Volker wusste, würde er sie öffnen, hätte er die beleuchtete und mit einer Spiegelrückwand ausgestattete Hausbar vor sich, bestückt mit Cognac, Brandy und Likör für die Damen. Zwischen dieser Monstrosität und ihrem Sitzmöbel stand auf einem in dunklen Farben gewebten Teppich mit Arabeskenmotiv der hölzerne Couchtisch, auf dem eine Etagere, ein Kristallaschenbecher, die Weinflasche und ihre Gläser auf Holzuntersetzern platziert worden waren. Das einzig Lebendige in diesem Raum war eine Art Gummibaum, der eingerahmt von zwei schweren graubraunen Vorhängen mitten auf dem

Fensterbrett des Panoramafensters stand und den Blick auf den Garten fast vollständig verdeckte. Als Blickfang und Höhepunkt hing hinter ihnen an der Wand, von einem an der Decke befindlichen Strahler diskret beleuchtet, das Ölportrait eines apricot-farbenen Pudels, mit einer schwarzen Schleife über der rechten oberen Ecke des Rahmens.

Kurz bevor Volker dem Drang nachgeben konnte, sich hier und jetzt mit dem vor ihm liegenden Korkenzieher die Pulsadern zu öffnen, klingelte Gabi endlich an der Tür.

Sie wirkte gehetzt, murmelte eine Entschuldigung und ließ sich neben Charlotte auf das Sofa fallen. Kurz berichtete sie, dass einer der Behinderten aus der Werkstatt, in der sie arbeitete, trotz Warnung und Vorschriften seinen Helm ausgezogen hatte. Natürlich hatte er genau in diesen wenigen unbeobachteten Minuten einen epileptischen Anfall erlitten und war im Sturz hart mit dem Kopf an eine Tischkante gestoßen. Gabi war noch mit ins Krankenhaus gefahren, wo die stark blutende Wunde genäht werden musste.

„Schön, dass Sie da sind, Gabi!" Mahler quittierte das Geschilderte mit einem abschätzig-verachtenden Hochziehen einer Augenbraue. Unpünktlichkeit konnte er auf den Tod nicht ausstehen. Er war in seinem ganzen Leben nicht ein einziges Mal unpünktlich gewesen und in siebenunddreißig Berufsjahren nur drei Wochen krankgeschrieben worden, und diese auch noch am Stück, nachdem er sich in der Schule mit Windpocken angesteckt hatte. Es hatte ihn ehrlich überrascht, dass das Lehrerkollegium in dieser Zeit ohne seine kompetente Unterstützung und die Schüler ohne seine strenge, aber gerechte Führung klargekommen waren.

Mahler musterte seine Gäste für einen Moment: Da war diese teilzeitarbeitende Charlotte Schacht, dritte Vorsitzende und Schriftführerin des Rheinischen Oratorienvereins. Ihr Ex-Mann tat ihm unendlich leid, aber der war auch selbst schuld: Er, Gottfried Mahler, würde es niemals zulassen, dass seine Frau, die über ihre Blütezeit ebenfalls längst hinaus war, ihn verließ, um sich irgendwelchen Selbstverwirklichungshirngespinsten hinzugeben. Dann Gabi Rinne, ein braves Mädchen, das allerdings eine ordnende Hand dringend nötig hätte – und er würde sich durchaus gerne um sie kümmern, aber er hatte eingesehen, dass er nun wirklich nicht alles alleine machen konnte, denn der Jüngste war er ja auch nicht mehr. Und schließlich dieser unorganisierte, bubenhafte Volker Liepen, der zwar über eine unbestreitbare Musikalität und durchaus auch fundierte Kenntnisse verfügte, aber viel zu unreif und unerfahren war, um auch nur der Musik eines Felix Mendelssohn, geschweige denn dem Werk eines Johann Sebastian Bach annähernd gerecht zu werden. Vielleicht war es an der Zeit, sich diskret nach einem potentiellen Nachfolger umzusehen.

Mahler stellte sein Weinglas auf den Tisch und räusperte sich vernehmlich: „So, ich denke, wir wären soweit. Herr Liepen, was war denn nun so wichtig, dass Sie uns heute unbedingt sehen mussten?"

Volker spürte die Gereiztheit in Gustavs Worten und fragte sich zum wiederholten Mal, wie lange er wohl noch bereit sein würde, sich diese herablassende Arroganz gefallen zu lassen.

„Nun, Sie werden mir sicher gleich zustimmen, dass es wichtig genug ist, um eine außerplanmäßige Vorstandssitzung einzuberufen." Er zögerte kurz, bevor er die Neuigkeiten aussprach: „Es ist etwas Schreckliches geschehen. Manfred Schuble ist tot. Er ist umgebracht worden."

Charlotte zuckte erschrocken zusammen und Gabi stöhnte ein „Oh Gott!", während ihr augenblicklich Tränen in die Augen schossen; sogar Mahler schien verwirrt.

Charlotte, die bereits das Schlimmste erwartet hatte, war als

Erste wieder in der Lage, etwas zu sagen. „Was ist denn passiert, um Gottes Willen?"

Volker sah sie an: „Er ist offenbar in seiner Wohnung überfallen worden. Mehr weiß ich nicht."

Er hatte sich entschlossen, nicht zu erwähnen, was Thomas ihm vor einer halben Stunde am Telefon berichtet hatte. Vielleicht auch, weil er sich selbst nicht sicher war, ob er überhaupt schon darüber sprechen konnte. Die Gerichtsmediziner hatten festgestellt, dass Manfreds Zunge herausgeschnitten worden war, als er noch lebte. Dann hatte man ihm ein zusammengeknülltes Blatt Papier in den Rachen gesteckt, und er war elendig daran erstickt. Vorher war er gefesselt worden. Und der oder die Täter hatten ihm post mortem noch Kopfverletzungen zugefügt. Weshalb, wusste niemand, und Thomas meinte, er wolle nicht spekulieren.

„Er war so ein netter Mensch", schluchzte Gabi.

„Ich wollte Sie und euch zuerst informieren, damit wir entscheiden, ob und wie das nächste Konzert stattfinden soll", fuhr Volker fort. „Wichtig ist auch, dass wir genügend Sänger zusammenbekommen, um bei seiner Beerdigung zu singen. Der Termin steht natürlich noch nicht fest. Vielleicht können wir Manfred das nächste Konzert widmen?", fragte er in die Runde. Betretenes Schweigen herrschte im Raum.

„Du willst wirklich, dass wir jetzt diese 'Matthäuspassion' singen? Aber das geht doch gar nicht! Was bist du bloß für ein Mensch! Manfred hat mit uns geprobt und gesungen und jetzt tun wir so, als wäre nichts gewesen?", meldete sich Gabi zu Wort und brach wieder in Tränen aus.

„Ich glaube nicht, dass Manfred gewollt hätte, dass wir wegen ihm das Konzert absagen", antwortete er vorsichtig. „Ich habe ihn auch sehr gern gehabt. Zugegeben, ich hatte ein paar Stunden mehr Zeit, um mich an den Gedanken seines Todes zu gewöhnen." Volker zögerte, und man konnte ihm ansehen, dass er um die richtige Formulierung rang. „Aber es ist niemandem geholfen, wenn wir jetzt aufhören, Musik zu machen – dann wäre auch sein Engagement der letzten Monate umsonst gewesen. Ich weiß, wie sehr er sich auf das Konzert gefreut hat."

Charlotte räusperte sich: „Volker hat recht! Wie könnten wir Manfreds würdiger gedenken, als ihm dieses Konzert zu widmen?"

„Also ich kann dann nicht singen", warf Gabi ein. „Das geht nicht, ich werde keinen Ton rauskriegen. Und ich weiß von vielen, denen es genauso gehen wird."

Volker unterdrückte die Frage, ob sie denn mit den 'Vielen' gerade in telepathischem Kontakt stünde. Stattdessen versuchte er, sie zu beruhigen. „Gabi, ich verstehe dich sehr gut. Aber warte doch noch, bis du eine Nacht drüber geschlafen hast, ja? Ich war im ersten Moment auch ziemlich durch den Wind."

„Du hältst mich für hysterisch, oder?", zischte Gabi ihn an. „Dabei bin ich hier offenbar die Einzige, die noch einen Funken Anstand im Leib hat!"

Hilfesuchend blickte sie zu Gottfried Mahler, der sich bisher verdächtig ruhig verhalten hatte. Jetzt schien er sich und seine Stimme wieder voll im Griff zu haben. „Ich muss davor warnen, zu früh Entscheidungen zu treffen, die wir hinterher vielleicht bereuen könnten. Wir sollten vielleicht noch etwas warten." Die anderen drei sahen ihn fragend an. Er machte eine Geste, die wohl so etwas wie ‚ich kann ja auch nichts dafür' bedeuten sollte und fuhr dann fort: „Nun, wie wir alle wissen, war Herr Schuble..." - Mahler suchte nach Worten - „Nun, er hat in anderen Kreisen verkehrt als wir." Hier machte er eine Kunstpause. „Also, so lange wir nichts über die näheren Umstände seines Todes wissen, sollten wir vielleicht mit einer Widmung warten, oder nicht?"

„Was soll denn das heißen?", runzelte Charlotte die Stirn.

Mahler sah sie an und zog wieder beide Augenbrauen hoch. „Nun, wissen Sie denn, mit wem, oder womit er gerade beschäftigt war, als er ums Leben gebracht wurde?"

Für einige Sekunden sagte keiner ein Wort.

„Ich halte das nicht aus, ihr seid ja alle so erbärmlich", platzte es aus Gabi heraus. Sie sprang auf und rannte aus dem Zimmer. Charlotte lief ihr hinterher, während Volker auf die Tischplatte vor sich starrte und um Fassung rang. Dann hob er den Kopf und fing leise an zu reden: „Wissen Sie, Herr Mahler, ich habe keine Ahnung, woher Sie die Überzeugung nehmen, ein besserer Mensch zu sein als alle anderen. Ich habe wohl auch nur eine undeutliche Vorstellung davon, was Sie von mir halten, und eigentlich will ich es auch gar nicht wissen. Manfred war homosexuell. Punkt." Volker spürte, dass er bei seinen Worten rot wurde, rot vor Wut. „Sie wissen sicherlich, dass viele Psychologen der Meinung sind, dass Homophobie ihre Ursachen in der Angst vor der eigenen Sexualität und den eigenen unterdrückten Wünschen hat. Und meiner bescheidenen Meinung nach gehört ein gerüttelt Maß an Dummheit, Borniertheit und Ignoranz dazu, im 21. Jahrhundert noch Positionen zu vertreten, die einen Menschen aufgrund seiner sexuellen Vorlieben verurteilen."

Mahler sprang für sein Alter erstaunlich behände mit hochrotem Kopf auf. „Was erlauben Sie sich!"

Er schluckte und musste sich sichtlich zusammenreißen. „Ich glaube, es ist besser, wir führen diese Unterhaltung nicht fort und Sie verlassen auf der Stelle mein Haus", presste er dann hervor.

Volker erhob sich langsam und sah Mahler mit zusammengepressten Lippen an.

In diesem Moment betrat Charlotte mit einer verweinten

Gabi im Arm wieder den Raum.

„Bitte entschuldigt, ich bin so traurig und Manfred war immer so freundl…", begann Gabi schluchzend. Sie verstummte abrupt, als sie sah, dass sich die beiden Männer über den Tisch hinweg wütend anstarrten.

„Alles in Ordnung bei euch?", fragte Charlotte vorsichtig.

Volker riss seinen Blick von Mahler los: „Ich glaube, es ist besser, wir schlafen erst einmal eine Nacht drüber und sehen uns morgen eine Stunde vor der Probe wieder."

Ihr Gastgeber schwieg verbissen, nickte dann aber schmallippig und verabschiedete alle kurz angebunden in die angebrochene Nacht.

Draußen erwartete sie eine dichte Wolkendecke, die sich vor den Sternenhimmel gezogen hatte. Die Luft war lauwarm und Charlotte und Volker beschlossen, noch ein Stück zu gehen. Nachdem sie Gabi zu ihrem Auto gebracht und verabschiedet hatten, fragte sie direkt: „Was war das eben?"

„Ach, ich fürchte, ich habe da gerade eine Dummheit begangen", seufzte Volker. Er wirkte geknickt und trottete mit gesenktem Kopf neben ihr her. „Ich konnte Mahlers Gerede über Manfred einfach nicht ertragen und habe ihm quasi gesagt, dass ich ihn für ein arrogantes Arschloch halte."

„Naja, das ist er ja auch. Und es ist gut, dass ihm mal jemand die Meinung sagt."

„Vielleicht. Aber der Zeitpunkt hätte unglücklicher nicht sein können. Wir müssen alle mit der Trauer um Manfred fertig werden. Und ich Idiot zettle auch noch einen Krieg mit dem vielleicht wichtigsten Vereinsmitglied an."

Charlotte sah ihn überrascht an: „Wichtig? Mahler?"

Volker blieb stehen. „Weißt du, warum ich ihm bisher so viel habe durchgehen lassen? Er allein ist für mindestens ein Drittel der Spenden für den Chor verantwortlich. Seine

Kontakte sind unbezahlbar. Wenn uns das wegbräche..."
Dann schüttelte er den Kopf. „Der Chor hat zwar genug
Mitglieder, um einen Großteil der gängigen Oratorien-
literatur zu meistern und steht finanziell auf einem soliden
Fundament. Aber nur über die Mitgliedsbeiträge können wir
keine großen Werke mit Orchester finanzieren. Wir
brauchen die Sponsoren unbedingt. Und wir stehen in
dieser Beziehung eben auch deshalb so gut da, weil wir
Mahler haben."

„Das weiß ich doch", antwortete Charlotte und nahm
beschwichtigend seine Hand. „Aber noch ist ja nix passiert.
Ihr beide schlaft jetzt mal drüber und dann sehen wir
weiter, okay?"

Volker lächelte grimmig. „Ich mache mir wahrscheinlich
völlig unnötig Gedanken. Mahler würde wohl eher einen
Auftragskiller auf mich ansetzen als zurückzutreten."

Charlotte nahm jetzt sein Gesicht in ihre Hände und blickte
ihm fest in die Augen. „Volker, du hast das Richtige getan!
Ich bin stolz auf dich! Solche Sprüche darf man bei
niemandem durchgehen lassen, egal wie wichtig er zu sein
scheint." Sie streichelte seinen Arm. „Lass es für heute gut
sein."

Volker entspannte sich ein wenig, wirkte aber noch nicht
gänzlich überzeugt.

„Komm mit zu mir. Ich habe eine Flasche 'Glen Moray' von
einem Kunden geschenkt bekommen und kann sie kaum
allein austrinken." Lächelnd zwinkerte sie ihm zu.

2. Kapitel

„Ja nicht auf das Fest"

Dienstag, 22.12., 13:01 Uhr

Manfred war tot.

Thomas saß reglos auf seinem Sofa und starrte die Wand oberhalb des Fernsehers an.

Manfred war tot. Umgebracht.

Immer mal wieder sackte die Erkenntnis ein wenig tiefer und jagte jedesmal wieder eine kleine Schockwelle durch seinen Kopf.

Manfred war tot.

Thomas war unfähig, sich zu rühren. Seit Stunden benötigte er seine ganze Konzentration und Energie dazu, gegen diesen Drang anzukämpfen – diesen Wunsch, zum nächsten Kiosk zu eilen, sich ein Flasche Fusel zu besorgen und diese noch auf dem Rückweg zu leeren. Seine Muskulatur war vor Überanstrengung so steif geworden, dass er nicht einmal zitterte. Das Atmen fiel ihm schwer, er war schweißnass und zwischendurch traten ihm die Tränen in die Augen. Ab und zu schlichen sich Basti und Pedro leise fiepend, geduckt und mit eingekniffenen Schwänzen heran und leckten ihm über die Hände. Da das bisher zu keiner erkennbaren Reaktion geführt hatte, standen sie jedesmal noch einen Moment ratlos da und schlichen dann wieder zurück zu ihren Decken.

Manfred war tot.

Thomas war von diesem Anfall, wie er seinen aktuellen Zustand für sich nannte, kalt erwischt worden. Er war heute Morgen aufgestanden, wie immer, hatte geduscht und Kaffee getrunken, wie immer, und war mit den beiden Jungs eine ausgiebige Runde durch den Stadtwald gegangen – alles war wie immer. Als sie wieder zu Hause angekommen waren, fiel sein Blick auf Dagmars Bild, das auf dem Fensterbrett stand. Und ein Entsetzen, eine Hilflosigkeit und eine Panik waren in ihm aufgestiegen, nein, förmlich in ihm explodiert, wie er es schon seit langer Zeit nicht mehr erlebt hatte. Er fand sich auf dem Sofa sitzend wieder, ohne eine Vorstellung davon, wie er dahin gekommen war, was er in der Zwischenzeit gemacht hatte oder wieviel Zeit vergangen war.

Manfred war tot.

Da er wusste, dass es ihm nicht gelingen würde, den Gedanken an Alkohol aus seinem Kopf zu verbannen, ließ er ihn zu und stellte ihm andere Gedanken zur Seite. Er stellte sich vor, dass er an den Poller Wiesen am Rhein saß und dass er Basti und Pedro dabei beobachtete, wie sie sich gegenseitig jagten. Dann stellte er sich vor, er läge mit einem Buch auf dem Sofa und hätte eine CD mit einem Klavierkonzert von Mozart eingelegt. Und er stellte sich vor, er würde singen.

Singen. War heute nicht Chorprobe? Wie spät war es inzwischen?

Nach und nach, beinahe unmerklich langsam, fing er an, sich zu entspannen. Er versuchte, eine Hand zu bewegen. Die Hand fing an zu zittern, aber es gelang. Er bewegte auch die andere Hand. Auch das bereitete ihm keine Schwierigkeiten. Er verspürte Erleichterung, traute diesem Gefühl aber noch nicht.

Manfred war noch immer tot und nichts würde ihn wieder lebendig machen. Und ja, Thomas hatte noch immer den heftigen Wunsch nach einer Flasche Schnaps.

Aber er selbst lebte! Er hatte seit Jahren keinen Alkohol mehr getrunken und würde das auch heute nicht wieder anfangen.

Er bewegte ein Bein. Seine beiden Vierbeiner nahmen die Bewegung wahr, sprangen auf und enterten das Sofa.

Thomas fühlte sich noch sehr steif. Tränen begannen ihm über die Wangen zu laufen. Er musste lächeln, und gleichzeitig konnte er ein Schluchzen nicht unterdrücken. „Ihr habt vielleicht ein Wrack als Herrchen!" Dankbar streichelte er über ihre Köpfe und drückte einen nach dem anderen an sich.

Unendlich langsam stand er auf und schlurfte mühsam in die Küche. Es war jetzt kurz nach eins, und er stellte fest, dass er fünf Stunden nur dagesessen hatte. Fünf ganze Stunden!

Seine Gefährten strichen um seine Beine und sahen aufmerksam zu ihm hoch. Thomas holte für jeden ein getrocknetes Schweineohr aus einer Dose und sah zu, wie sie sich begeistert darüber hermachten. Er war noch nicht wieder ganz bei sich, und der Wunsch nach Alkohol brannte immer noch höllisch. Er wusste, dass dieser Zustand noch ein wenig andauern würde, aber immerhin sprang sein Verstand schon wieder an. Es war klar, in welche Richtung die Ermittlungen gehen würden. Zwar wusste Thomas, dass zu einem so frühen Zeitpunkt nichts ausgeschlossen werden konnte. Trotzdem sagte ihm seine Intuition, dass Glatz mit seiner Stricher-Theorie vollkommen falsch lag.

Mit einem Stück Papier erstickt! – In all seinen Berufsjahren hatte Thomas nie erlebt, dass ein Mörder sein Opfer so ungewöhnlich getötet und vorher derartig brutal misshandelt hatte. Erstochen, erschossen, erwürgt, erschlagen, auch gequält, ja – aber das? Da steckte etwas anderes dahinter, und er wollte gern wissen, was.

Dann schüttelte er den Kopf: Nein, dieser Fall ging ihn nichts an! Er war seit Jahren raus, und es hatte keinen Sinn, hier den Hobby-Detektiv zu spielen. Er fühlte sich eingerostet, hatte nicht die Mittel, um den Fall wirklich zu untersuchen, und er hatte genug mit sich selbst zu tun.

„Oder, was meint ihr?", fragte er noch in Gedanken seine Vierbeiner. Basti und Pedro blickten kurz auf, machten aber nicht den Eindruck, als wollten sie etwas zu seinen Überlegungen beisteuern, sondern widmeten sich weiter ihren Leckereien.

„Da stellt man euch eine einzige, leichte Frage und ihr tut so, als hättet ihr seit Wochen nichts gefressen. Schämt ihr euch denn gar nicht?" – Nein, das taten sie offensichtlich nicht. Thomas stöhnte und schleppte sich mit schmerzenden Knochen in Richtung Badezimmer. Wenigstens duschen sollte er vor der Chorprobe noch.

„Guten Abend!"

Mahlers fröhlich heraustrompeteter Gruß verhallte unerwidert, als er zur außerplanmäßigen Vorstandsitzung vor der Chorprobe erschien.

„So passend wie der Schrei eines rolligen Katers in einem Orgelkonzert", dachte Volker unwillkürlich, und in diesem Moment hasste er Gustav Mahler von ganzem Herzen.

Die Vorstandsmitglieder saßen am Tisch im Gemeindesaal. Charlotte war blass, wirkte aber aufmerksam und konzentriert, Gabi schien nervös und Volker war sichtlich angespannt. Nur Mahler hatte eine frische Gesichtsfarbe und schien aufgeräumt, ja geradezu heiter.

„Nach der gestrigen Unterbrechung würde ich diese außerordentliche Vorstandssitzung gerne zu einem Abschluss bringen." Er hielt kurz inne und holte tief Luft: „Und ich möchte mich bei Ihnen entschuldigen."

Seine drei Zuhörer blickten auf, Charlotte und Volker offensichtlich überrascht, Gabi irritiert.

„Ich war gestern respektlos gegenüber einem verstorbenen Chormitglied, das tut mir leid. De mortuis nihil nisi bene*", fuhr Mahler unbeirrt fort und blickte Volker an.

Der zögerte, obwohl er genau wusste, was Mahler von ihm erwartete, aber irgendetwas sträubte sich in ihm.

„Danke, Herr Mahler. Wir waren gestern alle sehr geschockt und haben Dinge gesagt, die wir nicht so meinten", antwortete stattdessen Charlotte und ließ den Satz in der Luft hängen.

„Auch ich möchte mich entschuldigen. Ich war grob, und das tut mir leid", setzte Volker zögerlich hinzu.

Mahler runzelte die Stirn und schien unzufrieden, fuhr aber fort: „Gut, dann können wir ja jetzt darüber sprechen, wie wir weiter verfahren wollen. Ich bin dafür, den ganzen Chor über das Konzert entscheiden zu lassen."

Volker war klar, dass bei einer Diskussion mit Abstimmung keine Probenarbeit mehr möglich sein würde.

„Können wir mit der Diskussion und der Bekanntgabe an den Chor bis zur Pause warten?", fragte er.

Darauf erntete er einen bösen Blick von Gabi, und Charlotte gab zu bedenken, dass die Telefone schon seit heute Mittag heiß liefen. Die Polizei hatte angefangen, in Manfreds Umfeld zu recherchieren, und die ersten Chormitglieder waren bereits befragt worden. Manfreds Tod hatte sich schnell herumgesprochen, und Charlotte bezweifelte, dass der Chor zu vernünftiger Probenarbeit fähig sein würde.

Seufzend gab Volker nach. Er hätte sich von seinem immer noch nicht ganz überwundenen Schock und seinem Unwohlsein gerne mit Arbeit abgelenkt, doch wenn sich alle einig waren, musste er sich fügen. Auf Gabis Frage hin, wer denn das Gespräch mit dem Chor eröffnen solle, antwortete Volker schnell: „Ich mache das." Er wollte verhindern, dass Mahler die Aufgabe übernahm, da er nicht daran glaubte, dass dieser einen angemessenen Tonfall treffen würde.

„Irgendwie fände ich es unangebracht, wenn du so etwas sagst. Ich habe da kein gutes Gefühl", warf Gabi ein und sah die anderen an. Mahler atmete geräuschvoll ein, aber Charlotte kam ihm zuvor: „Ich informiere den Chor", sagte sie ruhig. „Gabi hat recht, Volker sollte es nicht machen. Das ist nicht die Aufgabe eines musikalischen Leiters; das ist die Aufgabe des Vorstandes."

Volker sah Charlotte dankbar an. Mahler nahm diesen Blick wahr und war für einen kurzen Moment verwirrt, hätte aber nicht sagen können, woran genau das lag.

Zur Chorprobe trudelten die Chorsänger nach und nach ein. Die Stimmung war gedrückt. Ganz offensichtlich wussten die meisten schon Bescheid und die wenigen, die es noch nicht mitbekommen hatten, wurden rasch informiert. Zu Volkers Erstaunen waren heute fast alle anwesend. Zwei Tage vor Heiligabend gab es normalerweise in den meisten Familien noch einiges zu erledigen, und eine Chorprobe stand dann oft nicht mehr ganz oben auf der Prioritätenliste. Volker dachte bitter, dass es offensichtlich eines Todesfalles bedurfte, um dieses ungeschriebene Gesetz des Vereinswesens außer Kraft zu setzen. Wie gerne hätte er sich jetzt in die Probenarbeit gestürzt! Er hatte sich eine seiner Lieblingsstellen vorgenommen: das ergreifende Duett der beiden Solistinnen mit den kurzen Choreinwürfen „So ist mein Jesu nun gefangen" und den darauf folgenden Chor „Sind Blitze, sind Donner" – zwei Reaktionen auf den Bericht von Jesu Gefangennahme, wie sie unterschiedlicher nicht sein konnten.

Schon damals im Knabenchor, bei seiner ersten 'Matthäuspassion', hatte ihn das Stück tief ergriffen. Er konnte sich erinnern, dass ihm seine Beine beinahe den Dienst versagt hatten, so erschüttert war er gewesen. Er wusste, dass es gerade in diesem Moment kein passenderes Stück für die aktuelle Gefühlslage des Chores gab. Bevor der Chor in rasender Wut den „Verräter" zur Hölle wünscht, hört man zwei klagende Solostimmen, begleitet von einem wundervollen, traurigen Stimmgeflecht aus hohen Bläsern. Eine Bassstimme, auf der sich die Musik entwickelt, fehlt hier gänzlich – es gibt keine Basis mehr, keinen Halt und keinen Boden.

Volker hatte jedesmal schon im Vorspiel das Gefühl, als wäre ihm der Boden unter den Füßen weggezogen worden. Und als wäre das nicht genug: Er empfand es als wirklichen Geniestreich, dass der Eindruck, ein leichter Lufthauch könne alles ins Nichts verwehen, auch von den kurzen, verzweifelten Einwürfen des Chores nicht gemildert wurde, die mit ihrem dreimaligen „Lasst ihn! Haltet! Bindet nicht!" in hörbarer Hilflosigkeit gegen die unbarmherzig auf die finale Katastrophe hinsteuernde Geschichte anzugehen versuchen. Das war es, was die meisten Sänger gerade empfanden, dessen war sich Volker sicher.

Als alle versammelt waren, trat Charlotte vor den Chor und berichtete knapp, was geschehen war. Für einen Moment herrschte Schweigen.

Volker betrachtete seine Chorsänger. Obwohl es für keinen der Anwesenden mehr eine Überraschung war, konnte man den Schock von den meisten Gesichtern ablesen.

Mahler meldete sich zu Wort: „Ich möchte im Namen des Vorstandes mein tiefes Bedauern ausdrücken und Vorschläge zu unserem weiteren Vorgehen machen. Unser Konzert abzusagen ist keine Option, es wäre damit auch niemandem geholfen. Und es wäre sicherlich auch nicht im Sinne Manfreds."

Daraufhin begann eine lautstarke Diskussion, die Volker so nicht erwartet hatte: „Woher willst du das denn wissen? Du hast ihn doch sowieso gehasst. Hast du je auch nur ein Wort mit ihm gesprochen?", rief Anton Draussenberg, der sonst eher still und zurückhaltend war. Mahler ignorierte ihn.

„Ich finde es selbstverständlich, dass wir auf Manfreds Beerdigung singen. Den Termin werde ich bekannt geben."

Zustimmendes Gemurmel war zu hören. „Nun zu unserem Konzert. Herr Liepen hat vorgeschlagen, das Konzert Manfred zu widmen. Ich möchte diesen Vorschlag unterstützen. Manfred war seit 15 Jahren Mitglied dieses Chores und hat fast nie gefehlt. Ich finde, es ist eine angemessene Geste, die wir ihm aus Respekt schuldig sind."

Volker war wirklich beeindruckt: Mahler hatte es geschafft, eine glaubwürdig klingende Begründung für eine Würdigung Manfreds zu formulieren, ohne vor sich selbst das Gesicht zu verlieren! Seit 15 Jahren Mitglied und – fast – nie gefehlt.

Volker musste an die kurze Zeit denken, die er in einem Berliner Vokalensemble gesungen hatte. Eines Abends war der sehr junge Erste Vorsitzende vor den Chor getreten und hatte unbeholfen und hoffnungslos verkrampft versucht, den Chor über die AIDS-Erkrankung eines der Basssänger zu informieren. Das Resultat war ein furchtbarer Streit gewesen, ob, und wenn ja, wie man darüber sprechen solle. Ob es überhaupt notwendig sei, darüber zu informieren, woraufhin andere betonten, es gäbe nichts zu verbergen. Die Angelegenheit hatte sich letztendlich so hochgeschaukelt, dass der Vorstand komplett zurückgetreten war und das folgende Konzert wegen daraus resultierender organisatorischer Probleme stark gelitten hatte.

Volkers Blick fiel auf Thomas, der die ganze Zeit ruhig auf seinem Platz gesessen und blass, aber aufmerksam dem Gespräch gelauscht hatte. Er wusste sicherlich mehr über den Tod Manfreds, als er preisgeben wollte und man konnte sehen, dass ihm der Verlust mehr zu schaffen machte, als er zugab.

Letztendlich kam es zu einer Abstimmung: Das Konzert würde stattfinden und man würde es Manfred widmen. Volker war traurig, aber auch erleichtert.

Zu seiner Überraschung wurde er darum gebeten, noch ein wenig zu proben, was er sich nicht zweimal sagen ließ. Die Musik tat allen gut und nach der Probe kamen mehrere Sänger zu ihm ans Klavier, dankten ihm und klopften ihm auf die Schultern. Die Betroffenheit und Bestürzung war noch spürbar, aber ein Großteil der Anspannung und Verunsicherung schien verflogen.

Donnerstag, Heiligabend, 14:00 Uhr

Thomas saß wie verabredet auf einer Bank in dem kleinen Park an der Rochusstraße unweit der Lukaskirche und wartete auf den Chorleiter. Seine beiden schwarznasigen Begleiter hatten angefangen, im Park nach etwas zu suchen, offensichtlich nach vierbeinigen Kumpels, mit denen man das ein oder andere Abenteuer erleben könne. Oder vielleicht suchten sie auch nach einem Flirt mit einer rassigen Hundesalonschönheit – wer wusste das schon.

Thomas sah, wie Volker ruhig den Weg entlang geschlendert kam und sich grußlos mit einem tiefen Seufzer neben Thomas auf die Bank fallen ließ.

Thomas fragte sich, wieso Volker trotz seines Arbeitspensums angerufen und um ein Treffen an Heiligabend gebeten hatte, beschloss aber, nicht gleich mit der Tür ins Haus zu fallen, sondern Volker erstmal zur Ruhe kommen zu lassen. Dafür herrschten auch ideale Bedingungen: Kein Niederschlag, milde Temperaturen, und dafür, dass Dezember war, veranstalteten die Vögel in den Büschen und Bäumen ein bemerkenswertes Spektakel.

Sie saßen eine Weile schweigend nebeneinander und betrachteten die ruhig über den Himmel segelnden Wolken.

Seit dem Vortag hatte es nicht mehr geregnet. Volker genoss es sichtlich, an der frischen Luft zu sein.

„Wie geht es dir?", brach Thomas nach einigen Minuten das Schweigen, während er fasziniert eine Wolke beobachtete, die ihre Form langsam von einer Art unförmigem Elefant hin zu einer beeindruckenden Riesenschlange wandelte.

„Das wollte ich dich auch gerade fragen", entgegnete Volker lächelnd. „Danke, ganz gut. Ich versuche, nicht zu oft an Manfred zu denken. Außerdem hab ich den üblichen Musiker-Weihnachtsmarathon noch vor mir. Da wird glücklicherweise nicht allzu viel Zeit zum Grübeln bleiben."

Thomas betrachtete Volker von der Seite. Seine Haare standen wild in alle Richtungen, er hatte sich offenbar seit Tagen nicht mehr rasiert und machte nicht den Eindruck, als wäre er schon lange wach. Für Volker war Weihnachten Arbeit, viel Arbeit. Heiligabend zu großen Teilen auf einer Orgelempore zu verbringen hatte mit dem klassischen Im-Kreis-der-Lieben-um-den-schönen-Baum-Sitzen nicht viel zu tun. Und da Volker alleine wohnte, gab es da auch keinen Konflikt, er konnte sich einfach seiner Arbeit widmen und warten, bis es vorbei war. Thomas konnte das gut nachvollziehen, er feierte Weihnachten auch nicht. Wenn auch aus anderen Gründen. Seit Dagmars Tod konnte er dem Fest nichts mehr abgewinnen. Nicht nur, weil er alleine war, nein, vor allem, weil einige der schönsten Momente seines Lebens die Heiligabende mit Dagmar gewesen waren; ihm war klar, dass er die Erinnerungen verklärte, aber er konnte und wollte es auch nicht anders: Dagmar bei Kerzenlicht lachend mit einem Glas Wein, Dagmar und er vor einem Weihnachtsbaum tanzend, Dagmar und er, wie sie sich unter dem Weihnachtsbaum leidenschaftlich liebten.

„Und? Wie geht es dir denn?", fragte Volker unvermittelt und blickte Thomas an.

Thomas antwortete nicht sofort, und Volker drängte ihn nicht. Basti und Pedro kamen aus einem Busch gestürzt, rannten hechelnd auf die Bank zu und blieben dann mit auffordernden Blicken vor Thomas und Volker stehen.

„Ne, ne, Jungs, ich werde jetzt nichts werfen. Ihr müsst euch schon allein vergnügen", sagte Thomas lächelnd. War da eine leise Enttäuschung in den vier wachen Augen zu sehen? Auf jeden Fall leckte sich Basti über die Schnauze, stupste Pedro an und rannte wieder los. Pedro ließ sich nicht zweimal bitten und rannte hinterher.

„Ehrlich gesagt geht es mir nicht so gut", antwortete Thomas schließlich knapp.

„Hab ich dir angemerkt", entgegnete Volker schlicht.

„Ich habe Manfred wirklich gern gehabt." Thomas blickte vage in Volkers Richtung, ohne ihn direkt anzusehen. „Das Problem ist, dass ich mein ganzes Berufsleben lang mit dem Tod zu tun hatte und immer meinte, dass ich das mit der Endlichkeit im Griff hätte. Aber als meine Frau gestorben ist, habe ich zum ersten Mal wirklich diese Leere nicht nur wahrgenommen, sondern gefühlt. Und …", er stockte und verstummte.

„Und?", fragte Volker vorsichtig.

Thomas war überrascht und ein wenig erschrocken. Hätte er diesem jungen Mann, den er so wenig kannte, wirklich beinahe Dinge erzählt, über die er nicht einmal mit seinem Therapeuten in der Entzugsklinik gesprochen hatte? „Nicht so wichtig", meinte er schließlich und machte eine wegwerfende Handbewegung. Nein, er wollte jetzt nicht darüber sprechen. Über die Leere – diese Leere, die er schon gespürt hatte, als Dagmar noch gelebt, aber im Koma gelegen hatte. Die Leere, die von diesem atmenden, warmen Körper Besitz ergriffen hatte, dieses große unendliche Nichts, das uns alle erwartet und mitleidlos und unerbittlich früher oder später alles verschlingt und auslöscht. Dieses

Nichts, das er auch jetzt wieder gespürt hatte, als Manfred an der Reihe gewesen war und das ihn, Thomas, wieder an den Rand der Klippe gezerrt hatte, nur einen Schritt vom Abgrund entfernt.

„Lass uns ein wenig laufen, es wird doch kühl, wenn man so lange sitzt", forderte ihn Volker auf.

Thomas kam gedanklich zurück in den Park und stand automatisch auf. Der Park war nicht leer - das große Plätzchen-Essen und Geschenke-Aufreißen würde erst später am Tag beginnen. Es waren immer noch andere Hundebesitzer unterwegs, ein verliebtes Pärchen, ein paar schwer mit Taschen beladene Weihnachtsheimkehrer. Die beiden Männer gingen nebeneinander her und sahen den Vierbeinern zu, die tatsächlich einen Spielgefährten gefunden hatten, mit dem sie jetzt in wechselnden Koalitionen 'Ich-jag-dich-über-die-Wiese' spielten.

„Hab ich dir mal erzählt, wie ich an den Chor gekommen bin?", fragte Volker, und beiden war klar, dass es sich um eine rhetorische Frage handelte. Sie hatten bisher nur sehr wenig Gelegenheit gehabt, länger miteinander zu sprechen und wussten eigentlich gar nichts voneinander.

„Hin und wieder versetzt es mich immer noch in Erstaunen, dass ausgerechnet ich den Job bekommen habe", begann Volker. „Mein Vorgänger war ein universal gebildeter Musikgelehrter. Meine Güte, den hab ich echt bewundert. Er war nicht nur ein toller Musiker, sondern er konnte dir aus dem Ärmel einen Vortrag über alle möglichen Themen improvisieren, einschließlich Querverweisen zu anderen Disziplinen, wie Philosophie, Geschichte oder Bildende Künste. Das war echt beeindruckend und schüchterte mich enorm ein. Und vor sieben Jahren ist er innerhalb von zwei Wochen einer Krebserkrankung zum Opfer gefallen. War auf einmal weg, einfach so." Volker schüttelte den Kopf, so, als könnte er es immer noch nicht begreifen.

„Ja, ich weiß", warf Thomas ein. „Ich hab ja dein Antrittskonzert gehört. Und als ich dann zu euch gestoßen bin, haben mir die Kollegen viel von ihm erzählt."

„Ich hab mich nicht im Mindesten bereit gefühlt, seine Nachfolge anzutreten", gab Volker zu. „Viel zu große Fußstapfen. Aber er hatte mich noch selber vorgeschlagen. Naja, der Vorstand hat mich dann kontaktiert und mehr pflichtschuldig als überzeugt gefragt, ob ich mich nicht bewerben wolle. Sie haben drei Bewerber antanzen lassen, und nachdem das durch war, haben sie abgestimmt. Mahler hat mir das Abstimmungsergebnis mitgeteilt und gratuliert. Er hat mir aber auch zu verstehen gegeben, dass er, Gottfried Mahler, mich für viel zu jung, zu unerfahren und zu unstrukturiert hielt."

„Echt?" Thomas sah ihn überrascht von der Seite an.

„Allerdings. Und dass ich noch nicht einmal aus dem Rheinland stamme, disqualifizierte mich in Mahlers Augen endgültig. 'Aber der Chor hat nun einmal so entschieden, wie er entschieden hat, und ich akzeptiere dessen Votum'", imitierte Volker den großen Vorsitzenden mit leicht näselnder Stimme.

„Warum ist er dann nicht von seinem Vorstandsposten zurückgetreten?", überlegte Thomas.

„Ach, ich glaube, das Zepter wird man ihm wohl auf dem Totenbett aus seinen erkaltenden Händen winden müssen", antwortete Volker mit einem grimmigen Lächeln.

Dann gingen sie wieder stumm nebeneinander her und jeder hing seinen Gedanken nach.

„Wie kommst du eigentlich auf diese Geschichte mit deinem Vorgänger?", fragte Thomas. Er wollte den Faden des Gesprächs wieder aufnehmen.

„Ich weiß nicht genau. Vielleicht bin ich drauf gekommen, weil das auch ein so plötzlicher Todesfall war – wenn auch weniger gewalttätig", fügte er leise hinzu.

„Das kann man so nicht sagen. Krebs ist extrem gewalttätig. Nur eben auf eine andere Art", widersprach Thomas.

„Da hast du auch wieder recht."

Thomas beobachtete mit nicht geringem Missfallen, dass sich Pedro in irgendetwas wälzte, das verdächtig nach Tierkot aussah. „Na warte", dachte er. „Das wird mit einer Dusche nicht unter fünf Minuten bestraft."

„Du warst doch Polizist", wagte sich Volker jetzt vor. „Ist dir sowas öfter passiert? Also, hast du sowas oft erlebt, wie das, was da mit Manfred passiert ist?"

„Ja und nein", entgegnete Thomas. Er hatte in den letzten Tagen so viel darüber nachgedacht, dass er jetzt nicht lange überlegen musste. „Ja, weil ich mehr Tote gesehen habe, als mir lieb ist. Darunter auch viele Mordopfer, teilweise grausam zugerichtet." Er schüttelte den Kopf, wie um Erinnerungen zu verscheuchen. „Nein, weil ich nie so emotional beteiligt war. Das war für mich ein echter Schock, Manfred so dasitzen zu sehen. Oder vielmehr das, was früher einmal Manfred gewesen war. Bei der Polizei lernt man schnell, sich auf die rationale Seite zu beschränken, zu beobachten und zu analysieren. Emotionen sind in der Regel kontraproduktiv."

Er machte eine vage Bewegung mit dem Arm, die erklärend oder auch entschuldigend sein konnte. „Bisher hatte es nur noch nie einen guten Freund getroffen", sagte er mit leiser Stimme.

„Was sagt denn die Polizei? Haben die irgendwelche Anhaltspunkte?"

„Ich hab da auch keine neuen Informationen", entgegnete Thomas knapp, und sein Tonfall ließ keinen Zweifel daran, dass er nicht weiter darüber sprechen wollte. Er hatte seit Montag auch nicht mehr mit Lucia telefoniert. Obwohl sie ihn hatte auf dem Laufenden halten wollen, war kein Anruf mehr gekommen, und das war Thomas eigentlich auch ganz recht so. Er wusste wirklich nicht, wozu das gut sein sollte. Natürlich war er auch neugierig und machte sich seine Gedanken, aber er konnte sich vorstellen, wie hart die Truppe von Glatz gerade rangenommen wurde, und da wäre es fast sträflich, wenn Lucia allzu viele Gedanken an ihn verschwenden würde. Das lenkte nur vom Wesentlichen ab.

Basti und Pedro kamen angeschossen, rannten einmal um Thomas und Volker herum und waren auch schon wieder weg. „Die haben vielleicht eine Energie!", staunte Volker.

„Großartig, oder?", antwortete Thomas mit leuchtenden Augen.

Volker sah auf die Uhr. Seine Ahnung hatte ihn nicht getrogen: Manfreds Tod hatte Thomas heftig erschüttert. Aber er wirkte auch gefasst und stabil. Das war alles, was Volker hatte wissen wollen. Er beschloss, sich wieder zur Kirche aufzumachen.

So wie sie sich getroffen hatten, gingen sie auch wieder auseinander, fast wortlos, mit einer kurzen Umarmung. Während Thomas langsam den immer noch putzmunteren Vierbeinern folgte, vergrub Volker die Hände in den Taschen und lenkte seine Schritte in Richtung seines Arbeitsplatzes. Die Luft war noch immer lau, der Wind verwehte die alten Blätter, die raschelnd am Rand des Weges tanzten. Nur die Vögel waren seltsamerweise verstummt.

Montag. 28.12., 0:14 Uhr

Charlotte war über Weihnachten bei ihrer Mutter zu Besuch gewesen. Nach ihrer Ankunft in Köln hatte sie am Abend einem spontanen Impuls nachgegeben und war noch nach 22:00 Uhr zu Volker gefahren. Als er die Tür erst nach mehrmaligem Klingeln geöffnet hatte, war ihr sofort klar, dass es sich um 'einen dieser Tage' handelte: Ganz offensichtlich hatte er länger nicht geduscht, sein Haar stand wild vom Kopf ab, und wahrscheinlich hatte er in den letzten Tagen nicht allzu viel gegessen. Dafür waren auf seinem Bett die Partitur und der Klavierauszug* der 'Matthäuspassion' zu finden gewesen, nebst unterschiedlichster Literatur über Bach, über Bachs Werk, über die 'Matthäuspassion', über Passionsvertonungen im Allgemeinen; da lag das Neue Testament, Bibelkommentare, das 'Buch von der deutschen Poeterey' und, und, und...

„Hast du dich zu Weihnachten nur mit der 'Matthäuspassion' beschäftigt?"

Er hatte ihre Frage mit einem vielsagenden Lächeln quittiert, und sie hatte sofort gewusst, dass er jede freie Minute in den Büchern gehangen hatte. Sie übernahm kurzerhand das Kommando und steckte ihn mit der Auflage, frisch geduscht und wohlriechend wieder herauszukommen, ins Badezimmer. Dann hatte sie in der kleinen Küche versucht, aus den paar Resten, die sie vorgefunden hatte, eine halbwegs anständige Mahlzeit zu basteln.

Nachdem er sich mit noch nassen Haaren an zwei Tomaten, einer Möhre (die anderen hatte sie mit dem seit eineinhalb Monaten abgelaufenen Streichkäse entsorgt), ein paar Dosenwürstchen und zwei hart gekochten Eiern satt gegessen hatte – „Du meine Güte, ich hatte wirklich Hunger!" – zog sie ihn ins Schlafzimmer und holte sich ihre Belohnung ab.

7:48 Uhr

Wie jeden Morgen um kurz vor acht schloss Ruth Fischer die Tür zu den Geschäftsräumen des Bestattungsunternehmens Fischer am Gotenring im rechtsrheinischen Stadtteil Deutz auf. Seit zwölf Jahren arbeitete sie jetzt bereits hier. Mit 25 war sie aus ihrer kleinen mecklenburgischen Heimatstadt Gnoien Hals über Kopf nach Köln gezogen, nachdem sie diesen charmanten, gutaussehenden Mann am Strand in Playa del Inglés an der Südküste Gran Canarias kennengelernt hatte. Es war tatsächlich viel mehr gewesen als ein heftiger Urlaubsflirt, es hatte sich *richtig* angefühlt, und ein Jahr später hatten sie geheiratet. Ihr Mann David Fischer war Chef eines alteingesessenen Familienbetriebs, da seine Eltern sich zur Ruhe gesetzt hatten und elf Monate des Jahres auf Gran Canaria verbrachten. Ruth hatte festgestellt, dass ein Bestattungsunternehmen zuallererst ein Dienstleistungsbetrieb ist, so wie andere auch, und   als gelernte Einzelhandelskauffrau war es ihr nicht schwergefallen, sich nützlich zu machen. Sie hatte es zu keinem Zeitpunkt bereut, nach Köln gekommen zu sein: Das Stadtleben war aufregend und vielfältig, sie liebte ihren Mann, die Arbeit war eine Herausforderung, und sie hatte entdeckt, dass sie ein gutes Gespür für Menschen in emotionalen Extremsituationen besaß. Im Lauf der Zeit war sie immer öfter im direkten Kundenkontakt eingesetzt worden.

Die ersten Jahre waren wunderschön. Sie hatte sich einen Freundeskreis aufgebaut, sie hatten tolle Reisen unternommen und geplant, eine Familie zu gründen. Bei der Beerdigung eines in Köln sehr bekannten Dirigenten war sie von der   großen Anteilnahme seines Chores beeindruckt gewesen und hatte, einem spontanen Entschluss folgend, dem noch sehr jung wirkenden Nachfolger des Verstorbenen vorgesungen. So war sie zum Rheinischen Oratorienverein gestoßen.

Zudem hatte Ruth gebüffelt und die Bestatterprüfung gemacht. Alles schien perfekt. Bis zu dem Abend vor fünf Jahren, als David im Fitnessstudio zusammengebrochen war. Der Arzt vermutete später, er wäre bereits tot gewesen, bevor er auf dem Boden aufschlug. Ein nicht diagnostiziertes Aneurysma im Gehirn war geplatzt. Und so war Ruth Fischer im Alter von gerade mal 30 Jahren plötzlich Inhaberin eines Kölner Traditionsunternehmens.

Sie fuhr den Computer hoch und seufzte. Gestern Abend hatte sie spät abends noch einen Anruf von Herrmann Wiegandt bekommen. Er hatte sie gefragt, ob sie sich um Manfreds Beerdigung kümmern könnte, sobald sein Leichnam von der Gerichtsmedizin freigegeben werden würde. Natürlich hatte sie ja gesagt, und so machte sie sich jetzt an die Vorbereitungen.

3. Kapitel

„Was ist die Ursach' aller solcher Plagen?"

Volker war erleichtert. Obwohl es die Probe 'zwischen den Jahren' war und sich einige schon vor längerer Zeit urlaubsbedingt abgemeldet hatten, fehlten nur vierzehn Sängerinnen und Sänger, und eine sinnvolle Chorprobe war möglich. Wahrscheinlich war auch Manfreds Tod ein Grund, im Moment auf keinen Fall zu fehlen – egal, ob man jetzt feiertagsgeschädigt war, familiäre Verpflichtungen hatte oder auch aus schierer Trägheit mal Fünfe gerade sein lassen wollte. Volker wusste, dass fast alle Chormitglieder einen Anruf von der Polizei bekommen hatten. Das galt auch für ihn.

Der Beamte hatte sich mit 'Baumeister' vorgestellt. Er hatte erklärt, dass sie routinemäßig das Umfeld des Opfers beleuchteten, und dann Fragen zu Manfred gestellt, die sich um dessen Beruf und privates Umfeld gedreht hatten. Volker hatte kaum eine der Fragen wirklich beantworten können. Der Polizist war davon offenbar nicht sehr überrascht gewesen, hatte sich relativ schnell bedankt und das Gespräch beendet. Volker war noch eine Weile irritiert mit dem Hörer in der Hand sitzen geblieben. Wie war es möglich, dass man Menschen, die man regelmäßig sah, mit denen man schon so viele Projekte gemeinsam erarbeitet hatte, mit denen man gesungen, gelacht und getrunken hatte, so wenig kannte? Wenn er darüber nachdachte: Wie gut kannte er die Menschen in seinem Umfeld? Was wusste er eigentlich über sie?

Volker wischte die Gedanken beiseite und begann zu proben. Er hatte beschlossen, den anwesenden Chorsängern heute einen möglichst genauen Überblick über das

Gesamtwerk zu geben, soweit das in einer zweieinhalbstündigen Probe möglich war. Die 'Matthäuspassion' war nun einmal in jeglicher Hinsicht besonders und der Chor, oder vielmehr die Chöre, spielen eine zentrale Rolle. Sie eröffnen und beenden jeden der beiden Hauptteile, kommentieren oder reflektieren diverse Szenen und greifen auch hin und wieder aktiv in die Handlung ein: Als Gruppe von Jüngern, als Hohepriester oder als Volksmasse.

Volker wollte versuchen, die Sänger an seiner Begeisterung darüber teilhaben zu lassen, wie virtuos der alte Bach mit Farben und Perspektiven einzelne Motive betonte und so ein Tongemälde erschaffen hatte, wie es vielfältiger kaum sein könnte. Das war aber längst nicht alles: Bach lotet dabei die ganze Fülle und Tiefe menschlicher Emotionen aus, von Freude über Trauer und Schmerz hin zur Verzweiflung, Trost und Zuversicht. Nicht umsonst wird er gelegentlich als der 'Fünfte Evangelist' bezeichnet. Natürlich wussten das die meisten der Chormitglieder, aber ein paar zusätzliche Hintergrundinformationen konnten nicht schaden.

In der Pause kam der Schornsteinfeger Joseph, einer der Basssänger, zu Volker ans Klavier. „Volker, weißt du was Neues über Manfred?"

„Nein. Aber wir könnten Thomas fragen, vielleicht hat er was gehört."

Thomas nahm gerade einen großen Schluck aus seiner Wasserflasche, als Volker ihn ansprach.

„Nein, ich weiß auch nicht viel. Mein Kontakt bei der Mordkommission riskiert sowieso Ärger, wenn sie mir mehr Informationen zukommen lässt, als offiziell an die Öffentlichkeit gegeben werden." Er verriet dabei nicht, dass er erst heute Morgen mit Lucia telefoniert hatte. Sie war ihm übermüdet vorgekommen, frustriert und aggressiv. Thomas konnte sich nur allzu gut vorstellen, warum. Glatz war als

Chef mit Sicherheit nicht mehr auszuhalten, da die Ermittlungen kaum voran kamen. Alle wussten, wer die Schuld daran trug, dass so viel Zeit verschenkt worden war. Glatz hatte verbissen an seiner Stricher-Theorie festgehalten, und war mit diesem Ansatz ganz offensichtlich vor die Wand gelaufen. Die anfänglich hoffnungsvolle Stimmung in der Truppe, diesen Fall schnell, vielleicht noch vor Weihnachten zu lösen, oder wenigstens einen großen Schritt voran zu bringen, war der Erkenntnis gewichen, dass es trotz vieler Ansatzpunkte noch nicht eine einzige überzeugende Theorie zum Tathergang und Motiv gab, geschweige denn zu einem möglichen Tatverdächtigen.

Thomas kannte das, und er beneidete die Kollegen nicht. Wenn nicht zügig, möglichst innerhalb weniger Tage, ein entscheidender Hinweis auftauchte, bestand die Gefahr, dass man sich verzettelte, dass Spuren verblassten und dass der oder die Täter für immer über alle Berge waren. Und natürlich auch, dass die Kollegen dann nur noch halbherzig daran arbeiteten: Die erste Euphorie war verraucht, kein Adrenalin mehr. Bewusst oder unbewusst hakte man den Fall ab. Wenn das geschah, konnte es im allerschlimmsten Fall sein, dass ein Verbrechen nie aufgeklärt wurde. Aber soweit waren die Ermittler noch nicht. Jetzt galt es, den Suchradius immer weiter zu vergrößern, um vielleicht doch noch auf irgendetwas zu stoßen, was bisher übersehen worden war.

„Ich bin auch von der Polizei verhört worden", erzählte Joseph nachdenklich. „Und das ist echt ein Thema, Junge, Junge. Meine Frau hat mit einer Freundin gesprochen und deren Mann ist ein Freund von einem Polizisten, der irgendwie mit an den Ermittlungen beteiligt ist. Der hat ihm erzählt, dass Manfred nicht verblutet ist, sondern erstickt. Und zwar an einem großen Stück Notenpapier."

„An Notenpapier?" Ungläubig runzelte Volker die Stirn.

„Ja, das hat er wohl gesagt", entgegnete Joseph ein wenig verunsichert.

Thomas war verblüfft und verärgert. Wie hatte ein Polizist aus dem Ermittlerteam so indiskret interne Informationen weitergeben können? Und warum hatte Lucia nichts davon erzählt, dass Manfred an *Noten*papier erstickt war?

„Kannst du was damit anfangen?", fragte Volker ratlos.

Thomas zuckte mit den Schultern. „Nein, ich kann auch nur spekulieren." Er überlegte kurz, ob er erzählen durfte, was er gesehen hatte und beschloss dann, dass mit ein paar Details mehr oder weniger kein größerer Schaden angerichtet werden würde. „Manfreds Wohnung war komplett verwüstet. Und auf dem Boden lag alles Mögliche, auch ziemlich viel Papier herum. Vielleicht hat der Täter nur das Nächstbeste gegriffen, was zur Hand war und ihm in den Hals gestopft?"

„Bess do dann do jewese? Waröm dat dann?" – wenn er aufgeregt war, schlug der rheinische Dialekt bei Joseph sehr stark durch.

„Eine Freundin hat mich gefragt, ob ich nachsehen kann, ob etwas fehlt. Das schien ihr wohl in der Situation am unkompliziertesten", antwortete Thomas sachlich.

Joseph setzte zu einer weiteren Frage an, überlegte es sich aber offenbar anders, entschuldigte sich und trottete in Richtung Toilette.

„Und was denkst du?", fragte Thomas den Chorleiter.

„Ich weiß nicht so genau. Ich kann mir nicht vorstellen, dass bei Manfred einzelne Notenblätter herumgelegen haben. Also muss der Täter das Papier bewusst aus einem Klavierauszug oder einer Partitur herausgerissen haben. Und das ist dann schon nicht mehr Affekt, oder? Im Affekt nehme ich doch eine Zeitung, oder was gerade herumliegt."

Thomas überlegte kurz. „Du hast Recht. Ein Zufall scheint hier ausgeschlossen." Innerlich hatte er schon einen

Entschluss gefasst, obwohl er sich eigentlich nicht in die Ermittlungen hatte einmischen wollen. „Hast du morgen Nachmittag vielleicht Zeit für einen Kaffee?", fragte er. „Dann kann ich ein paar Telefonate machen und versuchen, mehr herauszufinden."

„Diese Woche ist es etwas knapp. Vielleicht nächstes Jahr?" Volkers verschmitztes Lächeln half Thomas über den kurzen Moment der Verblüffung hinweg und er nickte grinsend. „Dann nächstes Jahr!"

22:08 Uhr

Nach der Probe betrat Volker das Kääzmann's und war erstaunt, so viele seiner Sänger hier versammelt zu sehen, bis er sich daran erinnerte, dass heute die letzte Probe des Jahres gewesen war und natürlich ein 'Jahresendstammtisch' zelebriert wurde. Der Köbes* hatte auf vorherige Bitte zwei Tische mehr reserviert als sonst. Trotzdem gab es keine Plätze mehr. Volker nahm sich einen Stuhl von einem der Nachbartische, bat darum, sich noch „reinquetschen zu dürfen" und landete zwischen Franziska und Paul Lanz, einem der zwei Ehepaare des Chores.

Die Beiden hatten sich im Rheinischen Oratorienverein kennengelernt, als Franziska vor etwa vier Jahren zur Soprangruppe gestoßen war und schienen wie füreinander geschaffen. Sie lehrte Deutsch und Kunst an einem Gymnasium, er war Psychologe und hatte eine Praxis in der Kölner Innenstadt. Beide liebten das Singen, beide lasen für ihr Leben gern, beide verbrachten so viel Zeit wie möglich in der Toskana und beide sprachen fließend Italienisch. Niemand war überrascht gewesen, als sie nach zwei Jahren geheiratet hatten.

Die Stimmung am Tisch war gedämpft, hier und da schnappte Volker Gesprächsfetzen auf, die darauf hindeuteten, dass Manfred und sein gewaltsamer Tod noch das vorherrschende Thema waren. Volker gegenüber saß Elisabeth im Gespräch mit Axel und einer Sängerin namens Maren Kempe, die erst seit etwa einem halben Jahr zum Chor gehörte. Sie war mit Ende 20 eine der Jüngeren und hatte offensichtlich gute Laune. Gerade erzählte sie, wie wunderbar sie es fand, gemeinsam etwas zu erarbeiten, gemeinsam über einen relativ langen Zeitraum auf ein Ziel hinzuarbeiten, Energie zu bündeln und etwas Wunderbares zu schaffen. Axel ging darauf ein und verglich Chorsingen und Chorkonzerte mit Schwangerschaft und Geburt, was Elisabeth dann doch etwas übertrieben fand, und dazu veranlasste, energisch zu protestieren. Axel verteidigte sich nach Kräften: Was denn so wahnsinnig anders wäre? Man stecke sein Herzblut hinein, lasse das Projekt wachsen und gedeihen; langsam reife es heran, und je näher der entscheidende Termin rücke, desto intensiver würden die Proben, die Spannung steige, und dann übergab man es mit einer gewaltigen, gemeinsamen Energieleistung der Welt. Ob sie die Studien kenne, die bestätigen, dass sich Chöre in 'Superorganismen' verwandeln? Die gemeinsame Atmung und der gemeinsame Energiefluss führten erwiesenermaßen zu synchronem Herzschlag bei den Sängern, es traten ähnliche Effekte auf, wie bei einigen Yogaübungen.

Maren schaltete sich ein. Sie habe zwar noch keine Kinder, aber auch wenn Axel recht hätte, der Vergleich mit einer Schwangerschaft sei dann doch etwas weit hergeholt, schließlich wachse in einer Frau ein neues Leben, ein neuer Mensch, von ihr und durch sie genährt, neun Monate lang, 24 Stunden am Tag. Und genau das passiere doch auch in ihrer gemeinsamen Arbeit, insistierte Axel, etwas wachse und gedeihe, nur eben nicht in einer Person allein, sondern in Dutzenden...

Volker nahm einen Schluck Kölsch und ließ seinen Gedanken freien Lauf. Er war erschöpft und müde, und wenn er müde war, fing er an, sich Fragen zu stellen: Was war das eigentlich für ein Leben, das er da führte? Unregelmäßige Tagesabläufe, keine Wochenenden, geringer Verdienst und ein sehr überschaubares Privatleben. Sein knappes Kirchenmusikergehalt stockte er mit Konzerten auf, er leitete den Oratorienverein, spielte Orgel auf Beerdigungen oder sang als Verstärkung in Chören. Er hatte dieses Leben sehr bewusst gewählt, etwas anderes war nie wirklich in Frage gekommen. Und doch haderte er in schwachen Momenten mit der Unsicherheit und seinen vergleichsweise lächerlichen finanziellen Möglichkeiten. Volkers Vater hatte für ihn etwas sehr anderes geplant: „Geh zu einer Bank! Lern was Solides. Steig auf, mach Geld. Dann kannst du nebenher so viel Musik machen, wie du willst." Aber das war lächerlich! Alle Energie und den Großteil seiner Lebenszeit an etwas verschwenden, das ihn nicht im Geringsten interessierte? Er fühlte sich eigentlich nur wirklich lebendig, wenn er musizierte, er fühlte sich sicher, er *wusste* dann, dass er genau da war, wo er sein sollte. Dafür war er geschaffen.

„Oder weißt du da mehr, Volker?", riss ihn Elisabeth aus seinen Gedanken.

„Wie bitte?" Er hatte absolut nicht mehr zugehört.

„Wir haben uns gerade gefragt, ob Manfreds Eltern noch leben, oder ob er Geschwister hatte?"

„Keine Ahnung. Ich weiß leider wirklich schrecklich wenig über ihn. Thomas kannte ihn glaube ich am besten." Volker versuchte vergeblich, sich Gespräche mit Manfred ins Gedächtnis zu rufen, in denen das Thema gewesen wäre. Und jetzt konnte er Manfred nicht mehr fragen. Für einen Moment überkam Volker ein beklemmendes Gefühl der Unwirklichkeit. Ein Traum, der ihn letzte Nacht heimgesucht hatte, drängte wieder in sein Bewusstsein, und er erschauerte. Schon sein ganzes Leben lang träumte er intensiv, aber dieser Traum hatte ihn außergewöhnlich stark beeindruckt.

Er hatte sich in einem Zimmer voller Regale befunden, die mit Büchern vollgestopft gewesen waren. In der Mitte des Raumes hatte ein Mann auf einem Stuhl gesessen. Volker hatte den Mann nur von hinten sehen können und sich noch gefragt, ob er ihn wohl kannte, doch da hatte eines der Bücher ohne erkennbare Ursache angefangen, zu brennen. Die Flammen hatten sich rasend schnell ausgebreitet und sich gierig in Richtung des immer noch ruhig auf seinem Stuhl verharrenden Mannes vorgearbeitet. Volker erinnerte sich, dass er versucht hatte, den Sitzenden zu warnen, doch er war außerstande gewesen, sich zu bewegen oder einen Laut von sich zu geben. Dann hatte das Feuer den Stuhl erreicht und den Sitzenden innerhalb eines Augenblicks in Flammen eingehüllt. Volker erinnerte sich weiter, dass er sich trotz seiner Hilflosigkeit und seines Entsetzens gewundert hatte, wieso der Mann so ruhig hatte dasitzen können. Dann hatte sich die Form des Brennenden verändert – er war geschmolzen. Sein Fleisch, sein Körperfett und sein Blut waren als zähe Masse von den Knochen getropft und hatten sich in dampfenden Bächen über den Boden ausgebreitet. Währenddessen hatte sich der Mann langsam umgedreht und Volker schließlich aus leeren Augenhöhlen durch die immer noch hell lodernden Flammen hindurch angestarrt. Das brennende Skelett hatte grüßend einen Arm gehoben. Dann war Volker entsetzt aufgewacht.

„Volker? Alles klar? Du bist ja ganz blass." Elisabeth sah ihn besorgt an. Volker winkte ab. „Jaja, alles gut", murmelte er.

Er verabschiedete sich rasch und trat den Heimweg an. Diese Träumerei. So lästig! Brennende Menschen. Brennende Bücher. Was um Gottes Willen sollte das?

Lucia nahm nach dem ersten Klingeln den Hörer ab.

„Maier."

„Guten Morgen, Lucy!" Thomas' Stimme.

„Guten Morgen, Thomas! Was verschafft mir die Ehre zu so früher Stunde?"

„Zu so früher Stunde? Ich war schon zwei Stunden unterwegs. Sag mal, musst du nicht zufällig spontan eine Überstunde abfeiern und mit einem Ex-Kollegen einen Kaffee trinken?"

„Hm, nicht gerade 'ne Überstunde, aber ich muss dringend was im Café Franck am Ehrenfeldgürtel überprüfen."

„Da helf' ich dir doch bei."

„Die machen um 10.00 Uhr auf."

„Bis gleich."

Um 10.01 Uhr betrat Thomas das Café Franck. Er setzte sich an einen Fenstertisch, bestellte einen Kaffee und wartete. Zehn Minuten später erschien Lucia. „Tut mir leid, hier ist unmöglich einen Parkplatz zu finden." Nachdem sie sich ebenfalls einen Kaffee bestellt hatte, kam Thomas ohne Umschweife zur Sache. „Lucy, ich habe gestern etwas gehört, was mich ein wenig hellhörig gemacht hat. Erstens glaube ich, dass ihr einen Kollegen in der Truppe habt, der etwas zu ungezwungen mit seinen Nachbarn plaudert, und zweitens hat mich die Erwähnung eines Notenblattes in Manfreds Mund neugierig gemacht."

Lucia wirkte überrascht. „Es sind Informationen nach außen gedrungen? Ich habe keine Ahnung, wer da redet, aber das geht natürlich überhaupt nicht. Das kann böse ins Auge gehen, vor allem, wenn die Presse was erfährt. Ich werde mich mal ein wenig umhören." Der Kaffee kam und Lucia nahm einen Schluck. „Tja, das mit dem Notenpapier ist knifflig. Der Mörder hat Manfred offenbar gefesselt, ihm die Zunge rausgeschnitten und ihm dann ein zusammengeknülltes Notenblatt in den Hals gestopft. Und zwar mit einem sehr scharfen Gegenstand – wahrscheinlich mit dem Messer, mit dem vorher die Zunge rausgeschnitten wurde."

„Was war das für ein Notenblatt?", wollte Thomas wissen. „Handgeschrieben oder gedruckt, war es aus einem Buch gerissen oder geschnitten, war es eine Kopie?"

Lucia überlegte kurz. „Um ehrlich zu sein, das weiß ich nicht genau. Es war sowieso kaum als Notenblatt zu identifizieren gewesen, weil es fast komplett mit Blut getränkt war. Glaubst du, das könnte wichtig sein?"

„Na, überleg doch mal: Wenn der Mörder geplant hatte, Manfred zu töten, wieso sollte er dann etwas so Exotisches wie ein Notenblatt verwenden? Und auch wenn er es nicht geplant hätte, dann wäre es wichtig zu wissen, ob dieses Blatt gerade herumlag, oder ob er es dabei hatte oder ob der Mörder es erst noch aus einem Buch herausreißen musste, oder, oder, oder… "

„Wir haben uns auch schon gefragt, ob es eine Bedeutung hat, waren aber im Moment mit anderen Dingen beschäftigt", brummte Lucia. „Wir haben sein Umfeld beleuchtet und uns ansonsten völlig auf die Fahndung nach einschlägig Vorbestraften konzentriert – du weißt schon, Junkies oder die, die schnell mal ausrasten. Ein paar haben wir auch schon vernommen, aber bisher ist nichts Brauchbares dabei heraus gekommen. In den letzten Tagen hat das dann immer größere Kreise gezogen." Sie lächelte ihn fast entschuldigend an. „Aber das weißt du ja bestimmt, ich glaube der ganze Chor ist angerufen worden."

„Habt ihr DNA-Spuren?"

„Der Tatort war voll davon, aber es gab keine, die wir zuordnen konnten. Ich weiß ehrlich gesagt auch nicht so recht, wie ich den Chef von seiner Stricher-Theorie abbringen kann. Er ist ja sowieso beratungsresistent, wenn er sich was in den Kopf gesetzt hat, aber in diesem Fall ist es extrem." Sie rührte nachdenklich in ihrer Tasse. „Du könntest recht haben, vielleicht bringt uns das Notenblatt weiter."

„Habt ihr das Papier schon gereinigt?"

„Nicht, dass ich wüsste. Liegt sicher noch in der KTU."

„Bitte kümmere dich doch darum. Und dann mach' mir ein Foto davon. Ich würde es gern unserem Chorleiter zeigen."

Lucia verstand. Sie hatte ein schlechtes Gewissen gegenüber Thomas. Sie hatte versprochen, ihn zu informieren, und jetzt bezog er seine Informationen von Dritten. Und dass seine Ideen zudem sehr hilfreich sein konnten, merkte sie gerade wieder.

„Das mach ich. Vielleicht dauert es etwas, ich kann das nicht direkt unter der Nase von Glatz durchziehen."

„Ich weiß." Thomas blickte aus dem Fenster, hinaus auf den Ehrenfeldgürtel, wo gerade eine Straßenbahn auf den von Platanen gesäumten Gleisen vorbei rumpelte. „Manfred war mein Freund, und ich will verstehen, warum er sterben musste."

„Das will ich auch", entgegnete Lucia.

Donnerstag, 31.12., 18:04 Uhr

Charlotte war bester Laune. Leichtfüßig eilte sie in Richtung Gemeindesaal, wo die Chorsilvester-Party stattfinden sollte. Ihr Beitrag bestand aus einem 'Frankfurter Kranz' für das Nachtisch-Büffet - nach einem Rezept ihrer Großmutter. Laut einiger - natürlich völlig unvoreingenommener - Freunde, handelte es sich um den besten Kuchen zwischen Kiel und Berchtesgaden.

Von den insgesamt 74 aktiven Mitgliedern des Chores hatten immerhin 41 zugesagt. Rechnete man Partner und Kindern dazu, sollten annähernd einhundert Feierwütige anwesend sein, und nichts sprach dagegen, dass es ein rauschendes Fest werden würde! Ein Ausschuss hatte akribisch alle Details geplant, Speisen und Getränke, Spiele, Deko, Musikauswahl. Stephan Marx aus der Bassgruppe, von Haus aus Richter am Verwaltungsgericht in Köln, hatte zur allgemeinen Überraschung mit leuchtenden Augen verkündet, dass er mit dem allergrößten Vergnügen den DJ geben würde. Gerhard Bode hatte sich bereit erklärt, als eine Art Mundschenk zu fungieren. Charlotte war sich zunächst nicht sicher gewesen, was sie davon halten sollte, bis ihr klar geworden war, dass er auf diese Weise – trotz der Anwesenheit seiner Frau – problemlos Kontakt zu sämtlichen anwesenden Damen würde halten können. Für einen Moment spielte ein diabolisches Grinsen um ihre Mundwinkel, als sie an Elisabeths Lebensgefährten dachte, einen schlanken, mittelgroßen, ruhigen Mann, der als Sicherheitsexperte für verschiedene Firmen arbeitete und laut Elisabeth nicht nur den Schwarzen Gürtel in Karate und Aikido besaß, sondern seit Jahren auch Krav Maga trainierte, eine für den Mossad entwickelte Nahkampftechnik. Sie beneidete Elisabeth ein wenig. Die trug bestimmt kein Pfefferspray bei sich, zumindest dann nicht, wenn sie mit ihrem Freund unterwegs war. Automatisch tastete Charlotte nach der kleinen Sprühdose in ihrer Jackentasche. Sollte Gerhard also weiter so offensives Interesse an Elisabeth zeigen, könnte es durchaus zu einem interessanten Aufeinandertreffen kommen. Vielleicht musste dann ja ein anderer zum Jahreswechsel die Befüllung der Sektgläser übernehmen...

Charlotte bog in die Rochusstraße ein und ging die letzten Meter unter den alten Kastanienbäumen hindurch. Das Stimmengewirr, das durch die offene Gemeindehaustür drang, verriet ihr, dass sie nicht die Erste war. Für einen Moment musste sie an ihren Ex-Mann Bernhard denken, der später am Abend kurz vorbeischauen, vielleicht ein Glas Sekt trinken, aber vor zwölf auch wieder verschwinden würde. Man merkte ihm immer an, dass er sich unwohl fühlte und in Gedanken woanders war, wenn er einen Schritt aus seiner Studierstube machte. Und eigentlich war er nie wirklich anders gewesen. Charlotte war ihm zum ersten Mal begegnet, als sie eine Gruppe argentinischer Studenten durch Köln geführt hatte. Das war nur ein Studentenjob gewesen, aber es hatte ihr großen Spaß gemacht, ihr Spanisch zu pflegen und mit vielen unterschiedlichen Leuten in Kontakt zu kommen. Irgendwann war ihr der Neuankömmling aufgefallen, der sich unterwegs der Gruppe angeschlossen hatte: ein sympathisch aussehender, ernsthaft wirkender Mann, der aufmerksam ihren Ausführungen lauschte. Auf dem Weg zwischen dem Heinzelmännchenbrunnen und dem Römisch-Germanischen Museum an der Südseite des Domes hatte sie ihn angesprochen und gefragt, woher er komme. Er hatte in fließendem Spanisch geantwortet, mit einem Akzent, den sie zuerst nicht richtig hatte einordnen können: Er sei schon seit langer Zeit Kölner, habe aber noch nie eine Führung mitgemacht und spontan die Gelegenheit dazu nutzen wollen, vor allem wenn er dabei auch noch einer so reizenden jungen Dame folgen dürfe, wobei er sich leicht verbeugt und einen Handkuss angedeutet hatte. Irgendetwas hatte ihr an seiner etwas angestaubten Korrektheit und seinem formvollendeten Auftreten imponiert, und sie hatte sein Angebot angenommen, mit ihm noch einen Kaffee trinken zu gehen. Sein Name war Bernhardt Schacht, er war als Sohn deutscher Eltern in Chile aufgewachsen und nach dem Studium an der Kölner Universität in der Domstadt geblieben. Er hatte Bibliothekswissenschaften studiert und schien über ein schier unerschöpfliches Wissen über europäische Kulturgeschichte zu verfügen. Es war vor allem seine Fähigkeit gewesen, Zusammenhänge herzustellen, die sie fasziniert hatte. Eine solche Sicherheit des

Denkens und solch ein klarer Intellekt waren ihr zuvor noch nie begegnet. Bernhardt hatte sie eigentlich schon am ersten Nachmittag erobert. Und schon ein halbes Jahr später hatte er tatsächlich um ihre Hand angehalten – formvollendet in einem edlen französischen Restaurant in der Krefelder Straße, mit Champagner, Rosen, Ring und Kniefall. Obwohl er 19 Jahre älter war als sie, war das nie ein Problem gewesen und manchmal fragte sie sich, warum ihre Ehe eigentlich gescheitert war. Hatte *er* sich in der Zeit nach der Hochzeit verändert, oder *sie*? So ganz sicher war sich Charlotte da nicht. Allerdings hatte Bernhardt schon nach wenigen Jahren nicht mehr den Eindruck vermittelt, mehr Interesse an ihr zu haben, als an einer Haushaltshilfe oder einem Einrichtungsgegenstand. Er war höflich und zuvorkommend geblieben, aber seine unverbindliche, distanzierte Freundlichkeit hatte sie mehr und mehr verzweifeln lassen. Vor acht Jahren hatten sie sich schließlich getrennt – in freundschaftlichem Einvernehmen, wie man eben so sagt. Charlotte lebte seitdem alleine und genoss jede Sekunde.

Sie erspähte Volker unter den Gästen und sah, dass er sich diesmal tatsächlich Gedanken um sein Äußeres gemacht hatte: Er trug ein weißes Hemd zu Jeans und hatte seinen Haaren eine Frisur verpasst. Er wirkte jung und attraktiv und sie würde sicher nicht ohne ihn nach Hause gehen.

Gegen halb neun waren die letzten Partywilligen eingetroffen, und unter großem Hallo wurde per Videobeamer „Dinner for One" an die Wand projiziert. Die Alkoholvorräte waren schon in geradezu beängstigendem Maße dezimiert, und so war es nicht verwunderlich, dass jeder von James' Stolperern durch hemmungsloses Gekicher und Gekreische antizipiert und dass jedes „By the way: the same procedure as last year...?" im Chor mitgesprochen wurde. Gerhards zum Scheitern verurteilter Versuch, alle Anwesenden jeweils rechtzeitig mit Sherry, Weißwein, Champagner und Portwein auszustatten, sorgte für nicht geringe Erheiterung, und es war offensichtlich, dass er zum ersten und letzten Mal den 'Mundschenk' spielte. Als zwei Stunden später Stephan Marx völlig enthemmt mit Karnevalsbrille und aufgeklebtem Schnurrbart anfing, Bläck Fööss, Die Höhner und Wise Guys aufzulegen, ging Charlotte mit Volker einen Schritt an die frische Luft. Dort standen schon Anton Draussenberg und Martin Seligmann.

„Ja, oft", sagte Martin gerade. Offenbar antwortete er auf eine Frage Antons. „Ich frage mich oft, ob sein Tod wirklich auch nur ansatzweise mit seiner Homosexualität zu tun hat. Ich meine, allen fällt das sofort ein, was soll die Scheiße? Er ist umgebracht worden, na und? Das kann Millionen Gründe haben! Fick doch die Henne, diese gewichste Übersexualisierung geht mir sowas von auf den Sack..."

Martin war der seltsamste Chorsänger, den Volker je erlebt hatte. Zwar war er voller Begeisterung und Engagement bei der Sache, verpasste selten Proben und nie Konzerte. Zudem verfügte er über eine sehr schöne Baritonstimme, aber er ließ dennoch keine Gelegenheit aus, sich über „die ganze verkopfte, museale Kunstkacke" lustig zu machen. Meistens erschien er mit eingestöpselten Ohrhörern, seine bemitleidenswerten Hörwerkzeuge schutzlos den dynamisch meist verstörend undifferenzierten Lärmtiraden harter Metal Bands aussetzend. Volker hatte ihn noch nie ohne seine Lederkombi gesehen, außer bei Konzerten, und auch dann trug er meist eine schwarze Lederhose zum schwarzen Sakko, was bei einigen der älteren Chordamen regelmäßig die Ursache für gesundheitsgefährdend hohe Blutdruckwerte war.

Anton sah Martin über sein Kölschglas hinweg schief an. „Ich gebe dir im Prinzip Recht, allerdings war dein letzter Satz... - naja, du hast erstaunlich viele Begriffe in deiner kurzen Einlassung untergebracht, die dein Argument eher schwächen...",

„Ach, du weißt doch, was ich meine. Is doch alles Kacke. Oh, der Herr Chorleiter mit seiner Geliebten", wandte er sich an Volker und Charlotte.

Volker überhörte die Bemerkung und sagte stattdessen: „Niemand weiß, was er über den Mord denken soll. War das nur ein saudoofer Zufall? War Manfred zur falschen Zeit am falschen Ort? Ein Zufallsopfer?"

„Ja eben. Das ist doch die Frage, die uns alle bewegt", seufzte Anton, während Martin rülpste. „'tschuldigung."

„Wieviel hast du schon?", fragte Anton streng. „Du fährst doch nachher nicht etwa mit deinem Roller heim?"

Martin murmelte etwas wie „Mh, mal sehen – ich glaub mein Glas ist kaputt – da ist Luft drin..." und trollte sich in die Richtung, in der er Nachschub vermutete. Dort priesen die Bläck Fööss gerade mit lautstarker Unterstützung der Anwesenden die Güte des Kölner Wassers, und ein kurzer Anflug tiefer Dankbarkeit wärmte Volker das Herz. Bis zur nächsten Chorprobe waren es noch fünf Tage – normalerweise genug Zeit für gesunde Stimmapparate, um sich von diesen extremen Strapazen zu erholen.

„Und was meinst du wirklich?", fragte Anton.

„Wozu?"

„Na, zu Manfred!"

Volker zögerte wieder. „Ehrlich, ich weiß wirklich nicht, was ich denken soll."

„Na, komm schon, du hast das mit dem Notenblatt auch gehört."

„Ja, schon, aber ich kann mir überhaupt keinen Reim darauf machen. Was um alles in der Welt soll das?"

4. Kapitel

„Wie wunderbarlich ist doch diese Strafe"

Dienstag, 5.1.2016, 19:05 Uhr

Die erste Chorprobe im neuen Jahr begann mit einer kurzen, außerplanmäßigen Ansprache des Vorstandsvorsitzenden Gottfried Mahler. Ruth hatte den Termin für Manfreds Beerdigung mitgebracht: Manfred würde am Montag, den 11. Januar um 12.00 Uhr auf dem Kölner Melatenfriedhof zur letzten Ruhe gebettet. Obwohl das für die Berufstätigen ein ungünstiger Zeitpunkt war, versprachen alle, ihr Möglichstes zu tun, um dabei sein zu können und in der Aussegnungshalle noch einen Choral aus der 'Matthäuspassion' für Manfred zu singen.

Die Probe begann entspannt und konzentriert. Nicole Erhard, die Stimmbildnerin*, war wieder da. Auf Volkers Drängen hin leistete sich der Chor seit zwei Jahren diesen Luxus: Wie jede Woche verschwand Nicole mit einem Keyboard bewaffnet in einem der Gemeindebüros, und die Chorsänger konnten sich einzeln oder in Kleingruppen in zwanzig-Minuten-Einheiten Tipps und Übungen geben lassen. Letzte Woche hatte Nicole sich krank gemeldet, und Volker war sich fast sicher, dass sie schmollte, weil er ihr nicht angeboten hatte, das Alt*-Solo im Konzert zu singen. Er schätzte sie als Stimmbildnerin, war aber von ihren gesanglichen Fähigkeiten nicht völlig überzeugt. Es war selbstverständlich Ansichtssache, aber ihr etwas unruhiges Vibrato störte ihn, und stilistisch wirkte sie für ihn nicht immer restlos geschmackssicher.

Die ganz alltäglichen Aufgaben der Chorarbeit traten wieder in den Vordergrund. Überhaupt schien sich die Lage beruhigt zu haben, und man hatte sich damit abgefunden, dass Manfred tot war. Kaum jemand schien noch zu erwarten, dass die Polizei schnell einen Mörder präsentieren würde. Thomas hatte nichts Neues berichtet und zu Volkers Befremden hatte auch sein eigenes Interesse an der Lösung des Rätsels um Manfreds Tod nachgelassen. Der Schmerz und das Entsetzen waren einem dumpfen Taubheitsgefühl gewichen, das er durch Arbeit problemlos zum Verschwinden bringen konnte. In den Medien tauchte der Fall ohnehin seit Tagen nicht mehr auf, und Volker vermutete traurig, dass in einigen Wochen, vielleicht sogar schon Tagen, nichts mehr an Manfred erinnern würde.

Mit einem Seufzen wandte er sich seiner heutigen Aufgabe zu. Er hatte sich zum wiederholten Mal einige der kurzen und auf engem Raum oft überraschend komplexen Choreinwürfe vorgenommen, die 'Turba-Chöre'*, und er fand es immer wieder faszinierend zu sehen, wie virtuos der „alte Sack" es schaffte, durch die verschiedenen Akteure – und der Chor hatte hier die abwechslungsreichste und anspruchsvollste Rolle – die Handlung voranzutreiben oder Ruhepunkte zu setzten. „Der alte Sack" – so nannte Volker heimlich seinen Lieblingskomponisten Johann Sebastian Bach, obwohl er wusste, dass es ein wenig schmeichelhafter Titel war; es handelte sich um den etwas hilflosen Versuch, den Meister wenigstens ein Stück weit vom Sockel zu heben, was jedoch nicht sonderlich gut gelang.

In erster Linie war die 'Matthäuspassion' natürlich nicht nur die Vertonung des Passionsberichtes aus dem Matthäus-Evangelium, sondern Bach und sein Textdichter Henrici hatten es geschafft, durch die Ergänzung von Arien*, Chören und Chorälen ein Werk zu schaffen, das durch seine Ausmaße im 18. Jahrhundert für den liturgischen Gebrauch nur bedingt tauglich schien. Trotzdem war es für Volker ein Rätsel, wie dieses Werk für etwa einhundert Jahre mehr oder weniger vollständig in Vergessenheit hatte geraten können. Erst 1829 war die Passion durch eine

Aufführung des jungen Felix Mendelssohn-Bartholdy wieder ins Bewusstsein der Musikwelt gerückt worden und gehörte seitdem zum Kanon der meistaufgeführten und -bewunderten kirchenmusikalischen Werke überhaupt. Und so, wie manche einen bestimmten Schauspieler oder einen Popmusiker als ihre 'erste große Liebe' bezeichneten, galt Volkers große Liebe Johann Sebastian Bach und dieser Musik.

Volker hatte Bedenken gehabt, ob sein Chor es schaffen würde, nach Weihnachten und den Silvesterfeierlichkeiten nahtlos an das bereits Erarbeitete anzuknüpfen, doch jetzt musste er zu seinem nicht geringen Ärger feststellen, dass nicht der Chor es war, dem es schwer fiel, sich zu konzentrieren, sondern dass er selbst das Problem war. Seine Gedanken schweiften immer wieder ab. Er zählte im Geist die verbleibenden Probentermine durch, überlegte, wie er das Probenwochenende am effektivsten gestalten könnte, überlegte, ob er sich zeitnah mit den Solisten treffen sollte – er dachte an alles Mögliche, aber nicht an die Musik, die er gerade machte.

Was war heute nur mit ihm los? Er war unruhig und unkonzentriert, was so gut wie nie vorkam, wenn er Musik machte. Merkten seine Sänger, dass er nicht ganz bei der Sache war?

Irgendwann war die Probe dann doch noch zu Ende gegangen, und Volker beschloss, dass er heute das 'Kölsch danach' wirklich brauchte. Im Kääzmann's schnappte er sich den letzten freien Platz zwischen Thomas und Elisabeth. Ihr gegenüber saß Oliver Gottlieb, Filialleiter einer Supermarktkette und einer der Bässe, der ihr offenbar gerade auf eine Frage antwortete. „Ja, schon. Also Verdi ist toll! Mit Wagner kann ich nichts anfangen, das ist alles immer so laut und die ganzen Götter und Helden immer, und die 'Ehre' und 'Schuld' und diese ganzen Übermenschen und so, das is nix für mich."

„Zeig mir eine Verdi-Oper, wo es nicht um Ehre und Schuld geht", erwiderte Elisabeth lächelnd und nicht ohne Ironie. „Und hast du mal die ersten Takte vom Lohengrin-Vorspiel gehört? Da schießen mir nach Sekunden die Tränen in die Augen. Das ist so leise und schön, wie man es sich nur vorstellen kann."

Der Köbes brachte ein Kölsch, und Volker nahm dankbar einen tiefen Schluck. „Lass bitte gleich noch eins da."

Thomas grinste ihn schief an. „Diese blöden, kölschen Reagenzgläser, hm?"

Oliver antwortete etwas unwirsch auf Elisabeths Einlassung. „Ja, ja, schon gut. Vielleicht stört mich auch diese braune Aura. Waren die Wagners nicht eng mit Hitler befreundet? Und hat diese eine Tochter nicht noch Jahre nach dem Krieg Lobeshymnen auf den Führer gesungen?"

„Winifred. Und sie war seine Schwiegertochter", warf Volker ein. „Und ja, die war unglaublich. Allerdings finde ich das Argument schwierig. Der alte Richard war wahrscheinlich ein Kotzbrocken und hat ekelerregende antisemitische Schriften verfasst. Seine Musik deshalb zu verdammen finde ich genauso falsch, wie die unfassbar dummen Versuche der Nazis, 'das Jüdische in der Musik' zu finden. Darüber gibt es aus der Zeit sogar Doktorarbeiten!" Er nahm noch einen Schluck. „Und außerdem, wenn wir das konsequent machen würden, müssten wir sicherlich einen Großteil der Musik wegschließen. Und nicht nur klassische Musik – Miles Davis war genial, aber lies mal seine Autobiografie. Etwas Sexistischeres und Rassistischeres hab ich selten gesehen."

Oliver sah ihn erstaunt an. „Rassistisch? War er nicht ...äh...?"

„Schwarz?", sprang Thomas ihm bei.

Oliver errötete, musste dann aber auch lachen. Dann wurde

er wieder ernst: „Auf jeden Fall ist mir das ganze Getue um Wagner und um Bayreuth suspekt. Punkt."

„Sag doch, dass du die Musik nicht magst", forderte Thomas ihn auf, und Oliver nickte etwas unsicher.

„Na, geht doch. Kann so einfach sein", fuhr Thomas fort, um dann hinzuzufügen: „Welche Opern hast du denn schon von ihm gehört?"

Oliver errötete diesmal bis unter die Haare: „Äh.. also..."

„Keine weiteren Fragen, Euer Ehren!", wandte sich Thomas schmunzelnd an die Anwesenden.

„Chef, der Mann kann gar nicht lesen!", ergänzte Elisabeth an Volker gewandt. Der konnte sich ein Grinsen nicht verkneifen. „Und das hab ich die ganzen Jahre nicht gemerkt. Da müssen wir doch was machen!", tönte er.

Alle, die das mitbekommen hatten, brachen in Gelächter aus. Nur Oliver war still und starrte konzentriert auf die wenigen verbliebenen Bläschen auf seinem Bier.

Volker wurde wieder ernst und legte ihm eine Hand auf den Arm. „Hey, alles klar? War nicht so gemeint..."

Oliver war immer noch rot, behauptete aber, dass alles in Ordnung wäre. Kurz darauf zahlte er und ging, ohne sich zu verabschieden.

„Nicht so gut gelaufen, was?", fragte Elisabeth.

Volker wusste, dass er zu weit gegangen war. Jetzt könnte er sich ohrfeigen! Er hätte merken müssen, dass sie Oliver verletzten. Gewöhnlich erkannte er mit traumwandlerischer Sicherheit Stimmungen am Tonfall. Diesmal hatte er schmählich versagt.

Thomas wirkte erstaunt. „Was habt ihr denn? Er redet schlecht über Dinge, die er nicht kennt! Da ist er zwar nicht der Einzige, aber das macht es nicht weniger dämlich. Das hat er verdient."

Thomas hatte schlecht geschlafen, und weder sein morgendlicher Winterspaziergang, noch die ausgelassen über die Wiesen tollenden Basti und Pedro hatten ihn wacher gemacht oder seine Gemütsverfassung entscheidend beeinflusst. Seine Träume waren sehr intensiv und außerordentlich blutig gewesen, wobei das Blut an seinen Händen eindeutig nicht seines gewesen war. Er erinnerte sich, dass er um sein Leben gerannt war, und beim Aufwachen hatte er wieder einmal nicht gewusst, wo er sich befand und instinktiv nach Dagmar getastet. Er vermisste sie so sehr. Dieser Schmerz war mal stärker, mal schwächer, je nachdem, wie stabil gerade sein Umfeld war, verließ ihn aber nie. Manfreds Tod hatte ihm eine der wenigen zuverlässigen Stützen weggerissen, die ihn davor bewahrten, in einen Strudel von Verzweiflung, Schmerz, Schuld und Selbstekel hinab gezogen zu werden, tiefer und tiefer hinab in den Abgrund, an dessen unteren Ende Wahnsinn und Tod um das Vorrecht rangen, ihn mit Haut und Haar verschlingen zu dürfen.

Thomas taumelte. Aber er wollte, nein, er durfte jetzt nicht aufgeben. Er war sich dessen noch nicht bewusst, hatte höchstens eine diffuse Ahnung, aber etwas Neues, sehr lebendiges machte sich daran, einen Platz in seinem Leben einzunehmen. Und gerade weil er schwankte zwischen bodenloser Verzweiflung, Kampfeswillen und einer vagen, scheinbar gänzlich gegenstandslosen Hoffnung, fühlte er wilde Aggressivität in sich aufsteigen, die sich in erster Linie gegen sein eigenes inneres Chaos richtete, von der er aber spürte, dass er sie heute kaum würde im Zaum halten können.

Gerade versuchte er sich darauf zu konzentrieren, die dünnen Fakten, die sie über das Ableben Manfreds hatten zusammentragen können, zu ordnen und auf Papier zu bringen, als das Telefon klingelte. Obwohl er die Nummer erkannte und wusste, dass es Lucia war, bellte er nur ein knappes „Ja!" in den Hörer.

„Ist ja gut, was hast du denn gefrühstückt?" Lucia schien beleidigt.

„Rufst du nur an, um über meine Ernährungsgewohnheiten zu sprechen?", schnauzte Thomas sie an.

„Aber sonst geht's dir gut, oder?" schnauzte sie zurück. „Ich habe Neuigkeiten, die dich interessieren werden." Sie ließ ihn gar nicht erst zu Wort kommen. „Unsere Techniker haben das Notenpapier so gut es ging gereinigt. Ich habe dir ein Foto per E-Mail geschickt. Vielleicht kannst Du etwas damit anfangen." Thomas hörte das kurze Klicken in der Leitung, das von einem lauten „Tuuut" abgelöst wurde. Jetzt hatte Lucia sie abbekommen, diese unkontrollierte Wut. Er spürte den Impuls, zurückzurufen, sich zu entschuldigen und ihr zu versichern, dass seine Stimmung und seine Schroffheit nichts, aber auch gar nichts mir ihr zu tun hatten. Dann bremste er sich, weil er sich nicht traute. In seinem emotionalen Zustand war es möglich, dass ein falsches Wort wieder eine unangemessene Reaktion seinerseits provozierte, die ihm danach leid tun würde. Und dafür hasste er sich noch mehr. Thomas stieß einen kurzen Schrei aus und fegte mit dem Arm seinen Notizblock, seine Stifte und sein Telefon vom Tisch. Basti und Pedro zuckten erschrocken auf und warfen ihm besorgte Blicke zu. Er atmete schwer und es dauerte einige Momente, bis er in der Lage war, seine Utensilien vom Boden aufzuklauben und sich wieder zu setzten. Tränen traten ihm in die Augen, Tränen der Wut auf sich selbst, aber auch der Trauer über Manfreds sinnlosen Tod und sein eigenes verstümmeltes Leben. Seine Vierbeiner kamen mit eingekniffenen Schwänzen und gesenkten Köpfen angeschlichen und legten diese dann links und rechts auf seinen Schoß. Er musste trotz allem lächeln und kraulte jeden mit einer Hand hinter den Ohren. „Danke Jungs." brachte er mit zitternder Stimme heraus. „Und ich werd mich bei Lucia entschuldigen, versprochen." Thomas schloss die Augen und konzentrierte sich auf seinen Atem. Einige Minuten später war er wieder in der Lage, einigermaßen klar zu denken.

Er schnappte sich sein Notebook und rief Lucias Nachricht ab. Auf dem Foto war nicht viel zu erkennen, da das Papier schwer unter Blut und Reinigungsmitteln gelitten hatte. Es waren Noten zu sehen, hier und da ein Wortfetzen, aber er konnte das Stück nicht identifizieren. Er klickte auf 'Weiterleiten' und gab Volkers Email-Adresse ein.

Thomas überlegte. Was wussten sie zum jetzigen Zeitpunkt? Er nahm wieder seinen Bleistift in die Hand und versuchte, die Tat zu rekonstruieren.

Manfred ist abends allein in seiner Wohnung. Jemand kommt, entweder mit einem Schlüssel, oder Manfred lässt ihn oder sie ein; oder er bringt jemanden mit nach Hause. Da es keine Einbruchsspuren gab, waren das die einzigen Möglichkeiten. Doch wen lässt er ein? Und warum? Und wenn der- oder diejenigen einen Schlüssel hatten, woher? War sein Freund Herrmann Wiegandt wirklich erst danach zurückgekommen? Der hatte definitiv einen Schlüssel zur Wohnung.

Weiter. Wenig später sitzt Manfred mit offener Hose und gefesselt auf einem Stuhl im Wohnzimmer. Der oder die Täter verstümmeln ihn und ersticken ihn schließlich mit einem Stück Notenpapier. Das Ganze geht extrem blutig zu, vielleicht steigern sich der oder die Täter in einen Blutrausch. Dieser kann durch den Konsum von Drogen hervorgerufen oder verstärkt worden sein. Er oder sie verwüsten das Wohnzimmer. Geschieht dies noch während der Tat? Vorher? Oder danach? Und dann nehmen sie ein paar elektronische Geräte mit.

Lucia hatte ihm erzählt, dass es keine verwertbaren Fingerabdrücke gegeben hatte. Zwar hatten sie Abdrücke von mehreren Personen in Hülle und Fülle gefunden, aber von denen war niemand aktenkundig. Dann hatte es Unmengen an Fasern gegeben, zum Beispiel ein paar nicht identifizierbare Haare, allerdings war nichts darunter, was sie zu einer brauchbaren Spur geführt hätte. Die Nachbarn aus der darüber gelegenen Wohnung waren verreist, und die Nachbarn aus der unteren Etage hatten ihren Fernseher laut gestellt. Mehr war nicht zu erfahren gewesen.

Thomas seufzte. Wie oft hatte er das erlebt – keiner hatte etwas gesehen oder gehört. Sollte er Lucia fragen, ob er noch einmal in die Wohnung durfte? Würde ihm vielleicht etwas auffallen, das die Kollegen übersehen hatten? Er zweifelte daran. Vielleicht sollte er sich mit Herrmann Wiegandt treffen? Ihn fragen, ob ihm in den letzten Wochen irgendetwas Ungewöhnliches aufgefallen war? Das wäre ein erster Schritt, könnte aber auch eine Sackgasse sein.

Thomas warf seinen Bleistift wütend auf den Tisch. Warum konnte er nicht einfach akzeptieren, dass Manfred tot war und der Polizei die Arbeit überlassen?

Er stutzte – damit hatte er sich selbst die Antwort gegeben: Er vertraute Glatz nicht. Dessen Ermittlungen konnten bestenfalls als unzureichend bezeichnet werden, aber eher wohl als stümperhaft. Zudem hatte Thomas während seiner Dienstzeit als Polizist nie aufgegeben. Vor allem nicht nach so kurzer Zeit. Er hatte nie einen Fall wirklich abgeschrieben, selbst wenn er offiziell als ungelöst eingestuft und zu den Akten gelegt worden war. Und das würde er jetzt auch nicht tun.

Es stimmte, er hatte wenig Möglichkeiten, er fühlte sich alt und müde, aber er würde es zumindest versuchen. Das war er Manfred schuldig.

Diese Hexe!

Scheinheilig. Selbstgefällig. Wie konnte sie es wagen!

Auch sie verstand es nicht.

Gerade sie, die doch mit so viel Begeisterung, so viel Feuer dabei gewesen war. Und jetzt so klein, so erbärmlich im Denken.

Keine Phantasie. Keine Vision. Nur dumpfe, spießige Jedermannsängste, Jedermannsskrupel.

Brechreizerregend.

Kein Vertrauen in die Kraft des Werkes. In seine Macht.

Das Werk erteilte ihnen die Absolution.

Und auch sie, auch sie hatte sich mitschuldig gemacht! Auch sie hatte sich durch ihr Schweigen mitschuldig gemacht.

Sie verstand es einfach nicht! Würde es nie verstehen.

Es ging nur um das Werk.

Aber diesmal musste nicht improvisiert werden.

Es hatte keinen Sinn, weiter in sie zu dringen.

Es hätte nicht so weit kommen dürfen.

Niemals hätte es so weit kommen dürfen.

Aber jetzt gab es kein Zurück.

Diese Hexe!

Er würde mit ihr das machen, was man schon immer mit Hexen gemacht hatte.

Kein Zögern jetzt.

Die Frau, die gekrümmt auf dem Bett im Schlafzimmer lag, musste Susanne Vögele sein. Zumindest ging Lucia davon aus, dass es sich um die sterblichen Überreste der Wohnungsinhaberin handelte, doch das würde die Gerichtsmedizin klären müssen. Die Leiche, das Bett und das ganze Zimmer waren schwarz und verwüstet. Löschwasser und -schaum bedeckten die Wände und den Boden. Kaum, dass noch eindeutig identifizierbare Gegenstände zu erkennen gewesen wären. Der Gestank war erbärmlich und jemand hatte ein Fenster geöffnet. Dankbar lehnte sich Lucia hinaus und atmete einige Male tief ein: Das half wenigstens ein bißchen gegen den Würgereiz.

In der Platane auf der anderen Straßenseite saß ein aufgedrehter Amselmann, der aus Leibeskräften sein Lied schmetterte. Lucia lauschte für einen Moment und seufzte; sie hätte sich jetzt nur allzu gerne ablenken lassen. Stattdessen konzentrierte sie sich, richtete sie sich wieder auf und wendete den Blick zurück ins Zimmer. Das Ganze hier sah sehr nach einem tragischen Unglück aus, doch die Techniker der Spurensicherung waren mit ihrer Arbeit noch nicht fertig. Andi, ihr Kollege, war gerade dabei, einen Nachbarn zu befragen. Also versuchte Lucia, sich einen ersten oberflächlichen Eindruck zu verschaffen.

Sie schlurfte vorsichtig in ihrem weißen Plastikoverall zurück zum Bett und betrachtete die verkohlten Reste der Frau. Ihre Größe konnte man nur noch schätzen, Arme und Beine waren angewinkelt, die Tote lag auf dem Rücken in einer Art Embryonalhaltung. Sie wusste, dass es bei Brandopfern aufgrund der Hitzeentwicklung zu solchen Verkrümmungen kam. Es sah aus, als hätte sie nackt und ohne Decke auf dem Bett gelegen, aber natürlich wäre es auch möglich, dass ein Nachthemd oder eine dünne Decke komplett verbrannt waren.

Andi trat zu ihr. Sie kannten sich vom Polizeisportclub, wo sie in der gleichen Ju-Jutsu-Gruppe trainierten.

„Lucia, schön, dass du so schnell kommen konntest. Ich glaube, das ist ein Fall für euch."

„Wieso? Es sieht doch alles nach einem tragischen Unglück aus, oder?"

Andi deutete auf das Bett. „Ein Kollege von der Spurensicherung meinte, dass man ein so starkes Feuer ohne Brandbeschleuniger in so relativ kurzer Zeit nicht hinbekommt."

Tatsächlich meinte sie jetzt durch den Gestank hindurch ganz schwach den Geruch von Benzin zu erkennen, aber das konnte auch pure Einbildung sein.

„Wer hat das hier gemeldet?"

„Ein anonymer männlicher Anrufer. Bei den Kollegen von der Feuerwehr. Die Kollegen finden gerade heraus, woher der Anruf kam. Der Brandmeister meint, wir hätten tierisch Glück gehabt."

„Inwiefern?"

„Ein oder zwei Minuten später, und es hätte erhebliche Probleme für die benachbarten Wohnungen und auch für das ganze Haus gegeben."

„Ok. Wir müssen also so schnell wie möglich herausfinden, wer der Anrufer war und wie er den Brand so schnell bemerkt hat. Wissen wir schon Näheres über die Wohnungsinhaberin?"

„Die Nachbarn sagen, sie war Musikerin. Die Dame, die hier direkt drunter wohnt, wusste nur zu sagen, dass sie immer so schön gesungen habe, aber mehr konnte sie auch nicht beitragen."

„Eine Sängerin?" Lucia stutzte kurz. Noch ein Opfer aus der Musikerszene...

Sie überließ Andi und der Spurensicherung das Feld, denn hier konnte sie vorerst nichts mehr ausrichten.

Zurück an ihrem Schreibtisch beschäftigte sie sich damit, so viel wie möglich über die Mieterin der Wohnung herauszufinden und erlebte die nächste Überraschung: Susanne Vögele hatte eine umfangreiche Homepage, mit Lebenslauf, Bildern und Terminen, auf der man schon mal einiges über das Leben der Sängerin erfahren konnte. Die Bilder zeigten eine attraktive, rothaarige Frau in diversen Konzertsituationen und in verschiedenen Kostümen diverser Opernrollen. Ihre Terminliste versetzte Lucia einen Stich, denn dort stand für Karfreitag:

15.00 Uhr, Philharmonie Köln
J. S. Bach: Die Matthäuspassion
Leitung: Volker Liepen

Konnte das Zufall sein? Sofort ahnte sie die Dimension des Falles und dass es einen Zusammenhang mit Manfreds Tod geben konnte: Schon wieder ein toter Musiker, vielmehr diesmal eine Musikerin, die ebenfalls mit diesem Chor zusammenarbeitete.
Bevor sie Glatz informierte, versuchte sie, Thomas zu erreichen, erwischte aber nur den Anrufbeantworter. Das Gleiche auf dem Mobiltelefon. Innerlich schimpfte sie mit Thomas, er möge doch verdammt nochmal sein Handy abnehmen, und sprach dann nach dem Piepton doch auf den Anrufbeantworter. Er rief wenige Minuten später zurück.
„Hallo Lucy, ich bin's."
„Ist deine Laune jetzt besser?"
„Entschuldige, dass ich dich heute Morgen so angegangen bin. Ich habe einfach schlecht geträumt."
„Alles gut, mach dir keinen Kopf. Wir haben ein schlimmeres Problem. Sag mal, kennst du eine Susanne Vögele?"
„Ja sicher, das ist eine Altistin. Sie hat schon oft Solo bei uns

gesungen, wenn wir mit Volker Konzerte hatten. Ein echter Hingucker." Er räusperte sich. „Du musst sie auch schon mal gehört haben, du warst doch öfter mal da. Warum fragst du?" Lucia schluckte. „Wir gehen davon aus, dass sie tot ist. Und es gibt Anzeichen dafür, dass es sich nicht um einen Unfall gehandelt hat."

„Was heißt, ihr geht davon aus?"

„Wir haben in ihrer Wohnung eine bis zur Unkenntlichkeit verbrannte Leiche gefunden. Ob es sich wirklich um Frau Vögele handelt, muss noch geklärt werden, aber ich fürchte, wir müssen davon ausgehen."

Lucia wusste, dass sie mit diesem Anruf Informationen aus der Dienststelle herausgab - sie hatte noch nicht einmal mit Glatz gesprochen - doch rückte der Chor jetzt in den Fokus, und Thomas konnte vielleicht entscheidend helfen.

Beide schwiegen für einen Augenblick und Lucia konnte Thomas denken hören.

„Hast du Lust, heute Abend was trinken zu gehen?", fragte er mit belegter Stimme.

Das war ein guter Vorschlag. Man sollte so etwas auch nicht am Telefon besprechen, dachte Lucia. „Ist das ein Date?", versuchte sie zu scherzen.

„Schätzelein, aus dem Alter bin ich raus", erwiderte er mit einem Seufzer.

„Schade eigentlich."

„Also heißt das Ja?" Jetzt klang er wieder etwas unwirsch.

Sie verabredeten sich in einem der großen Brauhäuser in der Innenstadt. Dort tummelten sich zwar die Touristen, aber die Wahrscheinlichkeit, auf Bekannte zu stoßen, war nicht allzu groß und sie hätten ihre Ruhe. Bis dahin hatte Lucia noch etwas Zeit zu recherchieren und vor allem auch, um mit ihrem Chef zu sprechen.

Sie hatte gerade den Hörer aufgelegt, da klingelte das Telefon wieder. Ein Kollege von der Spurensicherung wollte erste Erkenntnisse durchgeben, bevor die Leiche in die Gerichtsmedizin überstellt wurde. Die Tote war nackt gewesen und nicht zugedeckt. Es gab Spuren, die darauf hindeuteten, dass sie gefesselt war, als das Feuer ausbrach. Hingegen gab es keine direkten Anzeichen dafür, dass sie sexuell missbraucht worden war, was man aber aufgrund des Zustands der Leiche noch nicht mit letzter Sicherheit feststellen und deshalb auch noch nicht ausschließen konnte. Außerdem vermutete er, dass der oder die Täter Benzin als Brandbeschleuniger verwendet hatten. Ob es sich um Susanne Vögele handelte, konnte auch noch nicht bestätigt werden. Sie versuchten, ihre zahnärztliche Unterlagen aufzutreiben. Allerdings hatten sie ein auffälliges Tattoo gefunden, was Lucia hellhörig machte. Wenn Verwandte und Freunde von Susanne die Existenz dieses Tattoos bestätigen konnten, würde sie mit an Sicherheit grenzender Wahrscheinlichkeit davon ausgehen können, dass es sich bei der Toten tatsächlich um Susanne handelte, auch ohne das Ergebnis der DNA-Analyse abwarten zu müssen. Lucia schauderte, als der Kollege berichtete, dass die Frau bei Ausbruch des Feuers sehr schwer verletzt gewesen war, aber definitiv noch gelebt hatte.

Und ihre Zunge war entfernt worden. Das überzeugte Lucia endgültig. Da war der Zusammenhang. Ein Trittbrettfahrer war eher unwahrscheinlich, denn außer der Polizei und dem Täter wusste fast niemand etwas über die genauen Umstände des ersten Mordes. Nur Thomas natürlich.

Um kurz nach sieben betrat Lucia das Brauhaus. Es war zwar ein gewöhnlicher Donnerstag, aber trotzdem war relativ viel Betrieb. Sie fand noch einen kleinen Tisch, der weit genug von der Tür und damit auch von der winterlichen Kälte entfernt war, und wartete auf den Köbes. Für einige Sekunden überlegte sie, ob Thomas irgendetwas mit der Geschichte zu tun haben könnte, dann schüttelte sie den

Kopf. Das war kompletter Blödsinn. Thomas war ein großartiger Polizist gewesen, ein integrer, feiner, intelligenter Mann und außerdem ein guter Freund. Ja, er hatte dunkle Zeiten erlebt und kämpfte immer noch mit den Dämonen der Vergangenheit, aber er war stabil, und sie vertraute ihm.

Ihr Handy summte. „Bin in fünf Minuten da. Wenn ich dann noch nicht da bin, lies die SMS noch mal." Lucia lächelte in sich hinein. Thomas scherzte, und das war gut. Da kam wieder der Thomas von früher zum Vorschein. Der Thomas, den sie zweitweise schon abgeschrieben hatte. Als Lucia als junge Beamtin seinem Team zugeteilt wurde, hatte sie ihn bewundert, seine Erfahrung, seine ruhige Intelligenz, seine Beharrlichkeit und seinen Humor. Ihr war es erst nach Jahren klar geworden, dass sie in ihn verliebt war. Sie hatte es ihm nie gestanden, und wenn er es gemerkt haben sollte, hatte er es ignoriert. Lucia seufzte. All die Jahre, in denen sie immer mal wieder kurze Beziehungen eingegangen war, von denen aber keine länger als ein paar Monate gehalten hatte. Sie hatte immer geglaubt, das läge an ihrem Job, den sie liebte und dem sie alles unterordnete. Sie war mit Leib und Seele Polizistin. Aber war das wirklich der Grund gewesen? Sie hatte es sich immer eingeredet, aber die Wahrheit war eine andere, und tief in ihrem Innern wusste sie das.

Die Zeit nach Dagmars Tod war furchtbar gewesen. Sie hatte hilflos mit ansehen müssen, wie Thomas zerbrach. Lucia hatte versucht zu helfen, so wie einige andere Freunde auch, aber keine ihrer Bemühungen war von Erfolg gekrönt gewesen. Schließlich hatte sie aufgegeben und ihr Herz war gebrochen. Als Thomas dann wider Erwarten wieder ins Leben zurückgefunden hatte, war sie zuerst erfreut, dann skeptisch und schließlich enttäuscht gewesen. Er wirkte um Jahre gealtert. Die Vitalität und Energie, die er früher ausgestrahlt hatte, war den ruhigen, fast vorsichtigen und langsamen Bewegungen eines alten Mannes gewichen. Aber als noch schlimmer hatte sie die Wesensveränderung empfunden: er war jetzt schweigsam, oft mürrisch und manchmal aggressiv. Es schien ihm nichts auszumachen, Menschen vor den Kopf zu stoßen, als hätte er jede Empathiefähigkeit eingebüßt. Sie hatte sich eingestehen müssen: Den Thomas von früher, den 'alten' Thomas gab es nicht mehr. Bis zu einem Abend vor ein paar Monaten. Sie hatten nach einem Konzert noch zusammengesessen. Manfred war dabei gewesen, am Nebentisch hatten einige Chorkollegen Kölsch getrunken und die Stimmung war gut. Da hatte Thomas einen sehr frechen Witz gemacht und gegrinst! Ganz locker, nebenbei, fast so wie früher. Und ihr Herz hatte einen Satz gemacht. Er war noch da! Irgendwo da drin war der alte Thomas. Und sie hatte wieder angefangen zu hoffen.

„Na, schöne Frau, so einsam?", hörte sie plötzlich hinter sich eine Stimme. Ein sichtlich angetrunkener Anzugträger mit Bierbauch war an ihrem Tisch stehen geblieben und grinste zu ihr runter. Sie legte ihren Dienstausweis auf den Tisch und meinte ruhig: „Ich versuche jetzt, das nicht als sexuelle Belästigung aufzufassen. Aber nur so lange, wie eine Kastanie zum Runterfallen von einem Schemel braucht."

Der Möchtegern-Don Giovanni war sichtlich verwirrt und wirkte auf einmal wieder deutlich nüchterner. „Wollte doch nur nett sein!"

Kleinlaut trollte er sich mit einer unverständlichen Bemerkung in Richtung Theke.

Lucia seufzte. Diese Typen - so lästig. Aber sie wollte sich nicht die Stimmung verderben lassen. In diesem Moment sah sie Thomas durch die Tür kommen und sein Anblick versetzte ihr einen kurzen Stich. Wie hatte sie nur auch nur in Erwägung ziehen können, dass Thomas etwas mit den

Morden zu tun haben könnte! Das war aus professioneller Sicht verständlich, aber jetzt durchströmte sie die Gewissheit, dass der Gedanke Blödsinn war. Sie hatte mit ihm über schwierigen Fällen gebrütet und mit den Unzulänglichkeiten des deutschen Rechtssystems gehadert, sie hatten sich gefreut, geärgert und sich gegenseitig den Rücken freigehalten. Sie wusste, in diesem Fall konnte sie sich auf ihre Intuition verlassen.

„Guten Abend, Thomas. Danke für die Nachricht", begrüßte sie ihn mit einer knappen Umarmung.

„Keine Ursache."

„Was trinkst du?"

„Heute lass ich mal die Sau raus. Ich nehm' 'ne Cola."

Lucia übersprang den Small-Talk. Zu sehr brannte der neue Fall unter ihren Nägeln, und sie war begierig darauf, sich mit Thomas auszutauschen. „Kann's losgehen?"

„Nur zu, ich höre", antwortete er aufmerksam.

„Also. Die Wahrscheinlichkeit, dass es sich bei der Toten um Frau Vögele handelt, ist ziemlich hoch. Das Ergebnis des DNA-Abgleichs steht zwar noch aus, aber die Autopsie hat auf der Brust eine Hautveränderung festgestellt, bei der es sich mit ziemlicher Sicherheit um eine Tätowierung handelt. Laut den Bildern im Netz hatte sie gerade dort eine sehr auffällige Rose."

„Eine Rose? Auf der Brust?"

„Zwischen ihren Brüsten, um genau zu sein."

„Habe ich nie bemerkt, aber bei dem geistlichen Zeug, was wir zusammen gesungen haben, ist sie nie tief dekolletiert erschienen." Thomas seufzte, hob sein Glas und brachte einen Toast aus. „Auf Susanne Vögele. Eine der atemberaubendsten Erscheinungen, die ich je das Glück hatte, erleben zu dürfen. Möge sie jetzt die Engel um den Verstand singen." Er trank einen Schluck und fuhr dann sachlich fort. „Ist sie vergewaltigt worden?"

Lucia schüttelte den Kopf. „Es gab keine Fremd-DNA. Aber trotzdem können wir das nicht mit Sicherheit ausschließen. Der Leichnam war schon verkohlt und wir sind froh, wenn wir überhaupt irgendwelche Spuren finden können."

„Da hat jemand ganze Arbeit geleistet."

„Ja. Und ihr wurde die Zunge herausgetrennt."

„Man hat ihr die Zunge herausgetrennt? Wie bei Manfred?", fragte Thomas ungläubig.

„Genau. Was bezweckt man damit? Dass sie nicht mehr schreien kann oder an ihrem eigenen Blut erstickt?"

„Vielleicht hat es eine symbolische Bedeutung", antwortete Thomas nachdenklich. „Aber das heisst, dass wir hier den gleichen Mörder haben. Was sagt Glatz dazu?"

„Er hat nicht direkt eingeräumt, dass er bisher völlig falsch lag, nur indirekt. Wir suchen jetzt Verbindungen zwischen Manfred und Susanne Vögele." Lucia verzog das Gesicht. „Und die werden wir mit recht großer Wahrscheinlichkeit nicht in der Stricherszene finden", fügte sie grimmig hinzu.

Thomas nippte an seinem Glas. „Sag mal, weißt du eigentlich was von Herrmann Wiegandt? Ich hab nur seine Festnetznummer, und dort geht er nicht ran."

„Er ist für ein paar Tage nach Holland ans Meer gefahren. Wir hatten ihn gebeten, Bescheid zu geben, wenn er verreist. Hat er auch brav gemacht. Warum fragst du?"

Thomas zögerte und beschloss dann, dass sie ruhig wissen durfte, dass er sich mit dem Mord und den dazugehörigen Ermittlungen beschäftigte. „Ich würde ihn gerne fragen, ob in letzter Zeit etwas Ungewöhnliches passiert ist. Das ist alles."

„Du ermittelst allein?" Sie sah ihn mit wachen Augen an, und er erwiderte fest ihren Blick. „Wenn du es so nennen willst. Zuerst war ich überzeugt, dass ich es euch überlassen sollte und dass ich zu alt bin. Aber dann habe ich gemerkt, dass ich Tag und Nacht daran denke und da kann genauso gut systematisch vorgehen."

Lucia hatte insgeheim gehofft, dass Thomas sie unterstützen würde, obwohl sie natürlich wusste, wie heikel die Situation war.

„Das darf Glatz nicht erfahren", beschloss sie. „Ich kann dir weiter berichten, so lange ich es vertreten kann und dadurch nicht selbst in Schwierigkeiten gerate. Und was und wieviel das ist, entscheide ich. Im Gegenzug berichtest du mir deine Erkenntnisse. Einverstanden?"

Er nickte. „Einverstanden. Und glaub mir, nichts liegt mir ferner, als dich in Schwierigkeiten bringen zu wollen."

Sie stießen an und nahmen noch einen Schluck. Als Lucia ihr Glas wieder absetzte, stutze Thomas. „Den Blick kenne ich. Du hast mir noch nicht alles erzählt, oder?"

„Du hast Recht. Es gibt noch etwas Wichtiges. Wir haben einen anonymen Anruf kurz vor dem Ausbruch des Brandes bekommen."

„Ja, und?"

„Der Anruf kam von Susanne Vögeles Anschluss. Sie hat wahrscheinlich noch gelebt, als der Mörder offenbar seelenruhig neben ihr den Notruf gewählt hat. Danach legte er auf, zündete sie an und ist einfach aus der Wohnung gegangen."

Montag, 11. Januar, 10:51 Uhr

Die Beerdigung war für 12.00 Uhr angesetzt und die Chorsänger sollten sich um 11.00 Uhr zum Einsingen* im Gemeindesaal einfinden. Überraschenderweise waren genug Tenöre da, aber nur eine Altistin. Volker bat einige Soprane für die zwei Choräle, die sie singen wollten, im Alt auszuhelfen („Na, ausnahmsweise. Aber nur heute! Das wird kein Dauerzustand!"). Nach dem kurzen Einsingen machten sich alle auf den Weg zum Melatenfriedhof, der mit dem Auto nur wenige Minuten entfernt war. Da Volker angeboten hatte, die Orgel selbst zu spielen, ging er zur Trauerhalle voraus, wo ihn Ruth schon erwartete.

Alle 60 Sitzplätze der kleinen Aussegnungshalle waren besetzt und mindestens ebenso viele Trauergäste folgten der Zeremonie stehend. Die Trauerfeier war würdevoll gestaltet, und den Chorsängern fiel es sichtlich schwer, sich wenige Schritte entfernt von Manfreds Sarg und angesichts des schluchzenden Herrmann Wiegandt auf das Singen zu konzentrieren. Der Duft der weißen Lilien füllte die Halle, während die Andacht mit dem Choral „Wenn ich einmal soll scheiden" begann. Volker hatte ergreifende Stücke ausgewählt, und alle waren froh, als sie es endlich geschafft hatten und der Priester seine Ansprache begann. Der Geistliche machte keinen Hehl daraus, dass er Manfred nicht einmal flüchtig gekannt hatte, fand aber passende Worte, die Manfreds Wesen einigermaßen gerecht wurden.

Thomas stand in den hinteren Reihen des kleinen Chores und betrachtete den Sarg, der zwischen zwei mannshohen Kerzenleuchtern stand und mit einem Meer von Blumen und Kränzen drapiert war. Als er die Trauerhalle betreten hatte, war ihm klar geworden, dass er seit Dagmars Begräbnis zum ersten Mal wieder auf einer Beerdigung war. Er konnte sich gut an damals erinnern: Genau wie heute hatte es nicht geregnet, war aber dicht bewölkt gewesen. Eine irgendwie passende Wetterlage für eine Beerdigung. Die Trauerhalle war ebenfalls voll gewesen, und er wusste noch, wie sehr es ihn erstaunt hatte, dass so viele Freunde und so viele seiner und ihrer Arbeitskollegen gekommen waren, um Dagmar die letzte Ehre zu erweisen. Alles war ihm furchtbar unwirklich vorgekommen und er hatte nicht verstanden, warum sie auf einmal alle aufgetaucht waren, um Anteilnahme zu zeigen. Darin hatte etwas Falsches und Heuchlerisches gelegen. Dagmar hatte jahrelang im Koma gelegen, und die Besuche waren über die Jahre immer weniger geworden. Zunächst waren noch regelmäßig Freunde erschienen und hatten Zeit bei ihr verbracht. Dann war Dagmar vom Krankenhaus in ein Pflegeheim verlegt worden. An ihrem neununddreißigsten Geburtstag hatten er und ihre beste Freundin alleine am Bett gesessen und abwechselnd auf ihr wächsernes Gesicht und die Wand gestarrt. Irgendwann war niemand mehr gekommen. Dabei kannte Thomas die Berichte von Komapatienten, die alles um sich herum wahrgenommen und verstanden hatten, nur eben nicht in der Lage gewesen waren, zu reagieren. Er hatte deshalb jede freie Minute an ihrem Bett gesessen, hatte ihr von seinen aktuellen Fällen erzählt, ihr vorgelesen und versucht, sie auch in Politik und Kultur auf dem Laufenden zu halten, doch damit war er allein gewesen. Die Menschen hatten mit sich und ihrem eigenen Leben zu tun und Thomas konnte ihnen eigentlich auch keinen Vorwurf machen. Es wäre doch besser, wenn sie endlich erlöst werden würde, hatte Thomas damals oft gehört. Wenn sie erlöst werden würde.

Die Orgelmusik verstummte, und er zuckte zusammen. Der Sarg wurde nach draußen getragen und alle folgten dem Trauerzug. Alle defilierten der Reihe nach am Grab vorbei und warfen Erde auf den frisch hinabgelassenen Sarg. Dankenswerterweise hatte man Mahler davon abgehalten, 'im Namen des Chores' das Wort zu ergreifen. Mahler war zwar sichtlich beleidigt gewesen, hatte sich aber gefügt. Mit geradem Rücken und gemessenen Schrittes trat er heran, deutete eine Verbeugung an und gesellte sich zu den anderen Trauergästen.

Volker kämpfte vergeblich gegen das in ihm emporsteigende Gefühl von Respekt vor diesem alten Mann an. In seiner ganzen verbohrten Unausstehlichkeit bewahrte Mahler doch Haltung und Form und das war durchaus imponierend. Dann war Charlotte an der Reihe. Sie warf eine Rose hinein, und Volker konnte sehen, dass sie Tränen in den Augen hatte. Als letzter in der Reihe trat Matze Seligmann an das Grab, natürlich in seiner schwarzen Lederhose. Er deutete einen Griff an die nicht vorhandene Kappe an und nuschelte ein: „Sei froh, Alter, hast's hinter dir."

Als schließlich alles vorbei war, folgte ein Teil der Trauergemeinde der Einladung Herrmann Wiegandts zu einem gemeinsamen Kaffeetrinken. Volker war mit Michael Schmitz zum Friedhof gefahren. Ihm war nicht nach Gesellschaft, und er beschloss, zu Fuß nach Hause zu gehen. Er verabschiedete sich am Tor von den anderen und trat auf die Straße. Vor dem Tor, an die Friedhofsmauer gelehnt, stand Ruth Fischer. Volker sah sie an.

„Ruth, alles klar?"

Sie blickte auf.

„Ah, Volker. Jaja, alles klar", murmelte sie und errötete leicht. Volker hatte das Gefühl, sie in Verlegenheit gebracht zu haben.

„Ok, dann. Also. Wir sehen uns bei der Probe", sagte er schnell.

Er wollte an ihr vorbeigehen, als sie ihn sanft am Arm fasste.

„Volker, kann ich ein Stück mit dir gehen?"

Sie klang, als hätte sie etwas auf dem Herzen. Wenn er etwas konnte, dann unterschiedliche Farben im Klang einer Stimme, eines Instruments, überhaupt Klangnuancen wahrnehmen. Er wusste nur manchmal beim besten Willen nicht, wie er darauf reagieren sollte. Bei der Unterrichtseinheit 'Angemessene Verhaltensweisen in emotionalen Ausnahmesituationen' war er wohl verhindert gewesen.

„Klar, jederzeit." Sie gingen einige Zeit schweigend nebeneinander her. Dann fing sie an zu erzählen. „Weißt du, ich habe ja ständig, jeden Tag mit dem Tod, mit Toten zu tun. Ich lebe davon. Aber es war seit dem Tod meines Mannes das erste Mal, dass ich einen Toten vor mir hatte, den ich vorher kannte und mochte." Sie lächelte etwas verschämt. „Ich komm mir total unprofessionell vor, aber das ist mir doch sehr an die Nieren gegangen."

Volker wusste nicht, was er sagen sollte. „Kann ich verstehen."

Schweigen. Nach einigen Metern fuhr sie fort. „Wie ist das denn bei dir? Du bist doch auch ständig auf Beerdigungen." Er überlegte. „Ja, schon, eigentlich jede Woche. Aber ich sehe immer nur die Särge. Ich habe noch nie einen der Verstorbenen zu Gesicht bekommen."

Er blieb stehen und sah sie an. „Weißt du, das ist nur ein Ritual, das ich professionell begleite, das ich langweilig oder gelungen finde, das mich manchmal nervt, weil mir kalt ist, oder weil sich Verwandte daneben benehmen, oder der Pfarrer eine komische Predigt hält. Ich habe in den allermeisten Fällen überhaupt keinen emotionalen Bezug zu dem Verstorbenen und den Trauernden."

Jetzt war es an ihr, kurz nachzudenken. „Ich empfinde auch nicht immer sehr viel Anteilnahme, glaub mir. Aber ich seh die Verstorbenen eben immer noch. Ich fasse sie an. Manchmal ziehe ich sie noch um. Manchmal schminke ich sie auch." Es fing an zu nieseln. Sie lächelte. „Und ich hab keinen Schirm." Plötzlich, als hätte sie einen spontanen Entschluss gefasst, nahm sie ihn am Arm. „Komm mit." Überrascht ließ er sich durch ein Seitentor wieder auf den Friedhof führen. Offenbar kannte sie sich hier gut aus, denn nach wenigen Schritten schob sie ihn durch einen schmalen Durchgang in einer Hecke zu einem alten Grab mit einer kleinen Steinbank. Die Bank war fast vollständig in der Hecke verschwunden, nur ein wenig Platz für ein oder zwei sitzende Personen war freigeschnitten. Sie setzten sich. Der Regen war stärker geworden, aber sie waren jetzt vollständig durch das dichte Laubwerk der Hecke geschützt. Schweigend betrachteten sie den alten Grabstein mit der verwitterten, kaum noch leserlichen Inschrift. Ein Lied von Johannes Brahms ging Volker durch den Kopf: 'Auf dem Kirchhofe'.

„Der Tag ging regenschwer und sturmbewegt,
ich war an manch vergess'nem Grab gewesen...."

Eines dieser kleinen romantischen Wunderwerke: Schauerlich zu Beginn, verklärend am Ende. Ruth nahm den Gesprächsfaden wieder auf.

„Ich habe Manfred gern gehabt. Wir hatten nicht viel miteinander zu tun, aber er hat ja quasi um die Ecke gewohnt. Und ich hab ihn ein paar Mal von der Probe oder von einem Konzert mit dem Auto mitgenommen."

Volker sagte nichts. Es war erstaunlich still in dieser Ecke des Friedhofs, nur ein Amselmännchen, irgendwo über ihnen, bot dem schlechten Wetter die Stirn und beschimpfte die Wolken in den höchsten Tönen.

„Und dann hab ich gesehen, was da aus der Gerichtsmedizin zurückgekommen und auf meinem Tisch gelandet ist."

Volker erschauerte kurz, wagte aber nicht zu fragen, was sie so sehr beschäftigte. Nach einer Weile fuhr sie fort.

„Es war wahrlich nicht meine erste Autopsieleiche. Und ich habe schon welche in wesentlich schlechterem Zustand gesehen. Die Gerichtsmediziner sind nicht alle handwerklich begabt, glaub mir."

Volker wurde leicht schwindlig und ihm war nicht klar, ob es an den Bildern lag, die sich gerade in seinem Kopf breit machten, am fehlenden Frühstück oder daran, dass er sich ihrer körperlichen Nähe plötzlich sehr bewusst wurde. „Ich bin zwar Quereinsteigerin in diesem Geschäft, habe aber doch schon einiges gesehen. Deshalb hat es mich selbst so überrascht, dass ich zum ersten Mal, seit ich diesen Job mache, so tiefes Bedauern und eine so schreckliche Traurigkeit gespürt habe", fuhr sie leise fort. „Das war nicht Manfred. Das, was ihn ausgemacht hat, war einfach nicht mehr da. Verschwunden." Sie zögerte. „Er hatte diesen

Körper verlassen." Sie sah ihn fragend an. Zwei Dinge fielen Volker auf: Sie hatte Tränen in den Augen und sie war eine ausgesprochen attraktive Frau. Wie hatte er das bisher übersehen können?

„Wie ist das mit der Musik?" Sie sah ihn sehr ruhig und offen an und ihm wurde warm. „Ich meine, du redest so oft von der 'Seele' der Musik, von dem 'Geist, der ein Musikstück durchweht'." Sie zuckte etwas hilflos mit den Schultern. „Was meinst du damit? Was bedeutet das?"

Volker atmete zweimal tief ein, blickte aus ihrem kleinen Unterschlupf hinaus in den Regen und suchte nach einer Antwort.

„Ich weiß nicht. Vielleicht das, was daran 'lebendig' ist?" Ruth war sichtlich nicht zufrieden. „Jaja, aber das ist mir doch allzu vage. Was heißt das, 'etwas ist lebendig'."

Jetzt wandte er sich ihr direkt zu.

„Willst du wirklich wissen, was ich glaube?"

Offenbar hatte er ihre Neugierde geweckt, denn sie nickte erwartungsvoll.

„Ich glaube, alles Lebendige ist beseelt, Mensch, Tier, Pflanze. Ich glaube auch, dass es Wesen gibt, die um uns herum existieren, die wir im Alltag nicht wahrnehmen. Ich meine nicht, dass 'die Verstorbenen unter uns wandeln', nein, aber ich bin überzeugt, dass alte Sprüche wie 'von allen guten Geistern verlassen' oder Vorstellungen wie 'ein böser Geist hat von ihm Besitz ergriffen' durchaus einmal so gemeint waren."

„Du meinst, es gibt Geister?"

Er schüttelte den Kopf. „Ja und nein. Nicht so, wie es in Spukgeschichten vorkommt. Aber ja, ich glaube daran, dass es eine sehr belebte und lebendige Realität neben der unseren gibt, mit der wir interagieren, ohne uns dessen bewusst zu sein. Und Musik ist eine der Möglichkeiten, mit den unsichtbaren Wesen um uns herum Kontakt aufzunehmen." Er verstummte. Einige Minuten war nur das Rauschen des Regens und der unermüdliche Amselmann zu hören.

„Wenn sie da vor mir liegen," - Ruths Blick ruhte jetzt auf einem der alten Grabsteine - „leere Hüllen, totes Fleisch, ist es einfach, mir vorzustellen, dass, wüsste man nur wie, die Maschine wieder angeworfen werden könnte. Wenn man all die unzähligen Prozesse und Reaktionen, die in jeder Sekunde ablaufen, anknipsen könnte, würden sie einfach wieder aufstehen, kurz verwundert gucken, über Kopfschmerzen klagen und dann raus spazieren. Und doch kann ich nicht glauben, dass das alles sein soll."

Volker nickte.

„Geht mir ganz genauso. Ich bin davon überzeugt, das eine kriegt man nicht ohne das andere. Ohne einen lebendigen Geist ist der Körper nur eine Maschine ohne Zweck, bewusstlos. Ohne einen funktionierenden Körper ist ein lebendiger Geist ohne Anker, unfähig, in die materielle Welt hinein zu wirken."

Ruth überlegte.

„Hast du mal von Nahtoderfahrungen gehört?"

„Klar. Interessant."

Volker wirkte so gar nicht interessiert. Ruth ignorierte das. „Weißt du, dass es Wissenschaftler gibt, die sich intensiv mit dem Thema beschäftigen?" fragte sie, jetzt mit einer hörbaren Begeisterung in der Stimme. „Ich habe von einer Theorie gelesen, die besagt, dass unser Gehirn nicht der Sitz des Bewusstseins und unseres Wissens ist, sondern nur als eine Art Empfänger fungiert, wie ein Radio, das Funkwellen empfängt. Das würde bedeuten, dass wir auf irgendeine Art mit etwas verbunden sind, was eben nicht in unserem Körper, in unserem Gehirn lokalisiert ist, sondern außerhalb, irgendwo."

Volker sah sie ernst an.

„Nicht abwegig. Ich frage mich oft, wo so produktive Komponisten wie Bach oder Mozart in so unglaublich kurzer Zeit diesen Reichtum an Ideen hergenommen haben.

Mozart soll ja gesagt haben, das sei alles schon in seinem Kopf vorhanden, er müsse es nur noch aufschreiben. Aber irgendwie ist mir das ein wenig zu esoterisch, wenn ich ehrlich bin."

Ruth schüttelte den Kopf.

„Ganz und gar nicht. Der Mann, der diese Theorie aufgestellt hat, ist von Haus aus Kardiologe und hat streng wissenschaftliche Studien zum Thema Nahtoderfahrung angestellt. Höchst spannend!" Sie sah sich um, als suche sie etwas. „Sind gerade welche hier, was meinst du?"

„Was?"

„Geister!"

„Ja!" Er lächelte. „Ganz bestimmt. Oder warum sonst würden seit einigen Minuten die beiden Eichhörnchen da immer näher kommen, obwohl wir gar nichts für sie haben? Hier sind lauter gute Geister unterwegs. Und die beiden fühlen sich sicher."

Jetzt lächelte sie auch.

„Möglich. Aber natürlich kann es auch sein, dass ich öfter hier bin?"

Sie zwinkerte ihm zu und öffnete ihre Handtasche, um die kleine Tüte mit Nüssen herauszuholen.

5. Kapitel

„Mein Vater, ist's möglich, so gehe dieser Kelch von mir"

Dienstag, 12.1., 17:03 Uhr

Volker setzte sich und stand wieder auf. Er öffnete einen Klavierauszug, und schlug ihn wieder zu. Goss sich ein Glas Wasser ein und vergaß es auf der Spüle. Er war nervös. Nein, nicht nervös – er stand kurz vor einem Nervenzusammenbruch.

Vor einer halben Stunde hatte er einen Anruf von Thomas bekommen. Thomas hatte ihn aufgefordert, sich zu setzen und ihm dann von Susanne Vögeles Tod berichtet.

Volker war zutiefst erschüttert. Aber erstaunlicherweise nicht überrascht. Warum war er nicht überrascht? Weil er es gespürt hatte! Tief in seinem Innern hatte er es gespürt! Gespürt, dass etwas ganz und gar nicht stimmte. Seit Tagen war er unruhig gewesen, hatte sich nicht konzentrieren können. Hatte schon überlegt, ob eine Grippe im Anzug war.

Volker war noch zu geschockt gewesen, um einen klaren Gedanken fassen zu können, als auch schon ein Beamter der Kölner Kriminalpolizei angerufen hatte. Kommissar Baumeister, mit dem er schon beim letzten Mal gesprochen hatte, bat höflich darum, ein paar Fragen stellen zu dürfen. Auf Volkers Gegenfrage, wie er helfen könne, berichtete Baumeister von Susannes Tod und erklärte dann, dass er und seine Kollegen aufgrund der jüngsten Ereignisse routinemäßig alle Personen im weiteren Umfeld der beiden Mordopfer befragten.

Da die Chormitglieder sich in der 'Schnittmenge' befanden, und sowohl zu Manfreds, als auch zu Susannes Umfeld gehörten, war davon auszugehen, dass die Polizei diesmal wohl hartnäckiger bleiben würde. Und es bedeutete natürlich, dass alle Sängerinnen und Sänger einen ähnlichen Anruf bekommen hatten oder bald bekommen würden.

Wie würden sie reagieren? War es überhaupt vertretbar, jetzt noch an ein Konzert zu denken oder sich auch nur darauf vorzubereiten? Ein Chorsänger und eine Solistin waren Opfer eines Gewaltverbrechens geworden! Und war das nur der Anfang? Was war noch zu erwarten? Würde es noch mehr Tote geben? Waren sie alle in Gefahr?

Volker hatte das Gefühl, dass seine Welt gerade gehörig aus den Fugen geriet. Er schenkte sich einen Whisky ein und stürzte ihn hinunter. Das Brennen in der Kehle tat gut. Seine Augen begannen zu tränen, aber er hätte nicht sicher sagen können, ob der Alkohol der Grund dafür war, oder seine Trauer über den sinnlosen Tod einer wundervollen Kollegin.

19:36 Uhr

Mehr würden heute wohl nicht mehr zur Probe erscheinen: nur dreiundvierzig Sängerinnen und Sänger waren gekommen. Volker hatte gar nicht erst den Versuch gemacht, mit dem Singen zu starten, sondern darum gebeten, einen Stuhlkreis zu bilden und über die Situation zu sprechen. Das machte er nicht nur für die Chormitglieder, sondern auch für sich selbst. Seit Thomas angerufen hatte, war Volker kaum in der Lage gewesen, einen klaren Gedanken zu fassen. In einem kurzen Gespräch vor der Probe hatte er sich mit dem Vorstand verständigt, und diesmal war er Mahler sehr dankbar für seine professionelle, souveräne Reaktion.

Nur zwei der Anwesenden hatten offensichtlich noch nichts von den aktuellen Ereignissen mitbekommen und wirkten erschüttert, doch von allen Gesichtern konnte man Ratlosigkeit, Verwirrung und Betroffenheit ablesen.

„Meine Damen und Herren, dürfte ich um Ihre Aufmerksamkeit bitten", ergriff Mahler das Wort. Ihm erschien die förmliche Anrede dem Anlass angemessen.

Es war augenblicklich still im Raum.

„Ich nehme an, alle haben inzwischen von den grässlichen Geschehnissen Kenntnis erhalten. Die Konsequenzen sind zum jetzigen Zeitpunkt noch völlig unabsehbar. Die künstlerische Leitung und der Vorstand sind insoweit zu einem Konsens gelangt, als dass sie ein mehrheitliches Votum des Chores bezüglich weiterer Schritte herbeiführen wollen."

Volker stöhnte leise. Er hatte Respekt vor Mahlers Haltung, doch warum musste er so gestelzt daherreden? Und er sprach von sich und dem Vorstand tatsächlich in der dritten Person!

„Was genau willst du damit sagen?", fragte Anton.

Trotz der gedämpften Stimmung war ein Schmunzeln auf dem einen oder anderen Gesicht nicht zu übersehen, was auch Mahler nicht verborgen blieb. Mit einem leichten Stirnrunzeln sprach er weiter: „Ich will damit sagen, dass wir uns einigen sollten, wie wir mit der Situation umgehen. Dazu gehört natürlich auch, ob und wenn ja, in welcher Form unser Konzert stattfinden soll."

Ein leises „Na, geht doch!" war zu hören, allerdings schmunzelte diesmal keiner mehr.

Nach einem Augenblick des Schweigens meldete sich Joseph als erster zu Wort.

„Kurz bevor ich eben losgefahren bin, waren zwei Polizisten bei mir. Sie wollten alles Mögliche wissen: Wie gut ich Manfred gekannt habe, wie gut ich Susanne Vögele gekannt habe, wann ich das letzte Mal mit den beiden Kontakt hatte, ob mir was aufgefallen wäre und so weiter… Dann haben sie noch jesagt, dass sie minge ʼAngaben überprüfen würden'. Do es mir janz komisch jewoode. Isch ben doch keine Verbrecher! Wat soll dat?"

„Das ist die übliche Vorgehensweise, da musst du dir keine Sorgen machen." Thomas drehte sich zu ihm hin. „Niemand hält dich für verdächtig. Aber hier geht es um Mord, und da wird das Umfeld so genau wie möglich durchleuchtet."

„Bei mir war es genauso! Wenn uns niemand für verdächtig hält, warum haben die mich dann so penetrant gefragt, ob ich in letzter Zeit einen von beiden auch außerhalb der Chorproben gesehen hätte? Sie wollten wissen, wie mein Verhältnis zu ihnen war und ob ich schon einmal Streit mit einem von beiden hatte", warf Sibylle ein.

„Versetz dich doch mal in deren Lage", entgegnete Thomas ruhig. „Soweit wir wissen, gibt es noch keinen konkreten Anhaltspunkt. Sie haben keine Ahnung, wer erst Manfred und dann Susanne so etwas antun sollte. Sie wissen nur, dass beide mit diesem Chor in Verbindung stehen. Manfred gehörte zu uns und Susanne war regelmäßig als Solistin zu Gast. Die Polizei muss einfach ausschließen können, dass einer von uns der Täter ist. Oder natürlich, sie finden tatsächlich eine Querverbindung. Wir sollten deshalb ko-operieren, denn wir wollen doch auch, dass das alles bald ein Ende hat, oder?"

„Aber hier sitzt doch kein Mörder, das ist doch absurd!", warf Franziska ein.

Thomas sah sie an. „Bist du dir da so sicher?"

Für einen Moment herrschte verblüfftes Schweigen. Man konnte förmlich zusehen, wie sich Unbehagen im Raum breit machte.

„Also sind wir doch verdächtig", flüsterte Sibylle in die Stille hinein.

„Nein. Aber ich wiederhole nochmal: Das gesamte Umfeld muss untersucht werden, um zu sehen, ob sich irgendwo

Verdachtsmomente ergeben", erklärte Thomas geduldig.

„Also bei mir finden sie nichts!" Gabi verschränkte trotzig die Arme.

Gemurmel setzte ein, halblaute Kommentare waren zu hören: „Bei mir auch nicht!", „Wen interessiert das denn?", „Das kann jeder sagen!"

Mahler erhob seine durch jahrelangen Einsatz im Schulbetrieb gestählte Stimme: „Ich bitte euch, das führt doch jetzt nicht weiter. Könnten wir uns wieder auf unser Thema konzentrieren?"

„Lasst uns bitte so sachlich wie möglich bleiben", bat auch Volker. „Gehen wir doch mal davon aus, dass die Polizei die Fälle bald aufklärt. Soviel ich weiß, ist die Aufklärungsrate bei Gewaltverbrechen relativ hoch." Er warf Thomas einen Blick zu. „Doch solange der Mörder nicht gefasst ist, sollten wir vielleicht alle ein wenig vorsichtiger sein."

Alle Augen richteten sich auf Volker.

„Wie? Du meinst, es besteht Gefahr für uns?", fragte Gabi erstaunt.

„Naja, ist doch klar." Anton mischte sich ein. „Der Mörder scheint es auf Musiker abgesehen zu haben. Zuerst nimmt er sich einen von uns vor, dann eine, die mit uns zu tun hat. Da stellt sich doch die Frage: Wer ist der Nächste?"

„Das ist doch reine Spekulation! Willst du Sherlock spielen und uns nächste Woche nach einem zwanzigminütigen Monolog den Mörder präsentieren?", spottete Martin.

„Dat wor dä Hercule Poirot, nitt dä Sherlock Holmes, du Tünnes!", erklärte Michael grinsend, doch niemand reagierte.

„Jeden Tag werden irgendwo Menschen umgebracht. Das ist doch sowieso nur Zufall. Ich verstehe die ganze Aufregung nicht, verdammte Scheiße!", fluchte Martin.

Ein lautes Murmeln machte sich breit und die Stimmung

schien zu kippen. Charlotte stand auf und rief: „Mensch, jetzt reißt euch mal zusammen!"

Der Tumult flaute sofort ab und Charlotte sprach mit gesenkter Stimme weiter. „So. Besser." Sie wandte sich direkt an Thomas. „Können wir denn überhaupt sicher sein, dass es in beiden Fällen der gleiche Täter war?"

Thomas zuckte mit den Schultern. „Die Polizei gibt momentan keine Informationen heraus, und ich kann euch auch nicht mehr sagen. Wir tappen alle im Dunkeln. So wie ich das sehe, könnte ein Zusammenhang bestehen. Also sollten wir vorsichtig sein." Bevor jemand etwas erwidern konnte, hob er beschwichtigend eine Hand. „Aber lasst mich eine Sache klarstellen: Ich habe nicht den Eindruck, dass der Mörder wahllos tötet. Er hat ein Motiv. Zumindest der Mord an Susanne war kalt berechnet. Ich habe den starken Verdacht, dass es um etwas Persönliches geht."

„Aber solange wir sein Motiv nicht kennen, schweben wir alle in Gefahr?", brachte Anton die Lage auf den Punkt. „Vielleicht sollten wir doch unsere wöchentlichen Zusammenkünfte aussetzen. Manche kommen ja jetzt schon nicht mehr her."

„Vielleicht will jemand bewusst unser Konzert verhindern und den Chor auseinanderbringen?", gab Gabi zu Bedenken.

„Und dafür tötet er zwei Menschen?" Thomas blickte sie zweifelnd an. „Wir sollten einfach Ruhe bewahren, weitermachen wie immer und die Augen offen halten."

„Stimmen wir ab", entschied Mahler und stand auf. „Wer ist dafür, dass wir weiter proben und die 'Matthäuspassion' an Karfreitag aufführen?"

Ein Großteil der Hände ging nach oben. Damit war die Sache entschieden.

Thomas drehte mit Basti und Pedro seine morgendliche Runde im Stadtwald. Es war dunkel, bitterkalt und noch recht ruhig – ein herrlicher Morgen! Er hatte unterwegs den beiden Fellträgern die Lage zu erklären versucht, aber da sie sichtlich nicht bei der Sache gewesen waren, hatte er aufgegeben.

Gestern Abend war noch ein Anruf von Lucia gekommen, der nichts Gutes verhieß: Man hatte im Rachen der Sängerin ebenfalls Reste von Papier gefunden und auch dabei handelte es sich um Notenpapier. Der Zusammenhang mit Manfreds Tod war jetzt definitiv nicht mehr zu leugnen. Es musste ein und derselbe Täter sein und irgendwie ging es um die Kölner Musikerszene.

Lucia hatte Thomas gebeten, diese Informationen vertraulich zu behandeln, um keine Panik auszulösen. Eine dreißigköpfige Sonderkommission war ins Leben gerufen worden und selbst Glatz hatte sich endgültig von der Strichertheorie verabschiedet. Lucia hatte Thomas außerdem gebeten, sich in der Musikerszene umzuhören. Damit fühlte er sich allerdings etwas überfordert. Er kannte zwar ein paar Chorsänger und war mit Volker befreundet, doch ohne offiziellen Auftrag konnte er ihnen doch jetzt keine unangenehmen Fragen stellen. Er wusste nicht so recht, wo und wie er ansetzen sollte.

Was hätte er in dieser Situation als Polizist getan?

Er hätte nachgedacht.

Also. Es gab zwei Verbindungen zwischen den Opfern: Beide hatten sich mit klassischer Musik befasst – Manfred in seiner Freizeit, Susanne hauptberuflich, was eigentlich eine schwache Verbindung war. Beide haben schon mit dem Rheinischen Oratorienverein gemeinsam Konzerte gegeben und sollten Karfreitag wieder gemeinsam auf der Bühne stehen, was streng genommen auch keine sehr starke

Verbindung war. Aber das als bloßen Zufall abzutun, wäre fahrlässig. Vielleicht hat Manfred ihre Stimme gemocht, sich mit ihr privat getroffen und eine Affäre begonnen. Sein Freund Herrmann Wiegandt hat es mitbekommen und aus Eifersucht beide ermordet. Da sie sich über das Singen kennengelernt hatten, entfernte er die Zungen. Das Notenblatt stand symbolisch für das nicht mehr stattfindende Konzert. Das klang nicht ganz so abwegig, wie Thomas anfänglich gedacht hatte. Er würde unbedingt mit Wiegandt sprechen müssen.

Weiter. Wer konnte sowohl mit dem Chor, als auch mit Susanne zu tun gehabt haben? Also außer den Chormitgliedern natürlich? Es würde sich lohnen, in diese Richtung ein wenig nachzuforschen.

Ein andere Gedanke durchkreuzte seine Überlegungen: Gabi hatte gestern gefragt, ob jemand das Konzert verhindern wolle. So absurd und albern das im ersten Moment geklungen hatte – konnte es dafür auch ein Motiv geben?

Er musste kurz lächeln. Wie hatte Sherlock Holmes gesagt? „Wenn man das Unmögliche ausgeschlossen hat, muss das, was übrig bleibt, die Wahrheit sein, so unwahrscheinlich sie auch klingen mag."

Thomas blieb stehen und drehte sich nach seinen Hunden um, die ein wenig trödelten.

Hatte da jemand vielleicht eine Rechnung mit Volker offen? Oder dem Rheinischen Oratorienverein? – Quatsch! Es gab sicher Gründe, den Verein zu hassen – man denke nur an Mahler! – Aber deswegen gleich töten? Nein.

Konnte Volker der Mörder sein? Hatte er vielleicht eine Beziehung mit Susanne Vögele oder Manfred oder gar mit beiden gehabt? Es machte keinen Spaß, darüber nachzudenken, doch es war wichtig, eine gewisse Distanz zu behalten, und keine Möglichkeit auszuschließen.

Soweit Thomas informiert war, verbrachte Volker viel Zeit

mit Charlotte, wobei man natürlich nie wusste, ob es weitere Beziehungen oder Affären gab. Oder Charlottes Ex? Er dreht durch, weil er nicht ertragen kann, dass seine Exfrau eine Beziehung mit einem Mann hat, der mehr als dreißig Jahre jünger ist als er selbst, und mordet sich bestialisch durch Volkers Umfeld. Thomas schüttelte lächelnd den Kopf. Wie absurd. Dieser alte Bücherwurm, der so aussah, als würde er schon Atemnot bekommen, wenn er nur ein schweres Lexikon tragen musste... Völlig ausgeschlossen.

Thomas ging weiter und stieß ein unwilliges Grunzen aus, was seine Begleiter, die gerade mit allen achten in einem Bach gestanden und einen Ast bearbeitet hatten, nötigte, hinter ihrem Herrchen her zu rennen. „Schon gut, Jungs. Vorhin habt ihr mir nicht zugehört. Jetzt ist es zu spät. Ich erkläre nichts mehr."

Er hatte einfach zu wenige Informationen. Alles was er tun konnte war, nach weiteren, stichhaltigen Querverbindungen zu suchen. Solange es die nicht gab, war die Suche nach einem Motiv aussichtslos.

Was hatten die Kollegen bisher herausgefunden?

Die Kriminaltechniker hatten Fasern gefunden, wie sie in Millionen von Kleidungsstücken vorkamen. Die DNA-Spuren an beiden Tatorten stammten von verschiedenen Personen, hatten aber zu keinem aktenkundigen Profil gepasst, was Glatz schon beim ersten Mord hätte zu denken geben sollen. Wenn er nicht so vorschnell geurteilt hätte, wer weiß, vielleicht wäre Susanne Vögele dann noch am Leben.

Thomas schnaubte und kickte einen Stein zur Seite. Wieder blieb er stehen. Was war das eigentlich mit den Zungen? Warum entfernte sie der Mörder? Hatte er beide symbolisch zum Schweigen bringen wollen? Was hatten beide gewusst, dass man sie so bestialisch ermordete? Und warum nahm der Täter die Zungen mit? Als Trophäen? Lagen sie jetzt auf irgendeiner Fensterbank zum Trocknen? Oder handelte es sich um eine Art Fetisch? Wollte er irgendetwas Unaussprechliches damit anstellen?

Thomas schüttelte sich. Er nahm sich vor, Lucia nach den Anruflisten der beiden Opfer zu fragen. Vielleicht hatten sie in letzter Zeit ungewöhnliche Telefonate geführt; und wer weiß, vielleicht gab es da einen Treffer? Aber das hatten die Kollegen sicher auch schon überprüft.

Er fühlte sich auf einmal alt und eingerostet, und Dagmar fehlte ihm schrecklich. Thomas seufzte und ging weiter. Er musste Volker endlich nach dem Notenpapier fragen. Und er wollte sich in Susanne Vögeles Wohnung umsehen. Mehr konnte er im Moment nicht machen.

Donnerstag, 14.01., 15:01 Uhr

Charlotte spazierte dick eingepackt neben Volker am Rheinufer entlang. Sie hatte ihn buchstäblich aus seiner Wohnung zerren müssen, damit er ein wenig frische Luft und Bewegung bekam. Nachdem sie auf dem Theodor-Heuss-Ring einen Parkplatz in der Nähe des Rheinufers gefunden hatten, waren sie jetzt von der Bastei aus rheinaufwärts in Richtung Altstadt unterwegs. Die Wintersonne stand schon wieder erschütternd tief am Himmel, und sie würden auf ihrem Weg in Richtung Hohenzollernbrücke bald im Schatten gehen. Volker war blass und trottete fröstelnd neben ihr her. Charlotte betrachtete ihn verstohlen und beantwortete sich im Stillen die Frage, ob sie wohl anfangen sollte, sich Sorgen zu machen, mit ja. Dieser Mann aß unregelmäßig und unausgewogen, schlief nicht genug und machte insgesamt einen angeschlagenen Eindruck. Sie wollte eben fragen, ob sie ihn gleich noch zum Essen einladen dürfe, als er ihre Gedanken unterbrach und übergangslos anfing zu erzählen: „Wenn Jesus in der 'Matthäuspassion' die Stimme erhebt, *hört* man seinen Heiligenschein! Das ist ein einfacher, aber fantastischer Kunstgriff. Der Evangelist, also der Erzähler, wird nur von einem Cello und einem Tasteninstrument begleitet. Aber wenn wir Jesus hören, erklingt dazu ein kunstvoller, vierstimmiger Streichersatz. Besser kann man ein 'Leuchten' musikalisch nicht darstellen. Und wusstest du, dass die Bass-Töne, die unter den Jesus-Worten in der 'Matthäus-passion' erklingen, addiert 365 ergeben? Damit nimmt Bach Bezug auf Jesu Versprechen am Ende des Matthäus-Evangeliums, 'Und siehe, ich bin bei euch alle Tage, bis an der Welt Ende.'"

„Sag mal, kannst du auch mal an was anderes denken?", platzte es aus Charlotte heraus. Sie hatte aggressiver geklungen, als beabsichtigt, was ihr sofort leid tat.

Volker verstand nicht, was er falsch gemacht hatte und warum sie ihn so anging. Eine Weile gingen sie schweigend nebeneinander her.

Dann fragte er vorsichtig: „Entschuldige, aber hab ich dir irgendwas getan?"

„Nein, hast du nicht. Und ich muss mich entschuldigen. Aber merkst du eigentlich selbst, wie weit du gerade von allem weg bist, was um dich herum vorgeht?", antwortete sie seufzend.

Er blieb stehen und blickte sie an: „Naja, da links fahren Lastkähne auf dem Rhein, und ich bin höchstens 10 Meter vom Wasser weg. Da rechts fahren Autos, und ich bin höchstens 20 Meter davon weg. Und hier gehst du, und ich bin nur ein paar Zentimeter von dir weg. Das gefällt mir am besten."

Trotz ihres Ärgers musste sie lächeln. „Hör auf, dich einzuschleimen! Ich bin sauer und will mich gerade nicht beruhigen. Ich fange an, mir Sorgen um dich zu machen.

Und da ich bin nicht die einzige."

Sie gingen weiter und waren schon kurz vor der Hohenzollernbrücke auf Höhe des sogenannten Musical-Domes – gerne auch 'blauer Müllsack' genannt – einer direkt hinter dem Bahnhof aufgebauten und ursprünglich eigentlich provisorisch gedachten Bühne für Musical-produktionen. Aber wie es in Köln nun mal so geht, irgendwie schien sich niemand mehr dafür zu interessieren, ob dieses Ding jetzt da stand oder nicht, und so lange es Mieter gab und die Bühne bespielt wurde, war ja alles gut. Inzwischen existierte der Musical-Dome schon annähernd 20 Jahre und war zudem bis vor kurzem zur Ausweich-spielstätte der Kölner Oper geadelt worden, da das Opernhaus am Offenbachplatz marode war. Volker fand, dass sich die Stadt Köln die einzigartige Gelegenheit hatte entgehen lassen, sich ein neues, repräsentatives Opernhaus zu schenken. Es hatte Pläne gegeben, auf der 'schäl Sick' - also der 'falschen Seite', rechtsrheinisch, gegenüber der Altstadt – auf einer Brachfläche, die nur als Parkplatz und für die Kirmes genutzt wurde, ein modernes Gebäude an und über den Rhein zu bauen. Stattdessen wurde die 'Neue Oper', das Ende der Fünfzigerjahre gebaute und unsagbar hässliche, aber leider unter Denkmalschutz stehende Gebäude, für hunderte Millionen Euro generalsaniert. Es war schlicht zum Verzweifeln, wie mut- und kraftlos hier meist entschieden wurde. Niemand konnte mehr etwas daran ändern, dass das alte Opernhaus – ein wilhelmini-scher Prachtbau von 1910 mit, wie es hieß, wunderbarer Akustik – 1958 abgerissen und durch einen damals modernen Bau ersetzt worden war. Dabei war das alte Opernhaus im Bombenhagel des Zweiten Weltkrieges, im Gegensatz zu weiten Teilen der Kölner Innenstadt, nur leicht beschädigt worden. Aber warum heute nicht wieder Mut zeigen? Warum nicht Risiken eingehen? Jedweder

Anflug von Kreativität oder Vision wurde in dieser Stadt gnadenlos im Keim erstickt oder fiel dem Klüngel zum Opfer. Die Kölsche Mentalität mit ihrem „Wat wellste maache?" war da sicherlich nicht sehr hilfreich. Mit dieser Meinung stand Volker nicht allein, allerdings hatte er mit dieser These auch schon leidenschaftlichen Widerspruch geerntet.

„Das mit dem Notenpapier und Manfred hast du mitgekriegt, oder?", fragte Volker abrupt.

„Ja, hab ich, wieso?"

„Naja, ich sollte es eigentlich niemandem sagen, aber ich habe es."

Charlotte zuckte zusammen. „Wie bitte? Wie das denn?"

Volker fasste sie am Arm. „Nein, nein, keine Sorge, ich habe nur ein Bild davon. Thomas hat mir eine Fotografie geschickt, die er wiederum von einer ehemaligen Kollegin bekommen hat."

„Und was für ein Stück ist darauf?"

„Es ist sehr schwer zu sagen. Das Druckbild hat durch das Blut und die Reinigung so gelitten, dass nicht mehr allzu viel zu erkennen ist. Ich werde es ausdrucken und Seite für Seite mit meinem Klavierauszügen abgleichen."

Charlotte lehnte sich an das Geländer der Uferpromenade. Unter ihr floss träge das schmutzig-braune Wasser des legendären Stromes. Sie sah über das Wasser hin zu dem gegenüberliegenden Hyatt Hotel.

„Lass uns ausnahmsweise von was anderem reden, ja? Bitte!" Ihr flehentlicher Tonfall war nur zur Hälfte ironisch gemeint und Volker musste lachen. Charlotte seufzte theatralisch und deutete auf das Hotel. „Ich fang an. Da drüben habe ich mal Michael Jackson gesehen."

Volker lehnte sich ebenfalls an das Geländer und blickte zu dem modernen Gebäude hinüber, das von dem dahinterliegenden sogenannten Kölntriangel überragt wurde, einem erst vor wenigen Jahren fertiggestellten Hochhaus, von dessen Aussichtsplattform in über einhundert Metern Höhe man den schönsten Blick über Köln hatte.

„Ich hab damals in Kalk gewohnt", fuhr Charlotte fort. „Immer wenn ich abends in der Stadt war, hab ich mein Auto da drüben abgestellt und bin über die Brücke gelaufen. Ich hatte Angst vor den U-Bahnhöfen, und damals konnte man da noch kostenlos parken." Sie lächelte ein wenig verschämt. „Irgendwann bin ich abends da vorbeigekommen und habe mich über den Menschenauflauf vor dem Hotel gewundert. Hab gar nicht registriert, dass es sich um Teenies handelt. Plötzlich ging oben ein Fenster auf, und da stand er. Er hatte die komplette obere Etage gemietet."

Sie wirkte auf einmal traurig. „Er war grad mal 50 als er starb. Genau wie Manfred."

Volker sah sie überrascht an. „Was meinst du damit?"

„Ich weiß nicht." Sie überlegte einen Augenblick. „Vielleicht hab ich an Manfred denken müssen, weil er da drüben irgendwo gewohnt hat", meinte sie dann und deutete mit einer Hand vage in Richtung Deutz.

„Ja, stimmt", überlegte Volker. „Irgendwo da. Ich war zwar nie bei ihm Zuhause, aber ich weiß, dass er rechtsrheinisch gewohnt hat und es nicht weit zum Rhein und zum Heumarkt hatte." Er drehte sich um und sah zum Dom hinauf. Das Rheinufer lag inzwischen im Schatten, aber die tief stehende Sonne beleuchtete die Türme des Doms und die im Gegenlicht funkelnde Sternspitze des Vierungsturms.

„Da! Siehst du ihn?" Volker riss die Augen auf und zeigte mit einer dramatischen Geste auf den Dom. „Der Stern! Der Stern von Bethlehem!"

Charlotte kicherte: „Da liegen die Heiligen Drei Könige! Mach dich nicht lustig!"

„Ja, klar, die Heiligen Drei Könige..." Volker grinste. „Was für ein Nepp, da schleppen sie irgendwelche alten Knochen an, behaupten, das seien die Überreste von Heiligen, und die arme Bevölkerung wirft ihnen Geld nach, das sie gar nicht hat. Wahnsinn." Er schüttelte den Kopf. „Übrigens, unter dem Stern, der da gerade so dramatisch beleuchtet wird, sollten sie ursprünglich ihre letzte Ruhe finden. Tolle Idee, oder?"

„Unter dem Stern begraben, der ihre Geschichte unsterblich gemacht hat. Da muss man erst mal drauf kommen", nickte Charlotte anerkennend.

Das Funkeln verschwand, vielleicht, weil der Winkel der Sonneneinstrahlung nicht mehr stimmte, vielleicht, weil sich eine Wolke eingemischt hatte.

Volkers Blick schweifte weiter zur Hohenzollernbrücke und zu den zehntausenden von Liebesschlössern, die am Zaun zwischen dem Fußgängerweg und den Bahngleisen von verliebten Paaren angebracht worden waren. Da ihm der Wind jetzt direkt ins Gesicht blies, kniff Volker die Augen ein wenig zusammen und schon verwandelten sich die vielen kleinen Punkte in ein buntes Band, das sich von einer Seite des Flusses zur anderen spannte.

Volker nahm Charlottes Hand. „Komm, wir fahren heim und ich zeig dir das Foto, das Thomas mir geschickt hat."

„Ach", seufzte Charlotte mit gespielter Wehmut, „früher hättest du mir deine Briefmarkensammlung zeigen wollen. Und heute? Ein Foto, das für einen Mordfall wichtig sein könnte!"

Volker lachte. „Meine Briefmarkensammlung kann ich dir heute auch noch zeigen…"

18:04 Uhr

Thomas bewegte sich behutsam durch die kleine Wohnung; hier das verkohlte Schlafzimmer, ein kleines Wohnzimmer, die Andeutung einer Küche und ein Badezimmer, immerhin mit Wanne. Der Gestank war erbärmlich.

Lucia wartete unten im Auto. Sie hatte geflucht und geschimpft – „Wenn der Glatz das rauskriegt, bin ich meinen Job los, das kann nicht dein Ernst sein...", usw. – hatte aber schließlich doch eingewilligt, ihn für ein paar Minuten in die Wohnung zu lassen, nachdem Thomas sie mit einem „Soll ich dir jetzt helfen, oder nicht?" zum Schweigen gebracht hatte.

„Dann aber erst im vorabendlichen Trubel, wenn viel los ist und alle nur heim wollen." – „Einverstanden."

Thomas hielt nach nichts Konkretem Ausschau, er versuchte nur, sich alles einzuprägen. Mit dem Handy machte er ein paar Fotos, zog im Wohnzimmer Schubladen auf, schaute in die Küchenschränke und auf die Ablage unter dem Badezimmerspiegel, fand aber nichts, was auch nur im Entferntesten ungewöhnlich, auffällig oder bemerkenswert erschien. Außer vielleicht die große Anzahl an Büchern und die Bandbreite der Themen. In den drei hohen, aneinander geschraubten Billys standen deutsche Klassiker, einige Bände russischer Autoren, wissenschaftliche Literatur, englische und italienische Romane in Originalsprache und ein ganzes Regalbrett mit großformatigen Kunstbänden. Thomas machte auch davon ein Foto und warf einen letzten kurzen Blick ins Schlafzimmer.

Hier war nichts zu sehen, außer dem Chaos, das Feuer und Löschmittel hinterlassen hatten. Auf dem Rest des Nacht-schränkchens war ein Klumpen verschmolzenen Plastiks zu sehen, der wohl mal ein Telefon gewesen war. Gerade als Thomas zur Wohnung hinausgehen wollte, fiel ihm noch etwas ein. Er drehte sich um und ging zum Notenregal im Wohnzimmer. Sorgfältig ging er die Noten Band für Band, Heft für Heft durch. Und er hatte richtig vermutet: ein Klavierauszug der 'Matthäuspassion' fehlte. Da, wo Susanne die Werke Bachs eingeordnet hatte, standen nur die 'Johannespassion', die 'h-Moll-Messe' und einige Dutzend Kantaten. Er sah sich nochmals um, nur um sicher zu gehen, dass sie den Klavierauszug nicht gerade benutzt hatte. Aber auch auf dem Tisch oder dem elektrischen Piano war nichts zu entdecken. Das musste erstmal nichts heißen, vielleicht hatte sie die Noten einfach nur in eine Tasche gesteckt. Trotzdem war es bemerkenswert.

Nachdenklich ging er hinunter und setzte sich neben Lucia ins Auto, die sofort den Motor anließ und losfuhr. „Hast du was gefunden?", fragte sie neugierig.

„Meine Güte, du bist ja echt nervös. Lucia, hast du nicht etwas vergessen? Muss ich dir wirklich erklären, dass du die Versiegelung wieder erneuern musst?" Thomas sah sie mit gespielter Enttäuschung an. „Hast du denn gar nichts von mir gelernt?"

„Scheiße!" Sie bremste abrupt und drehte mitten auf der Straße um.

Thomas grinste breit. „Das wollte ich schon immer mal sagen."

Lucia beeilte sich und war nach wenigen Minuten wieder zurück, startete aber den Motor diesmal nicht.

„Mein Gott, das hätte ich wirklich fast vergessen. Der Fall macht mir echt zu schaffen." Sie atmete tief durch. „Ist dir denn nun irgendwas aufgefallen?"

„Nein. Die junge Dame war erstaunlich belesen. Ansonsten eine ganz normale Wohnung. Hat denn die Befragung der Nachbarn etwas ergeben?"

„Nein. Keiner hat was gesehen oder gehört. War ja klar."

„Und die Telefone? Ihre E-Mails?"

„Das hat der Kollege Baumeister gemacht. Er meinte das…"
Thomas unterbrach sie. „Wollen wir nicht fahren?" Er deutete mit einem Finger zur Windschutzscheibe.

„Ich fahre erst los, wenn du mir erzählst, was zwischen dir

und Glatz gelaufen ist."

„Okay, aber nur, wenn es bald los geht, sonst lauf ich heim."

„Kein Problem, Herr Kommissar." Lucia startete und fuhr los. Thomas wollte eigentlich keine alten Geschichten aufwärmen, aber er wusste, dass er Lucia eine Erklärung schuldig war.

„Das muss jetzt 18, vielleicht 20 Jahre her sein. Ich war grade frisch zum Hauptkommissar befördert worden und bekam die Aufgabe, den Mord an einer jungen Frau aufzuklären. War nicht so schwer, wir hatten sehr schnell ihren Exfreund in Verdacht und haben ihn dann auch überführt. Hat ein wenig gedauert, aber ihm ist schließlich nichts anderes übrig geblieben, als zu gestehen. Glatz war neu im Team und ehrgeizig. Du weißt ja, wenn ein Täter nicht kooperiert, kann sich das hinziehen. Ich hab zu spät gemerkt, dass Glatz – wie soll ich sagen – moralisch etwas flexibel war. Ihm ging das alles offenbar viel zu langsam. An einem Morgen kam er reingestürmt und wedelte mit einem Tütchen. Er tönte, er hätte zwischen den Sachen, die wir aus der Wohnung unseres Verdächtigen mitgenommen hatten, den blutbefleckten Personalausweis des Opfers gefunden."

Lucia zog die Augenbrauen hoch. „Oh Mann!"

Thomas nickte grimmig. „Ich konnte es auch kaum fassen. Zum Glück hatte das sonst niemand mitgekriegt. Wir hatten die Wohnung schon Tage vorher gründlich durchsucht. Aber dass der Täter den Ausweis blutbefleckt bei sich hätte rumliegen lassen und wir ihn auch noch aus Versehen mitgenommen hätten, das klang so unglaubwürdig, das es schon fast wieder gut war. Ich hab ihn mir direkt zur Brust genommen. Nach ein paar Minuten fing er an, auf verschwörerisch zu machen, 'das merkt doch keiner', und 'du weißt doch auch, dass er es war'. So Zeug eben. Ich hab ihm den Kopf gewaschen, ihm gesagt, dass unter meiner Führung sowas nicht gemacht wird, und fertig." Thomas seufzte. „Ich weiß bis heute nicht, wie er an das Blut der armen Frau gekommen ist, und ich will es auch gar nicht wissen. Vielleicht hätte ich zum Chef gehen sollen, keine Ahnung. Auf jeden Fall hat Glatz mir das nie verziehen. Er war sehr fleißig, hat immer alle meine Anweisungen befolgt, aber ich habe gespürt, dass er mich hasste. Es muss für ihn ein Fest gewesen sein, als ich meinen Posten verloren hab und ausgeschieden bin."

Lucias Handy klingelte. Glatz. „Wenn man vom Teufel spricht…" Sie betätigte den Knopf für die Freisprechanlage. „Ja?"

„Maier, wo stecken Sie?"

„Ich wollte mir schnell was Frisches anziehen."

„Mir ist es egal, ob Sie wie eine Ziege stinken, ich will Sie hier haben. Der Präsident hat mir gerade klar gemacht, dass er jetzt, nein, gestern einen Erfolg vermelden will. Und dass ich ein Problem habe, wenn nicht bald was kommt. Und ich werde nicht der Einzige sein, der dann ein Problem hat. Also bewegen Sie sich schnellstmöglich hierher."

Er legte grußlos auf. Lucia und Thomas wussten nicht, was sie sagen sollten. Er brach schließlich das Schweigen.

„Lass mich hier raus, ich lauf den Rest, und du fährst ins Präsidium."

„Ist das wirklich ok?"

„Absolut."

Sie waren schon auf der Äußeren Kanalstraße angelangt und der Regen hatte nachgelassen. Bevor Thomas ausstieg, drehte er sich nochmal zu ihr: „Ich muss bei Gelegenheit noch einmal in Manfreds Wohnung."

Sie wollte kurz protestieren, sackte dann aber ein wenig zusammen und murmelte nur:

„Ach, was soll's, ist jetzt auch egal."

„Vergiss nicht, was Frisches anzuziehen", empfahl Thomas mit einem Augenzwinkern, während er aus dem Auto stieg.
„Mach ich. Danke dir", lächelte Lucia müde.
„Pass auf dich auf." Thomas schlug die Autotür zu und sah, wie sie sich wieder in den ruhig fließenden Verkehr einfädelte.
Erst als sie weg war fiel ihm auf, dass sie seine Fragen zu den Telefonlisten und E-Mails nicht beantwortet hatte, und er vergessen hatte, nach Susanne Vögeles Klavierauszug zu fragen.

22:19 Uhr

Nachdem Charlotte gegangen war – „Möchtest du heute Nacht hier bleiben?" – „Nein, ich muss morgen früh raus. Ich melde mich." – lümmelte sich Volker noch ein wenig auf seinem Bett herum und überlegte. Er hatte Charlotte nichts von Thomas' Besuch und seinen Neuigkeiten erzählt: Auch bei Susanne Vögele waren Reste eines Notenblattes gefunden worden und der Mörder hatte sie auf die gleiche Art und Weise verstümmelt, wie vorher Manfred.
Wo waren sie da nur hineingeraten? Hatte es etwas mit dem Chor zu tun? Zugegeben, er und Thomas wussten mehr, als die Polizei nach außen gab. Thomas hatte sichtlich Feuer gefangen und angefangen, zu ermitteln. Volker schauderte, denn auch er empfand eine gewisse Faszination. Brenzlich würde es nur werden, wenn Thomas zu offensichtlich auf eigene Faust ermittelte und so unnötig Staub aufwirbelte.
Thomas hatte die Vermutung geäußert, dass es durchaus möglich war, dass der Chor oder sogar Volker selbst das eigentliche Ziel sein könnten. Das klang alles andere als beruhigend. Aber was, um Gottes Willen, sollte er jetzt tun? Verbrechen kannte er nur theoretisch, aus Literatur und Oper, aus der Zeitung und aus Filmen. Und dass der Chor

oder er selbst ins Visier eines Mörders geraten sein könnten, erschien ihm völlig absurd.

Volker fühlte sich auf einmal sehr hilflos. Zwar hatte er das starke Gefühl, dass es nicht um ihn ging, aber konnte er da wirklich sicher sein? „Schwören tät i, wetten nich!" Mit einem Stirnrunzeln dachte er an den Spruch des Küsters der Lukaskirche, den dieser bei jeder passenden und unpassenden Gelegenheit in schlecht imitiertem Bayrisch zum Besten gab, und über den er sich dann selbst ausnahmslos jedesmal köstlich amüsierte.

Volkers Blick fiel auf den Anrufbeantworter. Als er heimgekommen war, hatte er beachtliche siebzehn Nachrichten vorgefunden. Fünfzehn davon stammten von Sängerinnen und Sängern seines Chores.

Die meisten wollten einfach nur mit ihm „darüber reden", aber fünf Anrufer erklärten, dass sie bis auf weiteres nicht mehr zu Proben erscheinen würden.

Eine Nachricht stammte von der vorgesehenen Solo-Sopranistin Monika Mannraff, die ihre Teilnahme am Konzert „aus Pietät für die Opfer" absagte und forderte, dass diese Tatsache schnell an die Öffentlichkeit gelangen solle, woraufhin sie grußlos aufgelegt hatte.

Pietät. Ist klar. Volker schnaubte. Doch spiegelte dieser Anruf offenbar die aktuelle Stimmung wider. Volker wollte sich gar nicht vorstellen, was in Kölner Sängerkreisen gerade für Gerüchte kursierten – eine Kollegin war umgebracht worden, die zudem in Köln studiert hatte. Susanne Vögele hatte hier ihre Kontakte und ihr Netzwerk aufgebaut. Die Musiker in der Stadt kannten sich und viele waren ihr schon einmal begegnet. Keine Frage, ihr Tod und die Umstände ihres Todes sorgten für enorme Verunsicherung.

Volker versuchte sich vorzustellen, wie sie die Arie „Sehet, Jesus hat die Hand, uns zu fassen, ausgespannt." gestaltet hätte, die erklingt, nachdem der Evangelist von der Kreuzigung Jesu berichtet hat. Vor seinem inneren Ohr entfaltete sich die Szene: Wir erfahren vom Erzähler, dass zuerst zufällige Zeugen des Geschehens - „die aber vorüber gingen" - und kurz darauf die 'Schriftgelehrten und Ältesten' Jesus verspottet hatten. In zwei kurzen, immer dichter werdenden Chorsätzen, die schließlich in einen einstimmigen, unbarmherzigen Ausruf münden – „... denn er hat gesagt: Ich bin Gottes Sohn!" –, wird dem Hörer die ganze Ausweglosigkeit, die ganze Unerbittlichkeit des Geschehens um die Ohren gehauen. Wen das nicht beeindruckt, dem ist nicht zu helfen, ob man jetzt an Allah, Jaweh, das fliegende Spaghetti-Monster oder an gar nichts glaubt. Gleich wird der Evangelist vom Tod Jesu berichten, jeder Hörer weiß das. Aber dann steht die Altistin auf. Zuerst singt sie ein betrachtendes Rezitativ*, das mit einem so schlichten, wie erschütternden „Das gehet meiner Seele nah" endet. Und dann folgt diese ergreifende Arie, begleitet von zwei tiefen Oboen, in einem leichten, bewegten Es-Dur, und es erklingt Musik voller Zuversicht und Gottvertrauen.

Volker spürte allein bei dem Gedanken an dieses kleine Wunder, wie er sich etwas entspannte.

Der Chor reagiert verzagt auf die Aufforderung zu „sehen" und zu „suchen" – „Wo?, „Wohin?" –, aber die Klarheit, ja, die Freude, die von der Altistin ausgeht, lässt dem Kleinmut der Masse keinen Raum. Wie ein weicher, goldener Lichtstrahl die Finsternis vertreibt, erhellt diese Musik den fürchterlichsten Moment, den ein Christ sich vorzustellen imstande ist. In Kombination mit Susannes warmer, sinnlicher Ausstrahlung wäre das einer der Höhepunkte des Konzertes geworden. Doch nun war sie tot. Für immer fort.

Volker traten Tränen in die Augen.

Er traf eine Entscheidung und griff nach dem Telefon.

Die Sonne hatte sich den ganzen Tag nicht blicken lassen und Thomas beschloss, noch ein wenig die beiden Caniden zu bewegen, bevor es nachher wieder völlig dunkel sein würde. Als er die Haustür öffnete, prallte er fast mit Lucia zusammen. Sie hatte tiefe Augenringe und sah fürchterlich übermüdet aus. Thomas konnte sich gut vorstellen, warum. Wenn bei polizeilichen Ermittlungen das Wort 'Serienmörder' auftaucht, werden im selben Moment die Wörter 'Feierabend' und 'Freizeit' als vermisst gemeldet. Außer den notwendigsten Stunden Schlaf gibt es keine Pausen; es wird rund um die Uhr gearbeitet.

„Hoppla, was machst du denn hier?"

„Hast du ein wenig Zeit für mich?", platzte Lucia heraus. „Ich muss mich ausquatschen."

Thomas deutete eine leichte Verbeugung an. „Mit dem größten Vergnügen. Möchtest du mit uns ein wenig spazieren gehen?", fragte er und deutete auf die beiden Halbhohen, die geduldig neben ihm warteten, immer wieder hochblickten und anscheinend versuchten, den Aufbruch herbeizuwedeln.

„Ich zieh mir schnell noch andere Schuhe an", erklärte Lucia und eilte zu ihrem Auto, um ihre 'damit-geh-ich-ins-Büro'-Schuhe gegen die Turnschuhe zu tauschen, die sie immer im Kofferraum hatte.

Wenige Minuten später schlenderten sie gemeinsam durch den Stadtwald. Lucia atmete die klare Luft, lauschte dem Vogelkonzert und konnte förmlich spüren, wie sie mit jedem Schritt ein wenig ruhiger wurde. Basti und Pedro trabten federnd, immer wieder irgendwo schnuppernd um sie herum und lenkten sie zusätzlich ab.

Thomas wartete geduldig. Sie würde schon anfangen zu erzählen, wenn sie so weit war. Und selbst, wenn sie nichts sagen sollte, würde ihr der Spaziergang gut tun.

„Puh, das tut gut. Du ahnst gar nicht, was bei uns gerade los ist.", begann Lucia zögerlich.

Thomas konnte sich die Atmosphäre im Präsidium durchaus vorstellen, sagte aber nichts. Diesen Aspekt der Polizeiarbeit vermisste er am allerwenigsten.

„Wir haben jetzt auch noch einen weiteren Toten. Einen Orchestermusiker."

Thomas blieb abrupt stehen. „Es gibt noch einen Toten? Du meine Güte! Erzähl!"

„Das Ganze ist etwas kompliziert und ich bin sicher, dass sein Tod mit unserem Fall überhaupt nichts zu tun hat. Der alte Herr ist gerade 87 geworden und friedlich in seinem Bett eingeschlafen. Seine Witwe wollte allerdings nicht wahrhaben, dass die Zeit ihres Mannes einfach abgelaufen war und hat einen gigantischen Aufstand gemacht. Obwohl ihr Hausarzt bestätigt hatte, dass das Herz des Mannes am Ende einfach zu schwach war, hat sie auf eine Obduktion bestanden. Und dass die Kollegen der Gerichtsmedizin den natürlichen Tod bestätigt haben, ist ihr herzlich egal. Sie ist davon überzeugt, dass ihr Gatte das dritte Opfer des Mörders ist, obwohl alle Fakten dagegen sprechen." Lucia seufzte. „Das ist einfach anstrengend. Natürlich hat sie sich an die Presse gewandt. Und wir haben jetzt die ersten E-Mails und Anrufe bekommen. 'Was vertuscht die Kölner Polizei?', 'Wer wird da gedeckt?', 'Wie viele Opfer sind es wirklich?'. Und das sind nur die harmlosen Inhalte. Wir werden beleidigt und beschimpft, das ist teilweise unterste Schublade." Sie kickte einen Ast zur Seite. „Das kotzt mich so an."

Thomas wusste genau, was sie meinte. Solche Ereignisse schürten Angst und Verunsicherung. Und wenn es dann keine schnelle Lösung oder Erklärung gab, wurde der ganze Frust bei der Polizei abgelassen. Wenn dann noch Verschwörungstheorien ins Spiel kamen, konnte das sehr schnell sehr hässlich werden.

„Wie steht es denn um eure Ermittlungen?"

„Frag nicht. Wir versinken im Chaos", antwortete sie knapp. Sie waren am Militärring angekommen. Thomas stieß einen kurzen Pfiff aus. Basti und Pedro kamen heran und gingen bei Fuß, bis alle vier die andere Straßenseite erreicht hatten. Dann sprinteten sie nach einem kurzen „Ab!" wieder los.

„Die hast du ja gut im Griff", staunte Lucia.

„Na, sie müssen begreifen, wer der Chef ist und dass sie bedingungslos zu gehorchen haben." Thomas bemerkte Lucias Seitenblick und nickte. „Ja, das klingt immer ganz furchtbar. Aber so funktionieren die Jungs, da kannste nix dran ändern. Und wenn sie dich als Chef akzeptiert haben, hast du eine Verantwortung. Wenn du der gerecht wirst, geht fast alles. Wenn sie intelligent genug sind...", fügte er dann mit einem ironischen Lächeln hinzu. „Es gibt so bescheuerte Tölen, das glaubst du nicht. Ein bißchen so, wie bei den Zweibeinern…"

Lucia lächelte. Es war ihr erstens Lächeln, seit sie heute Nachmittag vor seiner Tür gestanden hatte.

„Denkst du an jemanden bestimmten?" fragte sie mit einem schelmischen Seitenblick.

„Durchaus nicht", entgegnete Thomas trocken, schien sich aber ein Grinsen verkneifen zu müssen. Dann wurde er wieder ernst.

„Und ich hab nicht gesagt, dass es leicht ist, aber es ist der Mühe wert."

Inzwischen war es schon schummrig und sie konnten in einiger Entfernung die vier beleuchteten Pylonen des Rheinenergiestadions erkennen, in dem der 1. FC Köln seine Heimspiele austrägt.

Lucia nahm den Faden wieder auf. „Es gibt im Moment keine hilfreichen Spuren, keine schlüssigen Theorien, von Verdächtigen ganz zu schweigen. Und obendrein wird

Glatz immer schlimmer." Sie hielt inne. „Ach, ich will gerade nicht mehr an den Fall denken. Kannst du das verstehen? Ich will dir wirklich erzählen, was wir so machen, aber nicht jetzt. Einverstanden?"

Thomas nickte entspannt. „Natürlich. Du hast mein vollstes Verständnis."

„Danke dir." Sie gingen weiter und Thomas hatte den Eindruck, dass Lucia noch etwas anderes auf dem Herzen hatte.

„Ich hab in den letzten Tagen ernsthaft überlegt, einen Versetzungsantrag zu stellen", erklärte sie dann nach ein paar Schritten leise.

„Weg von Köln?", fragte Thomas und zog die Stirn in Falten.

„Nein. Aber vielleicht ein anderes Arbeitsfeld. Cyber-Kriminalität finde ich zum Beispiel sehr spannend."

„Eine Wachstumsbranche", bemerkte Thomas trocken. Dann lächelte er sie von der Seite an. „Jetzt reden wir ja doch wieder über den Job."

„Du hast Recht!", lachte Lucia. „Ich bin schon still."

Als sie am Weiher bei den Jahnwiesen ankamen, beschlossen sie, umzukehren und standen nach einer halben Stunde wieder vor Thomas' Tür.

„Danke. Das hat mir gutgetan." Lucia nahm Thomas kurz in den Arm und drückte ihn fest.

„Jederzeit gerne wieder." Er deutete wieder eine Verbeugung an und Lucia lächelte. „Ich melde mich. Bis bald." Sie stieg in ihr Auto, fuhr los und streckte zum Abschied noch einmal die Hand aus dem Fenster.

„Hat mir auch sehr gut getan", murmelte er nachdenklich, während er ihr nachwinkte.

Thomas spürte zum ersten Mal seit langem wieder Energie in sich aufsteigen, und er wusste, dass er Feuer gefangen hatte. Er interessierte sich für etwas so sehr, dass er ununterbrochen daran dachte. Es fühlte sich gut, lebendig und aufregend an. Dabei war die Frage genauso einfach, wie die Antwort ein Rätsel: Warum hatten zwei Menschen so grausam sterben müssen?

Er wollte es wissen. Er wollte es wirklich wissen und begreifen. Und das war mehr als nur die Trauer über den sinnlosen Tod eines Freundes – das war das alte Gefühl, ein Rätsel lösen zu wollen, zu verstehen, wie etwas zusammenhing. Herrlich!

Nach dem Spaziergang hatte Lucia am Abend nochmals angerufen, und er hatte durch den Telefonhörer spüren können, dass sich der Erholungseffekt ihres kleinen Spaziergangs in dem Moment in Luft aufgelöst hatte, als die Tür des Präsidiums wieder hinter ihr ins Schloss gefallen war. Sie hatte ausführlich berichtet, was sie und die Kollegen bisher erreicht, oder besser, nicht erreicht hatten: Mit fast jedem war gesprochen worden, der auch nur entfernt zum Umfeld eines der beiden Opfer gehörte. Das familiäre Umfeld war durchleuchtet worden, der Freundeskreis, berufliche Kontakte. Sie hatten sich die Hobbys vorgenommen, Reisen, die jeweilige finanzielle Situation, gesundheitliche Probleme, Telefonlisten, Internetgewohnheiten... Nichts hatte auch nur den Hauch eines Hinweises geliefert, worum es hier gehen konnte. Auch schien nichts darauf hinzudeuten, dass die beiden sich gekannt, oder in irgendeiner Verbindung zueinander gestanden hatten. Die einzige Verbindung war die Art ihres Sterbens und ein Stück Papier, das zu ihrem Tod geführt hatte. Also hatte man sich auf die Musiker konzentriert, die mit auf der Bühne hätten stehen sollen: Der Chor, das Orchester und die anderen

Solisten waren befragt worden, und vor allem Volker hatte man unter die Lupe genommen. Zwar musste die eine oder andere Aussage noch überprüft werden, aber man war sich einig, dass die Sänger und Musiker als Täter ausschieden. Nichts hatte irgendeinen Hinweis auf ein Motiv geliefert. Kollege Baumeister hatte angemerkt, dass es ja auch ein Zuhörer sein konnte, der Manfred und Susanne in Konzerten erlebt hatte und aus unerfindlichen Gründen ausgerastet war. Und wenn sie an die Zahl der potentiellen Konzertgänger dachten – da war es nicht leicht, optimistisch zu bleiben. Jetzt konnten wohl nur noch Zeugenaussagen helfen. Lucia hatte von einem Pressetext erzählt, der veröffentlich werden sollte und einen Zeugenaufruf enthielt. Vielleicht hatten sie ja das Glück der Tüchtigen und landeten einen Zufallstreffer mit einem Hinweis aus der Bevölkerung.

Glatz war noch nervöser und unausstehlicher als sonst. Viel Zeit, zu viel Zeit war verloren gegangen, und das war so eindeutig seine Schuld, dass er diesmal unmöglich irgendeinen Kollegen dafür verantwortlich machen konnte. Und wenn es darum ging, Fehler zuzugeben, war er bemerkenswert unbegabt.

Thomas hatte sein Bedauern ausgedrückt und darum gebeten, informiert zu werden, sollte sich etwas tun, aber Lucia hatte nur ein müdes „Daran glaub ich grad nicht mehr..." herausgebracht.

Jetzt saß Thomas auf seinem Sofa, neben sich die beiden Jungs, die sich zufrieden schnarchend ausgestreckt hatten. Sie waren auf ihrem Morgenspaziergang einem Eichhörnchen begegnet und hatten es angebellt. Das hübsche kleine Biest war einen Baum hoch gerannt, hatte von einem Ast aus auf sie herunter gegrinst und sichtlich bedauert, dass es gerade nichts zum Werfen da hatte. Anschließend waren Basti und Pedro minutenlang in großen Kreisen über eine

Wiese gerannt, hatten danach zum Runterkommen ein wenig in einem Bach getobt und dort schließlich noch mehrere Äste vor dem Ertrinken gerettet. Wegen dieser Aktion, bei der sie leider keine Rücksicht auf den Matsch am Rand des Baches hatten nehmen können, waren sie von Thomas zu Hause geduscht worden, hatten aber als Entschädigung nach dem Frühstück zwei Kauknochen bekommen. Die waren sofort kräftig eingespeichelt worden und zur späteren Bearbeitung neben dem Wohnzimmertisch auf dem kleinen Teppich gelandet. Kurz: Ein perfekter Morgen.

Thomas kraulte Basti geistesabwesend hinter dem Ohr und dachte über Volker nach. Der junge Dirigent war verunsichert. Das war nur verständlich. Da konzentriert man sich monatelang auf eine Sache, arbeitet mit aller Hingabe daraufhin, und wie aus dem Nichts scheint deine Welt in sich zusammen zu stürzen. Die Polizei kommt und nimmt dich kräftig unter die Lupe; ob du willst oder nicht, du fühlst dich wie ein Verdächtiger. Keine sehr angenehme Empfindung... Deine Arbeit leidet, dein Soziotop zerbröselt, alles scheint den Bach runter zu gehen. Thomas lächelte kurz. Den Bach runter zu gehen...

Kurzentschlossen rief er Volker an.

„Hallo?", fragte dieser trocken.

„Hallo Volker. Hier ist Thomas. Hast du etwas Zeit zum Plaudern?"

„Thomas? Ich grüße dich! Schön, deine Stimme zu hören. Gestern und heute haben mich gefühlt hundert Anrufe erreicht, und manche waren nicht immer angenehm."

„Wieso? Was ist los?"

„Die Kölner Musiker drehen durch. Niemand weiß wirklich was, dafür machen die teilweise absurdesten Gerüchte die Runde. Vorhin hat mir ein Orchestermusiker allen Ernstes weismachen wollen, dass es inzwischen acht Mordopfer gäbe, dass die Polizei das aber verheimliche, weil sie den Täter in den eigenen Reihen vermute. Wer denkt sich sowas aus?"

Thomas grunzte.

„Eine geradezu klassische Reaktion auf eine diffuse, aber durchaus ernstzunehmende Gefahr. Und wenn von Seiten der Polizei auch keine Hilfe zu kommen scheint, oder ihr sogar Untätigkeit vorgeworfen wird, kann es richtig schlimm werden."

„Du scheinst damit vertraut zu sein. Gab es das schon immer?" wollte Volker wissen.

„Aber sicher", bestätigte Thomas. „In der 'Vor-Internet-Zeit' hat das zwar meist weniger absurde Ausmaße angenommen, aber doch, das gab es schon immer."

Volker wusste, was Thomas meinte. Die Komplettvernetzung bot jedem die Möglichkeit, überall und sofort jeden noch so hirnlosen Blödsinn direkt in die Welt zu blasen und für unzählige Internetnutzer sichtbar zu machen.

„Ich frage mich die ganze Zeit, ob ich alles noch irgendwie aufhalten oder aufklären kann – vielleicht hat es ja gar nichts mit dem Chor und uns zu tun."

„Genau deshalb rufe ich an. Hast du etwas über die Noten rausgefunden?"

„Ja. Es war etwas Puzzlearbeit, aber es sind beides Passagen aus der 'Matthäuspassion.' Ich kann dir die Stellen nennen. Das erste Blatt ist aus dem Eingangschor. Der Text ist hier auf die beiden Chöre aufgeteilt. ‚Seht. Wohin? Auf unsre Schuld.'" Volker zögerte. „Ich hab spontan keine Idee, ob das irgendwas bedeuten soll."

„Mh. Und die andere Stelle?"

„Das ist irgendwie auf gruselige Art passender." Volker atmete einmal tief ein und aus. „Also wenn man voraussetzt, dass Susanne noch am Leben war, als das Papier… Wie auch immer. Das Blatt stammt aus einem Tenor*-

146

Rezitativ. Der Text lautet: ‚Oh Schmerz, hier zittert das gequälte Herz.‘"

Thomas war hart gesotten, aber jetzt musste er schlucken.

„Ja, stimmt, so gesehen passt das. Aber hilft uns das irgendwie weiter?"

„Keine Ahnung. Es kann eine Bedeutung haben, muss es aber nicht. Meinst du, dass wir es der Polizei mitteilen sollen?"

„Sie werden schon auf dich zukommen oder finden es selbst heraus. Ich denke, dass wir unser Wissen nutzen und selbst etwas herumstöbern sollten. Wenn es wirklich mit der 'Matthäuspassion' zu tun hat, hat es auch etwas mit uns zu tun."

„Du hast recht. Wie wollen wir vorgehen?", fragte Volker.

„Du hörst dich ein wenig um. Schreib mal auf, was so erzählt wird. Und wir zwei bleiben in Kontakt."

„Okay. Kommst du zur nächsten Probe?"

„Aber klar. Bin dabei. Das tu ich dir nicht an!", entgegnete Thomas.

„Danke, das weiß ich sehr zu schätzen."

Kaum hatte Thomas das Gespräch beendet, klingelte das Telefon in seiner Hand. Er nahm das Gespräch an und hörte Lucias Stimme. „Wir haben ihn!"

6. Kapitel

„Von einer Sünde weiß er nichts"

Montag, 18.1., 8:33 Uhr

„Wie, ihr habt ihn?" Thomas wusste, wie dämlich seine Bemerkung klang, aber etwas Intelligenteres fiel ihm gerade nicht ein.

„Herrmann Wiegandt! Manfreds Lebensgefährte! Aber ich muss Schluss machen. Ich melde mich nachher wieder", und schon legte sie auf. Thomas saß geschlagene zwei Minuten mit dem Hörer in der Hand da. Na toll.

Er ging an seine Kaffeemaschine und befüllte sie reflexartig neu. Seine gute Stimmung hatte sich gerade in Luft aufgelöst. Da war es. Das berüchtigte Loch nach einer erfolgreichen Ermittlung. Doch konnte er es überhaupt Ermittlung nennen?

Er hatte gerade erst wieder angefangen, sich in einen Fall hineinzudenken, und es hatte Spaß gemacht. Schon seit sehr langer Zeit hatte er sich nicht mehr so lebendig gefühlt. Sicher, es war großartig, dass die Kollegen offensichtlich erfolgreich waren. Trotzdem empfand er ein gewisses Bedauern: Das wäre es gewesen, was er jetzt gebraucht hätte, eine Ermittlung, die all seine Erfahrung und all seine Beharrlichkeit erforderte.

Herrmann…! Thomas stutze. Das klang verrückt und war schwer zu glauben. Das war nicht nur schwer zu glauben, das war völliger Blödsinn! Und so einfach zu durchschauen. Glatz hatte Schiss. Der Druck, der auf ihm lastete, war inzwischen enorm. Deshalb dieses Manöver. Vorerst würde ein wenig Ruhe einkehren. Was Thomas allerdings nicht begreifen konnte: Wenn sie Herrmann dann irgendwann wieder laufen lassen mussten, würde alles über

Glatz zusammenstürzen. Es würde noch viel schlimmer werden. Wie konnte man so kurzsichtig agieren? Thomas wurde wütend. Sehr wütend. Dieser Idiot! Und das für ein paar Tage oder Wochen Ruhe. Natürlich würde jetzt überall berichtet werden, dass ein dringend Tatverdächtiger festgenommen worden war. Thomas verzog angewidert das Gesicht. Es war leicht, sich die allgemeine Erleichterung vorzustellen, die schnell um sich greifen würde. Das Gefühl, dass eine tödliche Gefahr gebannt, dass eine tödliche Bedrohung abgewendet worden war, würde die Herzen höher schlagen und das Atmen wieder frei werden lassen. Das erschien Thomas in diesem Moment so absurd. Sie würden doch ohnehin alle sterben: der eine früher, der andere später, der eine alt, der andere jung, der eine mit dem Gefühl, einen guten Kampf gekämpft zu haben, der andere verzweifelt, weil so vieles scheinbar unerledigt geblieben war. Und einige würden so überraschend und plötzlich dahingerafft, dass sie für solche Gedanken gar keine Zeit mehr hatten.

Durch diese Morde war die eigene Endlichkeit wieder ins Blickfeld gerückt und hatte der Angst vor dem Tod so viel Nahrung gegeben, dass sie den Käfig gesprengt hatte, in dem sie sonst in irgendeiner Ecke des Bewusstseins gut versteckt und fast vergessen auf ihren Auftritt wartete. Das Resultat war Panik gewesen. Da man keine Übung im Umgang mit dieser Panik hatte, war man ihren Attacken wehrlos ausgeliefert, wie bei einer neuartigen Krankheit, für die das Immunsystem nicht gerüstet ist. Viele hatten beklemmende, verstörende Tage erlebt.

Aber jetzt war ja alles wieder gut. Es würde den meisten ein wenig peinlich sein, dass sie sich so hatten gehen lassen. Man würde Erleichterung zur Schau tragen, verschämt ein paar Witze machen. Der Käfig war instand gesetzt, die Angst so weit unter Kontrolle, dass man sie problemlos wieder einsperren und den Schlüssel wegwerfen konnte. Man konnte wieder so tun, als müssten nur die anderen sterben.

Thomas war klar, dass er Lucia in seinem momentanen Zustand lieber nicht zurückrufen sollte. Stattdessen schrieb er eine SMS und bat um ein Treffen.

10:04 Uhr

Volker saß vor der geschlossenen Partitur der 'Matthäus-passion'. Er war durcheinander. Nein, er war regelrecht verstört. Er war fest entschlossen gewesen, seinen Teil dazu beizutragen, diesen Fall zu lösen, doch er hatte keine genaue Vorstellung davon gehabt, was er tun könnte. Die Kölner Musiker im Allgemeinen, und er und sein Chor im Besonderen waren einer unbestimmten, aber sehr beängstigenden Bedrohung ausgesetzt gewesen, und er hätte es sich nie verziehen, wenn er einfach untätig geblieben wäre.

Und dann hatte vor einer halben Stunde Thomas angerufen und ihm mitgeteilt, dass ein Verdächtiger festgenommen worden war. Zwar glaubte Volker eine Verunsicherung bei Thomas gespürt zu haben, so als wäre er nicht gänzlich davon überzeugt, dass es wirklich vorbei war. Aber diesen Gedanken hatte er rasch beiseite gewischt: Zu wichtig war der Erfolg der Polizei für die gesamte Kölner Musiker-gemeinde.

Ein riesiger Stein war ihm vom Herzen gefallen.

Als jedoch die erste Euphorie verklungen war, waren mit einem Schlag Trauer und Hilflosigkeit zurückgekehrt: Auch wenn jetzt allgemein Erleichterung um sich greifen würde, Manfred und Susanne waren tot. Und würden es auch bleiben. Volker ekelte sich vor sich selbst. Auch *seine* erste Reaktion auf Thomas' Nachricht war Erleichterung gewesen. Ein regelrechtes Glücksgefühl hatte ihn durchströmt.

Wie erbärmlich.

Volker fühlte sich unzulänglich, klein und armselig. Er schlug die Partitur auf und suchte nach der Arie „Erbarme dich", um seiner gequälten Seele durch diese vielleicht schönste und zugleich traurigste Arie, die Bach jemals geschrieben hatte, die *Irgendwer* jemals geschrieben hatte, ein wenig Linderung zu verschaffen. Er begann zu lesen. In seinem Kopf verband sich das, was er sah, mit der Erinnerung an Susanne Vögeles Stimme und sogleich traten ihm Tränen in die Augen. Unendlich wehmütig gleiten die ersten Takte hin. Ein Violin-Solo über einer gleichmäßig fließenden Begleitung, nur von Streichinstrumenten gespielt. Volker empfand es als äußerst schwierig, hier das richtige Tempo zu treffen. Es brauchte einen erfahrenen Instrumentalsolisten, der auf keinen Fall dem Impuls nachgeben durfte, sich durch die kleinen, schnellen Noten in eine Unruhe versetzen zu lassen, die dem Charakter des Stückes zuwider lief. Nach acht Takten dieses für sich alleine schon unbeschreiblich ergreifenden Vorspiels setzt die Altistin ein. Eine traurige, wunderschöne Melodie, die der Sängerin eine gehörige Portion Mut abverlangt: Es galt, mit fließendem Atem und der größtmöglichen Ruhe die Musik und den Text wirken zu lassen und alle Gedanken an Gesangstechnik, an die Konzertsituation, überhaupt an alles andere, zurückzustellen. Volker hörte die Arie in seinem Kopf mit Susannes Stimme, und für einen Moment war es ihm, als höre er Susanne tatsächlich singen, als flehe sie für sich selbst, für ihre eigene Seele, um Erbarmen. Volker erschauerte und zwang sich, an die verschiedenen Aufführungen und Aufnahmen zu denken, die er bisher gehört hatte. Tendenziell wurde das Stück in den letzten Jahren schneller musiziert als früher. Dafür gab es bestimmt gute Gründe, aber die angesprochene Gefahr der Unruhe war dadurch noch wesentlich stärker gegeben, und das fand er unverzeihlich. Man musste sich klar machen, in welchem Kontext die Arie erklingt! Gerade hatte der Evangelist von Petrus' Verleugnung Jesu berichtet. Hier wird das Bild eines Menschen gezeichnet, der trotz guten Willens, trotz größter innerster Überzeugung im Moment der Gefahr schwach wird.

Nie würde Volker die kleine Vorlesung vergessen, die der vorherige Leiter des Rheinischen Oratorienvereins für ihn improvisiert hatte. In der Pause eines Passionskonzertes in der Kölner Philharmonie hatten sie sich zufällig beim Sektausschank getroffen und waren ins Gespräch gekommen. Es war eine Aufführung der 'Johannespassion' gewesen, und Volker hatte sich beeindruckt gezeigt von der gerade erklungenen Tenorarie. Die innere Zerrissenheit Petri war beeindruckend deutlich zu hören: ruppige, schroffe, verzweifelte Musik.

Und der alte Herr war in Fahrt gekommen: „Wir alle kennen das. Wir alle haben andere und uns selbst schon einmal unendlich enttäuscht. Ein schlimmeres, bohrenderes Gefühl kann man sich vielleicht nicht vorstellen. Das ist es, was Bach hier komponiert hat: Petrus ist abgrundtief verzweifelt, er hat jämmerlich versagt! Und Bach war dieser Moment so wichtig, dass er für eine spätere Version seiner 'Johannespassion' eine weitere Arie schrieb, die die erste ersetzte. Warum? War ihm seine erste Version vielleicht nicht stark genug?"

„Vielleicht hatte er beim zweiten Mal nur einen einzigen Tenor zu Verfügung?", spekulierte Volker. „Und dem war die erste Arie zu schwer?"

„Ja, vielleicht, aber unwahrscheinlich. Die Arien unterscheiden sich in ihrem Schwierigkeitsgrad kaum. Wenn, dann ist die zweite eher noch unangenehmer. Nein, betrachten Sie den Text! Der Text der ersten Version ist noch etwas barock verschwurbelt. Der Text der zweiten Arie ist dann sehr viel

konkreter: ‚Zerschmettert mich, ihr Felsen und ihr Hügel´
Petrus schämt sich so sehr, dass er sterben, im Erdboden
versinken und ausgelöscht werden will. Und wie wichtig
ihm dieser entscheidende, vielleicht menschlichste Moment
im Passionsbericht war, hören wir dann in der 'Matthäuspassion'. An der entsprechenden Stelle lässt Bach die
Altistin singen, eine warme, mütterliche Frauenstimme.
Warum? Ist es nicht ergreifender, den Sünder, den Versager
selbst zu hören?"

Volker hatte noch rechtzeitig gemerkt, dass die Frage
rhetorisch gemeint war, seine Antwort hinuntergeschluckt
und weiter fasziniert den Ausführungen seines Gegenüber
gelauscht.

„Es ist dramatischer, das auf jeden Fall. Aber er geht in der
'Matthäuspassion' einen Schritt weiter: Er lässt eine warme,
runde Frauenstimme klingen, die für den unvollkommenen
Petrus - und damit für uns alle! - um Vergebung, um
Erbarmen bittet. Gibt es eine bessere Wahl für solch einen
Moment, als eine Stimme, die, ob du willst oder nicht,
schreckliche Schuldgefühle in dir weckt und dir gleichzeitig
die absolute Gewissheit vermittelt, dass sie dich trösten
wird, egal, was du getan hast? Die Stimme einer Mutter?"

Der alte Herr hatte ihn verschmitzt angelächelt. „Wissen
Sie, ich glaube, was wir hier hören, ist einer der Gründe,
warum das Christentum so erfolgreich war. Jeder kann sich
mit Petrus identifizieren. Und was hat das Leben noch für
eine Bedeutung, wenn man keine Gnade erfährt, wenn
nicht wirklich verziehen wird? Genau das wird uns hier
angeboten. In deiner größten Erbärmlichkeit, wenn du mehr
als kläglich versagt hast, reicht dir eine höhere Macht die
Hand und sagt: Dir wird vergeben, du wirst geliebt. Clever,
was?"

Jetzt war er endgültig in Fahrt und nicht mehr zu bremsen.
„Aber betrachten Sie den Zusammenhang weiter. Als wäre

diese 'Erbarme dich'-Arie nicht Wunder genug: In der 'Matthäuspassion' widmet Bach kurz danach auch dem anderen Jünger eine Arie, der an seinen eigenen Taten verzweifelt: Judas. Ebenfalls mit Solovioline, auch nur Streicher als Begleitung, gespielt vom anderen Orchester." Ein hinreißendes Stück, wie Volker fand, voller Energie und Feuer. – „Diesmal darf der Sünder wieder selbst die Stimme erheben. Aber es geht um einen völlig anderen Umgang mit der Situation! Eine tiefe Männerstimme erklingt. So wie jedesmal in der Matthäuspassion, wenn wir eine konkrete 'historische' Person reden hören, seien es Petrus, Judas oder Simon von Kyrene. Es spielen die gleichen Instrumente und doch: Wie anders ist der Charakter! Wir hören jemanden, der eine schreckliche Wut auf sich selbst hat. Hier wird vom aktiven Versuch berichtet, das Geschehene rückgängig zu machen. Die schnellen Läufe der Solovioline sind wirklich aufgeregt, der Part ist hochvirtuos. Er ist auf eine andere Art extrem anspruchsvoll: Liegt die Herausforderung bei 'Erbarme dich' in der Verinnerlichung, geht es in der Judas-Arie 'Gebt mir meinen Jesum wieder' darum, diesen höchst anspruchsvollen Part mit der richtigen Portion Verzweiflung und Feuer auszustatten."

Volker konnte sich nicht helfen – er empfand diese temperamentvolle Arie als unendlich traurig und doch tröstlich. Ein Stück Musik, das nicht nur in seinem Aufbau, nein, das auch emotional eine Herausforderung darstellte. Und im Gegensatz zur 'Erbarme dich'-Arie bevorzugte er hier ein schnelleres Tempo – gerade so schnell, wie es die Fähigkeiten der Solisten zuließen, ohne hektisch zu klingen. Die Schlussfanfare aus Schumanns 'Rheinischer Sinfonie', die in der Kölner Philharmonie als Pausengong erklingt, hatte das Ende der Pause signalisiert und beide aus ihren Betrachtungen gerissen. Der alte Herr hatte sich etwas erschrocken entschuldigt und gemeint, dass es ihm fern läge, zu dozieren oder wie ein Oberlehrer wirken zu wollen.

Volker hatte überrascht widersprochen und betont, wie sehr er ihr kurzes Gespräch genossen habe. Zwar war es ihm noch nicht klar gewesen, aber an diesem Abend war ihm ein Tor zu einer Verständnisebene geöffnet worden, die Bachs Musik, eigentlich alle gute Musik, noch unendlich viel reicher und spannender hatte werden lassen.

Volker lehnte sich zurück. Ja, die Musik hatte geholfen. Er hatte sich wieder einigermaßen im Griff. Und er wünschte sich, dass Herrmann es nicht getan hatte, auch auf die Gefahr hin, dass der ganze Wahnsinn wieder von vorne losgehen würde.

Sein Telefon klingelte erneut und riss ihn aus seinen Gedanken. Er überlegte kurz, es zu ignorieren, entschied sich dann aber doch, abzunehmen.

„Hallo?" – „Hallo, Herr Liepen. Hier ist Monika Mannraff."

Die Solosopranistin. „Ich hatte doch letzte Woche auf Ihren Anrufbeantworter gesprochen und abgesagt. Haben Sie den Part inzwischen schon anderweitig vergeben?"

13:01 Uhr

„Das ist nicht dein Ernst, oder?" Thomas verzichtete auf eine Begrüßungsformel. Grade hatte sich Lucia zu ihm an den Tisch im Café Franck gesetzt. Sie bedauerte sofort, ihre Mittagspause geopfert zu haben. Thomas hätte sichtlich noch etwas Zeit zum Runterkommen gebraucht. Sie seufzte. „Du weißt, Glatz will Ergebnisse sehen."

„Was habt ihr, das eine Festnahme rechtfertigt? Das ist wieder so ein homophober Scheiß von Glatz, oder?" Thomas schäumte.

Lucia schüttelte ruhig den Kopf. „Wiegandt hat uns angelogen. Er ist nicht erst in der Nacht auf den 17.

Dezember von seiner Geschäftsreise zurückgekommen – er war schon einen Tag früher da, und sein Handy war definitiv in der Straße eingeloggt, in der Susanne Vögele gewohnt hat; und zwar am Tag vor dem Mord. Ein Zeuge schwört außerdem, dort Wiegandts Wagen gesehen zu haben."

Thomas fixierte Lucia und atmete ein paar Mal tief durch. Dann blickte er aus dem Fenster. „Das heißt erstmal gar nichts. Gestanden hat er nicht?"

„Nein, er ist nach der Festnahme zusammengebrochen. Im Augenblick ist er nicht vernehmungsfähig."

„Solange er nicht gesteht, sieht das schlecht für euch aus. Was sagt deine Intuition?" Thomas schien sich wieder einigermaßen im Griff zu haben, er wirkte jetzt kühl und konzentriert.

„Welche Intuition?"

Lucias Versuch zu lächeln, misslang. Thomas blieb ernst. Sie zuckte mit den Schultern. „Was in den letzten Wochen abgegangen ist, kannst du dir nicht vorstellen. Wir haben hier einen echten Anhaltspunkt, verdammt nochmal."

Ihr letzter Satz war etwas lauter herausgekommen, als beabsichtigt, was zwei ältere Damen am Nachbartisch nötigte, mit hochgezogenen Augenbrauen und einem spitzmündigen 'ts-ts-ts' ihre dauerwellenbewehrten Köpfe zu schütteln.

Lucia schluckt und fügte leiser hinzu: „Und was die Intuition angeht: Ich weiß im Moment gar nicht, was ich glauben soll."

Thomas betrachtete sie. Sie hatte dunkle Ringe unter den Augen, sah aus, als hätte sie seit geraumer Zeit nicht mehr vernünftig gegessen, und ihre Haare benötigten mal wieder die Aufmerksamkeit eines Profis.

Er seufzte. „An deiner Stelle würde ich weiter nach einem Mörder Ausschau halten."

„Kann schon sein", antwortete sie geistesabwesend.

Thomas wollte sie gerade fragen, ob er sie abends zum Essen einladen dürfe, als sie aufstand.

„Ich muss zurück. Gleich ist die Pressekonferenz."

Und schon war sie weg. Thomas winkte die Bedienung heran, zahlte und stand auf. Eine der Dauerwellen vom Nachbartisch sah ihn neugierig an: „Domm jelaufe?" Sie zwinkerte ihm zu. „Wat en Driss."

14:00 Uhr

Charlotte stand in Volkers Küche und kochte Kaffee. Was für ein Vormittag! Sie hatte im Büro gesessen, als Volkers Anruf gekommen war. Offenbar war der Mörder gefasst worden. Herrmann Wiegandt.

Ausgerechnet Herrmann.

Volker schien gemerkt zu haben, wie absurd das wirkte, hatte aber sofort wieder über Bachs ‚Matthäuspassion' gesprochen. Trotz ihrer Zweifel musste Charlotte lächeln. Seine Begeisterungsfähigkeit war schlichtweg wunderbar; und sowohl ansteckend, als auch inspirierend. Charlotte fragte sich, warum diese Eigenschaft bei so vielen Menschen fehlte und musste sich eingestehen, dass sie selbst keine Ausnahme bildete. Echte Begeisterung für etwas zu entwickeln, war ihr noch nie gelungen.

Ihr war bewusst, dass sie eine Schwäche für Männer mit dieser Eigenschaft hatte – Männer, die sich leidenschaftlich für eine Sache begeisterten. Ihr Ex-Mann Bernhardt war genauso gewesen. Und wenn sie recht überlegte, war es genau das, was alle Männer, mit denen sie in ihrem Leben irgendwie geartete Beziehungen eingegangen war, gemeinsam hatten: Begeisterungsfähigkeit und Hingabe.

Ihr erster 'richtiger' Freund hatte Basketball gespielt und jeden Pfennig gespart, um bei jeder sich bietenden Gelegenheit in die USA zu fliegen und Spiele der Chicago

Bulls, der New York Knicks oder der LA Lakers anzusehen. Manchmal flog er nur für einen Abend, für ein einziges Spiel! Leider war seine Begeisterung so groß gewesen, dass er von einem dieser Trips nicht zurückgekommen war und seinen Wohnsitz in die Staaten verlegt hatte. Sie hatte in ihrem Briefkasten die Nachricht gefunden, dass er einen Job als 'Junge-für-alles' im Büro der Dallas Mavericks in Dallas, Texas hatte ergattern können, und dass sie doch nachkommen solle; gemeinsam könnten sie sich etwas aufbauen, im aufregendsten Land der Welt! Charlotte hatte tatsächlich darüber nachgedacht, aber weder hatte sie heiß genug für diese Beziehung gebrannt, noch war ihr Hang zur Lethargie eine große Hilfe gewesen. Und von Texas hatte sie damals überhaupt keine Vorstellung gehabt. Alles, was ihr dazu eingefallen war, waren Cowboyhüte, Kuhherden und schweigsame Männer mit zweifelhaften politischen Ansichten. Es war bei ein paar Briefen geblieben, die immer kürzer geworden und in immer größeren Abständen eingetroffen waren, und irgendwann waren keine mehr gekommen. Vor einiger Zeit hatte sie seinen Namen gegoogelt und festgestellt, dass er bei den Dallas Mavericks in die Managementebene aufgestiegen war und jetzt in der Nähe des besten und berühmtesten deutschen Basketballers, Dirk Nowitzki, arbeiten durfte, was für ihn sicher den Himmel auf Erden bedeutete.

Charlotte seufzte. Sie war niemals ein solches Risiko eingegangen und hatte alles stehen und liegen gelassen. Selbst als sie für ein Jahr in Damaskus studiert hatte, war sie erschütternd weit weg von einem wirklichen Abenteuer gewesen – sie hatte in einem deutschen Viertel gewohnt, hauptsächlich ausländische Studenten und Deutsche getroffen und sich aus politischen Debatten völlig rausgehalten. Zwar war es die aufregende Zeit des Arabischen Frühlings gewesen, aber von den Unruhen, von den Spannungen mit den Nachbarländern und von den gelegentlichen Anschlägen hatte sie nur aus der Zeitung erfahren. Erst im Nachhinein hatte sie sich gefragt, warum sie nicht versucht hatte, selbst die Initiative zu ergreifen, Kontakte zu knüpfen, verschiedene Positionen aus erster Hand kennenzulernen oder einfach nur mehr 'raus' zu gehen. Vielleicht fehlte ihr ja der Sinn für das Besondere. Was war nur los mit ihr? Sie spürte eine Woge von Selbstmitleid in sich aufsteigen und gerade, als sie sich ihr genußvoll hingeben wollte, trat Volker von hinten an sie heran und küsste sie auf die Wange. „Wusstest du, dass Mendelssohn die 'Matthäuspassion' aus ihrem Dornröschenschlaf erweckt hat, nachdem sie hundert Jahre lang nicht aufgeführt worden war?" Charlotte sah ihn an und seufzte. „Weißt du, gerade ist mir bewusst geworden, wie attraktiv ich deine Begeisterungsfähigkeit finde, und dann haust du so einen raus."

Volker stutze. „Das versteh ich nicht."

Sie schnaubte. „Na hör mal! Ich verstehe nicht, warum Herrmann Wiegandt zuerst seinen langjährigen Lebensgefährten und kurz darauf eine Kölner Sängerin umbringen sollte; und du kommst mir mit Mendelssohn? Du hast ihn doch auch schon mal erlebt! Dieser ruhige, feine, kultivierte Mann ist doch zu so was gar nicht fähig."

Volker schüttelte den Kopf. „Ich weiß nicht." murmelte er ausweichend und holte zwei Kaffeebecher aus einem Hängeschrank. „Wer weiß, was da dahinter steckt? So gut kannte ich ihn nicht. Und um ehrlich zu sein kannte ich auch Manfred nicht wirklich gut."

Charlotte nickte. „Das mag sein; aber jetzt denk nochmal an Herrmann und sag mir dann, dass du dir wirklich vorstellen kannst, dass er sowas tut."

Volker wich ihrem Blick aus und schenkte Kaffee ein. „Ich will mir das nicht vorstellen." Er starrte in seine dampfende Tasse. „Weißt du, was in der Kölner Musikerszene grade los war? Einige sind fast durchgedreht. Diese Unsicherheit, dieses Gefühl von ständiger Gefahr..." Er verstummte. Charlotte seufzte. „Ja, das versteh ich sehr gut. Aber stell dir vor, die Polizei irrt. Wäre die Gefahr jetzt nicht sogar noch größer, weil sie gar nicht mehr nach dem wahren Mörder suchen?"

Volker schloß die Augen. „Ach, verdammt. Du hast ja recht. Das gleiche habe ich auch schon gedacht; und dann schnell wieder verdrängt." Sie hielten sich an ihren Kaffeebechern fest und wussten nicht, was sie sagen sollten. Volker brach das Schweigen. „Und was sollen wir jetzt machen?"

14:27 Uhr

Thomas schaltete den Fernseher aus. Gerade war auf KölnTV die kurzfristig anberaumte Pressekonferenz zu den beiden Mordfällen übertragen worden. Man hatte einen erleichterten Polizeipräsidenten gesehen, der von einem „dringend Tatverdächtigen" sprach, der auch schon verhaftet worden sei und in Untersuchungshaft sitze. Glatz hatte neben ihm gesessen und gequält gelächelt, und Thomas war klar, dass dies bestimmt nicht nur an Schlafmangel und Erschöpfung lag. Dazu kannte er ihn lange genug. Gewöhnlich blühte Glatz auf, wenn ein Mikrofon in sein Blickfeld geriet. Wenn dann auch noch Kameras dabei waren, setzte er ein Lächeln auf, als ob er sich für einen 150 kg schweren George Clooney hielt. Doch jetzt fühlte sich Glatz unwohl in seiner Haut, und Thomas wusste, dass dieses Unwohlsein berechtigt war.

Sie hatten den Falschen verhaftet. Herrmann Wiegandt passte überhaupt nicht ins Täterprofil und wäre zu so einer Tat nicht fähig, dessen war sich Thomas mehr als sicher. Durch diese Festnahme verloren die Ermittler wertvolle

Zeit, weil sie sich auf falsche Spuren konzentrierten und Zusammenhänge suchten, wo keine waren.

Er fluchte. Basti und Pedro hoben überrascht und verunsichert den Kopf, und schienen zu fragen, was den Rudelchef so erregte. Thomas sah sie abwechselnd an.

„Die haben den Falschen! Wenn jetzt noch jemand umgebracht wird, weil sie ach-so-dringend einen Erfolg vermelden wollten, was dann? Wer übernimmt dann die Verantwortung?"

Die beiden blieben ihm eine Antwort schuldig und legten die Köpfe wieder auf die Pfoten, schienen aber ernsthaft über seine Frage nachzudenken.

Thomas nahm das Telefon und rief Lucia an. Zu seiner Überraschung nahm sie augenblicklich ab.

„Lucia? Hallo, Thomas hier. Wie geht's dir inzwischen? Entschuldige, wenn ich vorhin ein wenig aufbrausend war."

„Hallo Thomas. Ach was, ist schon gut. Du hast ja recht. Willst du die Wahrheit oder die geschönte offizielle Version meines Zustandes?"

„Die Wahrheit. Ich kann das verkraften."

„Ich fühl mich furchtbar. Glatz WILL, dass Wiegandt der Mörder ist. Aber wenn du mich fragst…"

„Das überrascht mich nicht. Aber noch was anderes: Ihr habt doch die Vergangenheit von Manfred und Susanne gecheckt. Wie weit seid ihr da zurückgegangen? Gibt's da irgendwo eine Verbindung?"

Kurz drückte sie ihn weg - ‚Ihr Anruf wird gehalten.' - dann war sie wieder da.

„Ich kann jetzt nicht sprechen. Wollen wir uns gegen fünf im Café Franck treffen?" „Sehr gern", entgegnete Thomas und legte auf. Da noch ein wenig Zeit war und er im Moment sowieso nichts ausrichten konnte, beschloss er, einen ausgedehnten Spaziergang zu machen. Er zog seine Jacke an, was die Vierbeiner dazu bewog, ihn erst fragend anzusehen und auf sein „Kommt!" hin, schwanzwedelnd zur Wohnungstür zu stürmen. Zwei Stunden später kam ein sichtlich zufriedenes Trio wieder zur Tür herein, da der strahlend blaue Winterhimmel und die kalte Luft sämtliche Lebensgeister geweckt hatten und die beiden Rüden auch zu dem ein oder anderen Flirt mit diversen Pudel- und Jack Russell-Schönheiten animiert worden waren. Und zumindest in einem Fall war Thomas der Blick, den das dazugehörige Frauchen *ihm* zugeworfen hatte, auch nicht entgangen. Er kraulte seinen Jungs das Fell.

„Macht's euch gemütlich. Bin bald wieder zurück."

Eine halbe Stunde später saß er wieder im Café Franck. Lucia hatte Feierabend gemacht, da Glatz und Baumeister die erste Vernehmung vornehmen würden. „Was glaubst du, wann werden sie zugeben, dass an der Sache was faul ist? Nicht mal Glatz wirkt überzeugt."

Lucia bestellte eine Kölsch, während Thomas sich für Cola entschied. „Das kommt darauf an, ob Wiegandt erklären kann, warum er gelogen hat, und was er am Tag vor Susanne Vögeles Tod bei ihr in der Straße wollte."

„Ihr verliert so viel Zeit mit diesem Mann. Er war es nicht." Lucia seufzte. „Ja, ich habe auch Zweifel, das weißt du doch." Jetzt sah sie ihn aufmerksam an. „Aber erzähl mal, was du denkst. Warum du so von seiner Unschuld überzeugt bist."

Thomas konzentrierte sich. „Schau mal, Manfred und Herrmann haben eine lange, tiefe, von gegenseitiger Wertschätzung geprägte Beziehung geführt. Sie hatten einander, aber jeder hatte auch seine eigene Welt. Und das passt für mich nicht zu einer grausamen Eifersuchtstat. Und ich kann mir bei Herrmann kein anderes Motiv vorstellen! Und dann auch noch die Sängerin?" Thomas schüttelte den Kopf. „Und dass er bei der Festnahme zusammengebrochen ist, zeigt seine Überforderung. Ein Killer wie dieser bricht zusammen? Nein. Kampf, Fluchtversuch, selbst Erleichterung kann ich mir vorstellen. Aber ein Zusammenbruch? Hat er geweint?"

Lucia nickte. Thomas fuhr fort. „Dachte ich mir. Meiner Ansicht nach ist der Mann aufgrund irgendwelcher seltsamer Umstände in diese verzwickte Situation geraten. Und wenn Glatz nicht verzweifelt einen Erfolg bräuchte, wüsste er das auch." Er kratzte sich am Drei-Tage-Bart. „Ich glaube, nein, ich weiß, dass ihr Zeit verschwendet. Also will ich weitermachen."

„Du willst weitermachen? Wie das?"

„Es gibt da etwas, was ich dir erzählen muss."

Lucia blickte ihn erwartungsvoll an.

„Volker hat herausgefunden, dass es sich bei den Notenfetzen aus dem Hals der beiden Toten definitiv um Teile aus der 'Matthäuspassion' handelt, und bei Susanne Vögele fehlte zudem der Klavierauszug in ihrer Wohnung. Das sieht nicht nach Zufall aus."

Lucia atmete scharf ein. „Das sagst du mir erst jetzt?"

Sie wirkte ernstlich verstimmt. Thomas ignorierte das und fuhr fort. „Lucy, das *kann* kein Zufall sein. Es hat auf jeden Fall eine Bedeutung. Außerdem entlastet das wieder Herrmann, denn der hat von Musik überhaupt keine Ahnung und keinerlei Interesse daran."

„Hättest du mir das nicht eher sagen können?"

Ihr Tonfall war jetzt noch eine Spur schärfer geworden und Thomas beschloss, ein wenig zurück zu rudern. „Ich dachte, dass ihr von selbst darauf kommt und habe dieser Tatsache zuerst auch nicht so viel Bedeutung beigemessen. Aber jetzt bin ich überzeugt, dass diese Spur es wert wäre, ihr einmal nach zu gehen."

Lucia überlegte kurz. „Es ist auf alle Fälle einen Versuch wert", entgegnete sie dann nachdenklich. Thomas nahm noch einen Anlauf. „Ich möchte weiter ermitteln, weil ihr - ich sag es nochmal - mit Herrmann wertvolle Zeit verschwendet." Da Lucia nichts erwiderte wagte er einen

Vorstoß. „Für den Anfang würde ich mir gern die Terminplaner und Notizbücher von beiden anschauen. Denkst Du, dass du das hinkriegst? Und zwar alle, die ihr gefunden habt."

Jetzt wurde Lucia energisch. „Sag mal, spinnst du? Was hoffst du, darin zu finden? Das ist alles schon tausendmal durchgesehen worden. Und erwartest du wirklich von mir, dass ich Beweismittel aus dem Präsidium rausschleppe?"

Thomas gab nicht auf. „Na komm. Lass dir was einfallen."

Sie sah ihn an und zog eine Augenbraue hoch. „Nein, ich werde für dich keine Beweismittel aus dem Präsidium rausschleppen und meinen Job riskieren."

Thomas atmete hörbar aus und nickte dann bedächtig. „Natürlich, das verstehe ich gut, du..." Dann bemerkte er ihr Grinsen. „Was?"

Lucia lachte. „Ich weiß was viel besseres. Nach dem Mord an Susanne Vögele wurde beschlossen, dass sämtliche relevanten Papiere für das gesamte Team jederzeit digital zugänglich sein müssten. Also wurde das alles gescannt."

Thomas verstand und grinste jetzt auch. „Das würdest du tun?"

Sie zuckte mit den Schultern. „Ja, das würde ich tun. So ein kleiner USB-Stick fällt nun wirklich nicht auf." Obwohl es erst kurz nach halb sechs war, war es stockdunkel, als sie das Café verließen und sich voneinander verabschiedeten.

Zwei Stunden später stand Lucia vor Thomas' Tür.

„Hier ist der Stick und du löschst den Inhalt, wenn du fertig bist, ja?"

„Danke, Lucy."

Sie grunzte etwas unwillig und fuhr fort. „Und du hältst mich auf dem Laufenden!" Das war keine Frage.

Thomas nickte. „Klar. Ich melde mich sofort, wenn mir was Wichtiges auffallen sollte."

„Das will ich hoffen. Dein Vertrauensvorschuss ist aufgebraucht!" Sie nickte knapp und verschwand durch das

Treppenhaus in die Kälte. Thomas sah ihr kurz nach und fragte sich, warum sie ihm dann trotzdem den USB-Stick gebracht hatte. Dann schloss er die Tür und setzte sich an den Computer.

7. Kapitel

„Wer hat dich so geschlagen?"

Dienstag, 19.1., 19:36 Uhr

Gerade hatte die Probe begonnen und alle, wirklich alle waren da. Volker konnte sich nicht erinnern, das in den letzten sieben Jahren auch nur ein einziges Mal erlebt zu haben. Nicole, die Stimmbildnerin, war schon etwas früher gekommen, und sogar Volker war aufgefallen, dass sie ungewöhnlich schick angezogen und deutlich stärker geschminkt war als sonst. Normalerweise machte er sich über das äußere Erscheinungsbild seiner Sängerinnen und Sänger keine Gedanken, aber als sie ihm bei der Begrüßung ein wenig zu lang die Hand zu drücken und ein wenig zu tief in die Augen zu blicken schien, dämmerte es ihm: Sie machte sich Hoffnung auf das Solo! Susanne Vögele war noch nicht mal beerdigt, und Nicole glaubte, mit ein wenig Zurechtmachen hier und ein wenig Flirten da könne sie ihn dazu bringen, sie als Ersatz in Erwägung zu ziehen. Eine leise Übelkeit stieg in ihm auf, aber er zwang sich dazu, es zu ignorieren. Wie sollte er darauf reagieren? Nun, das musste bis später warten, er hatte jetzt Wichtigeres zu tun.

Das Einsingen war in gelöster Stimmung verlaufen, die Erleichterung bei allen war beinah mit Händen zu greifen. Es war lange her, dass er an einem Dienstagabend so viele lächelnde, erwartungsfrohe Mienen gesehen hatte.

Es wurde eine fantastische Probe. Es war, als wären für zweieinhalb Stunden alle bösen Geister ausgesperrt. Volker hatte eigentlich nur geplant, in Ruhe alle Chornummern einmal durchlaufen zu lassen, und wenn nicht alle, dann zumindest so viele, wie in der Probenzeit zu schaffen waren. Aber schon bei den ersten Tönen des Eingangschores hatte er gemerkt, dass heute etwas anders war, und auf seine üblichen Korrekturen und Wiederholungen verzichtet. Er war sich ziemlich sicher, seinen Chor noch nie so schön klingend erlebt zu haben. Als wäre eine Last von ihren Schultern genommen, als hätten sie alle Hemmungen vergessen, zeigten seine Sängerinnen und Sänger, dass sie in der Lage waren, einen freien, warmen Chorklang entstehen zu lassen. Er wagte immer wieder einen verstohlenen Blick in die Gesichter: Ja, wirklich. Volker hatte den Eindruck, dass die meisten den Atem einfach entspannt fließen ließen, so wie er es immer und immer wieder gepredigt hatte. Nur dass es heute einfach gelang!

Zudem hatte er den Eindruck, dass sie sich von der Energie der Musik durchströmen, tragen ließen: Es wirkte für ihn wie ein Wunder! Überhaupt, die Musik. Manchmal war es schon mühsam, einen müden Haufen Erwachsener an einem Dienstagabend gewinnbringend in die vergeistigten, kontrapunktischen Gefilde Bach'scher Klangwelten zu führen, ihre Aufmerksamkeit dort zu halten und sie von dort auch wieder mit einem positiven Gefühl zu verabschieden. Nicht so heute. Selbst schwierige Passagen, die seine Sängerinnen und Sänger bisher nie ohne klangliche Schärfen oder intonatorische Mängel zu Stande gebracht hatten, gelangen scheinbar mühelos. Nachdem um viertel vor neun das letzte „Ruhe sanfte, sanfte Ruh" des Schlusschores verklungen war, herrschte für einen Moment Stille.

Volker blickte auf und sah in ungläubige, dankbare und erstaunte Gesichter. Erst jetzt fiel ihm auf, dass selbst 'Gustav' nicht auf 'die nötige Pause' aufmerksam gemacht hatte, sondern ebenfalls mit leicht geröteten Wangen auf seinem Platz saß und etwas irritiert vor sich hinstarrte. Niemand verspürte den Wunsch, etwas zu sagen, und erst als Michael Schmitz ein „Nä, wat wor dat herrlisch, fingste dat nit ooch?" ertönen ließ, löste sich die Spannung und man konnte hier und da ein befreites Kichern oder Lachen hören, während andere sich seufzend zurücklehnten und sofort anfingen, das eben Geschehene mit ihrem Sitznachbarn zu erörtern.

Nicole kam zu Volker ans Klavier. „Wow! War das schön." Bevor er etwas erwidern konnte, sah sie auf die Uhr und zuckte zusammen. „Oh nein, jetzt bin ich ja viel zu spät... Ich habe doch noch ein Date." Und weg war sie. Volker war verdutzt. Dann begriff er, dass ihr Outfit ihrer Verabredung geschuldet war.

21:34 Uhr

Der Rest der Probe war sehr entspannt und sehr unspektakulär verlaufen. Auf dem Weg zum Kääzmann's kämpfte Volker mit seinem schlechten Gewissen. Er hatte Nicole wirklich unterstellt, dass sie sich hatte an ihn heran machen wollen, um das Solo zu kriegen! Als sie hinausgeeilt war, hatte er dem Impuls gerade noch widerstehen können, ihr hinterherzulaufen und ihr das Solo anzutragen. Und tatsächlich: Es galt, das Solistenensemble wieder zu vervollständigen. Er kam sich schrecklich pietätlos vor. Susanne war noch nicht mal beerdigt, aber was sollte er denn machen?

Am Stammtisch im Kääzmann's wurde über nichts anderes gesprochen, als die gerade zu Ende gegangene Chorprobe.

„Das ist es doch, weswegen wir das machen, oder?" Franziska saß mit glänzenden Augen und geradem Rücken am Tisch, und man sah ihr an, dass sie noch komplett euphorisiert war. „Das war wie ein Sog, von dem wir weggetragen wurden, unwiderstehlich, wirbelnd..." Ihr Mann Paul war offensichtlich nicht weniger aufgedreht als

168

sie und lächelte seine Frau mit funkelnden Augen an. Irgendwo murmelte jemand ein „Nehmt euch doch ein Hotelzimmer", aber das ging im allgemeinen Stimmengewirr unter. Stephan versuchte, das Erlebte einzuordnen. „Was war eigentlich anders, als sonst? Waren wir konzentrierter? Die Atmosphäre war auf jeden Fall gelöster, befreiter als gewöhnlich." Viel mehr schien ihm nicht einzufallen, und er sah sich hilfesuchend um. „Naja, sowas sollte man viel öfter haben." Dann nahm er einen Schluck von seinem Kölsch.

Matze war gegen seine Gewohnheit auch mit am Tisch und ließ ein „Kacke Mann, kann mir jemand erklären, was das gerade Abgefahrenes war?" vernehmen.

„Das war magisch, einfach nur magisch!" antwortete Annegret. „Kennt ihr diese Hölderlin-Verse?" Sie erhob sich von ihrem Stuhl und fing an, mit klarer Stimme zu rezitieren: „Eines zu sein mit allem, das ist Leben der Gottheit, das ist der Himmel des Menschen. Eines zu sein mit allem, was lebt, in seliger Selbstvergessenheit wiederzukehren ins All der Natur, das ist der Gipfel der Gedanken und Freuden." Mit einem schwärmerischen Ausdruck in den Augen blickte sie sich um. „Wir waren heute eins, auf eine magische Weise ist es eben zu einer großen spirituellen Vereinigung gekommen!"

Michael sah sie mit großen Augen an. „Mädsche, dat wore die mieschte zosammehängende Wööd, die isch Disch hann saje hüre."

„Sowas hab ich noch nie erlebt. Ich hab ja schon in vielen Chören gesungen und ich hab viele große Chorwerke gesungen. Aber sowas wie heute..." Anton redete auf Thomas ein, der allerdings nicht so recht bei der Sache zu sein schien. Er hatte den ganzen Tag damit verbracht, die Notizbücher und Kalender von Susanne und Manfred durchzugehen. Nichts hatte seine Aufmerksamkeit erregt, bis auf einen immer wiederkehrenden Eintrag in Susannes Zeitplanern: Jedes Jahr am 2. September stand dort nur „AA" – mehr nicht. Das konnte alles Mögliche bedeuten, wobei Thomas spontan an die 'Anonymen Alkoholiker' dachte. Doch da man bei Susanne ein alljährliches Treffen mit einer Alki-Gruppe wohl ausschließen konnte, musste dieses Doppel-A eine andere Bedeutung haben. Vielleicht sind es die Initialen eines Freundes oder Verwandten, der Geburtstag hatte? Möglich, allerdings hatte er in ihren Unterlagen niemanden mit den Initialen AA gefunden, und sie hatte sonst keinen einzigen Geburtstag in ihren Kalendern festgehalten. Wahrscheinlich hatte sie diese Daten auf dem Computer gespeichert oder in sozialen Netzwerken verfolgt. Auf der letzten Seite eines ihrer älteren Kalender hatte Thomas zwei E-Mail-Adressen und ein paar seltsame Aneinanderreihungen von Zeichen gefunden, wobei es sich höchstwahrscheinlich um Passwörter handelte. Er musste unbedingt ihre E-mails noch durchsehen, die Lucia ebenfalls dankenswerterweise kopiert hatte.

„Oder was meinst du dazu?", hörte er Anton fragen und war mit einem Schlag zurück im Hier und Jetzt.

Thomas hatte nicht die geringste Ahnung, was Anton von ihm wollte. „Tut mir leid, hab grad nicht zugehört."

Samstag, 23.1., 09:05 Uhr

Thomas war in den letzten Tagen ungeheuer fleißig gewesen, hatte systematisch Susannes und Manfreds Freundes- und Kollegenliste abgearbeitet und hatte es geschafft, mit den meisten zu sprechen. Viele kannte er vom Chor und bei den anderen hatte er sich als Chormitglied vorgestellt, das eine Chronik über Manfred und Susanne erstellen wolle. Daraufhin hatten die meisten bereitwillig auf seine Fragen geantwortet. Er hatte versucht, die letzten Monate im Leben der beiden zu rekonstruieren, wen sie getroffen hatten, wann sie wo gesungen, zugehört, gefeiert hatten. Ein riesiges Puzzle, und er hatte mehr als einmal darüber gestöhnt, dass er keine Möglichkeit hatte, ein paar junge Kriminalbeamte mit Recherche-Aufgaben zu beglücken.

Herrmann Wiegandt saß immer noch in U-Haft, doch die weiteren Vernehmungen hatten zu nichts geführt. Herrmann hatte erklärt, warum er in Bezug auf seine Heimreise gelogen hatte und wieso er zu Susannes Wohnung gefahren war. Erstens habe er auf dem Rückweg aus Prag noch einen Ex-Freund in Regensburg besucht und eigentlich vorgehabt, bei ihm zu übernachten. Da er nicht wollte, dass Manfred auf komische Gedanken käme, hatte er ihm davon nichts erzählt. Nun habe er sich aber gleich nach der Ankunft in Regensburg so mit seinem Gastgeber gestritten, dass er sofort wieder aufgebrochen und in der Nacht wieder in Düsseldorf angekommen war. Deshalb habe er auch erst einen Tag später versucht, Manfred zu erreichen. Zweitens habe ihn Manfred schon vor längerer Zeit gebeten, dass, sollte ihm etwas zustoßen, er sich bitte mit Susanne Vögele in Verbindung setzten möge, und hatte ihm ihre Adresse gegeben. Herrmann war einfach hingefahren und hatte geklingelt, und zufällig war es der Tag vor ihrem Tod gewesen. Da niemand geöffnet hatte, sei er unverrichteter Dinge wieder nach Düsseldorf zurückgefahren. Glatz hatte beide Erklärungen für nicht plausibel gehalten, und auch Lucia meinte - obwohl sie von Herrmanns Schuld alles andere als überzeugt war -, dass das ein wenig konstruiert klang.

Da Glatz und seine Truppe sich gerade um den Fall einer verschwundenen und mutmaßlich ermordeten Prostituierten kümmerten, hatte Lucia keine Zeit gehabt, mit Thomas über seine Recherchen zu sprechen. In einem kurzen Telefonat hatten sie sich für kommenden Montag verabredet. Jetzt saß er an seinem Notebook und überlegte. Er hatte Susanne Vögeles E-Mails durchgesehen und hunderte von Nachrichten nach Relevanz sortiert und Inhalte und Absenderadressen systematisch geordnet. Dabei war klar geworden, dass Susanne Vögele einen Verehrer, oder vielleicht zutreffender, einen Stalker gehabt hatte, der ihr teils romantische, aber auch eindeutig pornografische Nachrichten geschickt hatte, einschließlich Fotografien seines Penis. Die gelöschten Nachrichten mit den Bildern, die sich allerdings immer noch im 'Gelöscht'-Ordner befanden, mussten doch auch den Beamten aufgefallen sein, dachte Thomas verärgert. Aus einer von Susannes Antwortschreiben ging sogar hervor, dass sie einen Anwalt in der Sache eingeschaltet hatte. Der Typ hatte eine schleimige, vorwurfsvoll-beleidigte Replik verfasst, in der er sich erst entschuldigte, aber einige Zeilen später anbot, ihr „die Flausen auszutreiben".

Hatte dieser Stalker etwas mit den Morden zu tun? Denkbar wäre es durchaus. Hatten die Kollegen ihn befragt und vorgeladen? Aber wie konnte man Manfred mit diesem Mann in Verbindung bringen?

Susanne hatte keinerlei Kontakt per Telefon oder E-Mail mit Manfred gehabt. Hatte sie ihn auf anderen Wegen um Hilfe gebeten? Und wenn ja, warum? Und daraufhin hatte sich der Typ erst mal Manfred vorgenommen? Thomas seufzte. Das klang alles sehr löchrig.

Es fehlten noch die Facebook-Einträge. Die würde er mit Lucia gemeinsam durchgehen, da sie das offiziell durfte. Das war alles sicher schon x-fach geprüft worden, aber es schadete ja nichts, nochmal rein zu schauen. Ihr Treffen am Montag sollte bei Lucia zu Hause stattfinden. Thomas freute sich auf den Ausflug nach Mühlheim – von seiner Wohnung aus gut und gerne acht Kilometer, und natürlich würde er entweder Fahrrad fahren, oder laufen – und auch auf die Möglichkeit, mit Lucia entspannt und ohne Zeitdruck Gedanken auszutauschen. Dass sie ihn zu sich nach Hause eingeladen hatte, war etwas überraschend gekommen, aber Thomas fand die Idee sehr gut. So musste sie an ihrem wohlverdienten Feierabend nicht noch raus und außerdem blieb ihnen der Trubel eines Lokals erspart.

Montag, 25. 1., 12:29 Uhr

Volker war erschöpft. Und das schon um diese Uhrzeit. Gerade war eine endlos erscheinende Sitzung zu Ende gegangen, und er befand sich auf dem Heimweg. Das Presbyterium hatte den Superintendenten zu Gast gehabt, und da war seine Anwesenheit unbedingt erforderlich gewesen. Auf der Tagesordnung hatte unter anderem die finanzielle Ausstattung der Kirchenmusik gestanden. Volker versuchte schon seit Jahren, die Mittel für eine gründliche Inspektion seiner Orgel zur Verfügung gestellt zu bekommen. Einzelne Register* waren inzwischen praktisch unspielbar, da halfen auch seine gelegentlichen, mehr oder weniger hilflosen Versuche selbst Hand anzulegen, nicht mehr. Die Hoffnung, dass die Gemeinde sich ein tragbares Orgelpositiv* anschaffen würde, hatte er schon lange begraben. Seine wiederholten Hinweise, dass sich die Kosten auf lange Sicht wenigstens teilweise amortisieren würden, da man erstens keine Orgeln für eigene Konzerte mehr würde mieten müssen und zweitens sogar Einnahmen durch Vermietung des eigenen Instruments hätte, wurden konsequent ignoriert.

Auch die heutige Sitzung hatte da keine Ausnahme gemacht. Wortreich und ermüdend langatmig war die Entschuldigung des Superintendenten ausgefallen: durch die

173

knapper werdenden Mittel, den damit einhergehenden Kürzungen, von denen schon aus Fairnessgründen leider kein Bereich verschont werden könne, müsse darauf verzichtet werden. Er müsse verstehen, die hohe Anzahl der Kirchenaustritte, die steigenden Personalkosten, und so weiter, und so weiter.

Volker trottete leidlich frustriert nach Hause. Heute würde er noch auf zwei Beerdigungen Orgel spielen, beide Male in der Kapelle auf dem Westfriedhof. Eine der Trauerfeiern fand für einen dreiundneunzigjährigen Herrn statt, der nach Aussage seiner Enkel seit seiner Taufe nicht mehr in einer Kirche gewesen war, nicht mal an Weihnachten. Geheiratet hatte er im Dritten Reich, seine Kinder waren nicht getauft worden. Er hatte sein ganzes Leben in Köln verbracht, doch Volker vermutete, dass er nicht einmal gewusst hatte, welcher Kirchengemeinde er angehörte. Immerhin war er nicht aus der Kirche ausgetreten und hatte brav seine Kirchensteuer bezahlt. Volker beneidete keinen Geistlichen, der in einer solchen Situation die Trauerpredigt halten musste. Der Pfarrer hatte am Freitag mit ihm über die Stückauswahl gesprochen und erwähnt, dass die Angehörigen sich ausdrücklich eine feierliche Andacht gewünscht hätten. Der Wahlspruch des Verstorbenen sei gewesen: „Die Kirche ist für den Eingang und den Ausgang zuständig, was dazwischen ist, hat sie nicht zu interessieren." Auch eine Position. Sogar in gewisser Weise verständlich. Wir wissen nicht, was vorher war, und ob da überhaupt was sein könnte, und wir wissen nicht, was danach sein wird. Also holen wir uns Profis, die sich damit auszukennen haben. Alles andere ist mehr oder weniger konkret, da kommt man dann schon irgendwie allein klar.

Das Gefühl, überfordert zu sein, machte sich langsam breit und nagte an ihm. Er musste dringend nach einer anderen Sängerin suchen, die Susannes Platz einnehmen würde, und er hatte heute Abend ein weiteres Treffen mit dem Pfarrer, um die Gottesdienste und Feierlichkeiten der kommenden Wochen zu besprechen. Er würde es wohl nicht mehr schaffen, sich ernsthaft weiter mit der Partitur der 'Matthäuspassion' zu beschäftigen und hatte keine Ahnung, worauf er in der morgigen Chorprobe das Hauptaugenmerk lenken sollte. An eine Recherche zu Susannes Konzert- und Auftrittätigkeit, wie er es Thomas versprochen hatte, war überhaupt nicht zu denken. Volker seufzte. ‚Reiss dich zusammen' dachte er. ‚Du kriegst das hin! Einen Schritt nach dem anderen.' Doch als hätten sich selbst die Elemente gegen ihn verschworen, kam jetzt ein scharfer, kalter Wind auf und biss ihm ins Gesicht. Er blickte nach oben. Die tiefhängenden, regenschwangeren Wolken drohten aufzureissen. ‚Na prima' brummelte Volker und beschleunigte seine Schritte.

19:36 Uhr

Thomas war gerade bei Lucia im rechtsrheinischen Stadtteil Mühlheim angekommen. Zusammen mit seinen Hunden betrat er den kleinsten Raum der Dreizimmerwohnung, der ihr als Büro diente. Er hatte am Telefon gefragt, ob er Basti und Pedro mitbringen könne und Lucia hatte zugestimmt. Da es ein wenig nieselte, hatte er nicht das Fahrrad genommen, sondern war die acht Kilometer zu Fuß gegangen. Eine schöne Strecke durch die Stadt und über die Mülheimer Brücke. Eine Tasche mit zwei Handtüchern hatte er dabei, die beiden sollten ja auch wiederkommen dürfen.

Zu Thomas' Überraschung hatte Lucia auf dem Schreibtisch neben ihrem Computer eine Spielekonsole installiert, mit Joystick, Lenkrad, Pedalen, kurz – mit allem, was ein Teenagerherz höher schlagen lassen würde.

„Aber abgestillt bist du schon, oder?", fragte er trocken.

Sie lächelte ihn nachsichtig an, würdigte ihn aber keiner Antwort.

„Hast du überhaupt Zeit, das wirklich zu nutzen?"

„Ne, wann denn? Aber es beruhigt mich, zu wissen, dass es da ist – falls ich mal zu Hause sein sollte", entgegnete sie mit einem theatralischen Seufzer.

Die beiden Vierbeiner hatten das Zimmer einer ausgiebigen olfaktorischen Untersuchung unterzogen und waren sichtlich zu einem zufriedenstellenden Ergebnis gekommen, denn sie lagen jetzt einträchtig nebeneinander auf dem Teppich und träumten selige Hundeträume, was durch gelegentliches Knurren und ihre zuckenden Extremitäten illustriert wurde. Leider hatten beide durch den Nieselregen ein feuchtes Fell und müffelten, wie nur nasse Hunde müffeln können. Lucia war das offensichtlich egal, was Thomas sehr anständig fand.

„Der Fall mit der Prostituierten hat sich in Wohlgefallen aufgelöst. Die vermeintlich Verblichene ist gesund und munter auf einer Polizeiwache erschienen und hat angegeben, sie hätte Beweise gegen eine Reihe von Kölner Halbweltgrößen. Sie will in Schutzhaft genommen werden. Wir haben ihre Aussage für glaubwürdig befunden und jetzt übernimmt die Sitte und das Rauschgiftdezernat. Wir sind erstmal raus", berichtete Lucia sichtlich erleichtert. „Sonst hätte ich jetzt gar nicht mit dir hier sitzen können." Übergangslos kam sie zum Thema ihres Treffens. „Glaubst du, dass Susanne etwas wusste, das mit Manfred zu tun hat? Dass Herrmanns Aussage stimmt?"

„Warum sollte er lügen?", schnaubte Thomas, während er sich kurz die Nasenwurzel massierte. „Ich glaub es einfach nicht, dass Herrmann es getan hat. Und wenn er es nicht getan hat, warum sollte er sich dann eine so seltsame Geschichte einfallen lassen? Nein, gehen wir mal davon aus, dass er die Wahrheit sagt. Dann wüssten wir jetzt, dass Manfred und Susanne sich kannten, und dass sie definitiv etwas wusste."

Lucia sah ihn müde an. „Und was bitte, soll das sein?"

„Keine Ahnung", seufzte Thomas. „Wirklich, überhaupt keine Ahnung. Aber was soll das sonst heißen: 'Wenn mir etwas zustößt'? Meinte er damit einen Unfall, oder hat er davon gesprochen, dass ihm jemand vielleicht was antun würde?"

„Hm. Einfach so sagt man sowas eher nicht", bestätigte Lucia nachdenklich. Sie setzte sich neben ihn und gemeinsam durchstöberten sie Susannes Facebook-Seite.

„Die Freundesliste ist ja beeindruckend!" Thomas wirkte ehrlich erstaunt.

„Das ist bei Künstlern normal. Die haben oft hunderte, manchmal tausende Follower und Freunde. Das hat gar nichts zu sagen", entgegnete Lucia trocken.

Nachdem er sich einen kurzen Überblick verschafft hatte, war Thomas klar, dass Facebook in Susannes Leben eine große Rolle gespielt hatte. „Gut, dass wir das hier zusammen machen. Ich bin mir nämlich nicht so ganz sicher, was das alles soll…"

Lucia lächelte. „Naja, es hat Vorteile. Wenn etwas so einen Siegeszug antritt, muss da was dran sein. Allerdings finde ich die Naivität, mit der viele hier agieren, beunruhigend."

„Hat sie sich mit den Leuten, mit denen sie gechattet hat, auch getroffen?"

Lucias Blick verriet, dass sie seine Frage für granatendämlich hielt. „Und woher genau, denkst du, sollte ich das wissen?" fragte sie langsam und mit vor Sarkasmus triefender Stimme. Thomas erkannte das durchaus, ließ sich aber nichts anmerken und erwiderte unbewegt ihren Blick. Dann mussten beide gleichzeitig grinsen. „Höchstwahrscheinlich nicht", spekulierte Lucia dann. „Das ist eine völlige Parallelwelt und hat mit der Alltagsrealität wenig zu tun. Man kann bei Facebook supergut befreundet sein und erkennt den anderen im Supermarkt trotzdem nicht."

„Willkommen im 21. Jahrhundert!"

„Willkommen im 21. Jahrhundert…", wiederholte sie leise.

Zwei Stunden und gefühlte zehntausend Nachrichten später lehnten sie sich zurück.

„Nicht sehr ergiebig, was?", stellte Lucia fest.

„Ich hatte wirklich gehofft, dass wir etwas finden würden." Thomas klang frustriert. „Irgendwas." Er gähnte kurz. „Zeigst du mir bitte nochmal ihre Startseite?"

Gemeinsam betrachteten sie die zahllosen Beileidsbekundungen, die kurzen Nachrufe, die vielen R.I.P.s, die weinenden Emoticons.

„Für wen machen die das?", fragte Thomas konsterniert, „Susanne kann es doch gar nicht mehr sehen."

„Für die Facebook-Gemeinde und natürlich zur Selbstdarstellung. Man kommentiert etwas, um zu zeigen, wie man darüber denkt. Man stellt ein Katzenbild ins Netz, weil das so, so süß ist und weil man allen zeigen will, dass man es so, so süß findet." Lucia streckte sich und gähnte ebenfalls.

„Aber da ist sicherlich auch echte Trauer. Und wenn man hauptsächlich im Internet miteinander Kontakt hatte, dann ist es auch nur folgerichtig, dass man online seiner Trauer Ausdruck verleiht. Den Kranz auf dem Sarg sieht der Dahingegangene ja auch nicht mehr, oder?"

So hatte Thomas das noch nie betrachtet. Eindeutig was zum drüber nachdenken.

„Willst du eine Runde Grand Theft Auto spielen?" fragte sie plötzlich.

„Ich? Grand Theft Auto? Ist das nicht so ein Gangsterspiel? Du weißt schon, dass du Polizistin bist?"

„Ja klar, aber du kennst doch das chinesische Sprichwort: Wenn du einen Drachen töten willst, musst du in seine

Haut schlüpfen." Jetzt streckte sich auch Thomas mit knackenden Knochen. „Ach, lass mal, das ist nicht so meine Welt." Er erhob sich und schickte sich an, seine halbhohen Begleiter zu wecken, um den Heimweg anzutreten.

„Du kannst heute auch hier bleiben, wenn du magst."

Das kam aus heiterem Himmel. Thomas erstarrte. Damit hatte er nicht gerechnet.

„Ich..." Er stotterte hilflos und versuchte sich zu fassen. Eine Panik stieg in ihm auf, die er sich beim besten Willen nicht erklären konnte. „Das... " Ihm wurde heiß und kalt in schneller Folge, und Schweiß trat ihm auf die Stirn. „Ich..." Seine Erstarrung wurde von einem Fluchtreflex abgelöst. „Ich kann das nicht."

Bevor Lucia etwas sagen konnte, war er mit seinen beiden fröhlich schwanzwedelnden Begleitern zur Tür hinaus und auf die Straße gestürzt.

Dort angekommen lehnte er sich erst einmal an eine Hauswand um sich zu beruhigen. Was war das denn gewesen? - „Ich kann das nicht." - Wer sagt denn sowas? Sein Puls normalisierte sich langsam; dafür machte sich Ärger in ihm breit. „Verdammter Mist!" Das hatte er laut gesagt. Thomas war sauer auf sich, er war sauer auf Lucia, er war sauer auf Dagmar, eigentlich war er auf alles und jeden sauer.

„Verdammt! Verdammt! Verdammt!"

Lucia hatte ihm ein eindeutiges Angebot gemacht und er war in Panik geraten. Und er hatte nicht die geringste Ahnung, warum. Wenn ihn ein solch verlockender Vorschlag so aus dem Gleichgewicht bringen konnte, stand es nicht sehr gut um seine Belastbarkeit. Oder war nicht der Vorschlag, sondern eben, dass er von Lucia gekommen war, die Ursache für seine Flucht? War sie es, die ihn so umhaute? – Ganz offensichtlich. Allerdings war ihm das bisher nicht im Entferntesten bewusst gewesen. Ihre Attraktivität, ihr Scharfsinn, ihr Charme, all das war ihm aufgefallen und er hatte es bewundert. Aber das?

Er setzte sich langsam in Bewegung. Lucia hatte einen Schritt auf ihn zugetan und er hatte im wahrsten Sinne des Wortes den Schwanz eingezogen.

„Du jämmerlicher, alter Mann."

Hatte er das gerade laut gesagt?

Es war kälter geworden, und bestimmt würde es heute Nacht noch sehr glatt auf den Straßen werden, vor allem, da es immer noch ein wenig nieselte. Basti und Pedro sahen ihn vorwurfsvoll an, aber Thomas erklärte streng, dass er nicht gewillt war, nur wegen ein bisschen Regen und Eis die Straßenbahn zu nehmen und auf einen erfrischenden Nachtspaziergang zu verzichten, den er außerdem gerade sehr gut gebrauchen könne. Da die beiden nichts anderes erwartet hatten, machten sie gar nicht erst den Versuch, zu diskutieren, sondern ergaben sich in ihr Schicksal und trotteten los. Thomas versuchte, seinen peinlichen Abgang für den Moment zu vergessen, und statt dessen ein wenig über die mögliche Verbindung von Manfred und Susanne nachzudenken. Schon auf der Mühlheimer Brücke, von der aus er einen bemerkenswerten Blick auf die beleuchtete, südlich gelegene Zoobrücke und die entfernt und verschwommen durch den Regenschleier leuchtende Altstadt hatte, beschloss Thomas, dass er Herrmanns Aussage Glauben schenkte. Susanne musste demnach Informationen gehabt haben, die erklären konnten, warum Manfred hatte sterben müssen. Vielleicht hatte sie sogar gewusst, wer der Täter war. „Jungs, es geht voran! Ich wusste, dass wir früher oder später auf etwas stoßen würden! Sagt mal, hört ihr mir eigentlich zu?"

Basti und Pedro ignorierten ihn völlig, zu sehr waren sie damit beschäftigt, die unzähligen Botschaften anderer Vierbeiner an Laternenpfählen und am Brückengeländer zu decodieren. Thomas maulte. „Ich erwarte ein wenig mehr Respekt! Ihr wisst schon, dass wir nicht weit weg von genau dem Tierheim sind, aus dem ich euch treulosen Zeckenteppiche geholt habe?"

Wenn er gedacht hatte, damit irgendwelchen Eindruck zu schinden, hatte er sich getäuscht. Da kam ihm ein Gedanke. Ob Manfred nur von Susanne gesprochen hatte? Oder vielleicht noch von jemand anderem? Lucia hatte nichts erwähnt. Und nochmal „Verdammt"! Jetzt war weiß Gott nicht der Zeitpunkt, ihr mit so einer Frage zu kommen. Er beschloss noch ein wenig darüber nachzudenken und stapfte hinter seinen putzmunteren besten Freunden des Menschen her.

Dienstag, 26.1., 11:03 Uhr

Charlotte lag im Bett und schniefte. Scheußlich, sie hasste Erkältungen. Und sie wusste aus Erfahrung, dass in diesem Stadium gar nichts mehr half, außer trinken, schlafen und abwarten, bis das Immunsystem seine Arbeit getan hatte.

Dabei hatte die Woche so gut angefangen. Nach ihrem kurzen Durchhänger am Montagmorgen, hatte sie zwei wundervolle Stunden bei Volker verbracht. Der Dienstag Nachmittag und Abend waren für ihre Lerngruppe reserviert gewesen, da ihre Abschlussprüfungen zur Heilpraktikerin immer näher rückten. Danach war sie mit den Kollegen noch in die Stadt gegangen, um gemeinsam etwas zu essen. Es war ein sehr ausgelassener Abend geworden, sie hatten sich irgendwann über Gott und die Welt unterhalten. Sebastian, einer der drei anwesenden Männer der Gruppe, hatte irgendwann gefragt, ob Charlotte gerne lese und ob sie nicht Lust hätte, mal bei dem kleinen Literaturkreis vorbei zu kommen, den er seit einigen Jahren besuchte. Sie hatte nicht ganz einschätzen können, ob er nur mit ihr flirten wollte, und ihn erst mal vertröstet. Eigentlich war sie sehr interessiert, und sobald die Lernerei vorbei sein würde, hätte sie auch wieder Zeit, sich mit einem guten Buch auf die Couch zu setzen. Ihr Ex-Mann Bernhardt hatte eine Weile eine Lese-Gruppe besucht, aber er hatte nie viel erzählt, oder sie gar gefragt, ob sie mal mitkommen wolle. Aber zu diesem Zeitpunkt hatten sie ohnehin nur noch dasselbe Haus bewohnt. Von einem *gemeinsamen* Leben konnte da bereits keine Rede mehr sein. Das mochte unter anderem auch daran gelegen haben, dass Charlotte nie wirklich verstanden hatte, was Bernhardt antrieb. Er forschte und arbeitete unermüdlich, aber mit welchem Ziel? Er hatte zwar einen Abschluss in Bibliothekswissenschaft, einschließlich Promotion, aber gearbeitet hatte er nie in diesem Bereich. Das musste er auch nicht, seine Eltern hatten ihm genug Geld hinterlassen, um ein sorgenfreies Leben zu führen. Aber woran arbeitete er? Neulich hatte sie mit Volker darüber gelacht, dass es Bernhardts Artikel „Über die gesangstechnischen Schwierigkeiten bei der Interpretation instrumental geführter Singstimmen am Beispiel der Motette 'Singet dem Herrn'" *beinahe* ins Bachjahrbuch 2009 geschafft hätte.

Irgendwie war Bernhardt ihr immer ein Rätsel geblieben.

Als sie am Dienstag gegen 22:00 Uhr aus dem vietnamesischen Restaurant am Heumarkt gekommen waren, hatte der Mond hell am klaren Abendhimmel gestrahlt, und sie hatten beschlossen, mit der ganzen Gruppe noch einen kleinen Spaziergang zu machen. Also waren sie über die Deutzer Brücke gegangen, um das Altstadtpanorama zu genießen. Das Mondlicht gespiegelt auf den Wellen des Rheins, dahinter der Domhügel mit dem hell erleuchteten, majestätisch aufragenden Dom: Das gehörte sicherlich zum Schönsten, was Köln zu bieten hatte. Später waren sie über die Hohenzollernbrücke zurückgelaufen. Dass sie nicht warm genug angezogen gewesen war, hatte sie zwar gemerkt, aber sie hatte die Gesellschaft genossen und die Stimmung nicht zerstören wollen. Als sie dann gestern mit einem unangenehme Kratzen im Hals aufgewacht war, beschimpfte sie sich selbst für einen Moment recht unflätig, da sie ihr Immunsystem offensichtlich und völlig unnötigerweise überschätzt hatte. Zwar hatte sie nicht kampflos aufgeben wollen und versucht, mit diversen Hausmitteln, wie Zwiebelwickeln, Schwitzen und heißer Zitrone mit Honig, gegenzuhalten, aber vergeblich. Also ergab sie sich in ihr Schicksal, meldete sich krank, sagte ihre Teilnahme an der Chorprobe ab und kuschelte sich mit ihren Lehrbüchern und Aufzeichnungen bewaffnet ins Bett.

18:23 Uhr

Volker war froh, dass in seinen Arbeitsalltag wieder eine gewisse Routine eingekehrt war. Er saß am Klavier und war selig. Er probte seit einer Viertelstunde mit Johannes Metli, dem Bariton, den er für die Arien engagiert hatte, und war mal wieder hingerissen. Sie kannten sich seit vielen Jahren und hatten schon bei etlichen Projekten miteinander zu tun gehabt. Ein- oder zweimal hatten sie sogar nebeneinander gesungen, und Volker fand, dass Johannes eine der edelsten Baritonstimmen hatte, die er kannte. Es war Volker ein Rätsel, warum dieser Mann, mit dieser Stimme, nicht eine Weltkarriere hinlegte. Er war schlank, sah gut aus, was im Opernbetrieb ein entscheidender Faktor war, und sang in einem mittelgroßen Theater, nicht weit von Köln. Hin und wieder hatte er auch schon an großen Häusern als Gast gearbeitet, aber er war bisher nicht in die Riege der Reisestars aufgenommen worden.

„Mensch Johannes, dass Du keine Riesenkarriere machst, versteh ich echt nicht", meinte Volker anerkennend, als sie die erste Arie hinter sich hatten.

„Und dass Du noch lebst, versteh ich auch nicht", antwortete Johannes wie aus der Pistole geschossen.

„Sehr witzig!" murmelte Volker, konnte sich dann aber ein Grinsen doch nicht verkneifen. „Hast ja recht... Aber im Ernst: Wie läuft es in der Opernwelt?"

„The same procedure as every year. Es kommen neue Regisseure und Dirigenten, jeder will das Rad neu erfinden, und wir Sänger müssen lächeln und machen, was die anderen sagen. Es ist ein Trauerspiel... Du hast es hier mit deiner Kirchenmusik viel bequemer und musst dich wenigstens nicht zum Affen machen." Er zog eine Augenbraue hoch. „Auch wenn es bei euch gerade etwas blutig zugeht."

Volker nickte bedächtig. Das konnte man laut sagen.

„Und Volker, du weisst doch, es gibt unzählige Faktoren, die eine Sängerlaufbahn beeinflussen, man braucht einfach Glück, muss die richtigen Leute treffen, vielleicht mit einem Intendanten oder Dirigenten schlafen...?"

„Ist es wirklich so schlimm?"

„Schlimmer. Was mich so abstößt, ist der Punkt, dass es immer weniger darauf ankommt, wie gut du singst. Aussehen, Alter, Vitamin B... All das scheint inzwischen wichtiger zu sein. Und eben, wie weit du gegebenenfalls gehen würdest. Susanne war da übrigens keine Ausnahme."

Volker stutzte. „Wirklich? Ich hatte sie nie so eingeschätzt."

„Die hat nichts anbrennen lassen."

Jetzt war Volker überrascht. Er hatte sie als offene und direkte Frau kennengelernt, aber hatte keinerlei Ambitionen ihrerseits bemerkt.

Johannes lächelte verschmitzt. „Enttäuscht? Warst dann wohl nicht ihr Typ. Bestimmt ein wenig zu jung." Er lachte kurz, wurde dann aber wieder ernst. „Sie wollte Karriere machen, die Welt sehen. Aber dieses Ruhelose, ständig im Flugzeug, im Hotel, immer unterwegs, ist nichts für mich. Ich will Musik mit Leuten machen, die ich kenne und mag und will nicht nur für Bankkonto und Karriere singen."

Volker wusste, was Johannes meinte. Er kannte viele Sänger und hatte ihre emotionalen Hochs und Tiefs, das Zweifeln, den Erfolg, die überschäumende Freude und das Elend erlebt.

Wie erwartet musste Volker musikalisch nicht viel mit Johannes klären. Sie sprachen noch ein wenig über die Tempi der drei Rezitative und vier Arien, die Johannes zu singen hatte, und über ein paar Übergänge.

Natürlich erwartete den Hörer auch beim Bariton wieder etwas sehr Besonderes: Zwar waren wirklich alle Bariton-arien der 'Matthäuspassion' wunderbare Musiknummern, aber der Höhepunkt kam für Volker eindeutig am Schluss. Die Arie „Mache dich mein Herze rein" gehörte zu den Stücken, die er nicht hören oder musizieren konnte, ohne mit den Tränen zu kämpfen. Überhaupt konnte Volker sich des Eindrucks nicht erwehren, dass es Bach gelungen war, nach dem Bericht von Jesu Tod das Mysterium des Sieges über den Tod und das Wunder der nahenden Wieder-auferstehung irgendwie schon mitklingen zu lassen. An zwei Stellen machte er das fest: zum einen an dieser Arie und zum anderen an einer kurzen, nur zwei Takte umfassenden Chorstelle direkt vorher. Man hört den Bericht des Evangelisten vom Erdbeben, der Erweckung „vieler Heiliger" und dem Erschrecken der römischen Soldaten, nachdem Jesus am Kreuz gestorben ist. Und dann passiert diese Ungeheuerlichkeit, beinahe nebenbei. Beide Chöre finden sich vereinigt in schlichter Vierstimmigkeit und singen die kurze Zeile: „Wahrlich, dieser ist Gottes Sohn gewesen." In diesem kurzen Moment öffnet sich der Himmel. Nur für Sekunden: eine Vision. Die Erkenntnis, dass Christus Gottes Sohn war, wird belohnt mit einem Blick auf das, was den gläubigen Christen nach dem Tod erwartet, die ewige Herrlichkeit des Herrn. Volker konnte beim besten Willen nicht erklären, wie Bach das machte, warum diese wenigen Töne eine derartige Wirkung entfalten konnten. Aber da war sie. Unleugbar. Direkt danach geht der Bericht des Evangelisten weiter, als wäre nichts geschehen, und man erfährt, dass Joseph von Arimathia den Leichnam Jesu mit Erlaubnis des Pilatus abnehmen und begraben darf. Und eben jetzt folgt die Arie, die Volker gerade spielte und die Johannes mit makellos schönem Ton sang. Eigentlich nur wieder der ruhige Herzschlagrhythmus des Eingangschores. Aber diesmal keine komplizierte Harmonik*, wie am Anfang, sondern eine einfache Melodie, mit dem Charakter eines Wiegenliedes. Erst im Mittelteil wird sie ein wenig unruhiger, ein paar Sprünge in der Singstimme, ein paar Synkopen* als rhythmische Variation. Nichts davon war außergewöhnlich, all das gehörte zum musikalischen Vokabular dieser Zeit. Und doch konnte Volker auch hier nicht erklären, was genau ihn so ergriff, was genau hier die Tore aufstieß und eine Ahnung von einer größeren, umfassenderen Wirklichkeit weckte. Unwillkürlich musste er an das Gespräch mit Ruth denken. War es so etwas, wenn Menschen berichteten, dass sie eine Nahtoderfahrung erlebt hatten? Eine kurze, tröstende, lockende Verheißung eines Jenseits voller Liebe und Angenommenseins? Und wenn ja, wie in aller Welt hatte der alte Sack es geschafft, das in Musik zu setzen?

„Wir werden das Konzert schon rocken, wenn du bis dahin nicht dein Haupt verloren hast", verabschiedete sich Johannes mit einem Grinsen.

Volker setzte sich noch einmal ans Klavier. Wenn er schon dabei war, konnte er noch ein wenig für die Proben mit den anderen Solisten üben. Er würde sich am kommenden Donnerstag mit dem Tenor Konrad Alleweil treffen, der den Evangelisten und die Arien singen sollte: Eine Probe, auf die er sich sehr freute und auf die er auch sehr gespannt war.

Der Kollege verfügte über eine runde, gut geführte, und vor allem sehr wohlklingende Stimme und hatte außerdem seit Jahren Erfahrung mit der Gestaltung der Bach'schen Evangelistenpartien. Ihm zur Seite würde Heribert Burger stehen, den er für den Part des Jesus hatte verpflichten können. Heribert Burger war einer seiner Gesangslehrer gewesen, und Volker freute sich auf seinen kernigen, dunklen Bass, der - nach Volkers bescheidener Meinung - wie dafür geschaffen war, dem Messias die Stimme zu leihen.

Die anschließende Chorprobe begann wieder mit einer kurzen Ansage 'Gustavs', der den Termin von Susanne Vögeles Beerdigung bekanntgab. Sie würde am 2. Februar um 12:00 Uhr in ihrer Heimatgemeinde in der Eifel bestattet werden.

8. Kapitel

„Er ist des Todes schuldig"

Dieser Mann war im Gefängnis und hatte nichts getan. Sie zerstörten sein Leben, nur weil sie zu dumm waren. Dass sie nicht verstehen würden, damit war zu rechnen gewesen. Aber dass sie SO dumm waren, dass sie SO lächerliche Gegner waren: Das war schon eine Über-raschung. Und jetzt zerstörten sie das Leben dieses Mannes. Das durfte nicht sein.

Es ging um das Werk.

Nur um das Werk.

Aber halt!

EINE Möglichkeit gab es...

Wäre das....

Ein Lächeln.

Die Lösung.

So einfach.

Dann würden sie ihn gehen lassen. Dann mussten sie ihn gehen lassen.

Und die Wahl, ach - die Wahl fiel nicht schwer.

Alte, fast vergessene Phantasien.

Ein langgehegter, böser, dunkel-funkelnder Traum.

Diese unendliche, hilflose Wut.

Wer hätte das gedacht?

Der Mann lag auf dem nackten Dielenboden in seinem Wohnzimmer. Das Entsetzen und der Schmerz, welche er in seinen letzten Augenblicken empfunden haben musste, waren noch verstörend deutlich auf seinem Gesicht zu sehen, ein Anblick, den man nicht so schnell vergaß.

Stoff für schlechte Träume.

Die Arme lagen seitlich ausgestreckt im rechten Winkel zum Rumpf. Die nackten Füße waren flach auf dem Boden aufgestellt, die Knie leicht angewinkelt. Erst auf den zweiten Blick hatten sie bemerkt, dass Hände und Füße an den Fußboden genagelt worden waren. Der oder die Mörder hatten die Nägel mit so viel Wucht durch die Handwurzel-knochen und durch die Mittelfüße geschlagen, dass sie tief im Dielenboden steckten; der Nagel, der im rechten Handgelenk steckte, war samt Kopf fast zur Gänze im Fleisch verschwunden. Eine dicke, schwarze Blutkruste bedeckte den Mund, das Kinn und den Hals, und es war nicht sofort ersichtlich, woher das viele Blut gekommen war. So qualvoll diese Verletzungen auch gewesen sein mussten, direkt zum Tode hatten sie sicherlich nicht geführt. Gestorben war der Mann an der Verletzung durch den Nagel, der noch einige Zentimeter aus der Stirn herausragte und durch den Schädel getrieben worden war.

Lucia bewegte sich vorsichtig durch die Wohnung, die Spurensicherer arbeiteten noch. Nachdem sie alle Räume gesehen hatte, setzte sie sich an den improvisierten Besprechungstisch in der Diele. Als das fünfköpfige Team vollständig war, fing Glatz an.

„Wir haben hier Herrn Herbert Feldner, 76 Jahre, Rentner. Frau vor acht Jahren gestorben, seitdem allein lebend. Studierter Jurist, hat sein ganzes Leben als Journalist gearbeitet und immer noch regelmäßig geschrieben. Der Mann wurde gefoltert und seine Zunge wurde entfernt. Das lässt vermuten, dass es sich wieder um den gleichen Täter handelt, der bereits unsere beiden letzten Opfer auf dem Gewissen hat." Er schwieg einen Moment, bis er sicher war, dass alle die ganze Tragweite dieser Erkenntnis erfasst hatten. „Warum er aber diesmal einen Journalisten und keinen Musiker ausgewählt hat, müssen wir herausfinden."

Kommissar Baumeister blickte auf.

„Mit Verlaub, Chef, aber in der Kölner Kulturszene sind Sie nicht wirklich zu Hause?"

Glatz sah ihn müde an. Er schien den Tränen nah, und fast tat er Lucia leid.

„Herbert Feldner war DER Musikkritiker in Köln", fuhr Baumeister fort. „Meine Frau hat sich in den letzten Jahren mindestens zweimal wöchentlich über Artikel dieses Herrn aufgeregt. Ihrer Meinung nach war er ein dummer, emotional gehemmter, unmusikalischer Schreiberling mit einem schrecklichen Stil. Ich kann das nicht so genau beurteilen, aber wir können davon ausgehen, dass er nicht nur Freunde hatte. "

Obwohl das eine sehr interessante Information war, blickten alle betreten auf den Tisch. Baumeister war vor drei Jahren von seiner Frau verlassen worden, da sie mit einem Golflehrer durchgebrannt war; aber Baumeister ließ keine Gelegenheit aus, über sie zu sprechen, meist so, als ob sie noch ein Paar wären.

„Das ist ein wichtiger Hinweis, Baumeister. Sie gehen dem nach und überprüfen, ob und wenn ja, was er in den letzten Jahren über Susanne Vögele oder diesen Rheinischen Oratorienverein geschrieben hat. Und ich will wissen, ob es persönliche Verbindungen zu den anderen beiden Mordopfern gab. Ich werde den Chef informieren und für 15:00 Uhr eine Pressekonferenz einberufen. Auf den drei Morden liegt jetzt absolute Priorität. Ich wünsche, dass Sie alle anderen Aufgaben diesen Ermittlungen unterordnen.

Unabhängig davon sollten Sie jetzt den Kopf freikriegen, um auch in andere Richtungen denken zu können. Wenn ich von der Pressekonferenz komme, will ich erste Ideen hören. Wir können keinen vierten Mord riskieren." Grußlos stand er auf, klopfte auf die Tischplatte und verließ eiligen Schrittes die Wohnung.

„Na dann... An die Arbeit!", seufzte Baumeister.

15:01 Uhr

Die Pressekonferenz wurde zum Fiasko. Irgendwie war schon zuvor durchgesickert, dass ein drittes Opfer zu beklagen war, was bedeutete, dass die Polizei den Falschen verhaftet hatte. Das wollte sich keine Redaktion entgehen lassen. Alle hatten Leute geschickt: regionale Zeitungen, Nachrichtenagenturen, Fernsehsender, die großen deutschen Tages- und Wochenzeitungen, selbst ein Reporter der englischen „The Sun" hatte sich in den hoffnungslos überfüllten Konferenzraum verirrt.

Niemand war auf diesen Andrang vorbereitet, und es dauerte eine Weile, bis der Präsident, Glatz, der leitende Staatsanwalt und der Pressesprecher tatsächlich beginnen konnten.

Bis auf die wenigen dürren Fakten gab es natürlich nicht allzu viel zu berichten, und man bediente sich der Floskel, dass aufgrund laufender Ermittlungen keine weiteren Informationen herausgegeben werden konnten. Das zeigte allerdings keinerlei Wirkung, die Männer auf dem kleinen Podium fühlten sich mehr und mehr wie Delinquenten, die einer Welle unbarmherzig auf sie eintrommelnder Fragen hilflos ausgeliefert waren. Erst nach schier endlos erscheinenden fünfzehn Minuten brach der Präsident die Pressekonferenz ab – nicht ohne zu versprechen, die Öffentlichkeit sofort zu informieren, sollten die Ermittlungen zu weiteren Erkenntnissen führen.

Die vier Männer flohen durch die Hintertür und eilten in Richtung ihrer jeweiligen Büros. Glatz war schweißgebadet und erreichte seinen Schreibtisch zeitgleich mit Herrmann Wiegandts Anwalt.

„Herr Glatz, in Anbetracht der veränderten Sachlage verlange ich die sofortige Freilassung meines Mandanten", forderte dieser grußlos.

„Wenden Sie sich an den Staatsanwalt. Ich habe jetzt Termine", entgegnete Glatz übellaunig. Er komplimentierte den Anwalt auf den Gang und knallte die Tür hinter ihm zu. Keine Stunde später wurde Herrmann Wiegandt aus der JVA in Köln-Ossendorf entlassen.

Was jetzt geschah übertraf die schlimmsten Befürchtungen aller bei weitem. Die Berichterstattungen überschlugen sich. Sämtliche größeren Fernsehsender brachten den Fall als Aufmacher ihrer Nachrichtensendungen, die Online-portale der großen Tages- und Wochenzeitungen richteten Liveticker ein, um ihre Leser jederzeit auf den neuesten Stand zu bringen. Wilde Spekulationen schossen ins Kraut, Experten wurden interviewt, Psychologen erstellten anhand der doch eigentlich völlig unzureichenden Fakten beeindruckende Täterprofile. Das Skurrile der Situation schien dabei keinem Redakteur oder Reporter bewusst zu sein. Ja, es hatte ein drittes Opfer gegeben. Auch dieses Opfer hatte mit klassischer Musik zu tun gehabt. Aber abgesehen davon gab es keine, überhaupt keine neuen Erkenntnisse. Die Schlagzeile der Abendausgabe des Kölner Express fing die vorherrschende Stimmung routiniert marktschreierisch, aber auf seltsame Art treffend, ein. „Musik-Ripper! Unheimlicher Killer schlachtet Musiker!" Hinterlegt war der blutrote Schriftzug mit der Zeichnung einer schwarzgewandeten Gestalt mit schwarzem Hut, unter dem zwei glühende Augen raubtierhaft hervorblitzten.

Thomas saß wieder in dem kleinen Park unweit der Lukaskirche auf der selben Bank, auf der er schon an Heiligabend gewartet hatte. Er sah Basti und Pedro beim Herumtollen auf der Rasenfläche zu und genoß die paar wenigen Sonnenstrahlen, die Helios heute zu spenden bereit war. Gerade jagten sich seine fellbewehrten Kumpane gegenseitig zwischen einem Baum und dem „Hunde bitte anleinen!"-Schild hin und her. Thomas wunderte sich ein wenig über sich selbst, da er sich so gut fühlte, wie schon lange nicht mehr.

Lucia hatte ihn gegen Mittag angerufen – es war ein dritter Mord geschehen und Herrmann Wiegandt war offensichtlich unschuldig. Thomas war nicht überrascht, aber Gewissheit ist eben doch immer etwas anderes als eine Vermutung. Nun war es wichtig, Volker zu informieren und alles Weitere zu besprechen. Volker kam ein paar Minuten später als verabredet.

„Entschuldige, wartest du schon lang? Unser Pfarrer findet manchmal kein Ende..."

„Ach was! Ich bin Rentner. Ich lungere ständig auf irgendwelchen Parkbänken herum und warte darauf, dass irgendjemand vorbeikommt oder irgendetwas passiert..."

Volker lachte, ließ sich auf die Bank fallen und hielt sein Gesicht in die Sonne. „Herrlich, das hab ich schon ewig nicht mehr gemacht."

Thomas kam behutsam zum Thema. „Hast du es schon gehört?"

„Was gehört?"

Thomas wollte Volker keinen Schock versetzen und suchte nach einer passenden Formulierung. „Du bist doch auch nicht davon überzeugt gewesen, dass Herrmann Wiegandt der Mörder ist, oder?"

Volker sah ihn entgeistert an. „War er es doch? Oh mein

Gott, hat er gestanden?"

Thomas verfluchte sich innerlich. „Nein, nein, ganz und gar nicht – im Gegenteil."

Volker wirkte für einen Moment sehr erleichtert, richtete sich dann aber abrupt auf. „Nein! Nein, sag es nicht. Oh Gott!" Als er Thomas' Blick sah, lehnte er sich zurück und sackte ein wenig sich zusammen. „Was ist passiert? Wer ist es diesmal?"

„Es gibt ein weiteres Opfer. Herbert Feldner." Thomas beobachtete seine beiden Hunde, die sich gerade um einen meterlangen Ast balgten, den sie aus einem Gebüsch gezogen hatten.

Ungläubig blickte Volker auf.

„Herbert Feldner? DER Herbert Feldner? Tourberti?"

„Tourberti?", fragte Thomas überrascht.

„Ja, so wird er in Musikerkreisen manchmal genannt. Einer dieser greisen Musikkritiker, die den richtigen Zeitpunkt zum Aufhören verpasst haben." Volker legte den Kopf in den Nacken, schloss die Augen und fuhr fort. „Er hat in den letzten Jahren immer stärker einen körperlichen Tick entwickelt – sein Kopf zuckt unkontrolliert hin und her, und manchmal macht er auch Geräusche dabei. Sieht sehr nach dem Tourette-Syndrom aus. Das kann in Konzerten extrem störend sein, wie du dir vorstellen kannst. Zudem hat er in einigen Theatern der Region Hausverbot, weil er sich oft in die erste Reihe gesetzt und versucht hat, den Sängerinnen unter den Rock zu schauen. Bisschen pervers, der Alte. Warum der immer noch schreiben durfte, ist allen ein Rätsel."

Dann schüttelte er den Kopf und musste plötzlich lachen.

„Was ist daran so komisch?" Thomas sah ihn schräg von der Seite an.

„Ich glaube, es gibt niemanden im Kölner Raum, der bei den hiesigen Musikern mehr Gewaltphantasien ausgelöst hat, als er. Weißt du, er war manchmal unfassbar beleidigend, ist in seinen Artikeln extrem persönlich geworden. Gelobt hat er nur die ganz Großen, die waren ihm irgendwie heilig, nie ein böses Wort. Und ich habe selbst einmal erlebt, dass er in einer Pause gegangen ist und im zweiten Teil des Konzertes nicht mehr im Saal war, aber genau diesen Teil dann in seiner Kritik am schlechtesten besprochen hat. Zudem ging das Gerücht um, dass er inzwischen kaum noch etwas gehört hat."

„Konnte da denn niemand was machen? Das klingt extrem unseriös."

„Ist es. Aber es ist schwer, gegen so jemanden vorzugehen. Er war quasi der Reich-Ranicki der Kölner Musikkritik. Feldner hat schon länger Musikkritiken geschrieben, als die meisten der Künstler, über die er geschrieben hat, auf der Welt sind. Das verschaffte ihm ungeheure Autorität. Und stell dir vor, ein Dirigent, ein Geiger, ein Sänger, irgendein Musiker, der von ihm in Grund und Boden geschrieben wurde, macht einen Aufstand, schreibt Briefe, was weiß ich. Was für ein Eindruck entsteht da? Natürlich! Ein schlechter Verlierer! Geh erstmal üben!"

„Das hab ich mir noch nie klar gemacht", meinte Thomas verwundert. „Ihr seid scheußlich abhängig von solchen Typen, oder?"

Volker nickte. „Sehr. Für die freiberuflichen Kollegen kann eine schlechte Kritik ganz bitter sein. Überleg mal, du hast die Möglichkeit, in der Kölner Philharmonie vor 2000 Zuhörern aufzutreten. Wenn du nicht berühmt bist, passiert sowas nicht allzu oft. Du gibst alles, spielst oder singst um dein Leben, und dann steht am nächsten Tag in der Zeitung, wie grausam du versagt hättest. Das ist kein Spaß." Volker seufzte. „Versteh mich nicht falsch, wenn es gerechtfertigt ist, muss man damit leben. Und wenn man ehrlich ist, weiß man um seine Stärken und Schwächen. Aber das meine ich nicht. Tourberti war – entschuldige – ein Arsch." Plötzlich wurde er blass. „Oh Mann. Jetzt geht das ganze Prozedere mit der Polizei wieder von vorne los, oder?"

Thomas betrachtete das heftig wackelnde Gebüsch auf der anderen Seite der Rasenfläche. Offenbar versuchten Basti und Pedro, weitere Äste zu befreien. „Ich denke schon."

„Vielleicht geht es diesmal an uns vorbei? Immerhin hatten wir eigentlich nichts mit Tourberti zu tun."

„Schwer zu sagen", entgegnete Thomas. „Aber so wie es aussieht, könnten wir alle in der Schusslinie sein. Und irgendwie habe ich das Gefühl, dass der Mörder nicht nur uns kennt, sondern wir auch ihn."

Montag, 1.2., 11:15 Uhr

Volker kam aus der Kirche und sah schon von weitem, dass vor seiner Haustür mehrere Übertragungswagen standen. Dass gleich mehrere hier auftauchten, schockierte ihn doch etwas. Zum Glück verstand er sich gut mit seinen Nachbarn. Über ein Nachbargrundstück gelangte er in den eigenen Garten und schlüpfte durch den rückseitigen Kellereingang ins Haus. In seiner Wohnung erwartete ihn ein voller Anrufbeantworter, den er gar nicht erst abhörte. Das Telefon klingelte ununterbrochen und Volker entschloss sich kurzerhand, das Kabel aus der Dose zu ziehen.

Er verstand ja die Reporter und Journalisten – sie langweilten sich, die Polizei veröffentlichte kaum Informationen, die Telefone der Pressestelle waren völlig überlastet. Was also war zu tun? Zu den Tatorten fahren, dort völlig sinnlose Bilder machen, das Umfeld prüfen und alle belästigen, die auch nur entfernt mit den Opfern zu tun haben könnten. Und natürlich: wilde Theorien in die Welt setzen.

Sein E-Mail-Postfach war ebenfalls überschwemmt worden

und er musste nur ein paar wenige der zahllosen Nachrichten öffnen, um zu erkennen, worum es ging. Warum es der Musik-Ripper gerade auf seinen Chor abgesehen habe, warum sein Konzert verflucht, oder wie groß seine Erschütterung sei.

Wie groß seine Erschütterung sei – was für eine dämliche Art zu fragen! Natürlich war er sehr erschüttert, er war am Boden zerstört. Aber 'wie groß'? Was sollte man darauf antworten? Drei Meter und fünf?

Zum Glück war noch niemand an seine Handynummer rangekommen. Aber das war wohl nur eine Frage der Zeit.

War es sinnvoll, unter diesen Umständen morgen eine Chorprobe anzusetzen? Er beantwortete sich seine Frage mit einem eindeutigen Nein.

Volker nahm sein Mobiltelefon zur Hand und rief Gottfried Mahler an. Eigentlich hatte Volker damit gerechnet, dass er verärgert oder zumindest ungehalten reagieren würde, doch Mahler war ungewohnt freundlich.

„Herr Liepen, vielen Dank, dass Sie anrufen."

Volker erklärte ihm die Situation, und Mahler schien vollstes Verständnis zu haben. „Ich habe selbst schon darüber nachgedacht und stehe einhundertprozentig hinter ihrer Entscheidung. Vor meiner Tür steht auch ein Übertragungswagen und ich glaube, meine Frau und ich gönnen uns ein paar Tage in einem ruhigen Landhotel."

„Können Sie die Chormitglieder informieren?"

„Selbstverständlich." Mahler zögerte ein wenig, bevor er fortfuhr. Seine Stimme klang auf einmal erstaunlich weich. „Wir sollten vorsichtig sein. Ich kann mir wirklich nicht vorstellen, dass sich irgendein Kölner Musiker gerade sehr wohl in seiner Haut fühlt. Und das aus gutem Grund. Passen Sie auf sich auf, Herr Liepen!"

„Sie ebenfalls", entgegnete Volker und legte auf. Er war seinem 'Gustav' diesmal sehr dankbar, dass er sich in das

Unvermeidliche fügte und ruhig blieb.

Danach wählte Volker Charlottes Nummer.

„Hey. Wie geht es Dir?"

„Abgesehen davon, dass um uns herum immer mehr Menschen abgeschlachtet werden, geht es mir sehr gut", entgegnete sie fröhlich.

„Du hast mitbekommen, dass es einen dritten Toten gibt?"

„Das wäre ein unmögliches Kunststück gewesen, sich den gefühlt tausend Nachrichten und Anrufen zu entziehen. Zudem hat etwa ein Drittel der Chorkollegen angerufen und nachgefragt, was denn nun werden soll. Ich habe allen empfohlen, das Weite zu suchen."

„Du hast was getan?"

„Haha. Spaß. Ich habe nur geraten, vorsichtig zu sein. Es wäre wirklich besser, wenn alle ein wenig aufpassen und so wenig wie möglich alleine unterwegs sind. Außerdem scheint der Medienrummel ja unerträglich zu sein."

„Das kannst du laut sagen. Wenn ich aus meinem Fenster schaue, sehe ich eine Meute von Reportern, die nur darauf wartet, dass ich das Haus verlasse."

„Ist es so schlimm?"

„Schlimmer. Aber warum bist *du* so entspannt? Wo bist du?", wollte Volker wissen.

„Ich bin nicht in Köln. Eine Freundin hat mir angeboten, in ihr kleines Häuschen in der Eifel zu fahren."

„Du bist in der Eifel?", fragte Volker erstaunt. „Und hast mich nicht mitgenommen?"

„Na komm, du hättest doch gar keine Zeit gehabt. Meine Erkältung letzte Woche wurde einfach nicht besser, und ich wollte mich richtig auskurieren. Also bin ich Freitag hergefahren. Du kannst aber gern herkommen. Hier gibt es Platz für zwei."

„Meinst du das ernst?"

„Natürlich meine ich das ernst. Und bei dem Rummel ist es

gut, wenn du aus der Schusslinie raus bist. Hier ist es traumhaft ruhig. Und du hast mich, um auf dich aufzupassen."

„Es sei denn, du bist die Mörderin und rammst mir im Schlaf ein Messer in den Hals", antwortete Volker schwarzhumorig.

„Hast du öfter solche Gewaltfantasien?"

„Nur bei Frauen, die mir anbieten, mit ihnen ein paar Nächte in einem einsamen Haus in der Eifel zu verbringen."

„Du wirst hier definitiv nicht einsam sein."

Charlotte erklärte ihm, an welchem Bahnhof er aussteigen solle, und dass sie ihn dort abholen würde.

Nachdem er eilig ein paar Termine verschoben und im Pfarrbüro auf Band gesprochen hatte, packte Volker das Nötigste in seine kleine Reisetasche, quetschte die Partitur der 'Matthäuspassion' in einen Stoffbeutel und verließ das Haus auf dem gleichen Weg, auf dem er es betreten hatte. Er machte sich auf den Weg zum Kölner Westbahnhof, wo er in den Regionalexpress Richtung Trier einsteigen würde. Von der Straßenbahnhaltestelle aus konnte er sehen, dass vor der Lukaskirche inzwischen ebenfalls ein Übertragungswagen stand. Volker seufzte – es war eine sehr gute Entscheidung gewesen, die Stadt zu verlassen.

Dienstag, 2.2., 8:06 Uhr

Volker trat mit einer Tasse Kaffee in der Hand aus dem Haus. Es war bitterkalt, und die Sonne war noch nicht über die umliegenden Hügel geklettert. Das kleine Wiesenstück vor dem Haus, das auf drei Seiten von Wald begrenzt wurde, war von Reif bedeckt. Ein dünner Nebelschleier lag darüber, und das Ganze bot einen malerischen Anblick. Die Luft war klar und frisch.

Du meine Güte, so etwas machte er viel zu selten. Einfach

mal rausfahren, Natur um sich rum haben, mal wieder nahe bei den Naturgeistern sein. Allerdings ging ihm auch jetzt Musik aus der 'Matthäuspassion' durch den Kopf; das würde so bleiben bis einige Tage nach dem Konzert.

Das Konzert.

Ob es jetzt wirklich noch stattfinden würde? Wenn er ganz ehrlich zu sich selbst war: er glaubte gerade nicht mehr daran. Überhaupt schien es im Augenblick für das Kölner Kulturleben düster auszusehen. Sollte die Polizei nicht bald einen Erfolg vorweisen, könnte das katastrophale Auswirkungen haben. Abgesehen von den zu erwartenden Absagen von Konzerten, Opern und Kulturveranstaltungen allgemein, würde auch ein Teil der für die Stadt so wichtigen Tourismusindustrie leiden. Die finanziellen Folgen wären unabsehbar. Wenn die starke Kulturszene in Köln litt, gab es weniger Besucher. Weniger Besucher bedeutete Einbußen für die Gastronomie und die Hotelbetriebe. Wieviel das im Endeffekt ausmachte, konnte er nicht sagen, aber spürbar wäre es auf jeden Fall.

Vor Volkers innerem Ohr erklang die ruhige Tenorarie „Ich will bei meinem Jesu wachen." Der Sänger wiederholt den Anfang der Melodie, die gerade von einer einsamen Oboe vorgestellt wurde. Volker wollte sich gerade darüber wundern, wieso sein Hirn ausgerechnet an einem frühen Morgen in der Einsamkeit der Eifel dieses Stück hervorholte, da musste er lächeln – sein Unterbewusstsein hatte wieder den passenden Soundtrack zu dem gefunden, was er gerade sah: Oboen waren die kultivierten Cousins der Schalmeien, und diese wiederum wurden traditionell mit ländlicher Musik assoziiert. Nicht umsonst hatte Bach für die Szene im Garten Gethsemane eine Oboe gewählt: Der Garten lag vor den Toren Jerusalems, es war Abend, aus der Umgebung hörte man das Spiel der Hirten auf ihren Instrumenten. Obwohl es sich um eine einfache, fast improvisiert

klingende Melodie handelt, spürt der Hörer, wie angespannt die Situation ist: Jesus weiß, was ihm bevorsteht. Er
bittet seine Jünger, mit ihm zu wachen, während er zu
seinem Vater betet. Und die Jünger sind guten Willens – die
ersten Töne klingen noch entspannt und konzentriert. Aber
je weiter die Melodie fortschreitet, desto unklarer scheint
sie zu werden, als wäre der Spieler müde oder in Gedanken
woanders. Die Linie zerfasert ein wenig und scheint nur mit
Mühe zu einem Ende zu finden. Die darunter liegende
Begleitung sorgt zusätzlich für Unruhe, und der Singende
wird von dunklen Todesahnungen geplagt: An 'Schlaf' ist
also nicht zu denken. Und doch erklingen im Verlauf des
Stückes diese ersten Takte immer und immer wieder und
entfalten eine geradezu hypnotische, einschläfernde
Wirkung: Trotz der Anspannung, trotz der nahenden
Bedrohung, trotz des Vorsatzes, mit „Jesu wachen zu
wollen" werden die Augen schließlich zufallen. Der Chor
verkörpert die Gemeinde: wir hören einen Choral, die
Szene wird beschrieben und kommentiert. Allerdings auch
das nur in scheinbarer Ruhe: als wäre die strenge, einfache
Gestalt eines Chorals zu eng, sprengen die Sänger für einen
Moment den Rahmen und drängen in eine freiere,
expressivere Form.

Volker atmete die kalte Morgenluft und lächelte. Wieso
konzentrierte er sich eigentlich immer auf die Musik in
seinem Kopf? Die nur von wenigen zarten, fast heimlichen
Waldgeräuschen durchbrochene Stille um ihn herum war
Balsam für die Seele, und das sollte er als lärmgeplagter
Stadtmensch genießen, so lange er die Chance dazu hatte.

Als er gestern angekommen war, hatten Charlotte und er
den Rest des Tageslichtes nutzen wollen und noch einen
Spaziergang gemacht. Auf einer Waldlichtung hatten sie
sich unter einen Hochsitz gelegt, den Stimmen der Natur
gelauscht, sich geküsst. In der einbrechenden Dämmerung,

mit nichts um sie herum als Bäumen, den Geräuschen des Waldes und der klaren, kalten Luft, hatten sie begonnen, sich gegenseitig auszuziehen. Weder die Kälte noch der harte Waldboden hatten sie gestört und sie hatten sich hingebungsvoll geliebt. Danach waren ihre Klamotten definitiv bereit für eine Intensivwäsche und Volker war ein Fleck auf der Rückseite von Charlottes Jacke aufgefallen. Offensichtlich war ein bemitleidenswerter Käfer zur falschen Zeit am falschen Ort gewesen. Charlotte hatte ausgelassen gekichert. „Das krieg ich ja nie wieder raus!" Eigentlich hatte er dann den Abend mit der Partitur verbringen wollen, aber Charlotte hatte sie ihm energisch aus der Hand genommen und zusammen mit ihren Lernmaterialien in eine Kammer eingeschlossen. Schon wenige Minuten später hatte er nicht mehr an das Konzert, an Bach, oder überhaupt an irgendwas gedacht.

Wieder atmete er ein paar Mal tief ein und aus. Ja, diese Pause hatten beide gebraucht und verdient. Ihm wurde kalt und er wollte gerade hinein gehen, als Charlotte sich warm an seinen Rücken kuschelte. „Guten Morgen, Frühaufsteher!" flüsterte sie noch etwas verschlafen.

„Ebenfalls einen Guten Morgen", antwortete er lächelnd. „Gut geschlafen?"

„Oh ja, sehr sogar." Sie kuschelte sich an ihn. „Dass wir mal zusammen in der Eifel aufwachen würden, hätte ich dann doch nicht gedacht."

Sie schien ein wenig zu frösteln und Volker stellte die Tasse neben sich ins Gras, drehte sich langsam um sie herum, so dass er jetzt hinter ihr stand und sie in den Arm nehmen und wärmen konnte. Gemeinsam betrachteten sie die kleine Lichtung aus der immer noch Morgennebel aufstieg.

„Weißt du noch, wie ich dir vorgesungen habe?" fragte sie verträumt.

„Ja, natürlich, wie könnte ich den Abend vergessen. Du hast

tatsächlich nach der Chorprobe noch 'Ich will dir mein Herze schenken' vorgesungen."

Charlotte kicherte leise. „Oje, ich war so schlecht. Das war schrecklich peinlich."

Volker hatte für die Rolle der 'Frau des Pilatus' in der 'Matthäuspassion' eine Sopranistin aus dem Chor gesucht, die diesen kleinen Part übernehmen könnte. Charlotte hatte seit einigen Jahren Gesangsunterricht und einmal in der Kölner Philharmonie ein - wenn auch kleines - Solo zu singen, reizte sie sehr. Und wie sagte ihre Gesangslehrerin immer? „Auch das will gesungen sein!" Also hatte sie Volker darum gebeten, ihm vorsingen zu dürfen. Und sie hatte darauf gehofft, dass sie danach noch inoffiziell ein wenig Zeit mit Volker würde verbringen können.

Charlotte drückte sich noch ein wenig fester an Volker heran. „Du warst an dem Abend... naja, du warst so typisch 'Volker'... du warst so ein Nerd."

„Wie, Nerd?", fragte Volker gespielt entrüstet.

Charlotte musste lachen. „Ich hab kaum noch gemerkt, wie ich gesungen hab, ich war einfach zu aufgeregt, doch davon hast du gar nichts gemerkt, oder?" Sie lachte wieder. „Du hast danach nur von deinem Bach erzählt. Dass er in dieser Arie mit dem 'Goldenen Schnitt' als 'Formprinzip' gearbeitet hat und die 'Fibonacci-Reihe'* in der Anzahl der Takte versteckt ist. Ich hab überhaupt nicht kapiert, wovon du redest." Sie legte den Kopf in den Nacken und sah ihn schräg an. „Stimmt das?"

„Na klar! Meinst du, dass ich mir das ausdenke?" Er streifte ihr die Haare aus dem Gesicht. „Ok, ich gebe zu, das ist schon alles etwas speziell. Aber findest du es nicht auch faszinierend, wie Bach das alles nutzt und trotzdem eine der heitersten Arien seines gesamten Passionsschaffens gezaubert hat?"

„Natürlich. Aber ehrlich gesagt, hab ich immer noch nicht nachgeschlagen, was die 'Fibonacci-Reihe' eigentlich ist.

Vielleicht hättest du die Güte, dein Wissen mit mir zu teilen?"

„Nichts würde mir mehr Vergnügen bereiten."

Er küsste sie und sie nahm seine Hände. „Ich bin sehr froh darüber, dass ich danach den Mut hatte, dich nach Hause zu begleiten."

Volker nickte. „Das war eine echte Überraschung."

Charlotte sah ihn amüsiert an. „Überraschung, ja? Du hast wirklich nichts gemerkt? Wie nervös ich war? In allen Lexika wird in Zukunft neben dem Wort 'Nerd' dein Foto prangen." Sie wollte ihn ins Haus ziehen. „Komm, wir machen Frühstück."

Da klingelte Volkers Handy. „Das ist Thomas. Ich geh ran."

Charlotte nickte und verschwand nach drinnen.

„Guten Morgen Thomas. Wie komm ich so früh zu dieser Ehre?"

„Zuerst eine Frage: Wo steckst du? Heute ist die Beerdigung von Susanne Vögele und da wird ganz schön was los sein."

„Ich weiß. Aber ich habe sie nicht sehr gut gekannt. Käme mir komisch vor, wenn ich jetzt auf der Beerdigung auftauchen würde. Gehts du hin?"

„Ja, bin in der Eifel. Meine beiden Jungs und ich sind grade aus der Regionalbahn gestiegen und jetzt auf dem Weg zur Kirche."

Volker lachte. „Echt? In der Eifel? Da bin ich auch!"

„Wieso das denn? Versteckst du dich?"

„Ja und nein. Ich bin mit Charlotte hier."

Volker ließ Thomas einen Moment Zeit um die Nachricht einzuordnen.

„Das ist dem Umstand geschuldet, dass Charlotte in Ruhe lernen muss ich ich eine wenig Abstand von dem Kölner Wahnsinn brauche."

„Verstehe", meinte Thomas trocken und fuhr dann fort. „Gestern hat mich der Joseph Asselborn angerufen, weil er nicht mehr wusste, wie er sich gegen die Reportermeute wehren soll. Er wirkte ziemlich verzweifelt. Sie belagern die Sänger nicht nur an der Haustür, sondern verfolgen sie bis in den Supermarkt."

„Genau das meine ich, deshalb bin ich hier", entgegnete Volker. „Das ist wirklich nicht auszuhalten."

„Ich halt die Augen auf. Vielleicht ergibt sich was auf der Beerdigung." Thomas wollte gerade auflegen, da fiel ihm etwas ein. „Ich werde mir morgen Nachmittag kurz die Wohnung von Herbert Feldner ansehen. Hast du Lust, mitzukommen?"

„Was?" fragte Volker überrascht, „Wäre das denn legal?"

„Ich hab eine Freundin bei der Polizei, die ich überreden konnte und irgendwie habe ich das Gefühl, dass du die Wohnung auch sehen solltest. Du würdest sie noch aus einem anderen Blickwinkel betrachten. Das könnte sehr hilfreich sein."

„Ich habe ehrlich gesagt nicht das Bedürfnis, in der Wohnung eines ermordeten Musikkritikers rumzuschnüffeln."

„Volker beruhige dich. Ich war auch in den Wohnungen von Manfred und Susanne. Bei beiden hat der Auszug der 'Matthäuspassion' gefehlt. Es muss etwas mit diesem Stück zu tun haben, und dafür bist du nun mal der Experte."

Volker wirkte unsicher. „Ich hab ein komisches Gefühl."

„Meine Kollegin wird die Wohnung nach uns wieder versiegeln, und niemand wird merken, dass wir einen Blick hineingeworfen haben. Volker, bei der Polizei hat keiner Ahnung von Musik, die wissen nicht, auf was sie achten sollen. Ich habe da so ein Gefühl, vertrau mir. Ich könnte deine Unterstützung wirklich gut gebrauchen."

„Na gut." Volker seufzte. „Du hast mich überredet."

Sie verabredeten, sich am Mittwoch gegen drei vor dem Altbau in der Südstadt zu treffen, in dem sich Herbert Feldners Eigentumswohnung befand. Als Volker aufgelegt hatte, stand Charlotte im Türrahmen des Ferienhauses und blickte ihn mit hochgezogenen Augenbrauen an.

„Du möchtest etwas Illegales tun und in die Wohnung eines Mordopfers eindringen? Ohne mich? Ich glaube, das kann ich nicht zulassen.Warum beteiligst du mich nicht an einem derart spannenden Projekt?"

Volker grinste. „Gute Idee. Komm doch einfach mit, wenn du Zeit hast. Thomas hat sicher nichts dagegen."

„Sehr gut!" Charlotte nickte zufrieden. „Frühstück ist fertig. Und ich habe Hunger."

11:52 Uhr

Thomas hatte es rechtzeitig zur Beerdigung geschafft und ging gerade auf die Kirche zu, als er Lucia auf sich zukommen sah: „Lucia? Du hier?" Er verspürte eine gewisse Beklemmung, da er nicht mit ihr gerechnet hatte. Sie hatten sich seit seiner überstürzten Flucht nicht mehr gesehen, sondern nur ein paar mal kurz telefoniert.

„Das war die Idee von Glatz." Sie umarmte ihn kurz. „Wir sind natürlich wieder mittendrin. Er meinte, einer müsse herfahren und sich auf der Beerdigung umsehen. Das führe manchmal zu 'aufschlussreichen Erkenntnissen', wie er sich ausdrückte."

„Das hat er von mir gelernt", knurrte Thomas.

„Weiß ich doch. Und ich hätte auch drauf gewettet, dich hier zu treffen. Deshalb habe ich mich auch freiwillig gemeldet, hier raus zu fahren." Sie biss sich auf die Lippen und verschwieg Thomas, dass sie ihn an einem neutralen Ort mit vielen Menschen hatte wiedersehen wollen. Lucia hatte sich verflucht, nachdem Thomas aus der Wohnung gestürmt war. Sie haderte damit, dass sie die Situation so falsch eingeschätzt hatte und hoffte, nichts kaputt gemacht zu haben.

Thomas führte seine beiden Jungs zu einer kleinen Hecke,

die neben der Kirche die Grenze zum Friedhof markierte, leinte sie an und bat sie, zu warten. Widerspruchslos legten sie sich in die Sonne und schienen schon eingeschlafen zu sein, bevor Thomas und Lucia gemeinsam durch das Portal in den Innenraum getreten waren.

„Ich muss nach der Beerdigung mit dir reden", sagte Thomas.

„Gern!", erwiderte Lucia und Thomas konnte hören, dass sie etwas anderes erwartete, als das, was er ihr tatsächlich sagen wollte.

Die kleine Kirche war brechend voll. Im Haupt- und in den Seitenschiffen war kein einziger Sitzplatz mehr frei, und so gingen beide nach oben auf die Orgelempore, von wo man sowieso eine viel bessere Sicht auf die Gemeinde hatte.

Der Sarg stand vor dem Altar und war unter einem Berg von Blumen verschwunden. Daneben hatte jemand auf einer Staffelei ein Foto von Susanne platziert. Keines ihrer gestylten Künstlerfotos, sondern ein Schnappschuss, der sie offensichtlich überrascht hatte - sie lachte ausgelassen und voller Lebensfreude. Thomas bekam einen Kloß im Hals.

Als er dann kurz drauf Susanne Vögeles Eltern gebeugt und gebrochen am Sarg ihrer Tochter stehen sah, musste er zum ersten Mal seit langer Zeit wieder an seine eigenen Eltern denken. Sein Vater war Schreinergeselle in einem Dorf in der Eifel gewesen und hatte die Särge für die Umgebung gezimmert. Eines Morgens im Januar war er gerufen worden, um bei einem kleinen Jungen Maß zu nehmen, der im Eis eingebrochen und ertrunken war. Und so hatte er dessen große Schwester, Thomas' Mutter, zum ersten Mal gesehen. Ihr schönes, vom Weinen gerötetes Gesicht hatte es ihm sofort angetan und er war erstaunt gewesen, sie bisher nicht bemerkt zu haben, obwohl ihre Familie doch vor einiger Zeit aus Koblenz gekommen war und die Kneipe am Bahnhof gepachtet hatte. Sie hatten sich verliebt; aber wie es so kommt: Ein Sargtischler als Schwiegersohn war ihrer Mutter nicht gut genug gewesen. Also hatten sich die beiden nachts aus dem Staub gemacht, um im nahen, großen Köln ihr Glück zu suchen. Thomas' Mutter war schnell schwanger geworden, und achtzehn Jahre und vier weitere Kinder später hatte sie längst begriffen, dass ihre Lebensaufgabe darin bestand, die fünf Blagen satt und groß zu kriegen. Viel mehr erwartete sie nicht mehr, höchstens vielleicht, dass es ihre Kinder „einmal besser haben sollten".

Thomas' Berufswunsch war eigentlich Journalist gewesen, aber sein Vater hatte ihn überzeugt, zur Polizei zu gehen. Er hatte diesen Schritt nie bereut. Wie wäre sein Leben sonst verlaufen? Niemand konnte diese Frage beantworten. Er hatte einen guten Job gemacht. Und er hatte ihn gerne gemacht. Zudem war er so glücklich gewesen, mit Dagmar die Liebe seines Lebens zu finden. Was konnte man sich mehr wünschen?

Jetzt war er Frührentner und allein.

Zum Auszug positionierte Thomas sich so, dass er die Trauergemeinde gut beobachten konnte. Er betrachtete jedes einzelne Gesicht, konnte aber nichts Auffälliges entdecken. Bei keinem der Anwesenden sprang sein Warnsystem an.

Er seufzte. „Hat wohl nichts gebracht. Bei dir irgendwas?"

Lucia, die neben ihm stand und ebenfalls die Ausziehenden gescannt hatte, schüttelte nachdenklich den Kopf.

Sie folgten dem Trauerzug noch ein Stück weiter in den kleinen Friedhof hinein, blieben dann aber hinter einer Thujahecke stehen, von wo aus sie einen guten Überblick über die Schar der Trauergäste hatten. Da stand die Familie, Eltern, Geschwister, ein paar Kinder, bei denen es sich offenbar um Nichten und Neffen handelte, eine große Gruppe Senioren, wahrscheinlich Großeltern, Tanten,

Onkel und Nachbarn, „die die Kleine schon gekannt hatten, als sie noch in die Windeln gemacht hat". Die meisten Trauergäste konnte er nach einem Blick als 'unverdächtig' ausschließen, die anderen nach einem zweiten. Natürlich war es möglich, dass er etwas übersah. Natürlich wusste er um die Unscheinbarkeit des Bösen, aber er wollte und musste sich auf seine Intuition verlassen. Und das Ergebnis war eindeutig.

Eine kleine Extragruppe bildeten die Trauernden, die etwa in Susannes Alter waren: Mitschüler, Freunde, Kollegen. Er versuchte zu erkennen, wer aus Köln oder von weiter her angereist war, und wer aus der Umgebung stammte, war sich aber bei den meisten unsicher. Was er allerdings bei ausnahmslos allen sah, war echte Betroffenheit, echter Kummer, echte Trauer und Schmerz. Dagmars Bild erschien für einen Moment vor seinem inneren Auge und er schüttelte sich, um es loszuwerden, womit er sich einen verstohlenen Seitenblick von Lucia einhandelte.

Zwischen den Erwachsenen befand sich noch eine Anzahl Kinder unterschiedlichen Alters. Alle wirkten verunsichert oder schienen sich unwohl zu fühlen. Thomas hatte es immer als aufschlussreich empfunden, die Kinder auf Beerdigungen zu beobachten. Hin und wieder konnte man Rückschlüsse darauf ziehen, wie über den oder die Verstorbene zu Hause geredet wurde, oder ob die Eltern wahrhaftig trauerten oder nur öffentlich die Form wahrten. Hier konnte er allerdings keinerlei Heuchelei erkennen. Sollte er deswegen enttäuscht sein? Nein. Trotzdem wäre es anders spannender gewesen.

Kurz bevor sich die Trauergemeinde auflöste und alle in unterschiedliche Richtungen zu den Ausgängen strebten, ging Thomas mit Lucia zurück zu den Hunden.

„Ich möchte in die Wohnung von Herbert Feldner", sagte er unvermittelt.

Lucia schien überrascht und wirkte enttäuscht. Thomas hatte richtig vermutet: offensichtlich war das nicht das Thema, das sie erwartet hatte. „Was willst du denn da? Das hat doch letztes Mal auch nichts gebracht."

„Das können wir noch nicht sicher sagen", entgegnete Thomas trocken. „Und etwas Konkretes verspreche ich mir erstmal nicht davon. Aber ich muss an den Tatort, und ich muss sehen, wie der Mann gelebt hat. Außerdem habe ich unseren Chorleiter darum gebeten, mitzukommen. Er kann als Musiker nochmal aus einem ganz anderen Blickwinkel schauen."

Lucia erschrak. „Du hast jemandem erzählt, dass ich dich in die Wohnungen von Mordopfern lasse und dir und ihm Zutritt zu Feldners Wohnung verschaffen könnte?" Sie war lauter geworden, als beabsichtigt. Jetzt sah sie sich vorsichtig um und senkte die Stimme. „Bist du wahnsinnig? Das kann mich meinen Job kosten!" Sie funkelte ihn wütend an.

„Beruhige dich, Lucia. Er ist absolut vertrauensvoll. Für ihn lege ich meine Hand ins Feuer."

Lucia grunzte unwillig und schien keineswegs überzeugt. Beide machten sich in Richtung Parkplatz auf, als ihnen ein uniformierter Polizist auffiel, der mit der Mütze in der Hand und leicht geröteten Augen von weitem die Beerdigung beobachtete. Sie gingen auf ihn zu. Der Mann stieß einen langen Seufzer aus und murmelte ein „Mann, Mann, Mann..." vor sich hin. Lucia stellte sich vor, erklärte kurz, warum sie da waren und fragte, ob er die Verstorbene gekannt habe. Er sah sie an, als hätte sie eine unglaublich dumme Frage gestellt.

„Natürlich weiß ich wer Susanne war. Jeder hier weiß, wer Susanne war. Die Vögeles haben schon immer hier gewohnt. Die waren auch bei jedem Dorffest dabei. Das ist alles so furchtbar." Bevor er noch weiter ausholen konnte, näherte sich ein roter BMW mit einer schlanken, blonden

Frau am Steuer, die neben ihnen hielt und das Fenster der Beifahrertür öffnete: „Schäffer, ich brauch sie!", rief sie hinaus.

„Bin schon da, Chef", antwortete Schäffer, öffnete die Tür und stieg ein.

Das ungleiche Duo rauschte davon. Lucia und Thomas standen mit den Hunden wieder alleine da und blickten dem BMW noch ein wenig nach.

„Du hättest mich vorher fragen sollen, wenn du noch andere in deine Privatermittlungen einbeziehst und meinen Job auf's Spiel setzt", sagte Lucia, ohne Thomas anzusehen.

„Es hat sich irgendwie nicht ergeben", antwortete er ausweichend, ebenfalls ohne sie anzusehen. Nach einer kurzen Pause fragte sie: „Soll ich dich mit nach Köln nehmen?"

„Wenn die Jungs mit ins Auto dürfen, nehm' ich dein Angebot gerne an."

Lucia grinste. „Glaubst du im Ernst, das Angebot gälte nur für dich?" Als er im Auto saß, drückte sie ihm die Ermittlungsakten in die Hand. „Du hast die Autofahrt Zeit, um dir einen Eindruck zu verschaffen." Dann fuhr sie los.

9. Kapitel

„In was für Missetaten bist du geraten?"

Mittwoch, 3.2., 15:01 Uhr

Charlotte, Volker und Thomas standen vor dem imposanten Altbau und warteten auf Lucia. Thomas war etwas mulmig zumute, da Volker Charlotte mitgebracht hatte, doch er sagte nichts. Immerhin hatte er seine beiden Fellnasen zu Hause gelassen, das wäre vielleicht doch zu auffällig gewesen. Feldners Wohnung befand sich in einer beliebten Straße der Kölner Südstadt. Der Verkehr war spärlich und an allen benachbarten Straßenecken waren klassische Kölsch-Kneipen zu finden. Auf dem baumbepflanzten Mittelstreifen verlief ein dritter Gehweg. Hier konnte man Mütter mit Nachwuchs in allen Altersklassen beobachten: vom windeltragenden Sportbuggy-Sitzer, über Fahrradhelm- und Laufrad-bewehrte Sprösslinge bis hin zu i-Dötzchen mit bunten Schulranzen war alles dabei. Ein erstaunliches Vogelkonzert war zu hören und ein Amselrich legte sich ins Zeug, als handele es sich um einen Gesangswettbewerb, den er auf jeden Fall zu gewinnen gedachte.

Charlotte blickte an der Fassade des Hauses hoch. „Hier hätte ich auch gern 'ne Eigentumswohnung", seufzte sie verträumt.

„Ich glaube, da bist du nicht die Einzige. Vor vierzig Jahren konnten sich das auch Normalsterbliche noch leisten, mit einem überschaubaren Kredit über einen überschaubaren Zeitraum, aber heute..." Thomas hob die Arme und ließ sie mit einem Seufzer wieder fallen. „Inzwischen musst du erben, oder irgendwas gegen den Besitzer in der Hand haben, wenn du eine von diesen Perlen zu einem auch nur annähernd annehmbaren Preis erwerben willst."

„Ich weiß", seufzte Charlotte, „aber man darf ja wohl noch

träumen, oder?"

Lucia kam herangestürmt.

„Mann, das ist doch ein Scheiß mit den Parkplätzen hier!", fluchte sie schon von weitem und blieb dann abrupt stehen. „Wie? Ihr alle? Machen wir eine Wohnungsparty? Thomas, ich riskier sowieso schon genug!", entfuhr es ihr.

„Alles in Ordnung", beschwichtigte Thomas. „Das sind Freunde, und sechs Augen sehen mehr als zwei. In ein paar Minuten sind wir ja auch wieder raus. Offiziell besichtigen wir nur die Wohnung, weil wir uns für dieses Prachtstück in Toplage interessieren und kaufen wollen."

Lucia zögerte, aber Thomas redete einfach weiter. „Wir sollten hier nicht allzu lange vor aller Augen rumstehen, oder was meinst du?" Er deutete auf Volker: „Diesen jungen Herrn hier kennst du ja. Darf ich vorstellen, Lucia Maier, Dr. John Watson!" Beide blickten ihn überrascht an. „Ist ja gut, sollte nur ein Scherz sein. Volker Liepen."

„Weiß ich doch. Sehr erfreut!", lächelte Lucia und gab Volker die Hand. Sie blickte Charlotte an und deutete auf Volker. „Und Sie beide gehören zusammen?"

Zu ihrer Verblüffung schoss der Angesprochenen das Blut ins Gesicht. „Nein, nein, äh, ich bin nur eine Freundin. Äh... Charlotte Schacht."

„Angenehm, Lucia Maier!" Sie schüttelten sich die Hände, dann ging Lucia voraus zur Tür. Thomas feixte hinter ihrem Rücken in Volkers Richtung und erntete einen bösen Blick, was ihm herzlich egal war. Das war genau sein Humor.

Oben angekommen drückte Lucia Thomas zwei Paar Gummihandschuhe in die Hand - „Hätte drei mitgebracht, wenn mich jemand informiert hätte, dass wir hier einen Flashmob veranstalten. Müsst ihr euch aufteilen. Und wehe, jemand fasst irgendwas ohne Handschuhe an..." - entfernte das Siegel und schloss die Tür auf. „Ich geb' euch fünfzehn Minuten. Dann komm ich wieder, schließe ab und mach ein neues Siegel an die Tür, ist das klar? Wenn ihr dann noch drin seid, habt ihr Pech gehabt."

Thomas grunzte ein „Jaja" und betrat die Wohnung, gefolgt von Dr. Watson und dessen Begleiterin. Lucia schloss die Tür von außen und war verschwunden.

Langsam gingen die drei die lange Diele entlang. „Ihr habt es gehört: Nichts anfassen. Oder möglichst wenig. Nichts kaputt machen. Nichts mitnehmen. Nur gucken und merken", schärfte Thomas den beiden ein. Sie kamen ins Wohnzimmer, wo man im Dielenboden mehrere Löcher, ein paar Kreidestriche und einige schwarze Flecken sehen konnte.

„Ist er... war es hier...?", flüsterte Charlotte.

„Ja." Thomas nickte. „Und wir brauchen nicht zu flüstern. Hier ist er umgebracht worden."

Sie traten näher. Volker musste sich räuspern. „Die Löcher hier im Boden bilden ja die Eckpunkte eines Flugdrachens. Also so einen zum Drachen steigenlassen, wisst ihr, was ich meine?"

Thomas nickte langsam, legte dann den Kopf ein wenig schräg und sah Volker an. „Oder?"

„Oder was?"

„Oder welches andere Zeichen könnte man hier noch erkennen?"

„Ein Kreuz", flüsterte Charlotte.

Volker zuckte zurück. „Ach du Scheiße!" Er war blass geworden. „Er wurde gekreuzigt?"

„Nicht im eigentlichen Sinn", erklärte Thomas sachlich. „Richtig ist, dass er mit abgespreizten Armen und aufgestellten Füßen auf dem Rücken lag. Dann wurden Nägel durch Hände und Füße geschlagen. Und zu guter Letzt: durch den Schädel." Er deutete auf die Stelle, an der der Kopf von Herbert Feldner gelegen haben musste. „Eine Kreuzigung findet immer an einem Holzkreuz, einem

Baum, oder wenigstens einem Pfahl statt."

Sie standen an dem Fleck wie an einem offenen Grab, in welches man den Sarg gerade versenkt hatte. Volker und Charlotte waren ziemlich blass. Plötzlich klatschte Thomas in die Hände und holte die beiden zurück ins Hier und Jetzt. „Also los, viel Zeit haben wir nicht."

Langsam und systematisch gingen sie durch alle Räume. Eine wirklich beeindruckende Bibliothek schloss sich direkt an das Wohnzimmer an. Das Schlafzimmer war unordentlich und ungelüftet; auf dem Nachttisch lag Wilhelm Hauffs 'Märchenalmanach'. Das angrenzende Badezimmer war ein Traum: neben einer Badewanne mit Whirlpool und einer Dusche mit 'Wasserfall' und Massagedüsen war als Krönung in einer Ecke eine Ein-Personen-Sauna installiert, neben der sich zudem ein kleines Tauchbecken befand.

„Das kann man sich nur leisten, wenn man keine Miete zahlt", staunte Volker.

„Hat der so viel Geld mit den paar Artikeln verdient?", fragte Charlotte.

„Wohl kaum", spekulierte Volker, „Vielleicht stammte er aus einer reichen Familie?"

„Das ist für Normalsterbliche jetzt fast nicht mehr erreichbar. Selbst ich als Beamter kann da nur neidisch sein", warf Thomas ein, als er Charlottes sehnsüchtigen Blick sah.

„Abwarten! Ich hab eben Träume", schnaubte sie.

Einige sehr verstimmte Akkorde wie von einem sehr alten Westernklavier erklangen. Thomas und Charlotte folgten Volker in die Bibliothek, wo dieser den dort befindlichen Steinway-Flügel geöffnet hatte und ein paar Töne anschlug.

„Meine Güte, der ist bestimmt seit Jahrzehnten nicht mehr gespielt worden. Was für ein Jammer. War mal ein tolles Instrument."

„Jetzt weiß auch der letzte Nachbar, dass jemand in der Wohnung ist", seufzte Charlotte stirnrunzelnd.

„Wir können ja auch von der Polizei sein. Kein Grund zur Panik", beschwichtigte Thomas.

Zuletzt warfen sie noch einen Blick in den Raum, der als Büro gedient hatte. An den vier Meter hohen Wänden standen deckenhohe Regale mit hunderten Aktenordnern, penibel beschriftet, mit Jahreszahlen und Buchstaben.

Volker nahm aufs Geratewohl einen Ordner heraus und öffnete ihn. Darin waren Programmhefte und Besetzungszettel mit handschriftlichen Notizen abgeheftet.

„Wow, wenn es das ist, was ich denke, ist das ein echter Schatz!", rief er begeistert. „Ein Archiv mit Programmen und Aufführungen aus... wie vielen Jahren? Wo geht es los?"

Sie suchten gemeinsam nach einem Anfang.

„1962. 54 Jahre. Ob er nur die abgeheftet hat, die er auch gesehen und gehört hat?"

Volker beschäftigte sich weiter mit den Ordnern, während Thomas die Bilder über dem Schreibtisch betrachtete. Mehrere Fotos zeigten Herbert Feldner und seine Frau, bei der Hochzeit, bei irgendeinem Familienfest, im Urlaub. Es gab ein Foto mit Richard von Weizsäcker, eines mit Leonard Bernstein und eines, auf dem Feldner einem grauhaarigen, großgewachsenen Herrn mit strengen, aber nicht unangenehmen Gesichtszügen die Hand schüttelte.

Volker bemerkte Thomas Blick und erklärte: „Das ist Joachim Kaiser. Vielleicht der wichtigste Musik- und Theaterkritiker des 20. Jahrhunderts."

Auf dem ordentlich aufgeräumten Schreibtisch stand noch ein riesiger alter Röhrenmonitor, davor eine Tastatur. Da, wo der Turm mit den Hauptkomponenten des Computers gestanden hatte, lagen nur ein paar Kabel. Ganz offensichtlich war er zur Auswertung mitgenommen worden.

„Also mit der Zeit ist er jedenfalls nicht gegangen", bemerkte Thomas trocken. „Das Equipment stammt noch aus den

90er Jahren."

Die fünfzehn Minuten waren fast um. Thomas räusperte sich. „Und? Ist euch was aufgefallen?", fragte er.

Volker zuckte mit den Schultern. „Ich weiß nicht. Nichts Auffälliges. Nichts, was ich nicht erwartet hätte."

„Ein alter Mann, allein, gebildet. Lebte in der Vergangenheit, war einsam und unter Umständen depressiv. Wenig soziale Kontakte, etliche unerfüllte Träume. Hoher Frustrationsgrad. Sonst wüsst' ich auch nix", erklärte Charlotte.

Die beiden Männer starrten sie an.

„Was? Das ist doch einfach, oder?", entgegnete sie lächelnd.

Thomas blickte sie nachdenklich an und erklärte dann in Volkers Richtung: „Dr. Watson, darf ich vorstellen: Miss Jane Marple."

Dann hörten sie schon, wie Lucia die Wohnungstür öffnete. „Raus jetzt, liebe Hobbydetektive. Und lasst uns hoffen, dass uns niemand gesehen hat…"

„Höchstens gehört", murmelte Charlotte und sah Volker streng an.

„Habt ihr was gefunden?", fragte Lucia nachdem sie die Wohnungstür geschlossen und wieder versiegelt hatte.

„Nicht wirklich", entgegnete Thomas, „Charlotte hat nur ein überaus interessantes Persönlichkeitsprofil erstellt."

Lucia blickte Charlotte an. „Da bin ich gespannt drauf. Ich muss jetzt schnell weg, aber wir reden nochmal darüber, ok?"

„Gerne", entgegnete Charlotte lächelnd.

Alle trennten sich vor dem Haus. Lucia musste wieder ins Büro, Thomas war mit dem Fahrrad da, Volker und Charlotte würden die U-Bahn nehmen.

Auf dem Weg zur Haltestelle Chlodwigplatz wollte Volker wissen, was Charlotte gesehen hatte. Und er fragte sich, warum Thomas und er das nicht gesehen hatten.

„Ganz einfach: Er lebte in der Vergangenheit. Sein Archiv ist beeindruckend, die Bilder an den Wänden zeugen von erfolgreichen, lebensfrohen Jahren. Aber der Lack ist völlig ab. Er hat sich schon ewig keine neuen Klamotten mehr gekauft und hat keinen Wert mehr auf sein Äußeres gelegt. Das, zusammen mit der Batterie leerer Flaschen neben der Spüle könnten durchaus auf eine Art Depression hindeuten. Dass er wenig soziale Kontakte hatte, schließe ich aus dem Fehlen jeglicher Notizen neben dem Computer und dem Telefon, es gab nirgends einen Terminplaner oder aktuellen Kalender mit irgendwelchen Eintragungen, nicht einmal einen Notizblock. Klar, das könnte alles auf dem Computer oder im Präsidium sein, aber da wären immer noch Stifte, Post-Its, irgendwas. Da war aber nichts. Und hast du den kleinen Tisch in seiner Bibliothek bemerkt? Der Stuhl, den er da stehen hat - wohlgemerkt, nur einen Stuhl! - ist ein Modell, das erst vor fünf Jahren auf den Markt gekommen ist. Sehr bequem, in alle Richtungen verstellbar, man kann sogar recht brauchbar darin schlafen." Volker sah sie fragend an. Charlotte lachte. „Mein Chef im Büro hat auch so einen. Letztes Jahr war er mal für zwei Wochen weg und wir haben uns einen Spaß daraus gemacht, den Stuhl rumgehen zu lassen. Jeder durfte ihn mal einen Tag haben." Volker fand das zwar interessant, hatte aber immer noch keine Ahnung, was sie meinte.

„Ja, und?"

„Hast du gesehen, in welchem Zustand sich das Teil befindet? Nach maximal fünf Jahren? Der muss auf dem Stuhl förmlich gelebt haben. Und das Tischchen davor war zwar aufgeräumt und sauber, aber die vielen Spuren von Gläsern haben sich regelrecht ins Holz gefressen. Nein, glaub mir, der Mann hat viel mehr Zeit allein zu Hause verbracht, als gesund ist."

„Na gut. Aber wie kommst du auf unerfüllte Träume?"

Sie musste nicht lange nachdenken.

„Du hast dich in der Bibliothek nicht richtig umgesehen, oder? Es gab ein Regalbrett, wie es auch mein Ex-Mann hat. Etwas abseitige Autoren, die jenseits des Mainstream geschrieben haben, über alternative Lebensweisen, neue Denkansätze, bis hin zu handfesten Verschwörungstheorien. Auf einem anderen Brett standen unglaublich viele Reiseführer, Bildbände von exotischen Ländern, lauter so Zeug. Der Mann war mal ein Freigeist, ein neugieriger, wissbegieriger Kopf. Aber wo ist er wirklich gewesen, was hat er gesehen? Ich habe nirgends ein Fotoalbum entdeckt, nirgends irgendein Zeugnis einer Reise. Nur ein Bild ist es wert, aufgehängt zu werden, das über seinem Schreibtisch. Und das sieht aus wie von einem Cluburlaub."

Volker war ehrlich beeindruckt.

„Jetzt noch der hohe Frustrationsgrad, dann bin ich still."

„In der Ablage lag ein kurzer Brief irgendeiner Redaktion, er hatte wohl kürzlich Geburtstag", erklärte sie ohne zu zögern. „Hast du gesehen, was er drauf gekritzelt hat? – 'Undankbares Pack!' Gut, das ist kein besonders starkes Indiz, aber zusammen mit den anderen Spuren halt ich es nicht für zu gewagt zu behaupten, dass er ziemlich frustriert war."

Sie gingen schweigend die letzten Meter bis zur Haltestelle. Dort angekommen nahm Charlotte Volkers Hand. „Ist dir eigentlich was aufgefallen zwischen Thomas und seiner Kollegin?"

„Was sollte mir da aufgefallen sein?"

Samstag, 6.2., 11:03 Uhr

Thomas saß in einer überfüllten Regionalbahn nach Düsseldorf und war grantig. Wie hatte er das unterschätzen können! Seit vorgestern herrschte in Köln der Ausnahmezustand. Die Narren hatten die Stadt übernommen, und das war die Zeit, in der man entweder mitmachte, sich also verkleidete, feierte, schunkelte und vor allem trank, oder eben nicht mitmachte. Letzteres bedeutete, dass man das Haus nicht verließ oder gleich ganz aus der Stadt floh. Thomas war mit dem Fahrrad zum Bahnhof gefahren, aber die Glasscherben auf der Straße, die Pfützen von Erbrochenem, die enthemmten und noch oder schon wieder alkoholisierten 'Narren', hatten die Fahrt zu einer nicht ungefährlichen Slalomtour werden lassen. Im Bahnhof war es noch unangenehmer geworden.

Als er sich eine Fahrkarte am Automaten gezogen hatte, war plötzlich das Gesicht eines jungen Mannes in seinem Blickfeld aufgetaucht, der ihn mit nach Bier stinkendem Atem lallend etwas gefragt hatte. Der junge Mann hatte nicht auf eine Antwort bestanden, sondern sich dankenswerterweise weggedreht, um sich die Seele aus dem Leib zu kotzen. Die Bahnhofshalle war erfüllt von Rufen und lautem Gegröle. Es stank nach Bier, und überall saßen oder torkelten mehr oder weniger hilfsbedürftige Zecher, die auf dem Weg nach Hause waren. Thomas war zu seinem Gleis geeilt und froh, als der Zug sich in Bewegung gesetzt hatte, und dass wenigstens in dem Wagen, in dem er saß, Ruhe herrschte.

Als Thomas nach der kurzen Inspektion von Feldners Wohnung wieder zu Hause angekommen und von den beiden Vierbeinern enthusiastisch begrüßt worden war, hatte er ausgiebig gebadet, um in Ruhe nachzudenken. Charlottes erstaunliche Beobachtungsgabe hatte ihn verblüfft. Er wusste noch nicht, ob ihre Beobachtungen weiterhelfen würden, aber das war es ja genau, was er sich erhofft hatte: eine frische, neue Sichtweise. Nach dem Baden hatte er die Handyfotos ausgedruckt, die er in der Wohnung gemacht hatte und in der Küche über dem

Küchentisch an die Wand gepinnt. Bald hingen alle Fotos, Zeitungsausschnitte und Notizen direkt vor seiner Nase. 'Fühlt sich ein wenig an, wie in alten Zeiten', dachte er erstaunt.

Also, was hatte er: Am wichtigsten erschien ihm Manfreds Bitte an Herrmann, er möge Susanne Vögele kontaktieren, wenn ihm etwas zustoßen sollte. Und nach genauerer Überlegung ließ das auch nur einen Schluss zu: Manfred hatte durchaus in Betracht gezogen, dass ihm irgendjemand unter Umständen etwas antun würde, aus Gründen, die nur der Täter, er selber, Susanne und vielleicht auch Feldner kannten. Oder vielleicht noch jemand? Der einzige enge Kontakt, den Manfred gehabt hatte, und von dem Thomas wusste, war Herrmann Wiegandt. Thomas hatte zum Telefon gegriffen und Herrmann angerufen. Nachdem er den Grund seines Anrufs erklärt und vorsichtig gefragt, ob er vielleicht mal vorbei kommen könne, verriet ihm Herrmanns Zögern, dass er alles andere als begeistert war. Aber er willigte schließlich doch ein, da er Thomas kannte und ihm helfen wollte, wie er sagte. Sie hatten ausgemacht, sich am heutigen Samstag zu treffen.

Eine halbe Stunde später stieg Thomas am Düsseldorfer Hauptbahnhof aus. Auch Düsseldorf war eine Karnevals-hochburg, aber offenbar hatte er Glück mit der Uhrzeit. Gerade waren kaum verhaltensauffällige Personen zu sehen – also nicht mehr, als sonst in Düsseldorf üblich – und da es nicht regnete und er genug Zeit hatte, beschloss er, zu Fuß zu gehen. Nach einer knappen Dreiviertelstunde stand er vor dem Gebäude, in dem Herrmann wohnte. Thomas fuhr mit dem Fahrstuhl in den vierten und obersten Stock, wo ihn Herrmann an der Wohnungstür erwartete. „Hallo Thomas, komm doch rein."

Herrmann sah mitgenommen aus und Thomas spürte den Anflug eines schlechten Gewissens, dass er hergekommen war um Herrmann mit Fragen zu belästigen.

Herrmann führte ihn in das ausgesprochen geschmackvoll eingerichtete Wohnzimmer, bot ihm einen Platz an und fragte, ob er einen Kaffee oder einen Tee wünsche. Thomas bat um einen Kaffee, und sein Gastgeber verließ das Zimmer, um sich in der Küche zu schaffen zu machen. Währenddessen trat Thomas ans Fenster und genoss den Ausblick. Er hatte auf dem Weg eine Brücke überquert, und von hier aus bot sich ein beeindruckender Blick über den Rhein und auf die gegenüberliegende Düsseldorfer Innenstadt. Thomas fragte sich, was die immer alle hatten, Düsseldorf konnte auch ganz schön sein – so aus der Entfernung.

Herrmann kam mit einem Tablett zurück, und sie setzten sich.

„Ich möchte dich nicht unnötig lange behelligen, Herrmann, deshalb komm' ich gleich zur Sache", begann Thomas, während Herrmann einschenkte. „Manfred hat gesagt, du sollst dich mit Susanne Vögele in Verbindung setzen, sollte ihm etwas passieren. Hat er außer Susanne noch jemanden erwähnt? Einen Namen, den du nicht kanntest?"

Herrmann überlegte. „Nein, sonst niemanden. Mir kam das Ganze auch komisch vor. Es passte auch gar nicht zu Manfreds Art, er war sonst nie so melodramatisch."

„Und er hat auch nicht erklärt, warum du dich ausgerechnet an Susanne wenden solltest?", hakte Thomas nach.

Herrmann schüttelte den Kopf und kämpfte mit den Tränen. „Tut mir leid, es ist noch zu frisch." Er schniefte. „Nein. Nein, er hat kein Wort mehr dazu gesagt. Und glaub mir, ich habe ihn mit Fragen gelöchert. Aber es war nichts aus ihm rauszukriegen."

„Hat er nicht wenigstens erwähnt, woher er sie kannte?"

Herrmann lächelte traurig. „Nein, Manfred konnte manchmal stur sein wie ein Esel. Ehrlich gesagt, bin ich sehr neugierig geworden und hab mir so meine Gedanken gemacht. Aber nichts schien mir auch nur annähernd plausibel. Und ich wollte mich auch nicht hineinsteigern." Er seufzte resigniert. „Er hatte ein Geheimnis, das er mir auf keinen Fall verraten wollte. Damit musste ich leben."

Thomas war enttäuscht. Hatte er den Weg also umsonst gemacht? Als er sich gerade bedanken und verabschieden wollte, fiel ihm noch etwas ein. „Eine Frage noch, sagen dir in Zusammenhang mit Manfred die Buchstaben AA etwas? Also nur ein Doppel-A, groß geschrieben?"

Herrmann überlegte. „Hm, nicht sofort... Doch, vielleicht, er hatte mal einen Kühlschrankmagneten. Zweimal der Großbuchstabe A, sehr kunstvoll verschnörkelt."

Thomas war verblüfft. Das stimmte! Er konnte sich sogar daran erinnern! Wieso um alles in der Welt war ihm das nicht früher eingefallen?

„Und was bedeutete das?", fragte er elektrisiert.

Herrmann hob entschuldigend die Schultern. „Ich habe ihn nie danach gefragt. Ist mir auch nur aufgefallen, weil ich mich eine Weile mit Kalligraphie befasst habe, und dann sieht man sowas plötzlich überall. Aber nein, wir haben nicht darüber gesprochen." Thomas wollte sich gerade erheben, da hielt ihn Herrmann mit einer Handbewegung auf. „Da fällt mir was ein, einen Moment bitte." Er verließ den Raum und kehrte einige Augenblicke später mit einem mittelgroßen, wattierten Briefumschlag zurück.

„Vor einigen Jahren starb eine gemeinsame Freundin ganz plötzlich und ohne die Möglichkeit, sich noch von ihren Lieben zu verabschieden. Damals beschlossen wir, für den jeweils anderen Nachrichten aufzubewahren, für den Fall, dass uns ein ähnliches Schicksal beschieden sein sollte. Die Polizei hat ja meine Wohnung durchsucht und alles mitgenommen, was man tragen kann. Glücklicherweise hatte ich diesen Brief an dich zusammen mit ein paar anderen Schriftstücken in einem Schließfach meiner Bank deponiert. Deshalb ist er nicht geöffnet worden. Im Gegensatz zu meiner ganzen privaten Korrespondenz." Er zögerte kurz und sah Thomas dann traurig an. „Er hat dich sehr gemocht, weißt du."

Thomas hatte einen Kloß Hals. Er nahm den Brief und verstaute ihn mit zitternder Hand in der Innentasche seiner Jacke. Dann verabschiedete er sich und begab sich auf den Rückweg.

Als Thomas wieder in der Regionalbahn saß, verfluchte er sich innerlich. Wenn er noch ein wenig besser funktionieren würde, wäre ihm das sofort aufgefallen – AA! Natürlich war das kein Zufall. Susanne hatte die Buchstaben jedes Jahr in ihren Kalender geschrieben und Manfred hatte die Kombination an seinen Kühlschrank geheftet, wo er sie ständig vor Augen hatte. Das war doch eine wirkliche Verbindung, oder? Nur, was sollte das bedeuten? – AA. Das Autokennzeichen für Aalen. Nein. Anonyme Alkoholiker. Nein. Mann! Das konnte doch nicht so schwer sein!

Zu Hause angekommen googelte Thomas die Buchstaben AA und bekam eine ganze Reihe Treffer, aber keinen, der irgendwie plausibel aussah. Es gab Fluggesellschaften, Ratingagenturen, irgendwas aus der Informatik...

Thomas kratzte sich am Kopf. Vielleicht doch Initialen? Initialen, die sich Manfred an den Kühlschrank hängte? So ein Quatsch! Er seufzte und wusste, dass er sich in Geduld über musste. Es war die richtige Fährte, das spürte er, doch er wusste noch nicht, wohin sie führte.

Er stand auf und ging in die Küche, um für sich Rührei zu machen. Für seine beiden Mitbewohner gab es heute frischen Pansen, aber er wusste aus Erfahrung, dass man den erst aus der zugeknoteten Tüte im Kühlschrank holen durfte, nachdem man selbst gegessen hatte. Der Gestank war so erbärmlich, dass man danach garantiert für eine

Weile keine Lust mehr verspürte, selbst etwas zu sich zu nehmen; aber die Jungs fanden es toll.

Nachdem alle Bewohner der kleinen WG gegessen hatten, betrachtete Thomas die Wand mit den zusammengetragenen Fakten und überlegte. In den Akten, die er in Lucias Auto hatte einsehen können, war noch ein wichtiger Hinweis zu finden gewesen. Sie hatten in den Anruflisten von Susanne Vögele und Herbert Feldner eine Prepaid-Handynummer gefunden, von der aus sowohl Susanne als auch Feldner am Tag ihres Todes angerufen worden waren. Diese SIM-Karte war innerhalb der letzten sechs Monate exakt zweimal eingeloggt gewesen - zum ersten Mal am Tag von Susanne Vögeles Tod, bei einem Sendemast ganz in ihrer Nähe, und zum zweiten Mal am mutmaßlichen Todestag Herbert Feldners, und das auch noch in der Südstadt, ein paar Ecken von dessen Wohnung entfernt. Nur bei Manfred war kein Anruf von dieser Nummer nachweisbar. So viele seltsame Puzzleteile... Irgendwie würden sie zusammenpassen. Er musste Geduld haben. Aber genau das war noch nie wirklich seine Stärke gewesen...

Thomas nahm seine Jacke, um den beiden Pfotengängern einen Verdauungsspaziergang zu bescheren, und stutze. So schwer war die Jacke sonst nicht. Ah, richtig, Manfreds Brief. Er nahm den Umschlag aus seiner Tasche und wog ihn in der Hand. Damit hatte er nicht gerechnet: Manfred hatte ihm etwas hinterlassen. Thomas beschloss, dass er gerade nicht in der Stimmung war, in den Umschlag hineinzusehen, und verstaute ihn in einer Schreibtischschublade. Dann gab er den Jungs ein Zeichen. Sie verstanden und schossen in Richtung Tür. Auf die Schwarznasen war Verlass.

Sonntag, 7.2., 11:30 Uhr

Volker spielte die letzten Töne einer Choralbearbeitung* von - wie sollte es anders sein - Johann Sebastian Bach und schaltete danach die Orgel aus. Die Gemeinde hatte die Kirche verlassen. Während des Gottesdienstes war Charlotte auf die Empore gekommen und hatte ihm flüsternd mitgeteilt, dass der Chorvorstand nach dem Gottesdienst eine Krisensitzung abhalten würde. Da die Orgelbank von unten nicht einsehbar war und sich sonst gerade niemand auf der Empore befand, hatte sich Charlotte neben ihn auf die Orgelbank gesetzt und sich an ihn gekuschelt, wenn er gerade nicht spielte.

Sie wusste, dass es ihm nicht gut ging. Nach ihrem spontanen, unglaublich wohltuenden Miniurlaub waren sie am Dienstagabend wieder brutal in der Realität aufgeschlagen, und der Besuch von Tourbertis Wohnung hatte die Sache nicht besser gemacht.

Nachdem Volker die Orgel abgeschlossen hatte, gingen sie gemeinsam hinüber in den Gemeindesaal. Gottfried Mahler und Gabi Rinne warteten bereits an der Tür. Eigentlich hatten sie hier tagen wollen, aber der Frauenkreis der Gemeinde hatte zu einem Kaffeetrinken eingeladen, so dass sie in eins der Gemeindebüros ausweichen mussten. Sie stibitzten sich eine Kanne Kaffee und vier Tassen – was von einer der älteren Damen mit einem drohend erhobenen Zeigefinger und einem Augenzwinkern quittiert wurde – und zogen sich zurück. Sie schenkten ein, rührten und sahen dem Kaffee beim Kaltwerden zu. Keiner machte Anstalten, zu beginnen.

Untergangsstimmung.

Selbst Mahler saß wie versteinert auf seinem Stuhl. Charlotte und Volker wirkten müde und deprimiert. Gabi rutschte nervös auf ihrem Stuhl herum und spielte mit einer Haarsträhne, auf der sie zwischendurch gedankenverloren herumkaute. Schließlich begann Gottfried Mahler mit für ihn ungewöhnlich leiser und unsicherer Stimme zu sprechen: „Liebe Vorstandsmitglieder, lieber Herr Liepen, wir befinden uns in einer außergewöhnlichen, um nicht zu sagen einzigartigen Lage. Einzigartig meine ich leider im negativen Sinn. In meiner ganzen langen Zeit als Vorstand von Vereinen, Chören etc. habe ich etwas Derartiges noch nicht erleben müssen. Und glauben Sie mir, wir hatten schwierige Situationen zu meistern! Aber das..." Er ließ den Satz unvollendet und sah in die Gesichter der Anwesenden. Da keiner Anstalten machte, irgendwie auf seine einleiten-den Worte zu reagieren, fuhr er fort. „Ich gebe zu – und das dürfte für den ein oder anderen in dieser Runde ein innerer Reichsparteitag sein –, ich gebe zu, dass ich ratlos bin." Hier schickte er einen Blick in Richtung Volker. „Wir sind unvorbereitet und unverschuldet in eine Situation geraten, die wir nicht mehr kontrollieren und beeinflussen können. Die ganze Stadt scheint verändert. Gestern hat auf der Dürener Straße ein Orchestermusiker die Polizei gerufen, weil jemand an seine Tür klopfte, den er nicht kannte. Es stellte sich heraus, dass es ein Pizzafahrer war, der sich in der Wohnungstür geirrt hatte. Vorgestern ist eine Sängerin des hiesigen Rundfunkchores in Panik aus ihrem Wohnzim-merfenster im ersten Stock eines Mietshauses in Zollstock gesprungen und hat sich beide Beine gebrochen, weil sie Geräusche im Flur gehört hatte. Sie wusste nicht, dass ihr Freund früher nach Hause gekommen war und sie überraschen wollte. Aber sie haben von diesen Fällen vielleicht selbst in der Presse gelesen." Er zögerte kurz. „Positiv ist lediglich, dass wir diese enervierenden Vertreter der schreibenden Zunft fürs Erste los sind."

Der Medien-Hype war tatsächlich genauso schnell vorbei-gegangen, wie er begonnen hatte, nachdem auch nach drei Tagen nichts Nennenswertes passiert war. Die Meute zog weiter und sendete jetzt wieder Breaking News aus

München, weil es Gerüchte gab, dass Bayern München Christiano Ronaldo kaufen wollte, oder aus Berlin, weil man annahm, der Chauffeur Angela Merkels hätte Kontakte zur islamistischen Szene, oder aus Rom, weil der Papst erkältet war und unter den Kardinälen sofort eine mörderische Schlacht um seine Nachfolge begonnen hatte. Oder sie hatten einfach resigniert, weil der Höhepunkt der fünften Jahreszeit im Rheinland einfach keine gute Zeit war, um Ängste zu schüren. Und davon lebten sie ja schließlich.

„Trotzdem hat es angeblich noch nie so viele Krankmeldungen in der Kölner Musikszene gegeben, und die vielen 'Kranken' verlassen die Stadt." Mahler sah einen nach dem anderen an und sprach zögerlich weiter: „Für uns stellt sich natürlich jetzt die Frage, wie wir vorgehen wollen, obwohl es eigentlich nur eine Lösung geben kann." Er verstummte und faltete die Hände. Dabei sah er Volker unsicher an, als wollte er sagen: 'So, junger Mann, sogar ich bin mit meinem Latein am Ende. Was also jetzt?'

Volker räusperte sich. „Danke, Herr Mahler. Ich habe in den letzten Tagen viel über mögliche Reaktionen unsererseits nachgedacht. Und ich habe sehr ernsthaft in Erwägung gezogen, die Probenarbeit bis auf Weiteres auszusetzen, das Konzert zu verschieben und die Stadt zu verlassen. Vor allem, da ich in letzter Zeit täglich neue Absagen verängstigter Chormitglieder erhalten habe." Er blickte auf. „Aber dann, gerade vor wenigen Minuten, habe ich oben auf meiner Orgel gesessen und ein Stück von Bach gespielt. Und ich habe wieder die Kraft dieser Musik erfahren. Wissen Sie, auf den ersten Blick scheint es wenig zu geben, was ich als Musiker aktiv tun kann, um zu helfen. Aber bei genauerem Hinsehen ist mir klar geworden, wie dumm dieser Gedanke ist. Ich habe mich gefragt, warum ich Musik mache. Warum Musik ein unverzichtbarer Teil unser aller Leben ist – weil Musik verbindet, weil Musik

Brücken schlägt, weil Musik Gemeinschaft erzeugt. Leonard Bernstein hat auf die Ermordung Kennedys mit dem Satz reagiert: 'Das wird unsere Antwort auf Gewalt sein: Musik zu machen, intensiver, schöner und hingebungsvoller als jemals zuvor.' Ich bin nicht bereit, jetzt aufzugeben."

Die drei sahen ihn an. Charlotte schien erleichtert, Gabi hatte sich sichtlich beruhigt, und Mahlers Blick verriet, dass er beeindruckt war, aber gleichzeitig versuchte, das nicht zu zeigen. Da niemand etwas darauf erwiderte, fuhr Volker fort: „Ich mache folgenden Vorschlag: Ich werde eine Nachricht formulieren, die an den gesamten Chor als E-Mail verschickt wird. Darin werde ich darlegen, warum ich es nicht für richtig halte, unser Projekt jetzt zu stoppen. Und ich werde um Antwort bitten. Ich möchte, dass sich jeder Einzelne mit der Frage wirklich auseinandersetzt und nicht nur auf ein dumpfes Gefühl oder die medial erzeugte Panikstimmung reagiert."

Gabi unterbrach ihn: „Wie, medial erzeugt? Drei Menschen sind tot! Zwei davon habe ich gekannt. Das macht mir schreckliche Angst, da brauch in keinen Fernseher!"

Volker nickte. „Mir auch. Aber die Frage ist nicht, ob wir Angst haben, sondern wie wir damit umgehen."

Gabi atmete ein, um etwas zu erwidern, überlegte es sich aber anders und lehnte sich nachdenklich zurück.

„Nun ja, wir können es ja zumindest versuchen und werden sehen, welche Reaktionen wir ernten. Ich schlage vor, dass wir uns gegenseitig kurzfristig auf dem Laufenden halten, vor allem Sie uns, Herr Liepen."

„Ich hoffe, das geht gut", seufzte Gabi beklommen.

Mahler erhob sich und wandte sich ihr zu. „Ich denke, Herr Liepen weiß, was er tut."

Man verabschiedete sich knapp. Dies war eine der kürzesten Vorstandssitzungen gewesen, die sie je abgehalten hatten.

Einige Minuten später machten Charlotte und Volker sich auf, um gemeinsam an seinem Computer eine Nachricht zu formulieren.

„Dieser Arsch, den musste er mir noch mitgeben. Wenn jetzt was passiert, wird er sich die Hände in Unschuld waschen! War ja meine Entscheidung. Was für ein selbstherrlicher Widerling!"

„Ganz deiner Meinung", erwiderte sie nickend. „Aber lass ihn. Du warst toll! Ich danke dir!"

Er schien etwas geknickt.

„Dieser Mutanfall ging genauso schnell vorbei, wie er gekommen ist. Aber es geht mir einfach gegen den Strich, dass 'Gustav' so wahnsinnig destruktive Stimmung verbreitet, nur weil er in eine Situation geraten ist, die er nicht kontrollieren kann."

Sie lächelte etwas verschmitzt. „Damit hat er dann aber was ausgesprochen Positives ausgelöst. Deine kleine Ansprache wäre es wert, gedruckt zu werden."

Er sah sie verblüfft an, musste dann aber grinsen.

„Klugscheißer."

20:21 Uhr

Charlotte, Volker und Thomas saßen in Volkers Wohnzimmer auf Kissen am Boden. Basti und Pedro lagen auf ihren mitgebrachten Decken und schnarchten. Nachdem Charlotte und Volker die Nachricht an den Chor ausformuliert, zurechtgefeilt und abgeschickt hatten, hatte Charlotte Thomas angerufen und gefragt, ob er Lust hätte, vorbeizukommen. Irgendwo hinzugehen, um etwas zu trinken, kam nicht in Frage. Wenn man nicht bei sehr lauter Musik feiern, tanzen und trinken wollte, sollte man Kölner Kneipen an Karneval tunlichst meiden.

Thomas nippte an einer Cola und griff in seine Tasche. „Ich habe die Fotos dabei, die ich in Susannes Wohnungen gemacht habe."

Er breitete die Bilder auf dem Teppich aus. Volker und Charlotte beugten sich darüber und inspizierten sie sorgfältig.

„Sind das alle?", fragte Volker.

Thomas nickte. Volker wirkte nachdenklich.

„Ich weiß nicht. Ich sehe nur viele Bücher und die typische Notensammlung von Sängern. Sie scheint ein ordentlicher Mensch gewesen zu sein. Wenn ich das richtig sehe, sind die Noten alphabetisch und nach Kategorien sortiert."

Er begutachtete eines der Fotos genauer. „Ja schau einer an! Das ist ja eine Partitur von den 'Meistersingern'*. Was hatte sie denn damit vor?"

Thomas lächelte und sah Charlotte an.

„Und, Miss Marple, was meinen Sie dazu?"

„Naja, wie Volker schon sagte, viele Bücher. Sehen auch benutzt aus, das heißt, man kann wohl davon ausgehen, dass sie viel gelesen hat. Dann war sie offensichtlich eine sehr disziplinierte Frau. Schau mal da: In den Regalen in der Küche stehen nur die Teller und Tassen, für die Gläser ist zu wenig Platz. Die sind im Wohnzimmerschrank. Hier stehen auch die Sekt- und Weingläser. Aber sie stehen über Kopfhöhe, sind also nicht bequem zu erreichen. Bequem zu erreichen sind nur die Wassergläser. Hinter den Wasser-gläsern stehen drei Flaschen mit Likör oder sowas. Sehen unbenutzt aus. Sonst kann ich nirgends Alkohol entdecken, und da ich nicht davon ausgehe, dass sie Schnaps im Kühlschrank hatte, schließe ich daraus, dass sie keinen oder sehr wenig Alkohol getrunken hat. Unter der Garderobe in der Diele stehen Joggingschuhe. Eine so ordentliche Frau lässt ihre Laufschuhe einfach im Eingangsbereich rumste-hen? Glaub ich nicht. Nein, sie hat sie ständig benutzt und deshalb da stehen lassen. Sie hielt sich also fit. Ich glaube, sie war eine Frau, die in sich ruhte."

231

Sie hielt inne, sah in die Gesichter der beiden Männer und schmunzelte. „Ist ja gut, ich hör' schon auf. Ihr seid halt fürs Überblicken der Savanne verantwortlich, und wir für die Innenausstattung der Höhle." Dann wurde sie wieder ernst: „Thomas, weißt du, ob sie noch mitgekriegt hat, dass sie sterben würde? Also, hat sie das Feuer noch gespürt?"

„Ich weiß es nicht." Er zuckte mit den Schultern. „Vielleicht ja, vielleicht nein.. Aber lass uns mal davon ausgehen, dass sie einen Schlag auf den Kopf bekommen hat und das war's."

Charlotte und Volker schwiegen und nahmen einen Schluck aus ihren Kölsch-Flaschen.

Thomas sammelte die Fotos wieder ein.

„Die Bilder aus Feldners Wohnung können wir uns sparen", meinte er, „ihr wart ja selbst drin. Ich hab inzwischen erfahren, dass sie eine Handynummer identifiziert haben, von der aus Susanne und Herbert kurz vor ihrem Tod angerufen wurden."

Charlotte war überrascht. „Echt? Und dann können die nicht rauskriegen, wem die Nummer gehört?"

„Leider nein. Es war ein Prepaid-Handy. Da kann man nur versuchen herauszufinden, wo die SIM-Karte gekauft wurde und hoffen, dass der Händler irgendwas zu dem Kunden sagen kann." Er wirkte verärgert. „Lucia meinte, die Karte wäre vor Jahren in Kiel verkauft und kaum benutzt worden. Den Laden, der die Karte verkauft hat, gibt es nicht mehr. Zwar ist ein Name für diese Nummer registriert, aber der führte zu nichts." Thomas betrachtete Basti, der mit seinen Vorderläufen zuckte und offenbar von irgendeinem Wettlauf träumte. „Dazu muss man wissen, dass es für entsperrte SIM-Karten einen Schwarzmarkt gibt. Alles sehr, sehr unübersichtlich."

Charlotte runzelte die Stirn. „Und bei Manfred wurde nicht von dieser Karte aus angerufen?"

„Nein." Thomas schüttelte den Kopf. „Vielleicht hat Manfred den Mörder vorher irgendwo getroffen, und sie haben sich für den Abend verabredet. Oder der Mörder ist einfach so bei Manfred vorbeigekommen, ohne zu kontrollieren, ob er zu Hause ist. Ich weiß es nicht."

„Oder es war gar nicht geplant", warf Volker ein.

„Wie kommst du darauf?", fragte Thomas.

„Susanne und Tourberti waren definitiv geplant. Er suchte sich einen Zeitpunkt aus und ruft an, um sich zu vergewissern, dass die beiden zu Hause sind. Das ist bei Manfred nicht nötig. Er geht einfach so bei ihm vorbei, ganz locker. Wenn er nicht zu Hause ist, auch gut. Er ist entspannt, führt vielleicht auch nichts Böses im Schilde und handelt mehr aus dem Affekt."

Volker setzte die Flasche an und stellte überrascht fest, dass sie leer war. Er holte sich eine neue und ließ sich kurz darauf wieder auf sein Kissen plumpsen.

Thomas hatte währenddessen seine Cola angestarrt. Jetzt lehnte er sich zurück und blickte zur Decke.

„Nehmen wir also an, der Mörder kennt Manfred. Er will ihm was zeigen. Oder etwas von ihm borgen. Oder ihn einfach nur treffen. Deshalb ruft er nicht an. Es ist vielleicht auch nicht dringend. Er ist gerade in der Nähe und beschließt, einfach vorbeizugehen. Er klingelt und hat Glück. Manfred öffnet und lässt ihn ein. Dann haben wir eine Lücke. Etwas läuft schief. Später am Abend fesselt er Manfred, schneidet ihm die Zunge raus und rammt ihm mit einem Messer ein zerknülltes Notenblatt in den Schlund."

Charlotte und Volker verzogen angewidert die Gesichter, doch Thomas erzählte ungerührt weiter.

„Er verwüstet die Wohnung, um es wie einen Raubmord aussehen zu lassen. Dann geht er. Irgendetwas ist mit ihm passiert. Tage später tötet er Susanne und nach einer Weile auch noch Feldner. Beide Morde sind geplant." Er hielt inne und nahm einen Schluck von seiner Cola. „Das einzige, was uns fehlt, ist das Motiv. Wenn wir das rauskriegen, sind wir einen erheblichen Schritt weiter." Thomas nickte anerkennend. „Wir sind ein gutes Team. Vielleicht sollten wir sowas öfter machen."

10. Kapitel

„Ich bins, ich sollte büßen."

Aschermittwoch in Köln. Das große Saubermachen beginnt, Kopfschmerztabletten sind vergriffen, ebenso Schwangerschaftstests und die Pille danach. Erstaunlich viele Rheinländer lutschen Halstabletten und sprechen leise und mit heiserer Stimme. Vom bunten Treiben ist nichts mehr zu sehen.

Die Bewertung der Session im Allgemeinen und der letzten Tage im Besonderen fallen je nach Blickwinkel naturgemäß sehr unterschiedlich aus. Der Gaststättenverband frohlockt oder bläst Trübsal, je nachdem, ob man mehr oder weniger Umsatz im Vergleich zum Vorjahr gemacht hat. Die Hotelbetreiber vermelden eine fast hundertprozentige Auslastung und zeigen sich insgesamt zufrieden. Die Polizei zieht Bilanz: Waren weniger Diebstähle, Schlägereien, Sexualdelikte und Kinder mit Alkoholvergiftung gemeldet worden als im Vorjahr, ist man stolz auf die erfolgreichen Präventionsmaßnahmen und wähnt sich auf einem guten Weg. Waren es mehr, gibt man sich zerknirscht und beschließt, ein neues Maßnahmenpaket zu verabschieden. Und schließlich die Karnevalsvereine. Man ist stolz, die logistische Mammutaufgabe mal wieder gemeistert zu haben. Man geht auf Kritik ein, die Motivwagen wären zu politisch, oder zu wenig politisch, zu geschmacklos oder ehrverletzend, oder insgesamt nicht von dieser ironischen Raffinesse gewesen wie früher, als der Kritiker noch jung war.

Dieses Jahr bildete insofern eine Ausnahme, als der große Rosenmontagszug wegen eines Sturmtiefs, das die Kollegen in Düsseldorf und Mainz dazu bewogen hatte, ihre Züge gleich ganz abzusagen, einigen Einschränkungen unterworfen gewesen war: Größere Aufbauten und Pferde hatte man verboten. Zudem waren die Sicherheitsmaßnahmen verschärft und allgemein zu erhöhter Wachsamkeit aufgerufen worden. Umso erleichterter zeigte man sich darüber, dass alles gut gegangen war, und Petrus ein Einsehen gehabt hatte. Die angekündigten Orkanböen waren ausgeblieben, nur ein bisweilen kräftiger Wind hatte hier und da eine Kopfbedeckung entführt, und die Flugbahn von so manchem 'Strüssje'* und mancher 'Kamelle'* in einer vom Werfer so nicht beabsichtigten Weise verändert.

Oder hatte der alte Glaube Wirkung getan? Eine der Ursachen, warum es Karneval überhaupt gab, war die Vertreibung des Winters und der bösen Geister. War es diesmal tatsächlich geglückt? Nur, dass es keiner gemerkt hatte?

Thomas schlenderte durch den Stadtwald und wunderte sich ein wenig über die Lustlosigkeit seiner beiden tierischen Begleiter. Gut, es war ungewöhnlich warm für Anfang Februar, und sie waren heute später unterwegs als üblich, aber das war noch lange kein Grund, griesgrämig vor sich hin zu traben, immer mal wieder vorwurfsvoll das Herrchen anzublicken und dessen gut gemeinten Aufmunterungen mit an Verachtung grenzendem Desinteresse zu quittieren. Thomas hatte keine Lust, sich von dieser passiv aggressiven Stimmung seine Erleichterung darüber verderben zu lassen, dass Karneval erst mal wieder vorbei war.

Drei Tote. Zwei davon kannten sich wahrscheinlich zu Lebzeiten. Man musste also davon ausgehen, dass auch Herbert Feldner in irgendeiner Beziehung zu Manfred und Susanne Vögele gestanden hatte. Was verband die drei? Alle drei hatten alleine gewohnt, alle direkt oder indirekt mit Musik zu tun und alle drei liebten Bücher. Thomas hatte immer stärker das Gefühl, dass das irgendeine Bedeutung haben könnte, wenn ihm auch nicht direkt klar war,

236

welche. Hatten sie einem Lesekreis angehört? Aber das wäre doch auf jeden Fall in einem der Kalender, einem Notizblock oder irgendwo aufgetaucht. Thomas musste unweigerlich an einen Horrorfilm denken, den er vor einiger Zeit aus Langeweile nicht abgeschaltet hatte. Darin war es um Erstausgaben okkulter Bücher gegangen, die angeblich die Macht hatten, Satan persönlich herbeizurufen. Hatten die drei zu viel Interesse an einem bestimmten, seltenen Buch gezeigt?

Volkers Theorie hatte ihn überzeugt: Thomas war sich sicher, dass der erste Mord nicht geplant gewesen war. Hatte Manfred vielleicht ein Buch kaufen oder verkaufen wollen? Und wenn ja, wieso war das Geschäft so desaströs gescheitert? War es überhaupt möglich, dass man wegen eines Buches getötet wurde? Thomas lächelte in sich hinein und handelte sich damit einen strafenden Blick des immer noch höchst übel gelaunten Basti ein. Natürlich, Millionen waren wegen Büchern umgebracht worden, im Grunde waren alle Glaubenskriege und -fehden nichts anderes als der Streit um Wörter, geschriebene Wörter.

Nein – war es denkbar, dass sie ein Buch besessen oder begehrt hatten und deshalb sterben mussten? Er hatte zwar in seiner aktiven Zeit bei der Polizei nie von einem derartigen Fall gehört, aber das hieß nicht, dass es nicht möglich war. Wenn er eines gelernt hatte, dann das: Sobald etwas wertvoll genug war, konnte man damit rechnen, dass es auch jemanden gab, der bereit war, dafür zu töten.

Er nahm sich vor, demnächst bei Annegret, der Buchhändlerin mit der leisen Stimme, vorbeizuschauen.

11:30 Uhr

Volker trank noch ein Glas Wasser und rieb sich die Schläfen. Mann, war das ein Kater! Dabei war er gestern eigentlich aus bloßer Erleichterung und ganz gegen seine

237

Gewohnheit ins Käazmann's gegangen, um mit den wenigen, verbliebenen Chorsängern den letzten Karnevalsabend zu begießen. Da es sinnlos war, am Dienstag nach Rosenmontag in Köln eine Chorprobe anzusetzen, war wie jedes Jahr vereinbart worden, dass für alle, die Zeit hatten, am Donnerstag eine Probe stattfinden sollte, und dass sich am Dienstag die Feierwilligen auf das ein oder andere gemeinsame Kölsch treffen würden.

Seine E-Mail hatte Wirkung gezeigt. Zwar hatte er Teile des Rosenmontags und praktisch den ganzen Dienstag am Computer bzw. am Telefon verbracht, aber von den 29 Absagen waren immerhin 23 zurückgezogen worden. Drei Sängerinnen hatten – vorbehaltlich, dass es zu keinen weiteren Todesfällen kommen würde – erklärt, es nochmal zu versuchen. Nur bei dreien hatte er kein Glück gehabt. Sie hatten rigoros erklärt, psychisch und emotional zu sehr betroffen zu sein, und dass sie sich nicht vorstellen könnten, jetzt zu singen. Nur einer älteren Chordame nahm er das auch wirklich ab, bei den anderen beiden hatte er den Eindruck, dass sie den Chor sowieso hatten verlassen wollen und dass die Ereignisse einen willkommenen Grund dafür lieferten.

Aber immerhin: das Zuhören, Bestätigen und Beschwichtigen hatte sich ausgezahlt. Als dann gestern Stephan Marx am Ende ihres langen Gespräches gefragt hatte, ob er nicht auch noch für ein oder zwei Kölsch ins Käazmann's kommen wolle, hatte er erschöpft, aber zufrieden zugesagt und war hinübergestapft. Es war dann natürlich nicht bei zwei Kölsch geblieben... Zwar wäre er fast wieder geflohen, als er den Lautstärkepegel wahrgenommen hatte, aber als er eingetreten war, hatten sich sofort zwei seiner Chorsänger links und rechts untergehakt und ihn mitten hinein in die wogende Menge der tanzenden, lachenden und trinkenden Karnevalsversteher geführt. Und seltsam: Bereits nach drei hastig getrunkenen Kölsch war ihm die Qualität der durch die Lautsprecher dröhnenden Musik nicht mehr ganz so schrecklich vorgekommen. Und schon drei Gläser später hatte er sich auf der Tanzfläche wiedergefunden, wo er die eingängigen Refrains der abgespielten Karnevalsschlager lautstark mitgesungen hatte. Und war er irgendwann Arm in Arm mit seinen Chorsängern herumgehopst und hatte lautstark konstatiert, dass sie „den Dom in Kölle losse" würden? Weil der „do hin jehört"? Und hatte er auf der Tanzfläche 'jebützt'?* Zwar war die Erinnerung verschwommen, aber offenbar war es genauso passiert.

Volker drehte sich, um nach seinem Telefon zu suchen. Aua. Die Bewegung war deutlich zu schnell gewesen. Er schlich ins Badezimmer, um vorsichtig, aber gründlich zu duschen. Nach einigen Minuten prasselnden Wassers begann sein Kopf, die Umgebung wieder deutlicher wahrzunehmen. Er stöhnte. Seine erste echte Karnevalserfahrung hatte er sich weniger schmerzhaft gewünscht. Und weniger peinlich. Volker atmete zweimal tief durch. Abwarten. Ob etwas peinlich ist oder nicht, entscheidet zuerst einmal die Umgebung.

Nachdem er sich wenigstens äußerlich einigermaßen wieder hergestellt fühlte, kochte er Kaffee und versuchte nicht daran zu denken, dass er versprochen hatte, um 16:00 Uhr einer Horde Konfirmanden die Orgel der Lukaskirche zu erklären und vorzuführen.

16:25 Uhr

Volker saß auf seiner Orgelbank auf der Empore und kämpfte gegen eine leichte Übelkeit. Gut, er war keine zwanzig mehr, schon klar, aber das ging jetzt doch entschieden zu weit. Um ihn herum standen vierzehn kichernde, mit ihren Smartphones hantierende Jugendliche, von denen sich die meisten offensichtlich nicht im Mindesten dafür interessierten, was er ihnen gerade erzählte.

Wie immer hatte Volker mit ein wenig Geschichte der Orgel begonnen. Dass die Orgel im Grunde ein Blasinstrument war und dass es vor der Nutzung des elektrischen Stroms immer eine oder mehrere Personen gegeben hatte, die einen Blasebalg hatte treten müssen, damit überhaupt ein Ton erklingen konnte. Diese Information wurde jedesmal mehr oder weniger lustig kommentiert, und es fand sich auch immer ein Scherzkeks, der das keuchend und mit hängender Zunge simulierte. Dann hatte Volker erklärt, wofür die zwei Manuale* und die Pedale da waren, hatte die verschiedenen Register beschrieben und Klangbeispiele gegeben. Und er war kurz darauf eingegangen, dass die Digitalisierung auch vor dem Orgelbau nicht haltgemacht hatte, da es bei den modernen Orgeln oft eine MIDI-Schnittstelle gab, was einen der Jungs zu dem Kommentar veranlasst hatte, dass er die „Kiste dann ja von zu Hause über sein Handy spielen könnte". Abgesehen davon, dass 'seine' Orgel sechzig Jahre alt war: Diese Funktion hätte Volker sich tatsächlich schon einige Male gewünscht.

Als die lachende Gruppe schließlich unter Führung des Pfarrers die Kirche wieder verlassen hatte, war er sitzen geblieben und hatte beschlossen, noch ein wenig zu üben, wenn er schon mal hier war. In einigen Monaten sollte er in der Kirche St. Agnes, nördlich der Kölner Innenstadt im Agnesviertel gelegen, ein Orgelkonzert spielen, und er musste noch ein Programm aussuchen. Die dortige Orgel war mit seiner nicht im Mindesten zu vergleichen; sie war wesentlich größer und von komplett anderer Bauart. Ende des 19. bzw. Anfang des 20. Jahrhunderts war es aufgrund neuer technischer Möglichkeiten im Orgelbau zu einer Art

Revolution gekommen. Die Komponisten erschufen dank dieser Möglichkeiten unerhörte, nie da gewesene Klangwelten. Besonders französische Komponisten waren hier Vorreiter gewesen – man sprach auch von 'Französischer Orgelromantik'. Nun war die Orgel in St. Agnes für diese Werke besonders geeignet, und da bot es sich natürlich an, ihre Möglichkeiten auch auszuschöpfen.

Volker quälte sich ein wenig mit einer Orgelfantasie von Camille Saint-Saëns, gab nach einer Weile resigniert auf und beschloss, lieber noch ein wenig aus der 'Matthäuspassion' zu spielen und auf ihre heilende Wirkung zu hoffen.

Und es half wirklich! Er hatte jetzt erst eine Viertelstunde gespielt, zuerst einige Choräle, wobei er mit unterschiedlichen Registrierungen experimentiert hatte. Dann hatte er zu der Sopran-Arie geblättert: „Aus Liebe will mein Heiland sterben", einer komponierten Meditation über die zentrale Aussage des Neuen Testaments und des Christentums überhaupt. In der Arie wird die Sopranistin nur von einer Flöte und zwei tiefen Oboen, sogenannten Oboi da caccia, begleitet. Ein ungeheuer zarter Klang von entrückter Schönheit. Nach einigen Takten Vorspiel setzt die Sopranistin mit einem schwebenden, leisen Ton ein. Eine schier endlose, leichte Melodie, beinahe improvisiert anmutend. Und die Flöte ornamentiert, in verspielter und doch melancholisch-fließender Bewegung. Bach hatte diese Arie, formbesessen, wie er war, sehr genau platziert. Wieder einmal kam der Goldene Schnitt zum Einsatz, ein Formprinzip, dass man vor allem in der Malerei und der Architektur kannte, welches aber Bachs Werk wie ein roter Faden durchzog. „Aus Liebe will mein Heiland sterben", diese zentrale Aussage, findet sich ziemlich genau im Goldenen Schnitt der Gesamtanlage der Passion. Volker war wieder einmal hingerissen und jetzt klar und voll konzentriert. Nicht nur die Architektur des Stückes, auch die Atmosphäre hatte ihn gefangengenommen. Proportionen und Zahlenverhältnisse.

Ein Gedanke tauchte in seinem Kopf auf, den er erst absurd fand, der ihn aber dann doch nicht losließ. Hatte mal jemand genau nachgesehen, in welchem zeitlichen Abstand die drei Morde passiert waren? Er überschlug es kurz im Kopf und bekam auf einmal Herzklopfen. Das konnte doch nicht wahr sein! Er kramte in seiner Tasche nach seinem Kalender und fing hektisch an zu blättern: 14.12. war als Manfreds Todestag angegeben worden, 7.1. als Todestag Susanne Vögeles – da lagen drei Wochen und drei Tage dazwischen, also 24 Tage. Herbert Feldner starb am 30.1. – das waren drei Wochen und zwei Tage, also 23 Tage!

Volker atmete kurz durch. Offenbar doch kein perverses Zahlenspiel. Neben seiner Erleichterung empfand er eine leise Enttäuschung. Das hätte vielleicht weiter führen können. Trotzdem nahm er sich vor, Charlotte und Thomas davon zu erzählen.

Donnerstag, 11.2., 11:03 Uhr

Thomas stand in Annegrets kleiner Buchhandlung in der Venloer Straße. Sie war gerade damit beschäftigt, einer Kundin den Kauf eines Walter Moers-Romans schmackhaft zu machen, und so schaute er sich ein wenig um. Er war schon ewig nicht mehr in einer Buchhandlung gewesen. Seit Dagmars Tod hatte er auch kein Buch mehr gelesen, und hätte er nicht einen konkreten Grund gehabt, wahrscheinlich wäre es ihm nicht in den Sinn gekommen, hier einzutreten. Er taxierte den Raum, schätzte die Quadratmeterzahl, spekulierte über eine mögliche Lagerfläche und fragte sich, wie es eine kleine Eckbuchhandlung schaffte, gegen den Konkurrenzdruck der großen Ketten und der Online-Händler zu bestehen.

Offensichtlich hatte sich Annegret spezialisiert: eine recht umfangreiche Kinder- und Jugendbuchabteilung, eine Reiseabteilung und eine Ratgeberabteilung. Aktuelle Bestseller fanden sich nur in einem schmalen Regal, aber er sah ein Schild, das den Kunden aufforderte, nach dem gewünschten Buch zu fragen, die meisten Titel seien kurzfristig bestellbar. Aus dem Augenwinkel beobachtete er, wie viel Begeisterung Annegret im Gespräch mit der kauf(un)willigen Dame an den Tag legte und beantwortete sich seine Frage damit selbst: Enthusiasmus, Überzeugungs-fähigkeit und individuelle Beratung waren der Schlüssel. Zusammen mit einer günstigen Lage war es so durchaus möglich, auch in Zeiten der angeblich schrumpfenden Lesergemeinde einen Buchladen am Laufen zu halten.

Nach einigen Minuten trat Annegret von hinten an ihn heran:

„Hallo Thomas! Schön, dass du auch mal vorbeischaust. Suchst du was Bestimmtes?" Interessanterweise nuschelte sie hier überhaupt nicht, sondern sprach mit fester, angenehmer Stimme.

„Hallo Annegret, ich war grad in der Nähe und dachte, ich schau mal rein."

Ihr Lächeln bekam eine ironische Nuance, und sie zog eine Augenbraue leicht nach oben. „Soso, grade in der Nähe...". Sie breitete die Arme aus. „Und, gefällt dir mein Laden?"

Zu seiner Überraschung fühlte er sich irgendwie ertappt und spürte, dass er rot wurde. Irgendwas brachte ihn aus dem Gleichgewicht. Er nahm sich vor, darüber nachzu-denken.

„Ja, gefällt mir! Aber sag mal, wie laufen denn die Geschäfte so?"

„Mühsam nährt sich das Eichhörnchen." Annegret zuckte mit den Schultern und Thomas fand diese kleine Bewegung geradezu verstörend attraktiv. „Aber ich will mich nicht beklagen, es könnte schlechter gehen", fuhr sie fort. „Ich hab zumindest im Augenblick keine grundlegenden existentiellen Sorgen." Sie deutete auf ihre Regale und auf die kleine Spielecke mit den Buchstabenbauklötzen. Dabei kam ihre schlanke und sehr weibliche Figur ausgesprochen vorteilhaft zur Geltung. „Ich finde, es gibt ein paar einfache Regeln. Die Leute müssen sich wohlfühlen, sie müssen sich willkommen fühlen. Und sie müssen sicher sein, dass ich ihnen helfen kann, sonst gehen sie woanders hin, oder gleich ins Internet."

„Ist das nicht ein Riesenproblem?", stotterte Thomas, um etwas zu sagen und sich selbst ein wenig Zeit zu verschaffen. 'Reiss dich zusammen, alter Mann!' fauchte er sich in Gedanken selbst an.

„Naja, es kommt schon vor, dass ich jemanden zwanzig Minuten berate und derjenige dann grinsend mit der Bemerkung rausgeht, jetzt wüsste er, was er bei Amazon bestellen soll."

Während Annegret weitersprach, hob sie die Arme und ließ sie wieder fallen, was Thomas dazu brachte, einmal kräftig auszuatmen und konzentriert auf das Regal mit den Ratgebern zu starren. „Da kann man schon mal wütend werden, vor allem, weil die finanzielle Ersparnis minimal ist", erklärte sie ungerührt. „Und wenn man einen gewissen Einkaufswert nicht erreicht, wird die sowieso von den Versandkosten gefressen." Annegret seufzte. „Aber das gehört wohl dazu. Dafür hab ich eine sehr treue Stammkundschaft. Zum Beispiel lässt sich fast der ganze Chor von mir mit Büchern ausstatten."

Das Telefon klingelte und sie entschuldigte sich.

Thomas fühlte sich unwohl. Er konnte sich seine Unkonzentriertheit und seine wilden Gefühlsregungen beim besten Willen nicht erklären. Zudem schien sich jetzt auch noch durch eine Art klaustrophobischen Schubs sein letzter Rest Selbstkontrolle in Wohlgefallen aufzulösen. Und das, obwohl der Raum hell, offen und einladend war. Nein, irgendwas stimmte wirklich nicht mit ihm.

Nach einigen Minuten kam Annegret wieder zu ihm.

„Wo wir grade davon sprachen! Das war Maren. Sie ist auf einem Thomas Mann-Trip und will sich jetzt an 'Joseph und seine Brüder' versuchen." Annegret schmunzelte. „Ich wünsche ihr viel Erfolg."

„Ich wollte dich eigentlich was fragen." Thomas wollte nur noch raus. „Angenommen, jemand hat ein besonderes Buch und will es verkaufen. Was tut er dann?"

„Ein besonderes Buch?" Annegret blickte ihn fragend an. „Was meinst du konkret?"

„Nun, vielleicht ein altes Buch?" Thomas zuckte mit den Schultern. „Oder ein seltenes, vielleicht eine vergriffene Auflage? Oder ein Originalmanuskript?"

„Ui, jetzt mal langsam." Annegret zog beide Augenbrauen hoch. „Das sind alles ziemlich verschiedene Baustellen. Ich kenne mich mit Erstauflagen nicht besonders gut aus, dafür gibt es Spezialisten. Kennst du das Antiquariat bei St. Aposteln? Da sitzt ein Bekannter von mir, der kann dir sicherlich einiges dazu sagen. Wenn es allerdings um Originalmanuskripte geht, also um wertvolle Stücke, muss man Wissenschaftler zu Rate ziehen. Da geht es um Expertisen, da melden Museen und Sammler Interesse an, und es geht oft um erstaunlich viel Geld. Aber das hängt natürlich vom Alter des Schriftstückes und vom literarischen Stellenwert des Autors ab."

„Gibt es dafür auch einen Schwarzmarkt?", fragte Thomas stirnrunzelnd.

„Klar, es gibt für alles einen Schwarzmarkt. Es gibt verrückte Sammler, denen keine Summe zu hoch ist, um in den Besitz eines handgeschriebenen Gedichtes von Goethe zu kommen und es in ihren Tresor zu legen. Ich weiß nicht genau, welche Befriedigung ihnen das verschafft, und vielleicht will ich das auch gar nicht wissen."

„Danke, das hat mir sehr geholfen." Als er schon fast draussen war, fiel ihm noch etwas ein und er drehte sich nochmal um. „Entschuldige, eins noch. Sagt dir die Buchstabenfolge AA was? Ein Doppel-A, groß geschrieben?"

„A-A?", grinste Annegret.

Thomas ging an ihren Verkaufstresen, nahm einen Zettel aus einem Zettelkasten, malte die beiden Buchstaben darauf und hielt ihn ihr hin. Annegret überlegte kurz.

„Naja, nicht wirklich, aber da du gerade von alten Büchern gesprochen hast: Anna Amalia."

Als Annegret Thomas' fragendes Gesicht sah, musste sie kurz lachen.

„Die 'Herzogin Anna Amalia Bibliothek' in Weimar. Ist vor ein paar Jahren wegen eines defekten Elektrokabels abgebrannt und dabei sind tausende alter Bände für immer vernichtet worden, teilweise unersetzbare Originale. Das war der größte Bibliotheksbrand in Deutschland seit dem Zweiten Weltkrieg mit einer Schadensumme von vielen Millionen Euro. Und das kurz bevor die Bibliothek grundlegend saniert werden sollte. Sie hatten schon begonnen, die Bestände auszulagern..." Annegret seufzte und ging dann zielstrebig auf ein Regal mit dicken Kunstbänden zu. „Schau mal hier." Mit traumwandlerischer Sicherheit zog sie einen dicken Bildband heraus, 'Deutsche Portraitmalerei im Wandel'. Sie blätterte einen Moment und hielt ihm das Buch dann hin. „Hier, das war Herzogin Anna Amalia, die Namensgeberin für die Bibliothek, geboren 1739, gestorben 1807."

Thomas betrachtete das Bild: eine gut aussehende, junge Frau mit wachen Augen blickte den Betrachter direkt an.

Ihre Haare waren zeittypisch hochfrisiert, in der linken Hand hielt sie ein Buch, sicher als Zeichen ihrer Bildung. Der rechte Arm war lässig auf die Lehne des Sessels gelegt. Neben ihr stand ein Cembalo* mit aufgeschlagenen Noten, und es sollte offenbar der Eindruck entstehen, sie wäre nur kurz vom Instrument aufgestanden, um etwas nachzuschlagen. Oben rechts im Bild prangte das Familienwappen, unten links fand sich das unvermeidliche Hündchen.

Gerade, als er seinen Blick abwenden wollte, blieb er an einem auffälligen Detail hängen. Aus dem Dekolleté der Dame ragte mittig eine leuchtend rote Rose, der intensivste Farbeindruck des gesamten Bildes. Er wusste, das erinnerte ihn an etwas, aber er war gerade so verwirrt, er hatte keine Ahnung, woran.

Er bedankte sich noch einmal bei Annegret, verabschiedete sich hastig und trat erleichtert wieder ins Freie. Nach einigen tiefen Atemzügen machte er sich auf den Weg zu seinen sicher schon wieder ungeduldig wartenden Halsbandträgern.

Ein paar Minuten später spürte er, wie er sich entspannte und sein Puls wieder etwas ruhiger wurde. Annegret Leibold – wie anders sie doch in ihrem Laden wirkte. Souverän, selbstsicher, kompetent. Sie hatte auf ihn extrem verführerisch gewirkt. Aber das konnte unmöglich der Grund für seinen 'Anfall' gewesen sein. Da musste noch etwas anderes dahinter stecken. Er rief sich das Gespräch noch einmal ins Gedächtnis. Annegret hatte gewirkt, als hätte ihre weltgewandte Zwillingsschwester ihren Platz eingenommen. Klar, sie spielte als Verkäuferin eine Rolle, so wie wir alle ständig Rollen spielen, je nach Umfeld und Kontext. Oder je nachdem, was wir gerade bezwecken. Aber Thomas fragte sich in ihrem Fall, wann sie die 'echte' und wann sie die 'gespielte' Annegret war. Oder war sie

beides? Einfach nur zwei Seiten der gleichen Medaille?
Plötzlich blieb er stehen. Hatte er das jetzt gerade wirklich
gedacht? Hatte er gerade wirklich überlegt, ob es ihm wohl
möglich wäre, Annegret zu verführen?
Ja, hatte er.

20:35 Uhr

Pause. Die Arbeit verlief sehr entspannt, obwohl nur gut die
Hälfte der Chorsänger heute den Weg zu dieser Ersatzprobe
in den Gemeindesaal gefunden hatte. Volker hatte nicht
vor, sich ein Bein auszureißen und probte auf Zuruf. Die
Sänger durften sich wünschen, an welchen Stücken sie
gerne nochmal arbeiten wollten. Zudem war die Stimmung
nach dem Karneval eher verkatert. Michael Schmitz hatte
Volker grinsend mit den Worten begrüßt: „Leeve Jung, dat
wor ens och höchste Zick! Endlisch biste Kar-ne-vals-de-flo-
riert!" Diese Wortschöpfung hatte ihm so viel Spaß
gemacht, dass er genüsslich jede einzelne Silbe betonte und
ihm dann mit einem dröhnenden Lachen auf die Schulter
klopfte.
Zu seinem eigenen Erstaunen war Volker daraufhin von
einem Gefühl durchströmt worden, das er nach eingehen-
der Prüfung als Stolz identifizierte, so als hätte er eine
Mutprobe oder eine Art Aufnahmeritual bestanden. Er
schüttelte erstaunt den Kopf. Jetzt war er doch schon recht
lange im Rheinland, aber die Eingeborenen schafften es
trotzdem immer wieder, ihn zu überraschen.
Volker streckte sich ein wenig und blickte auf seine
lachenden und entspannten Sänger. Die Hysterie der letzten
Woche war komplett verflogen. Manchmal beneidete er die
Kölner um ihre Maxime „Et hätt noch emmer joot jejange."
Das hat eine fast schon mediterrane Leichtigkeit, von der
man durchaus etwas lernen konnte.

Allerdings hatte er heute einige Nachrichten von Kollegen bekommen, die nahelegten, dass es in der Gemeinde der professionellen Kölner Musiker etwas anders aussah. Offenbar schwankte die Stimmung zwischen Panik, Schockstarre und einem leicht verkrampft wirkenden Fatalismus. Über allem schien eine Wolke von Rat- und Hilflosigkeit zu schweben, und wenn die Polizei nicht bald einen Erfolg würde vermelden können, hielt Volker es durchaus für möglich, dass die Atmosphäre nachhaltig vergiftet blieb. So wie manche Häuser, Straßen oder ganze Städte in der Wahrnehmung fest mit einem bestimmten Ereignis verbunden waren, welches unter Umständen schon viele Jahre zurücklag, so bestand die Gefahr, dass die 'Musikermorde' als Makel an der Kölner Szene haften bleiben würden. Und wie schon nach der Silvesternacht am Kölner Hauptbahnhof rückte wieder die Kölner Polizei in den Fokus. Zwar hatte die sich an Silvester gelinde gesagt ziemlich dämlich benommen, diesmal war ihnen aber offenbar kein Vorwurf zu machen. Das würde aber letztendlich niemanden interessieren.

'Matze' stand am Fenster und winkte Volker heran.

„Volker, komm mal, ich muss dir was zeigen. Was für ein abgefahrener Scheiß!" Er zückte sein Smartphone, wischte ein wenig auf dem Bildschirm herum und hielt das Display Volker dann vor die Nase. „Guck mal, hab ich auf einem Privatsender gesehen. Die haben es auch in der Mediathek."

In dem kurzen Video war zu sehen, wie ein Reporter an einem Küchentisch sitzend, Monika Mannraff interviewte, die ursprünglich vorgesehen Solosopranistin. Sie war bemerkenswert aufwendig geschminkt und zeigte je nach Frage ihr schönstes Zahnpasta-Lächeln oder ihre tiefsten Sorgenfalten. Hin und wieder warf sie einen Blick in die Kamera, der durchaus mit: „Beschützt mich, ihr großen, starken Männer!" übersetzt werden konnte.

Volker starrte eine Weile auf das Video und konnte es nicht fassen. Was passierte da gerade? Die Sängerin erzählte breit und ausführlich, wie sehr sie sich auf das Konzert gefreut habe, aber wie nach den Geschehnissen der letzten Wochen ihre Angst und ihre Besorgnis mit ihrem Pflichtgefühl als Künstlerin gegenüber dem Werk und dem Dirigenten gerungen hätten. Und wie stolz sie wäre, der Gefahr zu trotzen und jetzt aufrecht und standhaft etwas Höherem, Reineren dienen zu dürfen.

Volker starrte noch einen Moment auf den Bildschirm, auf dem jetzt Werbung lief, und murmelte dann grimmig: „Das wollen wir doch mal sehen."

22:08 Uhr

Obwohl sich Volker gestern noch geschworen hatte, nie im Leben mehr auch nur einen Tropfen zu trinken, saß er doch wieder zwischen seinen Chorsängern im Kääzmann's. Dafür, dass seit Aschermittwoch Fastenzeit war, standen beschämend viele Kölsch-Gläser auf dem Tisch. Allerdings war er wohl nicht der einzige, dem das auffiel, denn es war eine rege Diskussion darüber im Gange, wer in diesem Jahr auf was verzichtete. Man konnte den Eindruck gewinnen, aus der ursprünglich religiösen Tradition der inneren Einkehr sei eine Art Lifestyle-Bewegung geworden. Eigentlich gab es nichts, worauf nicht irgendjemand verzichtete. Franziska Darim und Paul Lanz hatten gerade verkündet, dass sie auf das gegenseitige Vorlesen von Liebesgeschichten verzichteten, einer liebgewordenen Angewohnheit vor dem Schlafengehen. Beide schienen ein wenig eingeschnappt, als hier und da mit den Augen gerollt und gekichert wurde. 'Matze', der seit einiger Zeit immer mit am Tisch saß, erklärte, dass er die ganze Fasterei für blöde Hirnwichse hielt, was einen Ministurm der Entrüstung auslöste. Facebook-Fasten, Autofasten, Fernsehfasten oder Mittagsschlaffasten wurden vorgeschlagen, in der Runde geprüft und mehr oder weniger anerkennend abgenickt.

„Jesus hat ja auch ständig gefastet. Vierzig Tage in der Wüste und so. Kein Wunder, dass der 'nen Abgang gemacht hat, kaum dass sie ihn ans Kreuz geschlagen hatten", warf Axel ein, der sich mit dieser Bemerkung einige empörte Blicke, aber auch das ein oder andere zustimmende Grinsen einfing.

„So ein Blödsinn!", protestierte Sybille. „Der ist gefoltert und halb totgeschlagen worden und konnte kaum noch allein laufen. Da hat einfach nicht mehr viel gefehlt."

„Es gibt ja viele, die sagen, er war gar nicht wirklich tot, sondern nur in einer Art Koma", mischte sich Elisabeth ein. „Das würde auch erklären, wieso er nach ein paar Tagen wieder aufgestanden ist."

Anton grinste: „AufERstanden, heißt das, aufERstanden."

„Ja, vielleicht war er wirklich nur in einer tiefen Bewusstlosigkeit", meldete sich Charlotte zu Wort. „Das kommt vor, und in Zeiten moderner medizinischer Möglichkeiten sogar recht häufig."

„Ich denke eher, dass er wirklich für eine Weile hirntot war und ein Nahtoderlebnis hatte. Das, was wir im Glaubensbekenntnis haben: hinabgestiegen in das Reich des Todes, am dritten Tage auferstanden von den Toten", warf Anton ein.

„Und wie bitte, soll er ohne Wiederbelebung, ohne Bluttransfusion, ohne Adrenalin-Injektionen einfach so wieder aufgewacht sein? Oder glaubst du, in der Höhle haben die Jünger mit einem Defibrilator gewartet?" Die Skepsis in Elisabeths Stimme war nicht zu überhören.

Einige prusteten los, 'Matze' machte eine Bewegung, als würde er zwei Platten aneinander reiben, brüllte dann

„WEG!", hielt die imaginären Platten an den vor ihm auf dem Tisch liegenden imaginären Jesus und ließ ein lautes „Bämm!" vernehmen, während sich der imaginäre Jesus aufbäumte. Allgemeine Erheiterung war die Folge, und Tanja prustete kichernd:

„Da kann man den Heiligen Geist schon mal fliegen sehen!"

Volker beteiligte sich nicht an den ausgelassenen Albernheiten. Eigentlich hatte er sich ein wenig mit Thomas unterhalten wollen, allerdings war dieser schon vor einigen Minuten verstummt, immer blasser geworden und ein wenig in sich zusammen gesunken. Als er dann plötzlich grußlos aufstand und das Kääzmann's verließ, wusste Volker, dass irgendetwas nicht stimmte. Er nahm seine Jacke und ging ihm nach.

Thomas lehnte draussen schwer atmend an der Hauswand und starrte in den Himmel.

„Ist etwas nicht in Ordnung?", fragte Volker vorsichtig.

Thomas zeigte keine Reaktion. Sein Gesicht wirkte auf eigentümliche Weise farblos, was vielleicht am Mondlicht lag. Die Furchen in seinem Gesicht schienen tiefer und länger geworden zu sein. Mondschatten.

Volker war ein wenig ratlos. Sollte er weiter fragen? Sollte er Thomas in Ruhe lassen? Er stand einen Augenblick unschlüssig da und lehnte sich dann einfach neben Thomas an die Wand. Wenn der erzählen wollte würde er das tun, wenn nicht, auch gut, aber Volker wollte ihn gerade nicht allein lassen.

Plötzlich fing Thomas mit tonloser Stimme an, zu sprechen.

„Wir haben vorher darüber geredet, du weißt schon, wie das alle Paare mal machen, 'Was würdest du tun, wenn ich einen Unfall hätte?', 'Was würdest du tun, wenn ich krank würde?', sowas. Es war eigentlich nur so halb ernst gemeint, mehr so für den angenehmen Grusel." Er schluckte.

„Irgendwann hat sie mich dann sehr ernst angesehen und gefordert, dass ich nicht zulassen dürfe, dass sie sie quälen. Ihr Tonfall hatte sich verändert, ich wusste nicht, woher das auf einmal kam. Ich hab noch versucht, einen Scherz zu machen, aber sie wurde böse und irgendwann hab ich es ihr dann versprochen. Nein, nicht nur versprochen, sie wollte, dass ich schwöre!"

Volker brauchte einen Moment, bis er begriff, dass Thomas von Dagmar sprach. Um sie herum schien es sehr still geworden zu sein, was vielleicht auch daran lag, dass Volker kaum wagte, zu atmen.

„Und als sie dann da lag..." Thomas' Stimme schien alle Kraft zu verlieren und er brauchte einen Moment, bis er sie wieder unter Kontrolle hatte. „Als sie so dalag war sie nur noch eine schlechte Kopie ihrer selbst. Leer, dünn... Sie war ja auch nicht an irgendein Atmungsgerät oder so ange-schlossen, sie lag ja einfach nur drei Jahre lang auf dem Rücken..." Thomas schüttelte den Kopf. „Dieses unselige, verfluchte Gespräch. Ich konnte nicht mehr aufhören, daran zu denken. Der Gedanke hatte sich festgefressen und ich wusste einfach nicht, wie ich ihn wieder loswerden sollte."

Er drehte den Kopf und sah Volker direkt in die Augen. Eine Dunkelheit lag in seinem Blick, die Volker erschauern ließ. „Das war doch eine Qual für sie, oder?" Thomas' Stimme klang jetzt angestrengt. „Sie steckte da drin und kam einfach nicht raus, oder? Ihr Bewusstsein war gefangen, nicht wahr?" Sein Blick verlor den Fokus, als würde er seine Aufmerksamkeit auf ein Bild richten, dass nur für ihn sichtbar war. „Ja, genau. Sie war eigentlich da, hatte aber nicht die Möglichkeit, mit irgendjemandem Kontakt aufzunehmen. Oder schlief sie nur einen endlosen, ruhigen Schlaf und würde irgendwann aufwachen?" Er schluckte hart. „Ich hatte es ihr doch versprochen!"

Wieder verstummte er. Volker stand hilflos neben ihm und

spürte, wie ihm Tränen in die Augen stiegen.

„Ich habe geflucht, ich habe gebetet, geheult." Das Sprechen bereitete Thomas jetzt hörbar Mühe, so, als versuche ein Teil seines Kehlkopfes, ihn am Erzählen zu hindern. „Dann haben sie gesagt, dass ihr Großhirn irreparabel geschädigt sei und dass sie nie wieder sprechen, lachen oder irgendetwas verstehen würde." Wieder blickte er hinauf zu dem bleichen Erdtrabanten, der seinen Blick kalt und teilnahmslos erwiderte. Ein Auto fuhr vorbei und zerriss die Stille. „An einem Abend saß ich bei ihr und alles schien wie immer. Ich hatte ein paar Monate vorher angefangen, ihr einen Roman von John Irving vorzulesen, von dem ich wusste, dass er ihr gefallen würde. An diesem Abend kamen wir zum Ende." Sein Tonfall veränderte sich. Auf einmal klang er fast sachlich, als beschreibe er eine Szene, die er gerade beobachtete. „Dann habe ich sie geküsst, ihr Kissen genommen und gesagt, dass jetzt alles gut werden würde."

Volker war es auf einmal sehr kalt.

„Da fing sie an, zu zucken." Eine Träne rann über Thomas' Wange. „Ich bin so erschrocken wie noch nie in meinem Leben. Aber als ich das Kissen wegriss, war da nur die ewiggleiche, leblose, leere Maske." Jetzt weinte er, sprach aber weiter, während Tränen über seine aschgrauen Wangen rannen: „Irgendein Reflex aus ihrem Stammhirn war wohl angesprungen. Dann habe ich das Kissen wieder so fest auf ihr Gesicht gepresst, wie ich konnte." Plötzlich blickte er Volker direkt an und der erschrak bis ins Mark. In Thomas' Augen mischten sich Entsetzen, Verzweiflung und Grauen in einer Intensität, wie sie Volker nie für möglich gehalten hätte. Thomas' letzter Satz war kaum zu verstehen. „Es hat so unfassbar lange gedauert."

11. Kapitel

„Geduld, Geduld!"

Freitag, 12.02., 07:07 Uhr
In den frühen Morgenstunden hatte sich der Himmel über
Köln zugezogen. Dazu wehte ein unangenehm kalter Wind.
Volker stand bereits unter der Dusche, obwohl es eigentlich
überhaupt nicht seine Zeit war. Wenn er keine Termine
hatte und nicht gerade ein dringendes Projekt unter den
Nägeln brannte, schlief er gerne länger. Heute nicht. Er
hatte die ganze Nacht kaum ein Auge zugemacht. Selten
hatte ihn etwas, das nichts mit Musik zu tun hatte,
emotional derart mitgenommen, wie der gestrige Bericht
seines Freundes. Er war neben ihm gestanden, bis ins
Innerste erschüttert, unfähig, etwas zu sagen. Vielleicht gibt
es auch nichts, was man in solch einer Situation sagen oder
tun kann. Irgendwann hatte sich Thomas von der Wand
gelöst und war in der Dunkelheit verschwunden. Volker
hatte hilflos zusehen müssen. Er hatte sich erst wieder
bewegt, als Franziska und Paul aus dem Käazmann's
gekommen waren und ihn besorgt gefragt hatten, ob alles in
Ordnung sei.
Nachdem er eine Tasse Tee getrunken hatte, versuchte er,
sich mit der Frage auseinanderzusetzen, welche zwei
Sängerinnen er für das kommende Konzert engagieren
wollte. Dass Monika Manraff nicht mehr in Frage kam,
stand für ihn fest. Zwar war sie immer noch seine erste
Wahl, was den Klang ihrer Stimme anging, aber die Art und
Weise, wie sie ihm abgesagt hatte, und ihr Verhalten,
nachdem die 'Gefahr' scheinbar gebannt war, empörten
ihn, und da sie es ja selbst gewesen war, die abgesagt hatte,
sah er keine Veranlassung, sie wieder an Bord zu holen.
Zwar hatte er einige Ideen, aber er konnte sich nicht
wirklich konzentrieren; und so zog er sich eine Jacke an

und trat auf die Straße. Der Wind war überraschend kalt, tat aber gut, und er machte sich in Richtung Westfriedhof auf. Dahinter lag ein Stück Brachland, welches bevorzugt von Hundebesitzern und hin und wieder von waghalsigen Moto-Cross-Anfängern genutzt wurde. Zwar würde er von dort den Berufsverkehr von den nahe gelegenen Autobahnen A1 und A 59 donnern hören, aber von dem kleinen Spaziergang erhoffte er sich etwas Beruhigung.

Allerdings wurde er enttäuscht. Musikfetzen jagten durch seinen Kopf, kurze Phrasen*, manchmal nur einzelne Takte, und es war ihm nicht möglich, auch nur einen davon festzuhalten. Das war nun wirklich sehr ungewöhnlich, er fühlte sich fast ein wenig ausgeliefert, so als würde etwas oder jemand in seinem Kopf für die Musik sorgen, ohne dass Volker gefragt wurde. Er hörte Ausschnitte aus Mozarts 'Don Giovanni'*, aus Schuberts 'Winterreise'*, und immer wieder Teile eines Stückes für Chor und Orchester, das ihm vage bekannt vorkam – sollte es auch, immerhin fand das gerade alles in seinem Kopf statt – welches er aber nicht eindeutig zuordnen konnte. Er tippte auf das 'Requiem'* von György Ligeti, einem atmosphärisch fantastischen, geisterhaften Werk, war sich aber nicht ganz sicher.

Ein Radfahrer überholte ihn auf dem Bürgersteig, streifte ihn dabei und grummelte etwas Unverständliches. Dabei fiel ihm ein Buch aus der Tasche. Volker hob es auf und rief, aber der Mann war schon zu weit weg. Er las den Titel und war für einen Moment verblüfft. 'Johann Sebastian Bach am Hof des Zaren'. Er musste lachen. Was war das denn für ein Machwerk? Bach war nie in Russland gewesen. Er stopfte das Buch in die Tasche, um später einen Blick hineinzuwerfen.

Es war kalt und ungemütlich, der Wind drang durch seine Jacke, und er fröstelte. Missmutig stapfte er vor sich hin, unfähig, einen klaren Gedanken zu fassen. Nach einigen Minuten war er am Westfriedhof angekommen und bog von der Straße auf den schmalen Weg ab, der zwischen Friedhof und unbebauter Wiese lag. Hier war niemand sonst unterwegs, was er aber nicht als beruhigend empfand, sondern eher als diffuse Bedrohung. Ein Schwarm Krähen stieg in einigen Schritten Entfernung auf, und als er sich der Stelle näherte, sah er dort eine tote Ratte liegen, an deren Augen und Zunge sich die Vögel bereits gütlich getan hatten. Ihm wurde übel und er beschleunigte seine Schritte. Hinter sich konnte er wieder das Flügelschlagen der Rabenvögel hören.

Die Wolken hingen tief und jagten mit irrwitziger Geschwindigkeit über ihn hinweg. Auf einmal fühlte er sich sehr allein und konnte nur mit Mühe den Impuls unterdrücken, panisch loszurennen. Vielleicht lag es an Thomas' Geschichte, am Schlafmangel, am Wetter oder an einer Kombination von allem, aber das hier war nicht normal. Er beschleunigte seine Schritte, vergrub die Hände in den Taschen und richtete seinen Blick stur auf den Weg. Nach einigen Minuten spürte er, wie sich sein Puls beruhigte. Er atmete tief ein und aus und blickte sich um. Den Westfriedhof hatte er fast passiert und in der Entfernung war schon die Militärringstraße zu sehen. Dort bog gerade eine Gestalt um die Ecke und kam auf ihn zu. Als er die beiden Hunde bemerkte, erkannte er mit einer gewissen Erleichterung, dass es Thomas war, den es auf seiner morgendlichen Runde offenbar bis hierher verschlagen hatte. Und doch fühlte sich Volker ein wenig beklommen. Nach dem gestrigen Abend war er sich nicht sicher, was er sagen sollte. Einfach so tun, als wäre nichts gewesen? Ihn darauf ansprechen und sein Mitgefühl ausdrücken? Ihn fragen, ob er darüber reden wollte? Er hatte noch nie etwas Derartiges gehört oder gar erlebt und fühlte sich schrecklich überfordert.

Thomas schien ihn noch nicht gesehen zu haben und kam ihm leicht vornübergebeugt entgegen, Basti und Pedro an seiner Seite. Die Hunde schienen auch nicht gerade bester Laune zu sein. Nein, sie wirkten sogar eher ängstlich, ihr Schwänze waren eingekniffen und sie blickten immer wieder nervös nach oben zu ihrem Herrchen hin. Volker überlegte, ob er rufen sollte, entschied sich aber aus Gründen, die ihm nicht ganz klar waren, dagegen. Als Thomas nur noch wenige Schritte entfernt war, blieb er mit geneigtem Kopf stehen. Volker konnte sein Gesicht nicht sehen, stellte aber zuerst sachlich, dann mit wachsendem Entsetzen fest, dass Thomas offenbar stark blutete, denn ein Strom dunklen, roten Blutes ergoss sich auf den Weg zwischen ihnen. Da hob Thomas den Kopf: sein Gesicht war schmerzverzerrt und da, wo der Mund hätte sein sollen, befand sich lediglich eine dunkle Höhle, aus der heraus sich im Rhythmus des Herzschlags Welle um Welle seines Blutes über seine Kleider und auf den Boden ergoss. Volker schrie vor Entsetzen, fiel, und landete auf dem Boden neben seinem Bett.

7:34 Uhr

Draußen war es ein wenig heller geworden. Aber es war vor allem der entfernte Verkehrslärm, der signalisierte, dass ein neuer Tag angebrochen war. Thomas lag angezogen auf seinem Bett. Nachdem er gestern endlich in seiner Wohnung angekommen war und seine Vierbeiner ihn begrüßt hatten, als wäre er ein seit Jahren totgeglaubter Bruder, der plötzlich gesund und munter vor ihnen stand, war er mit den beiden noch schnell einmal um den Block gegangen und dann auf sein Bett gefallen. Sieben Stunden später lag er noch genauso da, ohne sich bewegt und ohne geschlafen zu haben.

Er wusste nicht genau, wie die Zeit vergangen war. Er konnte sich an ein Gefühl erinnern, das sich irgendwann eingestellt hatte, ein Gefühl, als schwebe er, nein, als hätte er sich von seinem Körper gelöst. Ein tiefer Friede hatte ihn erfasst. Ein Friede, wie er ihn noch nie zuvor erlebt, den er nicht für möglich gehalten hatte. Leicht, schwerelos, befreit, in einem grenzenlosen Nichts treibend, ohne dabei etwas zu empfinden, zu sehen oder zu hören. War er gestorben? Hatte er sich einfach hingelegt und war hinüber gegangen? Und wenn das der Tod war – warum hatten alle so viel Angst davor? Konnte es ein größeres Glück geben, als diese allumfassende Empfindungslosigkeit, dieses Nichts-Begehren, Nichts-Müssen, Nichts-Bereuen, als dieses Nichts, unendlich, ohne Zeit?

Zu seiner nicht geringen Enttäuschung war ihm irgendwann bewusst geworden, dass er sich in seinem Schlafzimmer befand. Irgendwas war mit seiner linken Hand, die offenbar gerade intensiv abgeleckt wurde. Als er den Kopf zur Seite drehte, blickte er in die besorgten Augen Bastis und Pedros, die sehr erleichtert schienen, dass er sich regte und sie offenbar auch wiedererkannte. Begeistert über den Erfolg ihrer Wiederbelebungsmaßnahmen sprangen sie auf das Bett und fingen an, nun auch sein Gesicht abzuschlabbern.

Thomas war kurz amüsiert, bis die Erinnerung an die Erinnerung zurückkam und mit ihr das Entsetzen, die Verzweiflung und die Schuld. Wenn es ein Leben nach dem Tod geben sollte, dann möge es so sein wie seine kurze, ewige Reise der letzten Nacht; denn Thomas war überzeugt, dass er Dagmar ohnehin nicht wiedersehen würde. Sollte es einen Himmel geben, dann war Dagmar jetzt erlöst, eingehüllt und geborgen in ewiger Liebe, selig, in Gottes Nähe, während für ihn, Thomas, für alle Zeiten ein Platz im siebten Kreis der Hölle reserviert war.

Wären nicht seine beiden Gefährten gewesen, vielleicht wäre er einfach liegengeblieben. Einfach so. Bis alles vorbei war. Es wäre interessant, zu spüren, wie das Leben langsam, ganz langsam den Körper verließ. Eine letzte große

Erfahrung, von der er allerdings niemandem würde berichten können, zumindest nicht auf dieser Seite. Wahrscheinlich würde es einige Tage dauern bis er tatsächlich tot war – gestorben höchstwahrscheinlich an Dehydrierung. Vielleicht hätte er den Tod auch mit reiner Willenskraft zwingen können, sich seiner zu bemächtigen, in einer letzten großen Schlacht.

Doch nein! Zwar zog es an ihm, dieses dunkle, warme Nichts, lockte, schmeichelte; aber Thomas bemerkte mit Staunen, dass diese starke, bejahende Energie, die so unwiderstehlich von seinen beiden Fellträgern ausging, – noch – stärker war. Thomas' Lebensgeister hatten sich nur kurz beeindrucken lassen; jetzt kehrten sie zurück, langsam zwar, aber unaufhaltsam. Was war das gewesen? Wünschte er, oder ein Teil von ihm, sich wirklich, zu sterben? Oder war seine unerwartete Beichte die Ursache für diese erstaunliche Nacht? Er hatte Volker von Dagmars Todesumständen erzählt. War das richtig? Er hatte es zuvor noch nie erzählt, aber gestern, gestern hatte er es erzählen müssen. Der Psychologe in der Entzugsklinik würde das sicher als 'wichtigen Schritt auf dem Weg zur Heilung' bezeichnen. Und er würde Thomas' Isolation wahrscheinlich eine 'selbstauferlegte Strafe' nennen.

Verlangte er nach Absolution? Nach einer Absolution, die ihm niemand erteilen konnte?

Pedro und Basti blickten ihn an. Wenn sein Lebenswille auch gebrochen sein mochte – ihrer war es nicht. Und wer war er, dass er sich wichtiger nahm? Beide reagierten auf jede seiner Regungen, konnten sich gerade vor Begeisterung nicht halten und begannen, auf ihm herumzutollen. Er schubste sie runter, rappelte sich mühsam auf und schleppte sich mit schmerzenden Gliedern zu seiner Kaffeemaschine. Einige dumpfe Minuten später spürte er, wie das Koffein an die Arbeit ging. Wiederum einige

Minuten später fühlte er sich in der Lage, seinen Dienst an seinen beiden Lebensrettern zu tun und zog sich seine Jacke an.

Draußen war es ungemütlich und sehr windig. Wunderbar. Genau das Richtige, um den Kopf wieder klarer zu bekommen. Nach wenigen Schritten waren sie im Stadtwald und Thomas nahm den Weg in Richtung Rhein-Energie-Stadion. Aufgrund des wenig einladenden Wetters war kaum jemand unterwegs und Thomas genoß es, allein mit seinen Jungs durch den Wald zu marschieren.

Basti und Pedro trödelten herum, stoppten hier und pinkelten da, zankten sich um einen schon sehr mitgenommenen Stock und schienen sich überhaupt nicht darum zu scheren, dass er gerne schneller gelaufen wäre. Naja, dann musste es so gehen. Streng genommen hatte er heute nichts vor. Allerdings würde er sich ein wenig mit dem Thema 'Anna Amalia Bibliothek' beschäftigen, soviel war sicher.

8:33 Uhr

Charlotte saß mit Volker am Küchentisch und trank Tee. Er hatte vor einer Dreiviertelstunde hörbar aufgewühlt angerufen, und sie hatte daraufhin beschlossen, ihre Bürotermine zu verschieben. Kurz darauf hatte er auch schon geklingelt und sofort angefangen, von seinem Traum zu berichten.

Sie wusste nicht, was sie dazu sagen sollte. War Thomas in Gefahr? Oder war dieser erschreckend real wirkende Traum nur der derzeitigen Stimmung in der Kölner Musikerschaft geschuldet? Sie nahm Volkers Hand und schlug vor, ein ausgiebiges Frühstück zu zaubern. Er lächelte gequält, widersprach aber nicht, und Charlotte eilte zum Bäcker, um sie beide mit frischem Backwerk zu versorgen. Kurz darauf kauten sie an noch warmen Brötchen. Charlotte betrachtete

Volker nachdenklich und fragte sich, ob es wirklich nur dieser Traum war, der ihm so zu schaffen machte. Ihr Gefühl sagte ihr, dass es da noch was gab.

„Erzähl mir den Traum bitte nochmal ganz genau. Vielleicht hast du etwas übersehen", bat sie stattdessen.

„Nein, nein." Volker wand sich. „Ich will dich nicht mit Details langweilen."

„Das ist lieb! Danke dir!", seufzte Charlotte scheinbar erleichtert und richtete ihren Blick wieder auf ihr Honigbrötchen. Nach etwa fünf Sekunden blickte sie verschmitzt in sein verdutztes Gesicht und musste kichern. „Wenn du mir nicht sofort nochmal alles erzählst, fliegst du raus und bekommst Hausverbot."

Volker wollte nicht alles verraten, vor allem nichts von seinem Gespräch mit Thomas, doch er rief sich die Bilder seines Traumes wieder ins Gedächtnis und erzählte noch einmal in allen Einzelheiten. Dann seufzte er. „Es wirkte alles so real, dass ich schwören könnte, es sei wirklich passiert."

„Hast du dir überlegt, was das für eine Bedeutung haben könnte?" Sie ging zum Bücherregal. „Wo hab ich nur mein chinesisches Traumdeutungsbuch...?"

„Ich hab keine Ahnung", grübelte Volker. „Und dann dieser Blödsinn mit dem Buch. 'Bach am Zarenhof'. So ein Quatsch."

„Da ist es!", rief Charlotte. Sie kam mit einem Buch zurück und hielt es Volker unter die Nase, der ein wenig ratlos auf die fremden Schriftzeichen starrte.

„Ich fürchte, das wird mir grad nicht viel helfen."

„Abwarten", entgegnete Charlotte. „Du hast ja mich."

Sie drückte ihm einen Kuss auf die Stirn, rückte ihren Stuhl heran und vertiefte sich in die Seiten. Volker sah sie mit einer Mischung aus Bewunderung und Skepsis an. „Wieso denn gerade chinesische Traumdeutung?"

„Das Schöne bei den alten Chinesen ist, das sie sich, was Traumdeutung angeht, auf die Zukunft beziehen", erklärte Charlotte, während sie in ihrem Buch blätterte. „Spätestens seit Freud und Jung sind das bei uns immer so analytische Nummern. Der Fokus liegt auf deinen vergangenen Erfahrungen und die Analyse soll dir helfen, Vergangenes zu verstehen und einzuordnen. Bei den Chinesen ist das andersrum. Sie sehen in Träumen die Zeichen für Kommendes."

Volker zog skeptisch eine Braue hoch: „Also Wahrsagerei?"

„Nein!" Charlotte schüttelte energisch den Kopf. „Das Unterbewusstsein deutet bisherige Entwicklungen in deinem Leben und gibt dir Zeichen, was daraus entstehen könnte. Und der Traumdeuter hilft dir dabei, diese Zeichen zu entschlüsseln." Sie schien etwas gefunden zu haben. „Mal sehen... Also, es gibt Kapitel über Vorfahren, eines über Drachen, eines über Geister..." Sie blätterte ein wenig und grinste plötzlich. „Angezogen warst du, oder?"

Volker nickte.

„Wenn du geträumt hättest, dass du nackt bist, würde das unter Umständen darauf hindeuten, dass du bald ins Unglück stürzt", erklärte Charlotte.

Volker zog die Augenbrauen hoch.

„Das steht hier!" insistierte sie.

„Ist ja gut, aber ich war nicht nackt", grunzte Volker unwirsch.

„Schade eigentlich…", meinte Charlotte.

Volker machte Anstalten, aufzustehen. „Ich weiß nicht, ob das hier was bringt..."

„Warte doch mal!", Charlotte hielt ihn am Arm. „Ich muss nur die richtige Stelle finden. Also, die Ratte..." Wieder vertiefte sie sich einen Moment in den Text und sah ihn dann an. „Die Ratte steht für Glück und Wohlstand." Dann wurde sie nachdenklich. „Hm. Dass sie tot war, ist

263

vermutlich kein so tolles Zeichen." Sie blätterte weiter. „Die Person am Schluss war Thomas, aber er war entstellt. Es könnte sich um einen Geist gehandelt haben, der eine Gestalt angenommen hat, die du verstehst, um dir damit etwas zu zeigen."

Volker schien skeptisch. „Und was bitte sollte das sein?"

Charlotte las weiter. „Dass die sich hier aber auch so seltsam ausdrücken... Also, das könnte heißen, dass deine Familie in Gefahr ist, aber auch, dass dein ganzes Umfeld in Gefahr ist. Also das wäre dein Dorf, oder bei uns wohl, dein Stadtteil. Da wir mal nicht davon ausgehen, dass Köln-Bickendorf irgendein Unheil droht, wird es wohl deine Familie sein."

„Das ist ja Blödsinn", antwortete Volker kopfschüttelnd. „Meine Familie hat nichts mit alldem zu tun und ist in alle Winde verstreut."

Charlotte überlegte und stand auf. „Ich schau nochmal was nach." Sie stand auf und holte ein anderes Buch, in dem sie eine Weile blätterte und dann triumphierend das Kinn in die Höhe reckte. „Wusste ich es doch. Das kann 'Familie' bedeuten oder, in anderem Zusammenhang, 'Dorfgemeinschaft' oder 'soziales Umfeld'." Volker schauderte und Charlotte sah ihn etwas unsicher an. „Aber wie gesagt, das ist sehr schwer zu übersetzen, vielleicht heißt es auch was ganz anderes."

11:03 Uhr

Thomas öffnete seinen Browser und gab 'Anna Amalia Bibliothek' ein. Wenige Sekunden später durchfuhr es ihn wie ein Schlag und Adrenalin schoß ihm ins Gehirn: Am 2. September 2004 war die 'Anna Amalia Bibliothek' in Weimar niedergebrannt und tausende alte Schätze mit ihr. Das war es! Susanne hatte die Buchstaben jedes Jahr an diesem Tag in ihrem Kalender notiert. Das konnte kein Zufall sein und Annegret hatte ins Schwarze getroffen. Und Manfred hatte es an seinen Kühlschrank geklebt, um nicht zu vergessen.

Thomas überlegte einen Augenblick und fühlte sich gleich wieder viel weniger euphorisch - ernüchtert musste er feststellen, dass er sich nicht im mindesten einen Reim darauf machen konnte. Manfred und Susanne hatten also nicht vergessen wollen, dass vor knapp zwölf Jahren irgendwo in Thüringen eine historische Bibliothek abgebrannt war? Na toll. Was war das denn? Was war an diesem Ereignis so wichtig für beide? Und was hatte das mit Herbert Feldner zu tun? Was verband die drei und den Mörder mit einem Brand in einer Bibliothek? Und was viel entscheidender war: Was war daran so wichtig, dass es wert war, dafür zu töten?

Thomas lehnte sich zurück, nahm seine Kaffeetasse und dachte nach, doch ihm fiel partout nichts ein, was auch nur entfernt einen Sinn ergeben würde. Ob er Lucia davon erzählen sollte? Er rief sie erst auf ihrem Handy und dann auf dem Präsidium an, doch sie war nicht zu erreichen. Schade, doch sie würde sicher zurückrufen.

Jetzt galt es, mehr von dieser Bibliothek zu erfahren. Thomas überlegte, was er in die Suchmaske seines Browsers eingeben sollte.

Anna Amalia. Er hatte seine Hände auf der Tastatur liegen, gab aber nichts ein. Irgendwas hatte er kürzlich gesehen. Oder gehört? Verdammt! Irgendwas rumorte in seinem Unbewussten und wollte unbedingt wahrgenommen werden. Anna Amalia. Manfred. Susanne. Hm... Die Buchhandlung. Annegret. Das Portrait der Fürstin Anna Amalia. Die Rose. DIE ROSE! Thomas riss die Augen auf. Verdammt, verdammt, verdammt! Wie hatte er das vergessen können! Lucia hatte erzählt, dass sich Susanne

Vögele eine Rose ins Dekolleté hatte tätowieren lassen. Das war zwar heutzutage alles andere als ungewöhnlich, aber konnte das nur ein Zufall sein, dass die gemalte Anna Amalia auch eine Rose im Ausschnitt trug? Nein! Ganz und gar nicht! Susanne Vögele hatte sich nicht nur in jeden ihrer Kalender das Datum des Unglücks geschrieben, nein, sie hatte sich sogar eine Erinnerung in ihren Körper stechen lassen. Oder eine Mahnung? Aber woran? Und vor allem: Warum? Thomas schüttelte frustriert den Kopf. Das war zum Verzweifeln... Wieder ein Hinweis, der mehr Fragen aufwarf, als er beantwortete. Jetzt hätte er gern ein Team, mit dem er sich beraten könnte. Hatte er aber nicht. Und Lucia war nicht zu erreichen. Also nochmal von vorne. Thomas seufzte und tippte 'Anna Amalia Bibliothek Brand'.

Die nächsten Stunden verbrachte er damit, unzählige Artikel über die Geschichte der Bibliothek, über ihren Bestand, und vor allem über die Brandkatastrophe zu lesen. Es war erschütternd, wieviele Kunstschätze unwiederbringlich verloren gegangen waren. Und die Schadenssumme! 67 Millionen Euro! Unfassbar! Er konnte sich zwar vage erinnern, dass er damals am Rande etwas davon mitbekommen hatte, aber die Tragweite des Unglücks war ihm nicht bewusst geworden. Wahrscheinlich auch deswegen, weil er sich nicht wirklich damit befasst hatte. Interessant in Bezug auf seine aktuelle Situation war, dass es auch einen Bestand an Noten und Notenmanuskripten gegeben hatte, von denen ebenfalls einige für immer verloren waren.

Ihm fiel Charlottes Ex-Mann Bernhardt ein. Wenn jemand etwas zu dem Thema sagen konnte, dann er. Thomas kramte seine Chor-Telefonliste aus der Schublade und wählte Bernhardt Schachts Nummer.

Nach einer Weile nahm Bernhardt den Hörer ab. „Hallo?"

„Hallo Bernhard! Thomas hier, Thomas Wunderlich."

„Hallo Thomas. Das ist ja eine Überraschung. Was kann ich für dich tun?"

„Ich habe mich heute ein wenig mit der 'Herzogin Anna Amalia Bibliothek' befasst. Ich hätte da ein paar Fragen. Wäre es möglich, dass wir uns mal treffen?"

Bernhard schien wie immer leicht abwesend und antwortete etwas zögerlich: „Kein Problem, komm vorbei. Ich bin zu Hause."

Sie verabredeten, dass Thomas irgendwann zwischen 16:00 Uhr und 17:00 Uhr auf einen Tee bei ihm eintreffen würde.

Als Thomas aufgelegt hatte, streckte er sich zufrieden. Er war wieder einen Schritt weiter. Jetzt erstmal einen Käsetoast und dann die beiden tierischen Schnarchnasen aufwecken. Wurde wieder Zeit, ein paar Schritte um die Häuser zu ziehen.

17:03 Uhr

Nach Volkers Traumerzählung hatte Charlotte den Tag genutzt, um weiter für ihre Prüfungen zu lernen, während er mittags noch die Orgel bei einer Hochzeitsfeier gespielt hatte. Vor einer Stunde hatte er angerufen, und sie war mit ihrem Lernmaterial zu ihm hingefahren. Jetzt lümmelten sie sich auf seinem Bett herum, und widmeten sich eher halbherzig ihren jeweiligen Aufgaben.

„Weißt du", seufzte Volker, „manchmal bedauere ich es zutiefst, dass ich nicht wirklich glaube."

„Wie bitte?", fragte Charlotte überrascht. Wo kam das denn auf einmal her?

„Na, ich bin nicht davon überzeugt, dass es da eine tröstende, liebende Macht hinter oder auch über allem gibt, die da ist, wenn du dich an sie wendest und die dich empfangen wird, wenn alles vorbei ist."

„Du glaubst nicht an Gott?" Charlotte klappte ihr Buch zu

und überlegte. „Und wie vereinbarst du das mit deinem Job?"

Volker schüttelte den Kopf und lächelte etwas gequält: „Es geht vielen Kirchenmusikern so. Was ich will und schon immer wollte, ist Musik machen. Und ich liebe die Orgel, ich liebe Chormusik. Und wenn man dann die Möglichkeit bekommt, mit dem, was man am besten kann, seinen Lebensunterhalt zu verdienen, wer würde da nein sagen?" Er setzte sich auf und lehnte sich an die Wand. „Ich bin evangelisch getauft und konfirmiert, das ganze Programm. Aber wirklich daran *glauben*..."

„Wie kommt du ausgerechnet jetzt darauf?"

„Ganz einfach. Alles, was uns in letzter Zeit so umtreibt, wäre viel leichter zu ertragen, wenn man sicher wäre, dass uns ewige Seligkeit erwartet." 'Und das, was Thomas mir erzählt hat', dachte er, sagte es aber nicht. „Da ich aber nicht sicher bin, sondern eher eine diffuse Vorstellung davon habe, wie es vielleicht weiter gehen könnte, ist es fast nicht auszuhalten."

Jetzt nahm Charlotte sein Gesicht in die Hände und sah ihm in die Augen.

„Wir werden das erst sicher wissen, wenn wir selbst die Grenze überschritten haben. Vorher ist es müßig, sich Gedanken zu machen. Alles, was wir entscheiden müssen, ist, was wir mit der Zeit anfangen, die uns gegeben ist." Volker sah sie ernst an. „Das gefällt mir. Ist das von dir?" Nein, von Gandalf dem Grauen", antwortete sie grinsend.

Volker schubste sie weg, und sie rollte lachend vom Bett.

„Ich meine es ernst, verdammt!", raunzte er. „Sieh mal, Johann Sebastian hat..."

„Bitte nicht, komm mir nicht schon wieder mit diesem Bach!", unterbrach sie ihn und rollte mit den Augen.

„Doch!", insistierte er. „Schau: Er war Vollwaise mit neun, dann beim Bruder aufgewachsen, seine erste Frau gestorben, da war er 35. Er hat wieder geheiratet. Als er die 'Matthäuspassion' schrieb, hatte er von elf Kindern schon vier beerdigt. Und sein drei Jahre älterer Lieblingsbruder war im Alter von 40 Jahren im fernen Stockholm gestorben. Und trotzdem ist er offenbar ein lebensfroher, lebensbejahender Mensch geblieben und war in der Lage, Musik von solch zeitloser Größe zu komponieren."

„Jaja, aber du weißt doch selbst, dass die damals einen völlig anderen Bezug zum Tod hatten und alle mit 30 oder 40 gestorben sind", antwortete Charlotte kopfschüttelnd. „Wir verdrängen den Tod heute nur soweit wie möglich. Damals gehörte das tagtäglich dazu!"

„Mag sein", gab er nickend zu, „Aber glaubst du, wir haben uns grundsätzlich geändert? Glaubst du, dass unsere emotionale und psychische Grundstruktur eine andere geworden ist?"

„Nein, aber wir…"

„Eben!", unterbrach er sie, „Deshalb bin ich überzeugt, dass es sein tiefer Glaube war, der ihn das alles hat überstehen lassen. Und du kannst diese Überzeugung nicht nur hören. Es gibt Momente in seiner Musik, da öffnen sich Pforten! Da erfährst du die Gnade, einen Blick in die Unendlichkeit werfen zu dürfen."

Charlotte lächelte: „Wenn du den Himmel bei Bach hören kannst, warum sollte er nicht wirklich existieren?"

Volker blieb auf der Seite liegen und antwortete nicht.

Sie rutschte an ihn ran. „Ach komm, schmoll nicht."

Er winkte ab. Als sie allerdings anfing, ihn zu streicheln, war seine schlechte Laune überraschend schnell verflogen.

Zwanzig Minuten später lagen sie schwer atmend nebeneinander. Charlotte drehte sich lächelnd zu ihm hin.

„Besser?"

Volker konnte ein Grinsen nicht unterdrücken.

„Definitiv."

Sie kuschelte sich an ihn.

„Manchmal ist es so einfach..."

Volker legte einen Arm um sie. Und wechselte mal wieder völlig zusammenhanglos das Thema.

„Mir ist neulich ein komischer Gedanke gekommen. Beim Orgelspielen dachte ich über Proportionen und Zahlenverhältnisse nach, und da kam mir der Verdacht, dass der Mörder nach einem Zahlenplan vorgehen könnte."

„Und das erzählst du mir ausgerechnet jetzt?", entgegnete sie und sah ihn entgeistert an. „Du kannst so unglaublich romantisch sein..."

„Es ist mir gerade erst wieder eingefallen und es ist auch nur ein Verdacht", fuhr Volker ungerührt fort. „Ich dachte, vielleicht entsprechen die Abstände zwischen den Morden einer bestimmten Anzahl an Tagen. Aber es waren einmal 24 und einmal 23 Tage. Wenn es genau gleich viele gewesen wären, hätte das vielleicht auf einen bestimmten Tätertyp hingedeutet. Ich muss mal Thomas fragen."

Charlotte rollte in gespielter Resignation mit den Augen, musste dann aber lächeln und schmiegte sich wieder an ihn. „Lustig. Das sind zwei von Bernhardts Lieblingszahlen."

Volker stutzte. „Wie, Bernhardt?"

„Na, mein Exmann. Er hat drei Lieblingszahlen", erklärte Charlotte gähnend, „14, 23 und 24. 14 ist ja klar. Die Summe von B,A,C und H. Du nummerierst die Buchstaben des Alphabetes durch, A=1, B=2 usw. Dann nimmst du ein Wort, wie z.B. Bach und addierst die Einzelwerte. 2+1+3+8. Voilà! 14. Und dann hat er immer gesagt, es hätte zwei Ereignisse in der Welt der klassischen Musik gegeben, die so entscheidend waren wie Gottes Ausspruch, „Es werde Licht!" Das war der Geburtstag Bachs, am 21.3., das ist in der Quersumme 24, und dann das Jahr 1723, als er seinen Dienst an der Thomaskirche in Leipzig antrat.

Und von 1723 hat er sich die 2. Hälfte, also die 23 ausgesucht und sie zu einer seiner Lieblingszahlen erkoren. Das hab ich zwar nie so ganz verstanden, aber er fand das wohl schlüssig", grinste sie.

Volker setzte sich auf. „Wart mal... Also 24 Tage waren es zuerst. 23 Tage beim zweiten Mal." Er sah sie an. „Dann wäre die 14 übrig! Wie lange ist das her mit Tourberti?"

Charlotte runzelte die Stirn.

„Du willst jetzt doch nicht behaupten, dass Bernhardt was damit zu tun hat?"

Volker stand auf und suchte nach seinem Kalender.

„Wieso nicht?"

„Sag mal, spinnst du?" Sie sah ihn entgeistert an. „Das ist jetzt nicht dein Ernst?"

Er stand nackt neben dem Bett und wühlte in seiner Aktentasche. „Wieso?"

Charlotte sprang auf. „Weil ich mit ihm verheiratet war, darum!", schrie sie ihn an. Volker zuckte zurück. „Is ja gut, deshalb brauchst du nicht zu schreien!"

„Ich schreie nicht!" Jetzt war sie offensichtlich wirklich wütend. „Aber das ist völliger Blödsinn!" Sie begann hektisch, sich anzuziehen. Volker trat an sie heran und fasste sie an den Schultern.

„Bitte, überleg doch mal..."

Charlotte fuhr herum.

„Nein! Ich will nicht überlegen! Das ist Quatsch, Quatsch, Quatsch!"

Er stand hilflos da und suchte nach einem Satz, der sie vielleicht beruhigen konnte. Dann fing sie auf einmal an zu weinen.

„Das ist doch Quatsch, oder?", fragte Charlotte und schluchzte leise.

Volker nahm sie in die Arme.

„Entschuldige. Aber die Vorstellung ist unerträglich",

flüsterte sie schniefend.

Volker drückte sie sanft auf das Bett und setzte sich neben sie. „Es ist doch nur ein Gedanke, mehr nicht. Ich bin mir ziemlich sicher, dass da bisher niemand drauf gekommen ist. Und wahrscheinlich hast du auch Recht, aber wer weiß?"

Sie hörte auf zu schluchzen und war auf einmal sehr gefasst. „Bernhardts Begeisterung für Bach und für dessen Zahlensymbolik übertrifft vielleicht sogar noch deine... Er würde in dieser Hinsicht gut ins Profil passen."

Volker sah sie an. „Glaubst du, er wäre zu so etwas fähig?"

Charlotte stand auf und begann, auf und ab zu tigern. „Ich glaube nicht. Niemals Bernhard. Aber so ganz sicher bin ich mir nicht. Nein, ich weiß es nicht."

„Hat du denn früher mal cholerische Ausbrüche bei ihm erlebt, oder hatte er Gewaltphantasien?"

„Nein, glaub ich nicht. Habe ich zumindest nie etwas von gemerkt." Plötzlich blieb sie stehen. „Vor zehn, zwölf Jahren muss irgendwas passiert sein. Er hatte sich verändert und war noch viel verschlossener als vorher. Hat sich öfter und länger in sein Studierzimmer eingeschlossen. Manchmal hab ich ihn tagelang nicht zu Gesicht bekommen." Sie setzte sich wieder. Nach einem kurzen Schweigen sah sie Volker an. „Und, wie lange ist der letzte Mord her?"

„Dreizehn Tage."

Charlotte zuckte zusammen.

„Also, falls du recht haben solltest... nur FALLS du recht haben solltest.... dann müsste morgen…"

„Ja, dann müsste morgen…" Plötzlich wurde Volker blass und sackte ein wenig in sich zusammen.

„Volker? Alles klar?" Sie kniete sich vor ihn hin und sah ihn erschrocken an.

„Oh Gott...", stammelte er, „ich habe... Ich hab es dir bisher nicht erzählt, aber ich hatte neulich schon mal einen

Albtraum... Das war...", er schluckte, „das war, bevor Manfred gestorben ist. Ich habe ihn im Traum sterben sehen. Also nicht ihn konkret, aber einen Mann auf einem Stuhl in einem Zimmer voller Bücher."

Charlotte wurde ebenfalls blass und setzte sich neben ihn auf den Boden. Für einen Moment sprachen sie beide kein Wort. Dann stand Volker entschlossen auf und griff zum Telefon. „Ich muss Thomas anrufen."

12. Kapitel

„Was ist die Schuld?"

Thomas träumte, dass er erwachte. Im Traum war ein Metallring fest um seinen Kopf gespannt, so fest, dass die scharfkantigen Ränder seine Haut aufgeritzt hatten, und Blut an seinen Schläfen herab floss. Der Schmerz war unerträglich und tobte in seinem Schädel, als wäre er ein eingesperrtes Tier, das in rasender Wut nach einem Ausgang sucht. Dann erwachte Thomas wirklich und musste sich heftig übergeben. Als er die Augen einen Spalt öffnete, sah er, dass da ein Eimer stand, den er auch tatsächlich ganz gut getroffen hatte. Aus irgendeinem Grund saß er auf einem Stuhl. Er konnte sich nicht bewegen, seine Glieder schmerzten entsetzlich. Er war offenbar gefesselt und saß leicht schräg, in verrenkter Haltung. Dann spürte er wieder diese rasenden Kopfschmerzen, die tatsächlich sehr real waren, und eine neue Welle der Übelkeit überkam ihn. Er würgte und erbrach sich erneut. Dann hörte er eine Stimme.

„Du bist wieder aufgewacht. Na Gott sei Dank!"

Obwohl Thomas nahe einer erneuten Bewusstlosigkeit war, wusste er, dass er die Stimme kannte. In sein Blickfeld trat eine Gestalt und beugte sich zu ihm hinunter. Thomas konnte nur verschwommen sehen und seine Augen wollten einfach nicht scharf stellen.

„Ich hatte schon Angst, ich hätte dich zu fest getroffen", sagte die Stimme. „Hast du eine Ahnung, wie schwer es ist, jemanden bewusstlos zu schlagen, ohne ihn ernsthaft zu verletzen?"

Die Gestalt wischte ihm mit irgendetwas über den Mund und fuhr fort.

„Du hast eine Gehirnerschütterung, so viel ist klar. Ich hoffe, ich habe dir nicht den Schädel gebrochen. Das kann

274

ich jetzt aber so nicht beurteilen."

Thomas versuchte den Kopf zu heben, was eine neue Schmerzwelle erzeugte, und er musste erneut würgen.

„Nein, nein, nicht bewegen! Ruh dich noch aus."

Thomas zwang sich, sein Gegenüber anzusehen, und eine Erinnerung dämmerte irgendwo in seinem Kopf.

„Bernhardt?", presste er heraus und erschrak. Das war nicht mehr als ein Lallen, das ihm da gelungen war, aber der Mann klopfte ihm auf die Schulter.

„Mann, Thomas, bin ich erleichtert! Das ist nur eine kleine Schramme, in ein paar Tagen bist du wieder hergestellt."

Bernhardt nahm den Eimer, richtete sich auf und sprach halblaut weiter. „Dann bin ich schon berühmt! Und wahrscheinlich tot."

Aber Thomas war schon wieder bewusstlos vornüber gesackt.

09:05 Uhr

Charlotte und Volker gingen eiligen Schrittes nebeneinander her. Der kalte Regen hatte irgendwann in den frühen Morgenstunden aufgehört, aber es war windig und ungemütlich. Volker wich einer großen Pfütze aus.

„Bist du sicher, dass es nicht zu früh ist, um bei Bernhardt zu klingeln?", fragte er skeptisch.

„Nein", sagte Charlotte energisch. „Er ist ein Frühaufsteher. In all den Jahren hat Bernhardt nie länger als bis sieben Uhr geschlafen. Meistens steht er sogar eher auf und schreibt erst mal ein paar Stunden."

Gestern Abend hatten sie erfolglos versucht, Thomas zu erreichen. Sie waren gegen 19:00 Uhr zu Bernhardts kleinem Bungalow in Köln-Longerich gefahren, auf das Schlimmste gefasst, aber das Haus hatte im Dunkeln gelegen. Charlotte war einmal außen herumgelaufen, aber da selbst aus dem Fenster des Arbeitszimmers kein Licht gedrungen war, waren sie wieder abgezogen. Jetzt wollten sie noch einmal hinfahren, denn Charlotte wusste, dass Bernhardt morgens fast immer zu Hause war.

Als sie auf der Brücke über die A 59 fuhren, auf der sich der morgendliche Stau gebildet hatte, sowohl in Richtung Innenstadt als auch in Richtung Autobahnkreuz Köln-Nord, sah Volker sie an.

„Und was machen wir, wenn wir da sind? Ihn fragen, ob er drei Menschen umgebracht hat und ob er weiß, wo Thomas ist?"

Sie hatten den Abend damit verbracht, Theorien zu entwickeln und zu verwerfen und die eigenen ‚Indizien' immer lächerlicher zu finden. Trotzdem waren sie stündlich unruhiger geworden und hatten die ganze Nacht fast kein Auge zugemacht. Und dass Thomas ausgerechnet jetzt nicht zu erreichen war und auch keine Anstalten machte, sich zu melden, machte die Sache nicht besser. Aber was s i e *konkret* anfangen wollten, sollte ihnen irgendwas komisch vorkommen, daran hatten sie bisher nicht gedacht. Charlotte antwortete nicht. Volker war klar, dass sie sich wünschte, Bernhardt möge, erstaunt über den morgendlichen Besuch, in seinem Schmuddel-Look die Tür öffnen; Thomas möge gleichzeitig gut gelaunt auf dem Handy anrufen und die Polizei heute Nacht den Mörder festgenommen haben. Wenn er ehrlich war, wünschte er sich das auch. Aber wenn der Zweifel sich einmal festgebissen hatte, war es praktisch unmöglich, ihn wieder los zu werden.

Sie parkten in einiger Entfernung des Hauses, gerade so weit weg, dass sie die Eingangstür noch gut im Blick hatten. Charlotte drückte Volker die Autoschlüssel in die Hand. „Ich geh jetzt klingeln und werde einen Tee mit ihm trinken. Es wäre mehr als seltsam, wenn wir gemeinsam frühmorgens da auftauchten."

Volker wollte widersprechen, aber Charlotte ließ ihn nicht zu Wort kommen. „Keine Widerrede! Glaub mir, selbst wenn er ein psychopathischer Killer sein sollte, würde er mir nie etwas antun. Dafür kenn ich ihn zu gut. Bis gleich!"

Sie drückte ihm einen Kuss auf den Mund und stieg entschlossen aus. Volker konnte nur beobachten, wie sie durch das Gartentörchen trat, auf die Tür zu ging und klingelte. Und tatsächlich öffnete Bernhardt kurz darauf die Tür, die Haare etwas unordentlich, gewandet in eine alte Tweedhose und in eine Strickjacke über einem Hemd, das zuletzt modern war, als der Bundeskanzler noch Adenauer hieß. Er wirkte erstaunt, trat zur Seite, und Charlotte verschwand im Haus.

Volker wartete. Und wartete. Und hoffte. Und bangte.

Wie lange war sie jetzt schon da drin, verdammt? Er sah auf sein Handy und stellte fest, dass er jedes Zeitgefühl verloren hatte. Er hatte keine Ahnung, wann sie losgegangen war, also merkte er sich wenigstens jetzt die Zeit. Um irgendetwas Sinnvolles beizutragen, versuchte er erneut, Thomas zu erreichen, allerdings mit dem gleichen Ergebnis wie bei den letzten 41 Versuchen.

Gerade als er es nicht mehr aushielt und hinübergehen wollte, um zu klingeln, sah er Charlotte wieder durch das Gartentor treten. Sie hielt ein Buch in der Hand, kam mit raschen Schritten zum Auto gelaufen, öffnete die Fahrertür und ließ sich auf den Fahrersitz fallen.

Sofort sprudelte sie los. „Ich hab ihn nach einem Buch gefragt, weil ich ja einen Grund brauchte, warum ich um die Zeit hier auftauche, und dann hat er mich reingebeten, und als er gesucht hat, bin ich in die Küche. Das Haus ist ruhig, das wirkte alles ganz normal und wie immer. Und ich war total erleichtert, und als er zurück kam, haben wir noch einen Tee getrunken und uns verabschiedet. Aber als ich dann raus bin..." Sie sah ihn mit großen Augen an.

„Was?", fragte Volker ungeduldig.

„Er hasst Regenmäntel."

„Er hasst Regenmäntel?" Volker war verwirrt.

„Er meinte immer, das hätte er noch von seinem Vater. Dessen Lieblingsspruch war: 'Ich bin doch kein Kutter-Kapitän!' Bernhardt würde eher nackt gehen und sich eine Lungenentzündung holen, als sowas anzuziehen."

Volker zog eine Augenbraue hoch. „Und du hast da drin einen Regenmantel gesehen?"

„Ja, genau…", antwortete Charlotte nachdenklich. „Das kann nicht sein Mantel sein und er hat nie Gäste."

„Du meinst also, weil er jetzt einen Regenmantel besitzt, ist er verdächtig?", fragte Volker und lächelte etwas bemüht. Sein Versuch, die Spannung zu lösen, misslang gründlich.

„Er besitzt keinen Regenmantel. Er hat noch nie einen besessen und würde auch keinen kaufen!", fuhr Charlotte ihn wütend an. „Hörst du mir nicht zu? Das ist nicht seiner!"

Volker war so weit zurückgewichen, wie der enge Raum im Auto das zuließ, und versuchte, sie zu beschwichtigen. „Ist ja gut. Vielleicht hat ihn irgendjemand vergessen?"

Sie war nicht überzeugt und schüttelte mit dem Kopf. „Da stimmt was nicht. Ich geh jetzt nochmal hin", erklärte sie dann entschlossen.

Volker hielt sie am Arm fest, aber sie wand sich aus seinem Griff. „Lass mich. Ich frag ihn, ob ich aufs Klo kann. Danach wird mir schon was einfallen."

Bevor Volker widersprechen konnte, war sie auch schon wieder draußen. Er sprang aus dem Wagen, aber sie fuhr herum und sah ihn böse an. Er hob nur beschwichtigend die Hände und setzte sich wieder zurück auf den Beifahrersitz. Volker sah noch, wie sie in ihrer Jackentasche nach etwas suchte, kurz stehenblieb und dann weiterging. Wie in einem Déjà-vu schien sich die Szene von eben zu wiederholen: Charlotte trat durchs Gartentor, Bernhardt öffnete die Tür und Charlotte verschwand.

9:46 Uhr

Bald würde es geschafft sein. Das Werk. Es ging nur um das Werk. So kurz vor der Vollendung. Er fühlte sich jung und frei und voller Energie. Wie schade. Wie schön es wäre, könnte er die Früchte seiner Arbeit genießen! Könnte er miterleben, wie sie staunen würden, staunen über das, was er geleistet hatte. Könnte er miterleben, wie sie zähneknirschend zugeben würden, dass er etwas geschafft hatte, wozu keiner von ihnen in der Lage gewesen wäre. Nur ER hatte daran geglaubt, nur ER hatte die Zähigkeit besessen, nur ER war bereit gewesen, solche Opfer zu bringen. Und auch das größte, das finale, das ultimative Opfer würde er bringen.

Oder sollte er doch behaupten, die Partitur im Nachlass eines Freundes gefunden zu haben? So wie er es geplant hatte? Wer würde ihm das Gegenteil beweisen können? Die einzigen, die die Wahrheit kannten, waren tot. War das vielleicht doch noch ein Ausweg?

Wäre nur nicht dieser Anruf gewesen. Dieser Anruf, der ihn bis ins Innerste erschüttert hatte. Ob er ihm Fragen zur 'Anna Amalia Bibliothek' stellen dürfe. Wie hatte er es herausfinden können? Wie war das möglich?

Würde er ihn vielleicht überzeugen können? Nein. Dieser Kleingeist würde ihn nicht verstehen. Niemand würde ihn verstehen. Aber das Werk durfte nicht in Gefahr geraten. Er war zu weit gegangen, hatte zu viel geopfert, als dass er jetzt ein Scheitern riskieren durfte.

Nie hätte etwas zerstört, jemand verletzt oder getötet werden sollen. Wie hatte das geschehen können?

Ein Teil von ihm war verzweifelt, entsetzt. Er hatte versagt. Er hatte sich des Werkes als unwürdig erwiesen. Hätte er schon früher ein Ende machen sollen? Einen Abschiedsbrief schreiben? Alles erklären und darum bitten, dass ein anderer seine Arbeit zu einem glücklichen Ende führen möge? Aber dann würden alle wissen, was er getan hatte. Und wer wäre dann noch dazu bereit? Sie würden ihn verurteilen. Dabei war das, was er erreicht hatte, ungleich wichtiger, ungleich größer als diese drei unbedeutenden Leben. Es tat ihm ehrlich leid um sie. Betrachtete man jedoch das Große und Ganze, dann waren sie völlig bedeutungslos. So wie er selbst und sein eigenes Leben auch. Wer war denn noch bereit, sich für einen höheren Zweck zu opfern, sich mit Haut und Haar einer Sache zu verschreiben, sollte das auch den eigenen Untergang bedeuten? Das war eine Tugend, die ausgestorben schien. Aber er, ER war dazu bereit.

Ja, alles würde ans Licht kommen. Aber das Werk, das Werk durfte nicht besudelt werden. Würden sie verstehen, dass er so hatte handeln müssen, wie er gehandelt hatte? Nein. Sicher nicht. Also galt es, weiterzumachen. Es zu vollenden und der Nachwelt zu übergeben. Und dann stolz abzutreten. Der Platz in den Geschichtsbüchern war ihm sicher. Sein Ruhm würde das alles überstrahlen. Wie einst Carlo Gesualdo, der große Renaissancekomponist, der seine Frau und ihren Liebhaber ermordet hatte, aber dessen Musik noch immer gespielt wurde, so würden auch seine Taten bedeutungslos im Vergleich zu dem, was er der Welt schenken würde. Das Werk. Es ging nur um das Werk. Es klingelte an der Tür. Zum zweiten Mal heute morgen. Sehr ungewöhnlich. Das konnte kein Zufall sein.

10:04 Uhr

Zwanzig Minuten! Charlotte war jetzt seit zwanzig Minuten da drin! Da stimmte etwas nicht. Da stimmte etwas ganz und gar nicht. Volker bekam schweißnasse Hände und wusste nicht, was er tun sollte. Er saß immer noch im

Wagen und kämpfte mit dem Impuls, einfach zur Tür zu gehen und zu klingeln. Aber was würde dann passieren? Bernhardt würde merken, dass sie etwas im Schilde führten. Und wenn er wirklich ein Mörder war, würde er ihn vielleicht sogar schon erwarten? Aber er musste doch etwas tun! Oder brächte er mit einer unüberlegten Aktion Charlotte vielleicht erst recht in Gefahr? Und wenn Bernhardt nicht der Mörder war, wie ungeheuer peinlich wäre dann die Situation?

Aber sollte er der Mörder sein – war es dann nicht wesentlich unverantwortlicher, hier einfach sitzen zu bleiben, wertvolle Zeit verstreichen zu lassen und nichts zu tun?

Volker traf eine Entscheidung und stieg aus dem Auto. Er würde nicht an der Tür klingeln, sondern versuchen, sich unauffällig einen Überblick zu verschaffen.

Bevor er durch das Törchen trat, blickte er sich um. Die Straße lag ruhig vor ihm und weit und breit war keine Menschenseele zu sehen. Aus dem Garten konnte man eine Amsel singen hören. Alles wirkte friedlich. Vorsichtig trat er ein, verließ den schmalen Weg, der durch den Vorgarten zur Haustür führte, und ging dicht am Haus entlang nach hinten. Er vermutete richtig: auf der Rückseite des Bungalows befand sich eine kleine Terrasse. Vielleicht war es möglich, durch die Terrassentür etwas zu sehen.

Und tatsächlich! Von hier aus konnte er Charlotte sehen. Sie saß mit dem Rücken zum Garten auf einem Stuhl. Bernhardt hatte ihr also nichts angetan. Erleichtert wollte Volker zum Auto zurück schleichen, als er stutzte. Irgendetwas war seltsam. Er brauchte einige Sekunden, bis ihm klar wurde, was ihn störte: Charlotte bewegte sich nicht. Dann bemerkte er das Klebeband, welches ihre Handgelenke mit der Stuhllehne verband. Ein Bild flackerte in seinem Kopf auf, aus dem Hitchcock-Film 'Psycho': Norman Bates' Mutter im Sessel... Er schauderte, sprang auf die Terrasse und rüttelte reflexartig an der Tür, die sich erstaunlicherweise nach innen öffnete. „Charlotte!", rief er, während er hineinstürzte, um sie loszumachen.

In diesem Moment explodierte die Welt und ein ungeheurer Schmerz warf Volker zu Boden. Sämtliche Muskeln seines Körpers hatten sich auf einen Schlag verkrampft, es war ihm für einige Momente nicht möglich, zu atmen. Hilflos zuckend wand er sich auf dem Boden. Als er wieder etwas klarer sehen konnte, erblickte er Bernhardt, der über ihm stand und nachdenklich auf einen länglichen, schwarzen Gegenstand blickte, den er in der Hand hielt. Dann verlor Volker das Bewusstsein.

11:03 Uhr

Lucia stand vor dem Haus, in dem sich Thomas' Wohnung befand. Wiederholtes Klingeln hatte nichts gebracht, Thomas ging weder an sein Telefon, noch an sein Handy.

Nachdem sie ihn gestern nicht mehr erreicht hatte und auch keine weiteren Nachrichten mehr von ihm gekommen waren, hatte sie im Laufe des Morgens angefangen, sich ernsthaft Sorgen zu machen und war hergefahren. Jetzt stand sie etwas ratlos auf der Straße und wusste nicht so recht, was zu tun war. Die Haustür öffnete sich, ein junger, sehr gut aussehender Mann kam heraus und ging schnellen Schrittes in Richtung Straßenbahn-Haltestelle. Sie sah ihm einen Moment lang bewundernd nach und hätte dabei fast vergessen, ins Haus zu schlüpfen. Lucia ging die Treppe zum ersten Stock hoch und klingelte noch einmal an Thomas' Wohnungstür. Nichts passierte. Gerade als sie sich umdrehen wollte, um wieder zu gehen, hörte sie ein Geräusch aus der Wohnung. Es klang, als würde jemand geräuschvoll an etwas riechen... Die Hunde! Hinter der Tür waren die Hunde und schnupperten! Sie fasste einen

Entschluss, zückte ihren Geldbeutel und holte die EC-Karte heraus. Mal sehen, ob Thomas seine Tür abschloss... Dreißig Sekunden später wusste sie: Das tat er nicht. Relativ mühelos hatte sie nach einigen Versuchen den Schließmechanismus überwunden.

Lucia drückte die Tür auf und wurde von zwei aufgeregten Vierbeinern begrüßt, die versuchten, sich an ihr vorbei zu drängeln. Sie ließ sie erst mal noch nicht hinaus und verschaffte sich rasch einen Überblick. Thomas war wie erwartet nicht da. In einer Ecke in der Diele fand sich eine riesige Pfütze Urin. Offenbar hatten Basti und Pedro es nicht mehr ausgehalten; was hieß, dass sie mindestens seit gestern Abend allein waren.

Lucias sämtliche Alarmglocken begannen hysterisch zu schrillen. Thomas würde die beiden nie so lange allein lassen.

Ok, jetzt Ruhe bewahren. Was konnte sie tun? Basti und Pedro drängelten sich an ihr Bein und sahen zu ihr hoch. Basti ließ ein leises Knurren vernehmen. Von einem ausgewachsenen Boxer-Rüden angeknurrt zu werden, ist nichts für schwache Nerven, vor allem, wenn man sich in dessen Revier befindet. Lucia versuchte es mit Reden.

„Ist ja gut, Jungs, ich will doch nur euer Herrchen finden." Basti sah sie immer noch an und bellte einmal kräftig. Dann lief er Richtung Tür und wandte den Kopf zu ihr.

Lucia war erleichtert. „Ah. Ihr wollt raus. Alles klar."

Sie sah sich um, konnte aber keine Leine entdecken und beschloss, dass es so gehen musste. Sie nahm einen Schlüssel vom Brett, von dem sie hoffte, dass es sich um den Zweitschlüssel zur Wohnung handelte, und ging mit den beiden ins Treppenhaus.

Unten angekommen öffnete sie die Haustür, und Basti und Pedro schossen an ihr vorbei. Die beiden machten sich nicht mal die Mühe, in den wenige Schritte entfernten

Stadtwald-Park zu sprinten, sondern setzten sich direkt vor der Tür an den mit einer Betonumrandung eingefassten Baum und verrichteten ihr großes Geschäft.

Lucia stand etwas ratlos daneben. Sie mochte Hunde, hatte aber nie mit einem zusammengelebt. Als die Fellnasen sich erleichtert hatte, liefen sie zur Haustür zurück und begannen zu schnuppern. Nach einigen Sekunden hatten sie sich offenbar geeinigt und trabten gemeinsam los. Lucia rief ihnen zwar nach, aber die beiden ignorierten sie komplett. Mist. Was sollte sie tun? Sie lief ein paar Schritte hinterher, aber die Vierbeiner hatten schon einen deutlichen Vorsprung, und sie befürchtete, sie zu verlieren. Lucia sprintete zurück zu ihrem Auto. Als sie einsteigen wollte, wurde sie von einer alten Dame mit Rollator aufgehalten:

„Sagen sie mal, junge Frau, waren das ihre Hunde?"

Lucia wollte gerade verneinen, als sie von der Dame am Arm gepackt wurde. „Die Schweinerei machen sie mal schön weg, ja? Immer diese Hundescheiße überall, das ist einfach nur widerlich."

Lucia machte sich los und die Dame wurde laut. „Glauben sie, ich mache Witze? Ich ruf die Polizei, das können sie mir glauben!"

Lucia zog ihren Dienstausweis aus der Tasche und beugte sich verschwörerisch zu ihr runter. „Sagen Sie es nicht weiter, aber ich bin auf geheimer Mission! Die beiden arbeiten undercover und mit Spezialauftrag. Meine Aufgabe ist es, ihnen den Rücken frei zu halten. Ein mieser Job, aber einer muss ihn ja tun!"

Lucia nutzte die Verblüffung der aufmerksamen Mitbürgerin, um in ihren Wagen zu steigen und loszufahren. Im Rückspiegel konnte sie noch sehen, wie die Rollatorpilotin ihr mit offenem Mund nachschaute.

Na toll, jetzt waren die Hunde weg. Sie hatten sich sehr

zielstrebig in nördliche Richtung aufgemacht. Lucia fuhr ein wenig kreuz und quer, überquerte die Aachener Straße und fing schon an, den Mut zu verlieren, als sie sie in einiger Entfernung auf dem Bürgersteig des Maarwegs rennen sah. Gleich würden sie die Bahnunterführung erreichen, und sie hatten inzwischen ein erstaunliches Tempo aufgenommen. Lucia gab Gas und fragte sich, ob das irgendwo hinführte, oder ob die beiden nicht einfach nur auf dem Weg zu ihrem Lieblingsmetzger waren. Allerdings fiel ihr auch gerade keine bessere Strategie ein, und so konnte sie nur hoffen, dass sie nicht wertvolle Zeit verplemperte.

12:02 Uhr

Die Plastikfesseln schnitten tief in seine Haut und Volker stöhnte. Er versuchte, sich zu orientieren. Langsam nahm seine Umgebung wieder Kontur an. Er befand sich in einem mit Kerzen erleuchteten Raum und saß auf einem Stuhl. Und er war gefesselt und hatte ein Klebeband über dem Mund. Volker versuchte, seine Arme zu bewegen, allerdings schnitten die Kabelbinder nur noch tiefer in sein Fleisch und er stöhnte erneut. Dann hörte er jemanden neben sich atmen. Vorsichtig drehte er den Kopf zu Seite. Da saß Charlotte, ebenfalls an einen Stuhl gefesselt. Sie war blass und wirkte apathisch. Auf dem dritten Stuhl saß Thomas. Er hing schlaff in seinen Fesseln, sein Kopf war nach vorne gefallen und er war über und über mit Blut bedeckt, das offenbar aus einer Wunde am Hinterkopf ausgetreten war. War er tot?
Vor Schmerz und Angst traten Volker Tränen in die Augen. Zudem stand er noch immer unter Schock. Der Stromstoß mit dem Elektroschocker hatte seinen Körper für einige Minuten völlig verkrampfen lassen, und er konnte sich nicht erinnern, jemals auch nur annähernd solche Schmerzen

empfunden zu haben. Er hatte mal irgendwo gehört, dass ein Stromschlag dieser Art einen ausgewachsenen Mann in ein heulendes, wimmerndes Häufchen Elend verwandeln könne – das konnte er nun bestätigen. Er blickte zu Charlotte, der es offenbar ähnlich ergangen war; sie saß mit roten Augen sichtlich verstört auf ihrem Stuhl.

Volker versuchte, den Kopf wieder klar zu kriegen, als er Schritte hörte.

Bernhardt kam die Treppe herunter, nahm auf dem Schreibtischstuhl Platz, der zwischen ihnen und dem an der Wand befindlichen Schreibtisch stand, und sah ihn und Charlotte abwechselnd an.

„Ich hatte eigentlich nicht erwartet, dass noch jemand hier auftaucht", sagte er. „Ich dachte, Thomas wäre allein darauf gestoßen."

Charlotte reagierte nicht und Volker versuchte, überrascht zu wirken.

„Ihr seid doch alle aus dem gleichen Grund hier, nicht wahr?"

Volker hätte gerne etwas erwidert, konnte aber wegen des Knebels nur grunzen.

„Also gut. Ich entferne euch jetzt das Klebeband. Aber wenn einer von euch Radau machen sollte..." Bernhardt nahm den Elektroschocker vom Schreibtisch. Mit einem Ruck zog er erst Volker und dann Charlotte das Band vom Mund. „Aua!", keuchte sie mit schmerzverzerrtem Mund, fing dann aber augenblicklich an, zu schimpfen.

„Sag mal, spinnst du? Was in aller Welt ist mit dir los?" Volker unterbrach sie.

„Wir haben keine Ahnung, warum Thomas hier ist! Wir wollten dich nur etwas fragen, das ist alles!"

Bernhardt lächelte milde.

„Mein lieber Volker, ich bin zwar ein alter Mann. Und ich weiß auch, dass du mich hinter meinem Rücken belächelst.

Das macht mir nichts aus. Aber versuch bitte nicht, mich für dumm zu verkaufen."

Volker schüttelte den Kopf, was allerdings schmerzhafter war, als er vermutet hatte. Seine Nackenmuskulatur war noch furchtbar hart, und ihm wurde sofort schwindelig.

„Wir wissen wirklich nicht, was Thomas hier wollte!", fuhr Charlotte fort, zu schimpfen. „Und warum um Gottes Willen hast du ihn so zugerichtet?" Tränen traten ihr in die Augen und liefen an ihren vor Wut geröteten Wangen herunter, was Bernhardt offensichtlich etwas verwirrte.

„Naja, ich habe gestern die Nerven verloren. Ich wusste zwar, dass er kommen würde, und ich hatte eigentlich vor, ihn irgendwie abzuwimmeln, aber als er dann vor mir stand... Er hätte das Werk gefährdet, versteht ihr? Das Werk!" Bernhardt ignorierte ihre verständnislosen Blicke oder nahm sie gar nicht wahr. „Es ging alles so schnell. Ich hab das nie gewollt, ich habe immer versucht, es zu verhindern, aber das Werk..."

„Ist er tot?" unterbrach Charlotte seinen Wortschwall. Bernhardt antwortete nicht. Stattdessen blickte er Charlotte und Volker abwechselnd an. Er wirkte auf einmal aufmerksam, fast neugierig, als wäre ihm ein überraschender Gedanke gekommen. Dann veränderte sich sein Gesichtsausdruck. „Ihr wisst es gar nicht!" Die Erkenntnis schien Bernhardt zu überwältigen. Er riss staunend die Augen auf und schüttelte ungläubig lachend den Kopf.

Charlotte sah ihn verständnislos und mit kalter Verachtung an. „Hast du Manfred getötet?", presste sie hervor.

„Manfred?" Bernhardt starrte ihr einige Sekunden in die Augen und wandte dann den Blick ab. „Ja, meine liebe Charlotte,", antwortete er dann ruhig, „das habe ich."

Charlotte schluckte und wurde weiß wie eine Wand. Volker fürchtete kurz, er müsse sich übergeben, konnte sich aber beherrschen. Tränen traten ihm in die Augen. „Und warum?", fragte er zaghaft.

„Es tut mir unendlich leid!", antwortete Bernhardt schulter-zuckend. „Bitte, bitte glaubt mir das. Aber Manfred war ein Unfall. Ich wollte das nicht."

„Du hast ihn also aus Versehen gefesselt und ihm aus Versehen die Zunge herausgeschnitten?", fragte Charlotte bitter. Bernhardt schüttelte den Kopf, und sie war erstaunt, so etwas wie Trauer in seinen Augen zu erkennen.

„Nein, nein! So war es nicht!", rief er, jetzt spürbar aufgewühlt. „Das kam erst später. Ich war so wütend auf ihn. Und er war so störrisch. Auf einmal hatte ich diesen furchtbar geschmacklosen Stein-Phallus in der Hand." Jetzt traten auch Bernhardt Tränen in die Augen. „Ich dachte erst, er wäre tot. Aber dann röchelte und schluchzte er und hörte nicht auf. Ich habe kurz überlegt, einen Kranken-wagen zu rufen. Aber damit hätte ich alles gefährdet. Und das durfte ich nicht zulassen. Niemals. Ich geriet in Panik! Ich kam auf die Idee, es wie einen Überfall aussehen zu lassen, wie einen grausamen Überfall, damit niemand, wirklich niemand auf die Idee kommen würde, ich könnte irgendetwas damit zu tun haben."

„Und die Sängerin? Und Feldner?", setzte Volker leise nach. Über Bernhardts Wangen liefen nun Tränen. Er schluckte mehrfach, ehe er antwortete. „Susanne hatte mich im Ver-dacht, etwas mit Manfreds Tod zu tun zu haben. Und sie wollte zur Polizei gehen. Ich habe sie angefleht, noch ein wenig zu warten, ich bräuchte noch ein wenig Zeit. Nur ein paar Tage noch, höchstens wenige Wochen. Danach dürfe sie über mein Schicksal verfügen. Aber sie wollte es nicht hören."

Charlotte schloss die Augen. „Und warum so? Warum hast du sie verbrannt?"

„Glaub mir, sie hat nicht gelitten. Sie war nicht mehr bei Bewusstsein. Ich bin doch kein Unmensch! Aber auch hier sollte es nach einem Verrückten aussehen, der seine Opfer bei lebendigem Leib verbrennt. Und das hat ja auch gut funktioniert!" Er stand auf und ging aufgeregt auf und ab. Volker war so erschüttert, dass er nur ein Stammeln zu Stande brachte. „Warum das Notenpapier? Was sollte das um Himmels Willen bedeuten?"

„Bei Manfred war das ein Impuls." Bernhardt sprach jetzt noch leiser, beinahe flüsternd. „Der Klavierauszug der 'Matthäuspassion' lag aufgeschlagen da, und ich habe einfach eine Seite rausgerissen und los. Und dann dachte ich, ich sollte dabei bleiben. Es hat ja auch alle gehörig verwirrt, wie ich annehme." Dann hob er fragend den Kopf: „Wie seid ihr denn nun eigentlich auf mich gekommen?"

Charlotte sah ihm sichtlich angeekelt ins Gesicht: „Wegen deiner perversen Zahlenspielerei, darum!", zischte sie.

„Zahlenspielerei? Welche Zahlenspielerei?" Bernhardt wirkte jetzt ehrlich erstaunt.

„Dreiundzwanzig! Und vierundzwanzig!", versuchte Charlotte zu schreien, aber es klang eher wie ein lautes Grunzen. „Du konntest es dir nicht mal hier verkneifen, wieder mit deinen ach-so-heiligen Zahlen zu hantieren!"

Bernhardt sah sie verwirrt an. „Welche Zahlen?"

Schweigen breitete sich aus und Charlottes Augen weiteten sich. „Das ist …." Sie rang um Fassung.

Volker starrte Bernhardt an und begriff dann. „Das ist alles nur ein Zufall?" fragte er ungläubig. „Wir dachten, dass du dir nach dem ersten Mord 24 Tage Zeit gelassen hast, und danach 23 Tage", erklärte er langsam. „Und Charlotte hat erzählt, deine Lieblingszahlen… also, dass du immer gesagt hättest..."

Bernhardts Gesichtszüge entgleisten zu einer Grimasse völliger Verständnislosigkeit. „Wirklich? Deswegen seid ihr hier? Wegen ein paar Zahlen? Aber das ist doch krank!"

Er begann hysterisch zu lachen. Charlotte konnte die Tränen nicht mehr halten und begann zu weinen. Sie alle versuchten, die Ironie ihrer Situation zu erfassen: Charlotte und Volker waren aufgrund eines falschen Verdachts hier, hatten aber trotzdem ins Schwarze getroffen. Bernhardt wiederum hatte sie niedergeschlagen und gefesselt, weil er dachte, sie hätten wirklich etwas gegen ihn in der Hand, statt einfach erstaunt zu tun, und die beiden beleidigt, ob der Ungeheuerlichkeit ihrer Anschuldigungen, des Hauses zu verweisen.

„Und Tourberti?", fragte Volker, der als erster wieder seine Sprache gefunden hatte. Bernhardt blieb stehen.

„Ganz einfach. Ich wollte nicht, dass ein Unschuldiger für mich im Gefängnis sitzt. Und ich habe diesen Feldner gehasst!" Bernhardts Miene spiegelte Ekel. „Oh, wie ich seine Arroganz, seine Borniertheit und seine Ignoranz gehasst habe." Plötzlich spielte ein beinahe zärtliches Lächeln um seine Lippen „*Das* war mir eine Freude."

13:01 Uhr

Lucia wurde immer unruhiger. Geschlagene eineinhalb Stunden folgte sie nun schon den beiden Hunden kreuz und quer durch den Kölner Westen. Zwischendurch hatte sie sie kurz verloren und war fluchend und schimpfend durch ein paar enge Straßen gerast. Sie hatte schon aufgeben wollen. Aber gerade als sie angehalten hatte, um wieder zu Thomas' Wohnung zurückzufahren, hatten sie direkt vor ihrem Auto die Straße überquert. Kurz darauf waren sie in Richtung Kölner Westen abgebogen, und Lucia war ihnen etwas hilflos gefolgt, immer noch nicht wirklich davon überzeugt, dass sie hier nicht einfach nur wertvolle Zeit verschwendete. Aber solange sie keine bessere Idee hatte, war es das Beste, ihnen weiter zu folgen.

Irgendwann waren die beiden langsamer geworden, hatten schließlich angehalten, suchend herumgeschnuppert, und waren wieder in die Richtung gelaufen, aus der sie gekommen waren. Zum Verzweifeln! Dann hatten sie ausgiebig jede Straßenecke untersucht und kurz bevor sie wieder die Aachener Straße gekreuzt hätten, waren sie zweimal links abgebogen und jetzt auf dem Gürtel in Richtung Ehrenfeld unterwegs. Lucia war inzwischen überzeugt, dass sie auf der Spur von Thomas waren. Aber würden sie ihn auch finden? Ob sie vielleicht Verstärkung rufen sollte? Aber mit welcher Begründung? „Ich brauch ein paar Streifenwagen, Thomas Wunderlich ist in akuter Gefahr! Ich weiß das, weil er seine Hunde alleine gelassen hat. Und den beiden Hunden folge ich gerade. Ich bin sicher, die sind auf der Suche nach ihm!" Nein, das klang so absurd, das konnte sie unmöglich melden. Glatz würde ihr den Kopf abreißen! Wieder fluchte sie, als ihr klar wurde, dass sie ihre Waffe nicht dabei hatte. Die befand sich vorschriftsmäßig verwahrt im Präsidium. „Denk nach, verdammt, denk nach!" Sie sah, wie die Hunde an einer Ecke stoppten und schnupperten. Dann warteten sie, bis die Ampel auf Grün sprang, und setzten zielstrebig ihren Weg Richtung Norden fort. Die Unruhe trieb Lucia inzwischen die Tränen in die Augen, aber sie fuhr weiter hinter ihnen her.

13. Kapitel

„Denn wer das Schwert nimmt, der soll durchs Schwert umkommen."

Bernhardt schien das Frageantwortspiel plötzlich satt zu haben und hatte einen Fuß schon auf der untersten Treppenstufe, als sie Thomas stöhnen hörten. Bernhardt trat zu ihm hin und blickte ihn mit einer Mischung aus Neugier und Erleichterung an. „Da ist einer von den Toten auferstanden. Schön, dass du wieder bei uns bist", knurrte er und betrachtete aufmerksam Thomas' blutbesudeltes Gesicht. „Du hast deinen beiden Freunden hier einen gehörigen Schrecken eingejagt." Dann wendete er sich um, ging ohne weiteren Kommentar die Treppe nach oben und verschwand durch die Tür.

„Thomas, um Gotteswillen!", flüsterte Charlotte entsetzt. „Was ist mit dir passiert und warum bist du überhaupt hier?"

Thomas schluckte schwer und röchelte. Er konnte kaum antworten und jedes Wort schien ihn Kraft zu kosten.

„Und ihr? Was macht ihr hier?", lallte er. Er versuchte den Kopf zu drehen, um sie besser sehen zu können, verzog aber das Gesicht und kämpfte mit einem Würgereiz. „Mein Kopf…", stöhnte er mit schmerzverzerrtem Gesicht.

„Bitte versuch es, wir haben vielleicht nicht mehr viel Zeit", unterbrach ihn Volker besorgt.

Thomas stöhnte und würgte erneut. Nach einigen tiefen Atemzügen antwortete er schleppend. „Wegen der 'Anna Amalia Bibliothek'."

Charlotte und Volker sahen sich verständnislos an.

„Ich bin bei meinen Recherchen auf eine Spur gestoßen, die zu einer historischen Bibliothek in Weimar führte", erklärte

Thomas langsam und immer wieder pausierend. „Und da Bernhardt der einzige Mensch ist, von dem ich glaube, dass er ohne groß nachzuschlagen etwas darüber erzählen kann, habe ich ihn angerufen." Er versuchte wieder zu schlucken, aber sein Mund war offenbar zu trocken. Mühsam fuhr er fort: „Aber warum dieser Idiot mich deswegen halb tot schlägt, weiß ich auch nicht."

Darauf wussten Charlotte und Volker auch keine Antwort und schwiegen. Jetzt erst begannen sie, den Keller näher in Augenschein zu nehmen. Bernhardt hatte den Raum in eine Art Tempel verwandelt - einen Tempel zu Ehren Johann Sebastian Bachs! Über dem Schreibtisch hing ein Druck des berühmten Bach-Porträts von Haußmann. An den anderen Wänden standen offene Regalschränke, die mit Material vollgestopft waren: Bücher, Lexika, Ordner, Noten und Stapel mit losen Blättern. Dazwischen hingen Drucke anderer, weniger bekannter Porträts des Meisters. Mehrere Büsten Bachs waren im Raum verteilt und schwere Vorhänge verbargen die beiden Oberlichter des Kellerraumes. Abgesehen von dem Schreibtischstuhl mit seinen Rollen und seiner ergonomisch geformten Sitzfläche, war offenbar war kein Möbelstück jünger als 150 Jahre. Ein besonderer Blickfang war ein mit kunstvollen Intarsien versehener Sekretär.

Es brannten nur drei Kerzen, und auf dem Schreibtisch spendeten zwei alte Öllampen Licht. Die einzigen Hinweise darauf, dass man nicht versehentlich im falschen Jahrhundert gelandet war, waren der Schreibtischstuhl, ein Notebook, das auf dem Schreibtisch lag und zur Hälfte von einem Papierstapel verdeckt wurde, und ein kleiner Laserdrucker neben einem der kunstvoll gedrechselten Schreibtischbeine.

Jetzt erst fiel Volker auf, dass gar kein elektrisches Licht brannte. Trotzdem war es hell genug, um lesen und arbeiten zu können. Das Licht war warm und flackerte unruhig, was den Raum seltsam belebt erscheinen ließ. Schatten tanzten an den Wänden.

„Deshalb habe ich gestern nirgends Licht gesehen. Er hat sein Arbeitszimmer nach hier unten verlagert!", stellte Charlotte nachdenklich fest.

Die Kellertür öffnete sich wieder, und Bernhardt kam mit einer Wasserflasche und Gläsern wieder zu ihnen herunter.

„Ich hab euch was mitgebracht." Er stellte das Wasser auf den Tisch, füllte ein Glas und gab der Reihe nach jedem zu trinken. Während er seine Gefangenen ihre trockenen Kehlen befeuchten ließ, begann er zu sprechen. „Wie heißt es so schön: Ich bin euch wohl eine Erklärung schuldig." Er schmunzelte ein wenig ob dieses Klischees, schenkte sich selber ein Glas Wasser ein, prostete ihnen zu und trank.

„Das Werk." Er nahm noch einen Schluck. „Es ging mir immer nur um das Werk." Bernhardt grinste, als er die fragenden Blicke seiner 'Gäste' sah und begann. „Ich muss etwas ausholen. Alles fing an – ich war noch ein Teenager –, als mein Vater von einem Freund ein Bündel alten Papiers geschenkt bekam. Er hat sich wirklich so ausgedrückt: ‚ein Bündel altes Papier´. Ihr wisst ja, wir wohnten in Chile, und heute ist mir klar, dass der Freund ein Deutscher war, der wie viele tausend andere 1945 sein 'Heil' in der Flucht nach Südamerika gesucht hatte. Wie auch immer, mein Vater sah sich die Sachen durch und verstaute alles in seinem Schreibtisch. Anscheinend konnte er damit nichts anfangen." Bernhardt schenkte sich Wasser nach und fuhr fort: „Bei mir war das etwas ganz anderes. Ich hatte außer der Sprache nicht viel Bezug zur alten Heimat. Es gab ein paar vergilbte Fotos, aber das war es auch schon. Ich war völlig in diese Welt integriert, ich war Chilene. Und auf einmal hielt ich etwas in der Hand, etwas sehr Altes, das aus diesem fernen Europa stammte, diesem

Kontinent, von dem ich viel gehört, aber von dem ich nur eine sehr vage Vorstellung hatte. Meine Neugier war grenzenlos. Ich wollte jedes Wort dieser altertümlichen Handschriften entziffern, obwohl es ganz banale Dokumente waren, Inventarlisten von Archiven, eine Schenkungsurkunde und solche Sachen. Das meiste war in Lateinisch verfasst und stammte hauptsächlich wohl aus der zweiten Hälfte des 18. Jahrhunderts. Aber es ist sehr lange her, ich bin mir nicht mehr ganz sicher."

Er setzte sich auf seinen Stuhl und blickte an ihnen vorbei in die Vergangenheit. „An einem Abend hatten wir mal wieder keinen Strom, mein Vater war nicht im Haus, und ich stöberte aus Langeweile in den Papieren herum. Ich hatte mir eine Kerze angemacht." Verlegen lächelnd verschränkte er die Arme vor der Brust. „Ich weiß nicht, wieso mir das vorher nicht aufgefallen war, aber da war ein Bogen, der sich von den anderen unterschied. Zwar war das Papier gleich, oder wenigstens ähnlich, aber die Schrift war eine völlig andere. Hier standen definitiv keine lateinischen Buchstaben." Seine Augen leuchteten.

Volker bemerkte mit einer gewissen Verblüffung, dass Charlottes Gesichtszüge weicher zu werden schienen. Aber das konnte auch Einbildung sein, verursacht durch die ungewöhnliche Beleuchtung.

„Ich wusste, dass ich die meisten Texte mit ein wenig Wörterbuch hier und ein wenig raten da mehr oder weniger würde übersetzen können", fuhr Bernhardt fort. „Aber dieser eine Bogen war besonders. Ich habe ihn an mich genommen und nie wieder weggegeben. Ich wollte einfach wissen, was das für eine Geheimschrift war!"

Jetzt drehte er sich mit seinem Stuhl um, zog eine Schreibtischschublade auf und nahm ein vergilbtes Blatt Papier heraus, dem eine Ecke fehlte und an dem der Zahn der Zeit ganze Arbeit geleistet hatte. „Voilà, hier ist es!" Er stand auf und hielt es ihnen hin.

„Das war der Anfang. Ich habe ein wenig gebraucht, bis ich verstanden habe, dass es sich bei der 'Geheimschrift' um kyrillische Buchstaben handelt. Und selbst, als ich sie entziffert hatte, war mir noch nicht sofort klar, worauf ich da gestoßen war." Kopfschüttelnd setzte er sich wieder. „Was für ein Wunder, dass dieses alte Stück Papier um die halbe Welt gereist war und ich derjenige sein durfte, den das Schicksal dazu ausersehen hatte, ihm sein Geheimnis zu entreißen!"

Trotz seiner Furcht und seiner Beklommenheit konnte Volker eine gewisse Faszination nicht verhehlen. „Und? Was steht drauf?" Bernhardt drehte sich wieder zum Schreibtisch hin. „Schaut, ich zeig's euch!" Er öffnete die Schublade noch einmal und holte ein beschriebenes Blatt hervor. „Hier, das ist eine Kopie, die ich angefertigt habe. So ist es wesentlich besser zu erkennen. Ins Neudeutsche übertragen steht auf dem Zettel: 'Die letzte Kopie der Lukaspassion des Meisters der Musik, Johann Sebastian Bach, verfasst von eigener Hand, aufbewahrt von seinem Sohn und Schüler, Carl Philipp Emanuel, nach dessen Heimgang erworben von Georg Poelchau und Ihrer Kaiserlichen Hoheit Maria Pawlowna Romanowa von eben jenem untertänigst verehrt im Jahre des Herrn 1804'."

Bernhardt blickte Volker mit leuchtenden Augen erwartungsvoll an. Der brauchte einen Moment, um das Gehörte einzuordnen. „Lukaspassion? Sagtest du Lukaspassion?"

„Ja, genau das sagte ich", strahlte Bernhardt ihn an. „Bachs verschollene Lukaspassion!"

„Aber...", stammelte Volker, „er hat eine 'Lukaspassion' aufgeführt... aber alle sind sich einig, dass die größtenteils nicht von ihm war. Es gab keine Spuren von einer anderen..., es ist…, es ist nicht einmal sicher, dass er überhaupt eine eigene Passionsmusik zum Lukasevangelium geschrieben hat..., er hat doch..." Es fiel ihm offensichtlich schwer, einen klaren Gedanken zu fassen.

„Genau!", kicherte Bernhardt. „Das glauben sie alle! Aber ich, ich habe den Beweis. Ich habe das Manuskript, und ich arbeite seit Jahren an einer Ausgabe. Und wisst ihr was: Heute werde ich das Werk beenden!" Triumphierend reckte er die Hände in die Höhe. „Ein paar wenige Stunden nur noch, dann kann ich es der Welt übergeben…!"

„Und deshalb sind wir hier?", fragte Charlotte entgeistert. „Wegen ein paar alter Noten?"

„Nein." Volker schüttelte den Kopf und seine Augen leuchteten. „Nicht wegen ein paar alter Noten. Wegen eines bisher unbekannten Werks von Johann Sebastian Bach."

„Genau!" Bernhardt strahlte. „Glaubt mir, das ist eine Sensation!"

„Du kannst mich mal mit deiner Passion", grunzte Thomas. „Wenn du uns umbringen willst, dann mach es schnell und schieb dir deine Pseudorechtfertigungen in den Hintern!"

Obwohl es so klang, als würde Thomas gleich wieder das Bewusstsein verlieren, staunte Volker über dessen Zähigkeit.

„Ich habe mitnichten vor, euch umzubringen. Allerdings werdet ihr noch für eine kleine Weile meine Gäste bleiben, bis ich hiermit fertig bin. Dann tretet ihr mit dem Werk an die Öffentlichkeit." Er drehte sich auf seinem Stuhl um und deutete auf die diversen Papierstapel und Ordner, die auf dem Schreibtisch lagen. „Meine Arbeit ist in wenigen Stunden getan. Sobald ich sicher sein kann, dass mein Werk die Anerkennung bekommt, die es verdient hat, werde ich glücklich aus dem Leben scheiden." Er schüttelte traurig den Kopf. „Ich werde die Passion wohl leider nicht mehr zu hören bekommen. Aber es wäre mir eine Ehre, wenn du, Volker, sie aufführen würdest."

Volker wurde es schwindelig. Um Gottes Willen! Wenn Bernhardt recht hatte, dann könnte er, Volker Liepen, derjenige sein, der nach fast dreihundert Jahren als erster eine 'Lukaspassion' Bachs wiederaufführte! Wenn man daran dachte, was es für die Musikgeschichte bedeutet hatte, dass Felix Mendelssohn Bartholdy nach nur einhundert Jahren die 'Matthäuspassion' hatte wiedererstehen lassen... Bernhardt riss ihn aus seinen Gedanken. Er war mit seinem Stuhl näher an Volker herangerollt und flüsterte jetzt: „Ich kenne jede Note, jede Phrase dieses Wunders. Ich habe jede Modulation* im Kopf, jede Fuge*. Glaub mir, es ist vielleicht das reifste Werk Bachs."

Für einen Moment kam Volker das alles sehr, sehr unwirklich vor. Was passierte hier gerade? Hatte Bernhardt das wirklich gesagt? Oder befand er, Volker, sich gerade in einem selbst für seine Verhältnisse verstörend realistisch wirkenden Traum? Bernhardt zögerte und kam noch ein Stück näher. „Ich glaube... ich bin mir nicht sicher, aber... was ich sagen will..." Er räusperte sich. „Was Bach in der 'Matthäuspassion' gelungen ist, läßt uns für einige Momente die Ewigkeit erkennen. Du denkst genauso, ich weiß das. Nun, was wir in der 'Matthäuspassion' spüren, in der 'Lukaspassion' finden wir das in höchster Vollendung!"

Volker erschauerte. War das möglich? Empfand dieser alte Mann genauso wie er selbst? Waren das nicht seine eigenen Worte, um das Mysterium der Bach'schen Musik zu umschreiben?

Bernhardt rollte auf seinem Stuhl wieder ein Stück weg und sprach jetzt in normaler Lautstärke weiter. „Wie auch immer, dieses Werk wird als eines der größten und wichtigsten in die Musikgeschichte eingehen." Er sah Volker mit funkelnden Augen an. „Es ist, als wäre Mozart zurückgekehrt und hätte sein Requiem selbst fertiggeschrieben, wenn du verstehst, was ich meine."

Volker wusste genau, was Bernhardt meinte. Mozart hatte seine Requiem-Vertonung nicht selbst vollendet, er war gestorben, bevor er es hatte fertigstellen können. Das Fragment war von einem seiner Schüler mehr oder weniger brauchbar vervollständigt worden und gehörte trotzdem zu den beeindruckendsten kirchenmusikalischen Werken, die Volker kannte. Nach Volkers sehr persönlicher Meinung war Mozart einfach drauf und dran gewesen, einen zu tiefen Blick in eine andere Welt zu gewähren, und die Geister hatten ihn deswegen vor der Zeit geholt. Aber auch wenn man eine derartige These kaum im Kreis seriöser Wissenschaftler vertreten könnte - formulierte man es ein wenig anders, war es im Prinzip genau das, worauf Bernhardt hinaus wollte: Durch die Kraft der Musik war es möglich, andere Bewusstseinsebenen zu erschließen, stärker und kraftvoller, als man es sonst für möglich halten würde.

Volker spürte eine Welle von Adrenalin durch seine Adern jagen. Wenn das alles stimmte, was für eine Offenbarung stand ihnen da bevor?

„Also gut. Da hast du also ein tolles Stück Musik gefunden...", unterbrach Thomas die Unterhaltung, langsam und mühsam artikulierend. „Aber ich versteh überhaupt nicht, was hier wie zusammenhängt. Würdest du uns bitte aufklären?"

Bernhardt würdigte ihn keines Blickes, fuhr aber fort, zu erzählen. „Ich hatte also dieses Stück Papier. Ich verstand erst Jahre später, dass es nicht irgendeine geheime Zeichensprache war, sondern dass es sich schlicht und einfach um kyrillische Buchstaben handelte. Geschriebenes Kyrillisch wohlgemerkt, das sich deutlich vom gedruckten unterscheidet." Bernhardt lächelte. „Natürlich war es dann einfach. Wenn man den Code hat, ist ein Rätsel kein Rätsel mehr. Aber könnt ihr euch vorstellen, was ich empfunden habe, als ich den Text übersetzt hatte?" Jetzt bekamen seine Augen einen fiebrigen Glanz. „Wer so eine Widmung schreibt, weiß, was er tut. Gab es die Widmung, dann gab es auch die Partitur!"

Volker war sichtlich beeindruckt. Seine Augen strahlten, und er schien völlig vergessen zu haben, dass er gefesselt im Keller eines mehrfachen Mörders saß.

Charlotte hing ebenfalls gebannt an Bernhardts Lippen. Nur Thomas wirkte ausgesprochen unbeeindruckt. „Und was hat das mit der 'Anna Amalia Bibliothek' zu tun? Ich hatte nur eine Frage und du hast mich fast erschlagen!" Er spuckte aus und verzog das Gesicht.

Bernhardt sah ihn böse lächelnd an. „Jaja, du hattest nur eine Fra..." Er hielt inne: „Sagtest du, du hattest nur eine Frage?"

„Ja, klar!", grunzte Thomas. „Ich habe recherchiert und bin auf ein paar Hinweise gestoßen. Plötzlich war die 'Anna Amalia Bibliothek' Thema und ich brauchte Informationen."

„Dann...", Bernhardt wirkte verstört, „dann wusstest du es gar nicht?"

„Was sollte ich nicht wissen? Dass du an irgendeiner Partitur arbeitest? Das interessiert doch niemanden.", röchelte Thomas.

„Du wusstest es also auch nicht? Oh mein Gott..." Bernhardt stand auf, verließ ohne weiteren Kommentar den Keller und kam kurz darauf mit einem kleinen Stapel Fotos in der Hand zurück.

„Das war die 'Anna Amalia' vor dem Brand." Beinahe zärtlich betrachtete Bernhardt die Bilder und hielt sie ihnen hin. „Wunderschön, nicht? Ich bin schließlich nach endlosen Recherchen, nach falschen Fährten, nach unzähligen Sackgassen, doch noch auf die richtige Spur gekommen und war irgendwann überzeugt, dass die Partitur der 'Lukaspassion' nur an einem einzigen Ort zu finden sein konnte: Zwischen den noch nicht systematisch gesichteten und katalogisierten Beständen der 'Anna Amalia Bibliothek' in Weimar." Er setzte sich und bekam einen verträumten Gesichtsausdruck. „Dieser Moment, diese Gewissheit, dass man sich kurz vor dem Ziel befindet, war unbeschreiblich. Könnt ihr euch das vorstellen? Ich habe die Jäger des Bernsteinzimmers immer belächelt. Ihre Suche schien so sinnlos. Doch in diesem Moment habe ich es verstanden. Das Adrenalin, das dich in diesem Moment durchströmt, dieses Gefühl der Vorfreude und die Auf-regung, vielleicht gleich eine historische Entdeckung zu machen... das war einzigartig."

Alle drei hörten jetzt wieder mit ungeteilter Aufmerksamkeit zu.

„Ich wusste, wenn ich die Noten finden wollte, brauchte ich Helfer. Damals trafen Manfred, Susanne und ich uns unregelmäßig, aber mit Begeisterung, um über Literatur zu sprechen und zu verabreden, welche Autoren und Neuerscheinungen wir bis zum nächsten Treffen lesen wollten. Es war eigentlich nicht mehr als eine spontane Idee von mir, die beiden einzuweihen, und zu meiner Überraschung fingen sie sofort Feuer. Wir schmiedeten einen Plan und Ende August 2004 fuhren wir gemeinsam nach Weimar."

„Bernhardt, warum habe ich von all dem nichts mit-bekommen? Warum hast du mir nie etwas davon erzählt?" warf Charlotte entgeistert ein.

Bernhardt betrachtete sie mit sichtlichem Bedauern.

„Meine Liebe, ich habe immer mal wieder versucht, dein Interesse zu wecken. Aber du warst schlicht eine große Enttäuschung! Ich hatte dich völlig falsch eingeschätzt. Dir fehlte einfach jegliche Begeisterungsfähigkeit, jeglicher Enthusiasmus."

Charlotte sackte in sich zusammen. Nichts hätte sie grausamer treffen können als diese wenigen Worte.

Bernhardt wandte sich seelenruhig wieder an Thomas und Volker. „Die Aktion war sehr aufregend. Wie in einem Film. Wir schmiedeten einen Plan, fuhren nach Weimar, und Manfred und Susanne kümmerten sich um die Sicherheitsvorkehrungen – unverantwortlich wenige, das kann ich euch sagen. Sie fragten Personal aus, lenkten sie ab, spionierten etwas. Ich glaube, für Susanne war es ein verrücktes Abenteuer, 'mal etwas Verbotenes machen', 'den Nervenkitzel spüren'." Er nahm wieder einen Schluck Wasser und überlegte kurz. „Bei Manfred hab ich nie wirklich verstanden, warum er mitgemacht hat. Eigentlich war er nicht der Typ dazu." Nachdenklich lehnte sich Bernhardt zurück und schlug die Beine übereinander. „Ich habe ein wenig gebraucht, bis mir klar war, dass sich das Material, nach dem ich gesucht habe, unter dem Dach befinden musste. Die Sicherheitsvorkehrungen waren, wie gesagt, lächerlich. Also ließen wir uns immer zu zweit abends einschließen, während der Dritte draußen Schmiere stehen musste, und fingen an. Das war eine höllische Arbeit! Ich wusste nur ungefähr, wo wir suchen mussten. Zudem galt es, die Systematik zu verstehen, mit der das Material sortiert war. Für diesen Bereich gab es keine Führungen." Er lächelte und zwinkerte ihnen zu. „Dann war da noch das Problem der Beleuchtung. Es sollte uns ja von außen niemand sehen. Die vorhandene Deckenbeleuchtung fiel also aus." Er seufzte. „Ich entschied mich für eine kleine Baustellenlampe. Es gab da oben nur ein paar wenige Steckdosen und wir konnten ja schwerlich auch noch ein Verlängerungskabel mitschleppen. Also hab ich die Vertäfelung an der jeweils nächstgelegenen Stelle gelöst und meine Lampe an die dahinter liegende Stromleitung angeklemmt." Er schwieg für einen Moment. „Ich weiß, ich hätte da sorgfältiger sein müssen. Aber meine Konzentration brauchte ich für die Suche." Wie um die Erinnerung loszuwerden, schüttelte er sich und fuhr rasch fort. „Naja, und letztendlich sind wir fündig geworden! In der Nacht vom 1. auf den 2. September entdeckten wir die Noten zwischen zwei Pappen, die mit einem Band zusammengebunden waren, und auf der schlicht 'Georg Poelchau' stand. Ich öffnete die Bänder und voilà, da war sie: Die Originalpartitur der 'Lukaspassion' von Johann Sebastian Bach!"

Bernhardt drehte sich wieder zu seinem Schreibtisch und öffnete eine Schublade. Er nahm ein paar dünne Handschuhe heraus, die er sich sorgfältig überstreifte. Dann griff er wieder hinein und brachte einen dicken Stapel großformatiger, sichtlich sehr alter Papierbögen zum Vorschein. Er legte ihn vorsichtig auf den Schreibtisch, nahm die beiden oberen Blätter herunter und legte sie zur Seite. Er nahm das nächste Blatt in die Hand, drehte sich wieder und hielt es Volker hin. „Das ist es. Das Werk! Die erste Seite." Bernhardt ließ Volker einige Sekunden Zeit. Dann fragte er leise: „Kannst du es hören?"

In Volkers Augen standen Tränen, und die Noten begannen vor seinen Augen zu tanzen. Er hatte begriffen, was Bernhardt meinte.

„Das ist ja unglaublich! Fantastisch! Auch doppelchörig! Wie bei der 'Matthäuspassion'…"

„Ja", nickte Bernhardt. „Und trotzdem erfüllt von der Dramatik und dem Feuer der 'Johannespassion'!" Er schluckte ergriffen. „Was du hier siehst, mein Lieber, ist höchste Vollendung. Das größte Werk für Chor und Orchester, das es je gegeben hat, das es jemals geben wird." Er legte das Blatt wieder auf den Stapel zurück.

„Könnt ihr euch etwas Erfüllenderes vorstellen, als nach fast zweihundert Jahren der Erste zu sein, der diese Musik in den Händen hält, sie sichtet, bewertet und im wahrsten

Sinne des Wortes wieder ent-deckt?"

„Klar!", grunzte Thomas. „Dich im Gefängnis verrotten sehen. Fänd ich erfüllender."

Bernhardt sah ihn streng an. „Also wirklich! Das muss doch nicht sein."

„Du bist für den Brand der 'Anna Amalia' verantwortlich...", sagte Charlotte plötzlich und alle Blicke wanderten zu ihr. „Ich... es war..." Bernhardt schluckte, spürbar verunsichert. „Es war ein Unfall. Ich kann doch nichts dafür, dass die Elektrik in einem so gottserbärmlichen Zustand war." Er schüttelte den Kopf. „Ich war so aufgeregt. Ich hatte endlich, *endlich* die Partitur in der Hand! Nach vierzig Jahren der Suche! Vierzig Jahre!" Bernhardt zitterte jetzt. „In dieser Nacht war Susanne mit oben. Wir haben dann schnell zusammengepackt, das Kabel abgenommen und die Vertäfelung wieder angebracht."

Er drehte sich zu seinem Schreibtisch und atmete einige Male tief ein und aus. „Ich habe seitdem immer und immer wieder überlegt. Ich hatte wohl einen Funkenschlag verursacht. Und in dieser alten Wand steckte alles Mögliche an undefinierbarem Dämmmaterial, das dann vor sich hingeschwelt hat...."

Thomas hob leicht den Kopf. „Du hast die Bibliothek abgefackelt. Ich fass es nicht..." Er versuchte zu lachen, aber mehr als ein Krächzen brachte er nicht zustande. Charlotte sah Bernhardt verzweifelt an. „Aber warum musste Manfred sterben? Susanne? Und Feldner?"

Bernhardt wich ihrem Blick aus. „Ich hatte Manfred nur erzählen wollen, dass ich kurz vor dem Abschluss stand. Dass doch noch alles gut werden würde! Das war alles." Er schluckte. „Wir waren noch am 2. September abgereist. Von dem Brand haben wir erst am nächsten Morgen erfahren, aber uns war sofort klar, dass *wir* dafür verantwortlich waren. Diesen Schock, dieses Entsetzen und diese

Verzweiflung könnt ihr euch gar nicht vorstellen. Wir hatten doch nur nach Noten gesucht. Wir waren Schatzsucher." Bernhardt lächelte jetzt traurig. „Wie hatte das passieren können? Wir haben uns dann in Manfreds Wohnung ein letztes Mal getroffen und überlegt, was zu tun wäre. Gestehen? Wem hätte das geholfen? Der Schaden war angerichtet. Ich habe schon damals gehofft, dass als Brandursache die marode Elektrik angegeben werden würde. Und so ist es ja auch gekommen." Er schüttelte den Kopf. „Danach haben wir uns nie wieder in dieser Runde getroffen und auch nie wieder ein Wort miteinander gesprochen. Uns war klar, dass wir da gemeinsam drin hingen. Also galt es auch, gemeinsam dichtzuhalten. Und um ehrlich zu sein, ich für meinen Teil hatte auch kein Bedürfnis mehr nach ihrer Gesellschaft. Ich hatte mein Ziel erreicht. Meine lebenslange Suche war beendet." Er sah über sie hinweg. „Manfred wurde wütend. Er hat gesagt, dass er nichts damit zu tun haben wolle, nie mehr. Dass ich ihn in Ruhe lassen solle. Dabei wollte ich doch nur, dass er verstand, dass das alles einen Sinn hatte! Wäre der Brand nicht gewesen, ich bin sicher, wir hätten nicht alle so lange geschwiegen! Irgendeiner redet immer. Irgendwie wären Gerüchte aufgekommen, und wer weiß, was passiert wäre, wären die Falschen aufmerksam geworden." Thomas spuckte aus. „Also hast du ihm den Schädel eingeschlagen und ihn verstümmelt?", brachte er mühsam hervor.

„Ich sage doch, ich habe die Nerven verloren!" Bernhardt wurde lauter. „Das hier ist größer und wichtiger als alles, was ich je tun könnte. Größer, als du dir mit deinem beschränkten Polizistenhirn vorstellen kannst. Niemand wird sich später um ein, zwei Tote scheren. Nur das hier wird zählen!" Er nahm vorsichtig die Partitur in die Hände und hielt sie ihnen hin. „Diese Partitur ist mein Beitrag zur Weltgeschichte! Versteht ihr? *Weltgeschichte!*"

„Du redest so großkotzig daher und bist nichts weiter als ein mieser, kleiner Mörder", murmelte Thomas. Bernhardt sprang abrupt auf und schlug ihm hart ins Gesicht.

„Wie kannst du es wagen! Du wirst nie etwas von einer höheren Macht begreifen! Das hier -", Bernhardt legte eine Hand auf den Papierstapel, „- das hier ist der unverstellte Blick in Gottes Antlitz!"

Thomas stöhnte und würgte. Bernhardt zog seine Hand zurück. Er richtete sich zu voller Größe auf und sein Blick verschleierte sich. Leise fing er an zu sprechen und steigerte sich in einem Crescendo, bis er am Ende beinahe schrie: „Ich bin auserwählt! Mir, nur mir hat das Schicksal die Spuren gezeigt! Ich, nur ich allein sollte der sein, der der Welt ein Geschenk von solch unermesslicher Größe macht!" Er hatte die Augen aufgerissen und die Arme weit in den Raum gestreckt, eine Geste, als hielte er von einer Tribüne eine dramatische Ansprache für eine riesige Menschenmenge. Seine Hände zitterten und er atmete schwer. Thomas, der sichtlich Mühe hatte, aufrecht zu sitzen, unterbrach Bernhardts ekstatischen Redeschwall. „Du bist nichts weiter als ein lächerlicher alter Mann, der versucht, bei den Großen mitzuspielen, und nie gemerkt hat, dass er einfach nicht das Format besitzt", presste er heraus. „Willst du endlich still sein!", fauchte ihn Bernhardt an. Dann schien er sich zu entspannen, blickte noch einmal kurz in die Runde und ging wortlos die Treppe hinauf. „Findest du, es war eine gute Idee, ihn so zu provozieren?", fragte Charlotte. „Er wird uns nicht gehen lassen", stöhnte Thomas, „Auch nicht, wenn wir ihm sagen, was für ein toller Hecht er ist." „Ist das wirklich so sensationell, wie er tut?", wandte sich Charlotte an Volker, der aufrecht und mit geröteten Wangen auf seinem Stuhl saß. Er wendete sich ihr zu; sie konnte das ungläubige Staunen in seinem Blick sehen. „Wenn es wirklich stimmt, könnte es eine der

größten Sensationen sein, die die Musikwelt je erlebt hat."
Die Kellertür öffnete sich wieder und sie sahen hinauf.
Bernhardt stand an der Treppe. In der einen Hand hatte er
eine Rolle Klebeband, in der anderen einen Baseballschläger.

14:00 Uhr

Lucia folgte weiter Basti und Pedro. Die beiden trabten die
Venloer Straße in Richtung Westen hinauf, und es war
scheußlich schwer, sie im Auge zu behalten. Auf diesem
Abschnitt der Venloer reihte sich ein Geschäft an das
andere, Supermärkte, kleine Boutiquen und Dönerbuden.
Dazu kamen die vielen Ampeln, der Busverkehr, und
ständig kreuzten Radfahrer und Fußgänger die Fahrbahn. Es
grenzte an ein Wunder, dass sie die Hunde hier immer
noch sehen konnte. Sie hatten die Äußere Kanalstraße
überquert und waren in die Rochusstraße eingebogen.
Lucia hatte wieder geflucht, die Rochusstraße war an dieser
Stelle eine Einbahnstraße, allerdings in die für sie falsche
Richtung. Die beiden hatten sie wieder abgehängt!
Umständlich war sie einen Bogen gefahren und hatte
gerade aufgeben wollen, als sie sie doch wieder entdeckte.
Lucia war den Vierbeinern durch Bickendorf und Ossendorf
gefolgt, an der neuen Ikea-Niederlassung vorbei und über
die Brücke, welche die A57 überquert. Jetzt hatte sie
geparkt und stand in Longerich in einer kleinen Siedlung
von Einfamilienhäusern und Bungalows vor einem Gartentor und überlegte, ob sie den Hunden auf das Grundstück
folgen sollte.

14. Kapitel

„Eröffne den feurigen Abgrund, o Hölle"

Während Bernhardt schweigend die Treppe herunterstieg, zerrten Charlotte und Volker verzweifelt an ihren Fesseln.

Thomas sah dem Treiben gelassen zu. „Wie war das? Du willst uns 'mitnichten' umbringen?"

Bernhardt hatte den Fuß der Treppe erreicht, antwortete aber nicht. Stattdessen legte er den Baseballschläger auf den Schreibtischstuhl, riss einen kurzen Streifen Klebeband ab und klebte ihn Thomas über den Mund.

Charlotte sah ihn flehend an. „Bernhardt! Ich bitte dich! Bernhardt! Sieh mich an und rede mit mir!"

Wortlos klebte Bernhardt auch ihr den Mund zu. Vor Volker blieb er kurz stehen und blickte ihm in die Augen. Dann gab er sich einen Ruck und riss noch einen Streifen Klebeband ab.

„Dann muss sie eben ein anderer aus der Taufe heben."

Charlotte und Volker fingen an, unter ihren Knebeln zu schreien, und zerrten erneut an ihren Fesseln, aber es gab kein Entkommen. Sie wussten, was jetzt passieren würde.

Thomas blieb ganz ruhig. Er schloss die Augen. So sollte es also enden. Nicht schön, aber wenigstens einigermaßen spektakulär. Dass er von einem Rentner mit einem Baseballschläger totgeprügelt werden sollte, entbehrte nicht einer gewissen Ironie. Er stellte erstaunt fest, dass er keinerlei Angst verspürte. Bedauern, ja. Aber auch Neugier. Und war da nicht auch Erleichterung? Eindeutig. Aber warum dachte er gerade jetzt an Lucia?

Bernhardt nahm den Baseballschläger und baute sich vor ihnen auf.

Er wirkte entschlossen, schien es aber nicht eilig zu haben. Aufmerksam betrachtete er die sinnlosen Bemühungen Charlottes und Volkers, sich zu befreien. Dann seufzte er, drehte sich zum Schreibtisch, legte den Baseballschläger auf den Stuhl und nahm den Elektroschocker in die Hand.

„Meine liebe Charlotte, ich glaube, ich muss dafür sorgen, dass du still hältst. Du weißt, dass ich Ruhe brauche, wenn ich arbeite." Charlottes Augen weiteten sich. Sie zerrte noch heftiger am Klebeband und schrie unter ihrem Knebel, aber es hatte keinen Zweck. Bernhardt hob den Arm und trat einen Schritt vor, als er im Augenwinkel eine Bewegung wahrnahm. Er drehte sich und betätigte dabei automatisch den Knopf des Elektroschockers. Basti, der zusammen mit Pedro die Treppe heruntergekommen war und Bernhardts Bewegung als Angriff interpretiert hatte, flog in die Waffe hinein. Er jaulte schrill auf, stieß Bernhardt durch die Wucht seines Sprungs zu Boden und blieb auf ihm liegen. Bernhardt war im Fallen mit dem Kopf hart auf die Kante des Schreibtisches geprallt und lag jetzt bewusstlos unter dem betäubten Boxer. Pedro sprang mit seinen Vorderpfoten auf Thomas' Schoß und leckte ihm das Blut aus dem Gesicht.

Charlotte und Volker starrten ungläubig auf die Szene. Was um alles in der Welt war da gerade passiert? Sie fingen gleichzeitig an, wieder an ihren Fesseln zu zerren, als sie eine Stimme hörten. „Lasst, ich mach das." Lucia ging mit energischen Schritten zum Schreibtisch, zog schnell ein paar Schubladen auf, bis sie eine Schere gefunden hatte, machte die beiden mit ein paar raschen Schnitten los und riss die Klebestreifen von ihren Mündern. Dann ging sie zu Thomas, der sie aus halbgeöffneten Augen anstarrte. Sie entfernte den Knebel und das Klebeband von Händen und Füßen, umarmte ihn kurz und flüsterte ihm ins Ohr: „Bin so froh, dass du lebst." Sie prüfte schnell, ob der immer noch bewusstlose Bernhardt Hilfe benötigte, aber sein Puls war regelmäßig, und er atmete. Dann half sie Thomas auf die Beine. Er taumelte und würgte kurz, als müsse er sich übergeben, konnte sich aber beherrschen. Langsam drehte er sich um und versuchte, den bewusstlosen Basti von Bernhardt herunter zu heben, strauchelte aber und wäre gestürzt, wenn Lucia ihn nicht gehalten hätte. „Ist gut, ich mach das." Sie nahm den Boxer vorsichtig auf die Arme und begann, langsam die Treppe nach oben zu steigen. Thomas stützte sich auf ihre Schulter, während der nervöse Pedro aufgeregt vor ihnen hersprang und sich immer wieder umdrehte, um zu sehen, ob sie es auch schafften. Als sie im Wohnzimmer angekommen waren, ließ Thomas sich an einer Wand zu Boden gleiten. Lucia legte den Boxer auf seinen Schoß und zückte ihr Handy, um einen Krankenwagen und Verstärkung zu rufen.

Volker war währenddessen aufgestanden und umarmte Charlotte, die jetzt hemmungslos schluchzte. Plötzlich drehte sie sich abrupt um, blickte auf den am Boden liegenden Bernhardt und spuckte ihn unvermittelt an. „Du Schwein, du mieses Schwein!", schrie sie und begann nach ihm zu treten. Bernhardt reagierte nicht und lag schwer auf dem Kellerboden. „Lass, Charlotte!", Volker umklammerte sie von hinten und zog sie von Bernhardt weg. Charlotte machte sich los und drehte sich zu ihm um. Volker wich unwillkürlich einen Schritt zurück. So wütend hatte er sie noch nie gesehen. Sie wollte etwas sagen, besann sich dann aber und wischte sich die Nase mit dem Ärmel ihres Pullis. Sie warf noch einen Blick auf Bernhardt. Mit erstaunlich fester Stimme sagte sie: „Bleibst du hier und guckst, dass er keinen Blödsinn mehr anstellt? Wenn *ich* hier bleibe, kann es sein, dass es doch noch einen Toten gibt." Ohne Volkers Antwort abzuwarten, stürmte sie die Treppe nach oben. Volker konnte sie sehr gut verstehen. Er hätte vielleicht protestiert, aber alles war so schnell gegangen, und er war durcheinander. Zudem fühlte er sich nicht sehr wohl, allein mit dem reglosen Bernhardt. Zuerst wusste er nicht, was er machen sollte und hoffte, dass bald jemand herunter käme und ihn erlöste. Etwas hilflos kniete er sich kurz neben Bernhardt hin und fühlte nochmal dessen Puls. Dann fiel sein Blick auf die Partitur. Er ging zum Schreibtisch, setzte sich auf den Stuhl und begann, ehrfürchtig darin zu blättern. Ja, das war wirklich eine handgeschriebene Partitur Bachs. „Unglaublich! Das ist einfach unglaublich!" Langsam und vorsichtig wendete er Seite um Seite und las. „Fantastisch", murmelte er. In seinem Kopf begann er, die Musik zu hören, die er gerade vor sich sah. Melodiebögen, Akkorde, einzelne Instrumente. Die Faszination trieb ihm die Tränen in die Augen. Was für ein Geschenk! Und er, Volker Liepen, saß hier und hatte die Partitur in Händen, die der Meister aller Meister vor fast 300 Jahren mit eigener Hand verfasst hatte. Volker versank völlig in diesem Moment und nahm nicht mehr wahr, was um ihn herum geschah. Zum Beispiel, dass sich Bernhard aufrappelte und leicht schwankend hinter ihm zu stehen kam.

Bernhardt war immer noch sehr benommen und versuchte, die Situation zu erfassen. Er befand sich in seinem Arbeitskeller. Da war sein Schreibtisch, die Lampen brannten. Er selbst war eben auf dem Boden liegend aufgewacht. Er hatte dröhnende Kopfschmerzen und ihm war übel. Was war geschehen? Er konnte sich nicht erinnern. Hatte er Besuch gehabt? Er war jedenfalls nicht alleine gewesen. Auch jetzt war er nicht allein. Da saß jemand an seinem Schreibtisch und blätterte durch die Partitur der 'Lukaspassion'. Was ging hier vor? Wie war der Mann hier hereingekommen? Panik stieg in Bernhardt auf. Irgendwas lief gerade völlig falsch. Er wusste nicht, warum dieser Mann da saß - war das Volker? -, aber das war nicht richtig. Das war ganz und gar nicht richtig. Seine Gedanken ließen sich nicht ordnen, alles ging durcheinander und seine Panik wuchs. Er musste etwas tun. Irgendetwas. Ohne weiter verstehen zu wollen, stürzte er sich auf den Sitzenden und versuchte, ihn vom Schreibtisch weg zu zerren, was ihm auch gelang. Der Mann fiel zu Boden. Allerdings war bei der Attacke eine der Öllampen umgefallen und das Lampenöl ergoß sich über die verschiedenen Papierstapel, die sofort Feuer fingen. Helle Flammen loderten auf. Bernhardt schrie. Er warf sich auf den Schreibtisch und versuchte mit bloßen Händen, das Feuer zu löschen. Dabei stieß er auch die zweite Lampe um, deren Öl sich über seine Hände und Arme ergoß. Rasend schnell breiteten sich die Flammen aus und hüllten ihn binnen Sekunden ein. Rauch brannte in Bernhardts Augen und in seinen Lungen. Wie von Ferne nahm er wahr, dass jemand versuchte, ihn wegzuzerren, und ihm irgendetwas zurief. Dann war er allein. Bernhardt schlug nach den Flammen. Er schrie und schrie. Er spürte nicht, dass seine Haare brannten. Er spürte auch nicht, dass die Fasern seines Hemdes mit seiner Haut verschmolzen. Das letzte Bild, das es durch seine Sehnerven an der Hirnanhangdrüse vorbei in Bernhardts Großhirnrinde schaffte, bevor er endgültig das Bewusstsein verlor, war seine brennende rechte Hand. Die Hand umklammerte einen schwarzen Klumpen, der einmal die letzte verbliebene Partitur der 'Lukaspassion' von Johann Sebastian Bach gewesen war.

14:14 Uhr

„Er kommt zu sich. Kannst du mich hören? Volker? Hier ist Charlotte!", drang eine weibliche Stimme an Volkers Ohren. Er öffnete seine Augen und erkannte Charlotte, die sich sichtlich besorgt über ihn beugte. „Er ist wieder wach! Wir brauchen hier Sauerstoff!" Er wollte ihr etwas entgegnen, doch da stülpte man ihm schon eine Maske über. „Es wird alles wieder gut!", versuchte Charlotte ihn zu beruhigen, während sie mit den Händen durch sein wildes Haar fuhr. „Es wird alles wieder gut!" Charlotte war unendlich erleichtert. Nachdem sie nach oben gestürmt und wieder einigermaßen beruhigt war, hatte sie sich neben Thomas an die Wand gesetzt. Thomas war nur halb bei Bewusstsein gewesen, hatte aber Bastis Kopf gehalten und ab und zu mit leiser Stimme ein „Alles wird gut." vor sich hin gemurmelt. Charlotte hatte nur erschöpft dagesessen, sie hatte versucht, den nervösen Pedro zu beruhigen und dabei Lucia beobachtet, die mit dem Handy am Ohr im Garten auf und ab ging. Dann war hinter ihr die Kellertür aufgesprungen und Volker war bewusstlos in die Diele gefallen, während über ihn hinweg dicke Rauchschwaden aus dem Keller gedrungen waren. Mit einem Schrei war sie aufgesprungen und zu Volker hingestürzt. Alles, was sie hatte tun können war, die Kellertür zuzuschlagen und Volker auf dem glatten Laminat ins Wohnzimmer zu schleifen. Lucia hatte von draußen den Rauch wahrgenommen und geistesgegenwärtig auch noch die Feuerwehr angerufen.

Jetzt herrschte um sie herum hektische Betriebsamkeit. Mehrere Streifenwagen waren eingetroffen und Lucia hatte zu tun gehabt, den Kollegen zu erklären, wer sie war und was sich hier abgespielt hatte. Kurz darauf waren mehrere Löschzüge der Feuerwehr eingetroffen, und die Männer hatten schnell und routiniert begonnen, das Feuer unter Kontrolle zu bringen. Nachdem der Brandmeister gehört hatte, was passiert war, und einen kurzen Blick auf den Brandort geworfen hatte, bestätigte er noch einmal, was sowieso längst klar war: Bernhardt hatte nicht den Hauch einer Chance. Charlotte ging neben der Liege her, auf der Volker in Richtung Rettungswagen gerollt wurde. „Jetzt nehmen Sie doch Vernunft an, verdammt!" Aus dem Haus konnte sie jemanden fluchen hören und sah, wie sich Thomas in seinem halbbewussten Zustand gegen einen Sanitäter zur Wehr setzte, der versucht hatte, ihm den immer noch bewusstlosen Basti vom Arm zu nehmen. Erst

Lucias Einschreiten konnte die Situation klären. „Thomas, alles ist gut. Ich kümmer mich um die beiden. Versprochen!" Nach einigen Minuten zäher Verhandlungen landete Thomas dann doch in einem der Rettungswagen. Sein Widerstand war schließlich gebrochen und er hatte, noch bevor er in den Rettungswagen geschoben worden war, wieder das Bewusstsein verloren.

Sonntag, 14.2., 10:04 Uhr

Volker war wegen einer leichten Rauchgasvergiftung über Nacht im Krankenhaus geblieben. Charlotte war hergekommen, um ihn abzuholen, und jetzt saßen sie in der Cafeteria des Krankenhauses vor ihren Kaffeetassen und wussten nicht so recht, was sie sagen sollten. Eigentlich hatten sie Thomas besuchen wollen, aber der lag auf der Intensivstation und durfte keine Besucher empfangen. Er war noch am gestrigen Abend operiert worden: Die Ärzte hatten einen Bluterguss am Gehirn entdeckt und seinen Schädel angebohrt, um für Entlastung zu sorgen. Jetzt wurde bei ihm permanent der Hirndruck gemessen und je nachdem, wie sich sein Zustand entwickeln würde, war eine weitere Operation nicht ausgeschlossen. Sie konnten also nur warten.

Charlotte hatte in der vergangenen Nacht kein Auge zugetan. Einerseits fühlte sie die Erleichterung, lebend aus dieser Situation herausgekommen zu sein; andererseits begriff sie langsam, dass ihr Ex-Mann Bernhardt ein Mörder gewesen war, dass er nicht mehr lebte und dass er in dem Moment gestorben war, als er auch sie hatte umbringen wollen. Die Kombination von allem hatte sie in einen inneren Aufruhr versetzt, von dem sie nicht wusste, wie sie ihn würde bewältigen können.

Volkers Unruhe hatte eine andere Ursache. Schon einen Tag später war er sich nicht mehr sicher, ob das, was er gestern gesehen und in der Hand gehalten hatte, wirklich eine 'Lukaspassion' von Johann Sebastian Bach gewesen war. Er erinnerte sich, dass er einige Seiten kurz angesehen hatte. Die typische Bach'sche Handschrift, genau wie die, die er von der Faksimile-Ausgabe der Originalhandschrift der 'Matthäuspassion' kannte; die Anlage mit zwei Chören und zwei Orchestern, das charakteristische 'Passio' als Überschrift in der runden, geschwungenen Schreibweise Bachs, gefolgt vom 'secundum Lucam', was 'gemäß Lukas' bedeutet. Die wenigen Augenblicke, in denen er die Möglichkeit gehabt hatte, einen Blick in die Noten zu werfen, schienen ihm bereits so unwirklich, dass er ernsthaft daran zweifelte, dass es tatsächlich geschehen war. Hatte er wirklich rote Tinte unter den Rezitativen gesehen, so wie sie Bach auch in der Originalhandschrift der 'Matthäuspassion' für die Texte des Evangelisten genutzt hatte? Und hatte er wirklich die typischen, elegant geschwungenen Sechzehntelbalken entdeckt, die Bachs Handschrift so ästhetisch ansprechend machten? Er konnte es sich kaum vorstellen.

„War das alles nur ein Traum?", fragte er müde.

„So sicher bin ich mir gerade auch nicht.", erwiderte Charlotte nachdenklich. „Allerdings fühlte es sich sehr real an."

„Ich versteh einfach nicht, wie ich davon habe träumen können. Zum Beispiel die Verbindung zu Russland. Bach hatte so gar nichts mit Russland oder den dortigen Musikern zu tun."

Charlotte sah ihn an. „Vielleicht hat Bernhardt in irgendeinem Gespräch mal eine kleine Bemerkung gemacht und dein Unterbewusstsein hat sich das gemerkt?"

Volker wirkte wenig überzeugt. „Vielleicht", erwiderte er abwesend.

„Aber hast du mir nicht selbst erzählt, dass ein Bruder Bachs durch Russland gekommen ist und dann bei irgendeinem Sultan gelebt hat?"

Volker überlegte kurz. „Johann Jacob? Aber der ist da als Musiker in einem schwedischen Heer durchgezogen. Und ich habe keine Ahnung, wie weit nach Osten die damals gekommen sind. Also von einer echten Verbindung nach Russland kann man da wohl nicht sprechen..." Wieder verstummte er kurz. „Was hast du eigentlich gestern in deiner Jackentasche gesucht?"

Charlotte wusste nicht, was er meinte. „Was gesucht? Wann?"

„Na, als du zum zweiten Mal aus dem Auto gestiegen bist, hast du etwas in deiner Jacke gesucht. Und offenbar nicht gefunden."

Sie wirkte auf einmal amüsiert. „Ach. Naja, ich habe immer ein Pfefferspray in der Tasche. Aber gestern nicht. Und weißt du, warum?"

Er schüttelte den Kopf.

„Kannst du dich an den Käferfleck aus der Eifel erinnern?", fragte sie lächelnd. „Das Spray war in meiner Lieblingsjacke, die ich in die Reinigung gebracht habe. Und somit war meine übliche Selbstverteidigungsstrategie dahin."

Mittwoch, 18.2., 15:26 Uhr

Am Mittwoch wurde Thomas gegen Mittag von der Intensivauf die Normalstation verlegt, und Lucia informierte Charlotte und Volker.

Sie besuchten Thomas am Nachmittag und waren erleichtert, dass er in einem Zweibettzimmer gelandet war. Sein Bettnachbar war ein älterer Herr, der Kopfhörer trug und in den Fernseher an der gegenüberliegenden Wand starrte.

Thomas hatte das Bett bekommen, das näher am Fenster stand. Lucia saß bereits auf einem Stuhl, den sie direkt ans Bett gezogen hatte. Charlotte nahm sich ebenfalls einen

316

Stuhl und setzte sich neben Lucia.

„Hallo Thomas!", sagte Charlotte lächelnd mit ruhiger Stimme und versuchte, sich ihre Bestürzung nicht anmerken zu lassen.. Er sah furchtbar aus mit den abrasierten Haaren und dem Verband am Kopf. In seinem Arm steckte immer noch eine Infusionsnadel nebst Schlauch, durch den eine klare Flüssigkeit in seine Vene geleitet wurde. Charlotte hatte den Eindruck, dass er unter starken Schmerzmitteln stand.

Thomas drehte langsam den Kopf zu ihr hin und versuchte ebenfalls ein Lächeln.

„Lucia wollte eigentlich die Hunde mitbringen, aber Basti geht es so schlecht, dass er zu Hause bleiben musste."

„Und Pedro passt auf ihn auf", ergänzte Lucia.

„Ich hab Basti vorgestern aus der Tierklinik geholt. Er macht Fortschritte, liegt aber hauptsächlich rum und schnarcht. Sie konnten nicht genau feststellen, ob er eine Gehirnerschütterung hatte", sie schielte zu Thomas, „Aber er ist offenbar ein genauso zäher Knochen wie sein Herrchen."

Thomas wendete seinen Blick zu Volker. „Wie geht es dir?"

„Seit ich nicht mehr bei jedem zweiten Atemzug einen infernalischen Hustenanfall bekomme, geht's", antwortete Volker trocken. „Aber Thomas, dich hat's wirklich so richtig erwischt. Wir haben uns große Sorgen gemacht."

Thomas zog kurz die Augenbrauen hoch und wiegte den Kopf hin und her, was er jedoch sofort bereute. „Ja, ich hab mich schon mal besser gefühlt. Selbst nach meinen schlimmsten Alkoholexzessen hatte ich nie solche Kopfschmerzen."

Lucia sprach für ihn weiter. „Der Arzt meint, er hat Glück gehabt. Er hat ein mittelschweres Schädel-Hirn-Trauma. Sein Schädelknochen ist angebrochen, aber offenbar nicht gesplittert. Das Hämatom ist schon zurückgegangen und der Hirndruck ist in Ordnung. Ein wenig mehr Kraft oder Schwung auf dem Schlag, und wer weiß, vielleicht läge er jetzt im Koma oder wäre tot." Sie sah ihn offen an und er erwiderte ihren Blick. Thomas war klar, worauf Lucia hinaus wollte: Er hatte eine Kopfverletzung erlitten, war aber wach und würde wieder genesen. Dagmar hatte auch eine Kopfverletzung erlitten. Sie hatte weniger Glück gehabt.

Thomas sah zur Zimmerdecke hoch und schloss dann die Augen.

„Und wie habt ihr den ganzen Zirkus mit Glatz überstanden?", fragte Lucia.

„Dein Chef ist schon ein wenig seltsam, oder?" Volker zog eine Augenbraue hoch. „Ich kenne ihn ja nicht, aber irgendwie war er... naja, ich glaube ,scheißfreundlich' trifft es am besten."

Lucia verzog das Gesicht und sah kurz zu dem Herrn im Nachbarbett hin, der allerdings nicht den Eindruck machte, dass er an irgendetwas Realem in seiner Umgebung Anteil nahm. „Kompliziertes Thema...", erwiderte sie. „Glatz kann froh sein, wenn er aus der Sache mit einigermaßen heiler Haut raus kommt. Die Spatzen pfeifen von den Dächern, dass er bei diesen Ermittlungen auf ganzer Linie versagt hat. Und dass ein pensionierter Kollege, den Glatz dann auch noch vor versammelter Mannschaft beleidigt und rausgeworfen hat, maßgeblich an der Lösung des Falls beteiligt war... Nun, das macht die Sache für ihn nicht leichter."

„In der Zeitung stand nur, dass es einen Brand mit einem Todesopfer und mehreren Verletzten gegeben hat. Von dem Zusammenhang mit den Morden wurde bisher gar nichts geschrieben", warf Charlotte ein, „Aber das ist doch schon allen klar, oder?"

„Die Pressekonferenz läuft gerade, und die Katze müsste inzwischen aus dem Sack sein." Lucia blickte aus dem Fenster.

„Sicher wird bald Presse auftauchen. Wir müssen dich hier

rausholen, Thomas." Doch der hatte seine Augen immer noch geschlossen.

„Er kann aber noch nicht zu sich nach Hause – er braucht noch Hilfe", gab Volker zu bedenken.

„Ich nehme ihn zu mir. Dort vermutet ihn keiner, und die Hunde haben sich schon an die Umgebung gewöhnt." erklärte Lucia leichthin. Nur Charlotte bemerkte, wie sie dabei ein klein wenig errötete…

Sonntag, 22.2., 20:21 Uhr

Am Tisch saßen Lucia, Charlotte, Volker und natürlich Thomas. Thomas' Wohnung bot zwar nicht sehr viel Platz, da er jedoch wieder zu Hause, aber noch nicht wieder vollständig hergestellt war, hatten sie beschlossen, sich bei ihm zu treffen, um die letzte Woche Revue passieren zu lassen. Charlotte und Volker waren am Mittwochabend noch einmal in Richtung Eifel verschwunden, um auch diesmal den Reportern und Journalisten zu entfliehen, und waren nun dankbar, Thomas in erstaunlich gutem Zustand anzutreffen. Lucia schien sich hingebungsvoll um ihn gekümmert zu haben.

Eine Casserole mit einer verlockend duftenden Lasagne stand auf dem Tisch, dazu eine Schüssel mit Salat, zwei Flaschen Rotwein und eine Flasche Ginger Ale für Thomas: Für das leibliche Wohl war also gesorgt.

Lucia berichtete, dass Köln nach der Presskonferenz am Mittwoch noch einmal für zwei Tage von einer Journalisten-meute belagert worden war und Thomas nur froh sein konnte, dass er bei ihr Unterschlupf gefunden hatte.

Viel gab es allerdings nicht zu erzählen. In der Kölner Kulturszene war die Erleichterung förmlich mit Händen zu greifen: Der 'Musik-Ripper', wie er inzwischen auch in der seriöseren Presse tituliert wurde (allerdings in Anführungszeichen), würde mit Sicherheit keine weiteren Morde mehr begehen, da er bei dem Brand umgekommen war. Man spekulierte über Motive und erstellte psychologische Profile, aber das war es auch schon. Da keine weiteren Informationen nach außen drangen, verlor man schließlich das Interesse und widmete sich wieder aktuelleren Fällen.

„Es ist gut, dass wir gegenüber der Polizei nichts von Bernhardts wahren Motiven gesagt haben", meinte Charlotte.

„Das wäre ein noch größerer Skandal gewesen und hätte alles in ein völlig anderes Licht gerückt", meldete sich Thomas zu Wort. „Nicht auszudenken, was die Versicherungsunternehmen mit dieser neuen Sachlage zum Bibliotheksbrand angefangen hätten." Charlotte drehte gedankenverloren ihr Weinglas in der Hand. „Die Medien und Glatz sind überzeugt, dass Bernhardt ein geistig gestörter, alter Mann war, der aus Frustration, Eifersucht und fehlender Bestätigung gemordet hat – ein alleinstehender Rentner und fanatischer Hobby-Musikwissenschaftler, der aus Gründen, die nur er verstand, völlig durchgedreht und zum Mörder geworden ist." Sie lächelte etwas gequält und wandte sich an Thomas. „Wie fühlst du dich?" „Gut", entgegnete er knapp. „Auch wenn ich mir das vor ein paar Tagen noch nicht hätte vorstellen können."

Lucia lächelte. „Ihr hättet ihn erleben sollen, als er die beiden hier wiedergesehen hat." Sie deutete auf Basti und Pedro, die eben noch friedlich vor sich hingeschnarcht hatten und jetzt neugierig die Köpfe hoben. „Er ist auf die Knie gegangen, hat geweint und jeden eine viertel Stunde lang geküsst, während er ihnen unverständliches Zeug ins Ohr gesäuselt hat." Volker sah Thomas an. „Alter, du lebst definitiv schon zu lange allein."

Lucia war froh, dass sie Glatz und dem Polizeipräsidenten schon am Montag hatte Rede und Antwort stehen müssen, als sie noch nichts von der 'Lukaspassion' und dem Brand in Weimar gewusst hatte. Sie war sich nicht sicher, ob sie es geschafft hätte, das zu verheimlichen. Und es war auch so schon schwer genug gewesen: Ihr Alleingang hatte ihr eine Verwarnung eingebracht, allerdings war sie gleichzeitig wegen ihres umsichtigen Vorgehens vor Ort gelobt worden. Da sie im Gespräch nicht direkt auf die Fragen des Polizeipräsidenten geantwortet hatte, warum sie denn alleine und ohne Rückendeckung ihres direkten Vorgesetzten der Spur nachgegangen war, hatte sich Glatz den ein oder anderen Seitenblick und die ein oder andere hoch gezogene Augenbraue des Präsidenten eingehandelt. Glatz war bemerkenswert kleinlaut, und von seiner üblichen zur Schau gestellten Selbstsicherheit war nicht mehr viel übrig gewesen.

Thomas saß auf dem Stuhl neben Lucia und betrachtete sie. Dann nahm er ihre Hand in die seine und hielt sie fest. Eine eigentlich alltägliche Geste, und doch hatten alle in diesem Moment ein Gefühl, als würde sich die Atmosphäre im Raum ein wenig verändern.

„Danke, Lucia", sagte Thomas schlicht.

Pedro zerstörte diesen kleinen, magischen Moment, indem er mit den Vorderbeinen auf Lucias Schoß stieg und einmal leise fiepte. Sie musste lachen und streichelte mit der freien Hand seinen Kopf, woraufhin er sofort versuchte, diese abzulecken.

„Was hat er wohl mit den Zungen gemacht?", fragte Volker unvermittelt.

Charlotte verzog das Gesicht. „Naja, gesammelt hat er sie ja wohl nicht."

Thomas räusperte sich. Er war immer noch nicht komplett wiederhergestellt, und das sah man ihm deutlich an. Auf dem Kopf waren zwar wieder Haarstoppeln erkennbar, aber er trug immer noch ein dickes Pflaster am Hinterkopf und wirkte viel schmaler als vorher. Auch die Falten, die sich von den Nasenflügeln zu den Mundwinkeln zogen, wirkten ausgeprägter als zuvor. „Ich denke, er hat sie einfach weggeworfen. Wahrscheinlich hat er sich selbst davor geekelt." Er nahm einen Schluck von seinem Ginger Ale. „Schon erstaunlich, was Menschen anzustellen bereit sind, wenn sie ein Ziel vor Augen haben, das ihnen wichtiger erscheint als alles andere, selbst als das eigene Leben."

„Sag mal, weißt du, woran er da eigentlich all die Jahre gearbeitet hat?", fragte Charlotte neugierig.

„Schon irgendwie", antwortete Volker nachdenklich. „Ich bin zwar kein Musikwissenschaftler, aber eine Neuausgabe, oder in diesem Fall: eine Erstausgabe eines Werkes zu erstellen, ist eine Mammutaufgabe. Normalerweise sitzen da Heerscharen von Wissenschaftlern dran. Da wird alles geprüft. Jede einzelne Note."

„Ich wusste nicht, dass das so aufwendig ist", überlegte Lucia.

„Es gibt auch ungeheuer viel zu erforschen. Ein kleines Beispiel: Wann ist das Werk überhaupt entstanden?", fuhr Volker fort. „Wenn man keine Datierung vom Komponisten hat und auch sonst keine Zeugnisse, muss man versuchen, das herzuleiten. Das Papier, das Bach benutzt hat, hatte ein Wasserzeichen der jeweiligen Werkstatt, die es hergestellt hat. Die Spezialisten können dir anhand dieser Wasserzeichen sehr genau sagen, in welchem Zeitraum er welches Werk geschrieben hat. Man weiß auch, wie sich im Laufe der Jahre seine Handschrift verändert hat, was ebenfalls hilft, ein Werk zeitlich einzuordnen." Er nahm einen Schluck Wein. „Dann natürlich der Text an sich. Im Falle einer Passion wie dieser schaut man erst mal, welche Bibelstellen er vertont hat. Dann geht man an die Texte, meistens Arien und Chöre, die nicht aus der Bibel sind, sondern Nachdichtungen. Bach hat in Leipzig mit einem

Textdichter namens Henrici gearbeitet, der als Pseudonym den Namen Picander gewählt hatte. Der hat unter anderem etliche Kantatentexte und auch die Nichtbibelstellen der 'Matthäuspassion' verfasst."

Alle lauschten Volkers Ausführungen, als plötzlich ein leises Grummeln zu vernehmen war. Basti, der die ganze Zeit über ruhig auf seiner Decke gelegen hatte, knurrte mit erhobenem Kopf vor sich hin.

„Ich glaube, er findet deine Erzählung gerade langweilig...", übersetzte Thomas, und alle mussten lachen.

Thomas ließ es sich nicht nehmen, sich zu Basti auf den Boden zu setzen und den Kopf des Boxers zu streicheln. Der genoss die Liebkosung sichtlich, schnaubte ein paar Mal und schmatzte, als müsse er seine Zunge sortieren.

„Naja, um das abzuschließen", fuhr Volker fort, „ich denke, auf irgendeine seltsame Weise sind in seinem Kopf die Passion und seine Arbeit daran eins geworden. Er fühlte sich wahrscheinlich wie ein Auserwählter, der den heiligen Gral gefunden hat und dachte dann, er könnte es damit allen zeigen. Vielleicht wäre es aber auch die Lachnummer des Jahrhunderts geworden", setzte er zögerlich hinzu.

„Wie auch immer, ich habe nur wenige Takte gesehen und die wirkten fantastisch. Bernhardts Name wäre für immer mit Bachs 'Lukaspassion' verbunden geblieben, egal, wie es weiter gegangen wäre."

Thomas sah Volker an. „Du bedauerst es." Das war keine Frage, das war eine Feststellung. Volker erwiderte den Blick. Er wusste, was Thomas meinte.

„Ja", antwortete er schlicht. „Und 'bedauern' ist ein viel, viel zu schwaches Wort. Ich bin bis ins tiefste Innere erschüttert." Er schluckte. „Stellt euch vor, was diese Entdeckung bedeutet hätte! Eine weitere Passionsvertonung von Johann Sebastian Bach! Und, wenn Bernhardt recht hatte, der Gipfel seines Passionsschaffens! Allein die

'Matthäuspassion' ist an Schönheit, Tiefe und spiritueller Kraft eigentlich nicht zu überbieten, falls man hier überhaupt Vergleiche anstellen kann." Er schluckte erneut und senkte den Blick. „Ich werde bis an mein Lebensende daran denken müssen, dass es vielleicht ein Stück Musik gegeben hat, das uns diesem alten Menschheitstraum vom Frieden, von Erleuchtung, von der Beantwortung der Frage nach dem Sinn näher hätte bringen können. Und dass ich es in der Hand gehalten habe." Jetzt floss ihm eine Träne über die Wange. Charlotte nahm sanft seine Hand in die ihre. „Mutest du da einem Stück Musik nicht ein wenig viel zu?" Volker überlegte für einen Moment und sah sie dann an. Ein seltsamer Ausdruck lag in seinen Augen. „Ich glaube nicht. Ich glaube, nein, ich weiß, dass Musik viel, viel mehr kann, als ihr üblicherweise zugestanden wird. Nicht umsonst wurde sie schon immer von Schamanen und Heilern eingesetzt, hatte wichtige Funktionen bei allen Arten von religiösen Riten, spielte eine große, wenn nicht die entscheidende Rolle, wenn es um Trance oder spirituelle Ekstase ging. Gute Musik ist nicht Oberfläche, nicht Zierde oder hübscher Zeitvertreib. Gute Musik hat die Kraft, uns andere Welten zu zeigen, Pforten zu öffnen." Volker wiegte den Kopf und seine Augen begannen zu glänzen. „Ein von mir sehr verehrter Dirigent hat mal gesagt: 'Gute Musik soll die Geister einladen, nicht vertreiben'. Das ist zugegeben ein wenig plakativ formuliert, aber trotzdem trifft es genau den Kern: Musik, *gute* Musik, ist viel mehr, als nur Erzeuger und Vermittler von Emotionen. Sie hat eine spirituelle Dimension, die leider viel zu häufig vergessen, oder schlicht in Abrede gestellt wird, weil wir verlernt haben, sie wahrzunehmen." Wieder floß eine Träne über seine Wange. Trotzdem brachte er ein Lächeln zustande. „Vielleicht fange ich ja irgendwann auch an, nach der 'Lukaspassion' zu suchen. Wer weiß, ob es wirklich die einzige verbliebene Kopie war?"

Sie hatten noch den ganzen Abend weiter geredet, spekuliert, getrauert, gelacht; und sie hatten Charlottes ausgezeichnetes Tiramisu, eine weitere Flasche Rotwein und ein Gutteil der kleinen Flasche 'Lagavulin', einem fantastischen Single-Malt-Whisky, den Volker beigesteuert hatte, ihrer Bestimmung zugeführt.

Jetzt wartete draußen das Taxi. Thomas geleitete seine Gäste zur Tür und verabschiedete sich von jedem mit einer Umarmung. Lucia sah ihn kurz mit leicht verschleiertem Blick an und küsste ihn dann leidenschaftlich. Thomas war als einziger nüchtern, und zu seiner eigenen Überraschung genoß er diesen kurzen Moment sehr. Sie schmeckte angenehm nach Whisky, dem Tiramisu und nach sich selbst, und er hätte sie fast gefragt, ob sie nicht gerne bleiben würde.

Danach drehte er noch eine kurze Runde mit seinen beiden Vierbeinern. Basti hinkte ein wenig, Pedro war sichtlich müde, und er selbst spürte schon nach wenigen Schritten, dass er wirklich und tatsächlich noch nicht wieder ganz auf der Höhe war. Vielleicht gut, dass er Lucia nicht aufgefordert hatte, zu bleiben. Mit einem leicht wehmütigen Lächeln auf den Lippen betrat er wieder seine sich auf einmal sehr leer anfühlende Wohnung. Er beschloss, sich morgen um den Abwasch zu kümmern, und holte sein Notebook aus der Schreibtischschublade, um einen kurzen Blick auf die aktuellen Nachrichten zu werfen, als sein Blick auf einen braunen DIN A5-Umschlag fiel, den er nicht sofort zuordnen konnte. Darauf stand nur 'Für Thomas'. Er riss den Umschlag auf, hielt ein luftdicht eingeschweißtes Päckchen 'Gras', eine CD mit dem 'Deutschen Requiem' von Johannes Brahms und einen mehrseitigen, handgeschriebenen Brief in der Hand.

Manfred.

Er legte die CD ein, setzte sich seine Kopfhörer auf, ließ sich auf seinen Sessel sinken und drehte sich sorgfältig einen Joint. Während die ersten Takte des 'Selig sind, die da Leid tragen' erklangen, zündete er ihn an, inhalierte genussvoll und nahm den Brief zur Hand.

„Mein lieber Thomas!

Wenn du diesen Brief in Händen hältst, bin ich tot. Ich weiß nicht, warum ich gestorben bin, oder wie, aber ich hoffe, es war kein sinnloser, banaler Tod, wie er leider so oft vorkommt.

Diese Aufnahme des 'Deutschen Requiems' ist mir die liebste. Soweit ich mich erinnere, haben wir nie zusammen Vokalmusik gehört, wenn du bei mir warst. Aber da wir jede Woche gemeinsam gesungen haben, erscheint mir ein Werk aus dem Genre der Vokal-Sinfonik als ideales Andenken und Abschiedsgeschenk.

Du sollst wissen, dass mir unsere gemeinsame Zeit immer sehr kostbar war. Und wie es mit kostbaren Dingen nun mal so ist: Wir wünschen uns mehr davon. Unsere entspannten Treffen, unsere Gespräche, der Genuss bewusstseinserweiternder Mittel – und damit meine ich sowohl das wohlriechende Kraut, welches du bestimmt schon angezündet hast, als auch die wunderbare, leider immer mehr ins Abseits geratende Musik der großen Meister der Romantik – gehörten zu den schönsten Stunden meiner letzten Jahre.

Du hast die CD schon eingelegt? Wenn nicht, dann bitte ich dich, es jetzt zu tun.

Warum habe ich mich für dieses Stück entschieden? Nun, eine Totenmesse erscheint mir in Anbetracht der Umstände als durchaus angemessen, und ich habe mir viele Gedanken gemacht, welche es werden soll.

Mozarts Requiem war in der engeren Wahl. Ich habe seine Atmosphäre stets als unerreicht empfunden. Spätestens beim Lacrimosa liefen mir regelmäßig Schauer über den Rücken und ich hatte das deutliche Gefühl, dass im Konzertsaal mehr Seelen anwesend waren, als zu dem Zeitpunkt, als das Licht ausging.

Oder Verdi – die Kraft, Theatralik und hemmungslose Emotionalität in seinem Requiem haben mich jedesmal noch tagelang nach den Konzerten verfolgt. Oder György Ligeti! Kannst du dich daran erinnern, wie wir vor Jahren gemeinsam ein Konzert in der Kölner Philharmonie besucht haben, in welchem sein Requiem aufgeführt wurde? Dann weißt du sicher auch noch, wie uns dessen geisterhafte, beängstigende Atmosphäre beeindruckt hat. Ich hatte tatsächlich danach kurz die Frage auf den Lippen, ob du mich nach Hause begleiten würdest. Natürlich nur, weil ich die Hosen voll hatte.

Alle diese sind bemerkenswert und einzigartig. Jedoch hat der gute, alte Brahms etwas erschaffen, das für mich alle anderen – nun, vielleicht nicht direkt übertrifft; aber es nimmt doch insofern eine Sonderstellung ein, als es mehr einen Kommentar oder eine Meditation über das Thema Requiem darstellt. Ich fand die Abwendung vom liturgischen Requiem-Text und die Auswahl, die er statt dessen getroffen hat, immer genial. Zudem ist die Musik von einfach hinreißender Schönheit.

Ich hoffe, nein, ich weiß, dass Brahms dir so viel Trost und Kraft spenden wird wie mir. Spätestens bei der Textzeile „Tod, wo ist dein Stachel, Tod, wo ist dein Sieg" wirst du erkennen, dass unser kleines, kompliziertes, scheinbar unsinniges Dasein nur ein winziger Teil einer großen, umfassenden, für unsere kleinen Gehirne nicht erfassbaren Geschichte ist. Vertrau mir.

Mein lieber Thomas, ich danke dir.

Wir sehen uns. Leb wohl.
Manfred"

Tränen rannen Thomas über die Wangen, doch er konnte und wollte sie nicht aufhalten. Er lauschte der Musik und ließ sie wirken; es war, als öffnete sich in seinem Innern eine Tür: Mit einem Mal empfand er mit großer Klarheit allen Schmerz, alles Leid der letzten Jahre noch einmal, und zur selben Zeit große, umfassende Freude, Trost und – Glück.
Noch lange, nachdem die letzten Töne verklungen waren, spürte er dem nach, was der vergangene Abend, der Brief, die Musik und das bisschen Kraut mit ihm angestellt hatten. Er war nicht müde. Während Basti und Pedro selig schlummerten, hörte er die CD noch einmal und noch einmal. Er dachte an Manfred, an Susanne Vögele, an Herbert Feldner und auch an Bernhardt. Und dann erschien vor seinen Augen ein Gesicht. Aber es war nicht Dagmar. Es war Lucia. Und Thomas lächelte.

Epilog

Volker verbeugte sich und drehte sich zum Orchester. Der Applaus flaute ab und hörte dann ganz auf. Die Saaltüren waren schon vor einigen Sekunden geschlossen worden. Langsam stellte sich gespannte Ruhe ein. Nur das Rascheln von Programmheften war noch zu hören, letzte Huster; Gespräche gingen in Flüstern über und erstarben ganz. Hinter ihm, im Auditorium des ausverkauften großen Saales der Kölner Philharmonie, hatten sich 2000 Zuhörer versammelt, die an diesem Karfreitag den Weg hierher gefunden hatten, um die heutige Aufführung von Johann Sebastian Bachs vielleicht größtem Werk zu erleben.

Volker schlug die Partitur auf. Vor ihm, auf dem Podium, befand sich sein Rheinischer Oratorienverein, aufgeteilt in zwei Gruppen, die links und rechts hinter dem jeweiligen Orchester auf Chorpodesten Aufstellung genommen hatten. Neben ihm auf Stühlen sitzend die fünf Gesangssolisten, rechts die Herren, links die Damen. Nachdem er sehr spät angefangen hatte, Ersatz für die beiden ursprünglich vorgesehenen Solistinnen zu suchen, schätzte er sich glücklich, dass er als neue Sopranistin Konstanze Tiost hatte gewinnen können. Sie war eine Studienkollegin gewesen, deren leichte, feine und wunderschöne Stimme er immer bewundert hatte. In den letzten Jahren hatten sie sich aus den Augen verloren. Durch einen Zufall war er dann kürzlich auf ihre Internetseite gestoßen, und zu seiner großen Freude hatte sie ihm auf seine Anfrage hin begeistert zugesagt. Als Ersatz für Susanne Vögele war Bea Luirr eingesprungen. Für sein Konzert stellte das einen Glücksfall dar. Vorsichtig geschätzt war ein Viertel der Zuhörer ihretwegen gekommen und hatten den ordentlichen Vorverkauf zu einem fantastischen gemacht. Bea Luirr war eine sehr bekannte Altistin, die in den letzten Jahren in ganz

Europa mit den führenden Orchestern und Dirigenten gearbeitet hatte und nur aufgrund eines Konzertausfalls in Oslo überhaupt in der Lage gewesen war, so kurzfristig einzuspringen. Er hatte sie auf einem Meisterkurs kennengelernt, an dem er vor einigen Jahren teilgenommen hatte, er noch als Dirigierstudent, sie als Dozentin einer Meisterklasse junger Sänger. Sie hatten sich gut verstanden und sie hatte ihm ihre Karte gegeben.

Für einen kurzen Moment schossen ihm die Ereignisse der letzten Monate durch den Kopf. Er bedauerte, dass Manfred nicht mehr dabei sein konnte. Er dachte an Susanne Vögele und ihre einzigartige, so hinreißende Art zu musizieren. Er hatte darauf bestanden, dass sie mit in die Widmung eingeschlossen wurde. Es stand nun offiziell im Programm, dass das heutige Konzert Manfred Schuble und Susanne Vögele gewidmet war. Auch an die 'Lukaspassion' musste er kurz denken. Wie es wohl gewesen wäre, wenn die heute auf dem Programm gestanden hätte?

Er sammelte sich und warf noch einen letzten Blick in die gespannten und erwartungsvollen Gesichter seiner Chorsänger. Da stand Charlotte. Da stand Thomas. Sie hatten in letzter Zeit einiges miteinander durchgestanden, und ohne ihre Hilfe hätte er es vielleicht nicht geschafft. Da war Gabi, die wenige Minuten, bevor sie eben aufgetreten waren, noch an der Tür des Dirigentenzimmers geklopft hatte, um ihm dann sichtlich verlegen mitzuteilen, dass sich einige ältere Chorsängerinnen furchtbar darüber ärgerten, dass Matze wieder eine schwarze Lederhose trug und dass es wirklich das letzte Mal wäre und sie einfach nicht mit auftreten würden, wenn das noch einmal vorkommen sollte und dass sie darauf bestanden, dass er das vor dem Konzert noch erfahren solle. Da stand Gottfried Mahler, korrekt, mit gestärktem Kragen, Krawattennadel, Einstecktuch und Bügelfalten in den Hosen, die ein Samurai-Schwert hätten stumpf erscheinen lassen, und sah ihn ernst und ein wenig herausfordernd an. Da war das offene, fröhliche Gesicht von Michael Schmitz, der entspannt und konzentriert zugleich wirkte. Ganz im Gegensatz zu Tanja, die vorhin zu spät und mit dem falschen Kleid in ihrer Tasche zum Einsingen erschienen war, es gerade noch geschafft hatte, wieder heim zu fahren, um das richtige Kleid zu holen und dann Sekunden vor dem Auftritt verschwitzt die Treppe ins Künstlerfoyer herunter gestürmt war. Da stand Annegret, die mit großen Augen in das weite Rund starrte. Und da stand Ruth. Sie hatte ihm beim Auftritt im Vorbeigehen einen Kuss auf die Wange gedrückt, der ihn unter anderen Umständen vielleicht ein wenig verwirrt hätte.

Jetzt war es still geworden.

Das war also der Moment.

Volker hob die Arme. Die Streicher hoben ihre Bögen. Die Bläser setzten ihre Instrumente an. Und dann erklangen die ersten Takte des vielleicht größten musikalischen Kunstwerkes aller Zeiten, erschaffen von Johann Sebastian Bach.

Glossar

Alt   Tiefe Frauenstimme. Im Chor unterscheidet man in der Regel zwischen dem Sopran (der hohen Frauenstimme) und dem Alt. Werden mehr als zwei Frauenstimmen benötigt, wird in Sopran 1 und 2, bzw. Alt 1 und 2 aufgeteilt. Im solistischen Bereich unterscheidet man drei Hauptstimmgruppen, Sopran, Mezzosopran und Alt, die wiederum in verschiedene Untergruppen aufgeteilt werden, je nach Größe der Stimme, ihrer Beweglichkeit, ihrem Timbre, etc.

Arie   Mit dem Begriff Arie ist hier ein Musikstück für einen Gesangssolisten mit Orchesterbegleitung gemeint, das oft Bestandteil eines größeren Werkes ist, in unserem Fall der 'Matthäuspassion'. Eine 'Arie' besitzt in der Regel eine klare Form, ihr Inhalt ist häufig betrachtend/reflektierend/kommentierend.

Secco-Rezitativ In der 'Matthäuspassion' wird in den Secco-Rezitativen der Text des Evangeliums gesungen. Es gibt keine Wiederholungen und die Begleitung ist einfach.

Accompagnato-Rezitativ ist eine Sonderform des Rezitativs. Die Begleitung ist aufwendiger als beim 'Secco-Rezitativ' und es ist (in der 'Matthäuspassion') in der Regel einer dazugehörigen 'Arie' vorangestellt. Der Text stammt nicht aus dem Evangelium, sondern ist betrachtend oder kommentierend.

Bachzahlen 14-41 Bach liebte es offenbar, mit Zahlen zu spielen und sie in seine Kompositionen einfließen zu lassen. Wenn man jedem Buchstaben des Alphabets eine Zahl zuordnet, also 1 für A, 2 für B usw, ergibt sich: B=2, A=1, C=3, H=8. Addiert: 14.

I.S.Bach (die Buchstaben I und J wurden lange als zwei verschiedene Schreibweisen des gleichen Buchstabens angesehen) ergibt 41. Die 14 und die 41 finden sich immer wieder in Bachs Werk versteckt (14 Noten, 14 Takte, etc.).

Bass Tiefe Männerstimme. Im Chor unterscheidet man in der Regel zwischen dem Tenor (der hohen Männerstimme) und dem Bass, bei mehr als zwei Männerstimmen wird in Tenor 1 und 2, bzw. Bass 1 und 2 aufgeteilt. Im solistischen Bereich unterscheidet man drei Hauptstimmgruppen, Tenor, Bariton und Bass, die wiederum in verschiedene Gruppen aufgeteilt werden, je nach Größe der Stimme, ihrer Beweglichkeit, ihrem Timbre, etc.

Cembalo Ein historisches Tasteninstrument. Im Gegensatz zum Klavier werden die Saiten nicht mit Filzhämmern angeschlagen, sondern gezupft.

Choral Ursprünglich ein einstimmiger, liturgischer Gesang. In unserem Fall die streng vierstimmige (nur in wenigen Ausnahmefällen fünfstimmige) Vertonung bekannter Choräle durch Johann Sebastian Bach. Wenn man so will, eine stilisierte Form des Gemeindegesangs.

Choralbearbeitung Eine (Orgel-)Komposition über einen bekannten Choral.

De mortuis nihil nisi bene Lateinisch für: Über die Toten rede nur gut.

Don Giovanni Oper von Wolfgang Amadeus Mozart

Die Meistersinger eigentlich: 'Die Meistersinger von Nürnberg', Oper von Richard Wagner

Die Winterreise Liederzyklus für Singstimme und Klavier von Franz Schubert, bestehend aus 24 Liedern. Die Texte stammen von Wilhelm Müller. 'Die Winterreise' gehört zusammen mit 'Die schöne Müllerin' zu den bekanntesten und meist gesungenen Liederzyklen überhaupt.

Eingangschor Chorstück, das ein Werk einleitet.

Einsingen bezeichnet das Aufwärmen, bzw. Vorbereiten der

Stimme und des Körpers für das Singen. Das Einsingen ist unverzichtbar vor jeder Probe oder Aufführung, ähnlich dem Aufwärmen eines Sportlers vor dem Training oder einem Wettkampf.

Fibonacci-Reihe Eine unendliche Folge von Zahlen, die mit zweimal der Zahl 1 beginnt. Danach ergibt jeweils die Summe zweier aufeinanderfolgender Zahlen die nächste: 1,1,2,3,5,8,13, usw.

Fuge (von lateinisch *fuga* 'Flucht') ist ein musikalisches Kompositionsprinzip. Ein musikalisches Thema wird in verschiedenen Stimmen zeitlich versetzt wiederholt, wobei es jeweils auf unterschiedlichen Tonhöhen einsetzt. Neben dem Hauptthema erklingen verschiedene Gegenstimmen, die auch als Kontrapunkte bezeichnet werden (siehe auch: Kontrapunkt).

Gambe Eigentlich: Viola da gamba. Eine Familie von Saiteninstrumenten in verschiedenen Stimmlagen von Sopran bis Bass. Im Fall der 'Matthäuspassion' geht es um die Form der Gambe, die Ähnlichkeit mit einem Cello hat, sich jedoch in Klang und Spielweise unterscheidet.

Goldener Schnitt Teilungsverhältnis einer Strecke (oder in unserem Fall: einer Anzahl von Takten), bei dem das Verhältnis des Ganzen zu seinem größeren Teil dem Verhältnis des größeren zum kleineren Teil entspricht.

Harmonik Begriff aus der Musiktheorie. Er steht für den gleichzeitigen Zusammenklang von Tönen und den dazugehörigen Gesetzmäßigkeiten.

hohe Bläser meint in unserem Fall die Gruppe der hohen Holzblasinstrumente. Dazu gehören in der 'Matthäuspassion' die Flöten (sowohl Blockflöten als auch Querflöten) und die (hohen) Oboen. Die tiefen Bläser wären in unserem Fall die Fagotte und die tiefen Oboeninstrumente.

hohe Streicher meint in der Regel die Geigen (Violinen), die meist in Violinen 1 und Violinen 2 aufgeteilt werden und die Bratschen oder Violen. Als 'tiefe Streicher' bezeichnet man die Celli und Kontrabässe.

Intonation bezeichnet hier die Kontrolle und Korrektur der richtigen Tonhöhe, umgangssprachlich: nicht zu hoch und nicht zu tief singen.

jebützt von Kölsch: bützen = küssen.

Kamelle Kölsch für: Bonbon. Wurfmaterial beim Rosenmontagszug. Siehe auch: Strüssje.

Klavierauszug Als Klavierauszug bezeichnet man die geschriebene Klavierfassung einer Partitur. Unersetzlich bei der Einstudierung und den Proben von Opern und Oratorien. Chor- und Konzertsänger nutzen Klavierauszüge oft im Konzert.

Köbes Kölsch für: Kellner.

Kontrapunkt Ein wichtiger Begriff aus der Musiktheorie. Er bezeichnet zum einen die Kunst, wie unterschiedliche Stimmen geführt werden müssen, um zusammen zu klingen. Zum anderen ist ein Kontrapunkt ein Gegenstimme zu einem Thema (siehe auch: Fuge).

Manual, oder auch 'Klaviatur', ist das, worauf der Organist (mit den Händen) spielt, kurz: die weißen und schwarzen Tasten.

Melodik Begriff aus der Musiktheorie. Bezeichnet die Lehre von den Gesetzmäßigkeiten von Melodien, ihrer Struktur und ihrem Erscheinungsbild.

Metronom Ein mechanisches oder elektronisches Hilfsmittel, an welchem man ein ein Tempo einstellen kann (Schläge pro Minute) um beim Üben ein gleichmäßiges Tempo zu gewährleisten.

Modulation bezeichnet die Überleitung von einer Tonart in eine andere. Modulationen können kurz und unspektakulär, aber auch lang und kunstvoll sein.

Orchester In der 'Matthäuspassion' sind zwei Orchester vorgesehen, bestehend aus der üblichen Streichergruppe plus jeweils einer Gambe, zwei Querflöten, zwei Oboen, einem Fagott sowie jeweils einer Orgel oder einem Cembalo. In einem der Orchester spielen zusätzlich noch zwei Blockflöten. Weitere Ausführende sind neben dem großen Chor noch ein Kinderchor und mindestens fünf Solosänger: Eine Sopranistin und eine Altistin für die beiden weiblichen Solopartien, ein Bass für die Arien und ein Bass für die Partie des Jesus. Die tragende Rolle des Evangelisten, des 'Erzählers', singt ein Tenor, der manchmal auch die Tenor*arien* singt. Wenn der Geldbeutel des Veranstalters es zulässt, wird für diese Aufgabe aber - wie von Bach vorgesehen - ein zweiter Tenor engagiert. Hinzu kommen einige kleinere Solopartien, die oft von guten Chorsängern übernommen werden.

Orgelpositiv Auch: 'Truhenorgel'. Eine kleine, transportable Orgel mit meist nur einem Manual und einigen wenigen Registern. In der Regel als Begleitinstrument oder in kleinen Räumen eingesetzt.

Ein **Orgelregister** bezeichnet Orgelpfeifen gleicher Klangfarbe über den gesamten Tonumfang der Orgel. Pro Register klingt in der Regel für jeden gespielten Ton nur eine Pfeife.

In einer **Partitur (Dirigierpartitur)** finden sich alle Stimmen (Instrumente und Sänger) übereinander dargestellt, während der einzelne Spieler oder Sänger in der Regel nur seine Stimme vor sich hat. Unersetzlich beim Studium eines Werkes und für Dirigenten. Siehe auch: Klavierauszug.

Phrase Als Phrase bezeichnet man in der Musik eine kleine Sinneinheit, die aus mehreren Motiven zusammengesetzt sein kann und wiederum Teil einer größeren

Einheit, wie etwa einer Melodie, ist.

Register siehe: Orgelregister

Requiem bezeichnet in der katholischen Liturgie eine 'Messe für Verstorbene'. Der (festgelegte) liturgische Requiem-Text hat zahlreiche Komponisten inspiriert. Unter den am häufigsten gespielten finden sich die Vertonungen von W.A.Mozart und G.Verdi.

Rezitativ siehe: Arie, Secco-Rezitativ, Accompagnato-Rezitativ

Sopran siehe: Alt

Stimmbildner hier: Ein professioneller Gesangspädagoge, der den Chorsängern Tips und Übungen gibt, die Stimme gesünder einzusetzen und besser klingen zu lassen.

Strüssje Kölsch für: ein kleiner Blumenstrauß. Wurfmaterial beim Rosenmontagszug. Siehe auch: Kamelle

Synkopen Musikalisches Gestaltungsmittel, um rhythmisch eigentlich unbetonte Taktzeiten zu betonen.

Takt Gruppierung einzelner Notenwerte zu einer grundlegenden rhythmischen Einheit eines Musikstückes.

Tenor siehe: Bass

Turba-Chor (Turba: lateinisch für 'Schar', 'Volkshaufen') Als Turba-Chöre werden Chorstücke bezeichnet, in denen der Chor Menschengruppen darstellt, die direkt an der Handlung beteiligt sind (und nicht wie etwa in Chorälen reflektieren oder kommentieren).